U0737309

《红旗谱》评传

马振宏◎著

中国言实出版社

图书在版编目（CIP）数据

《红旗谱》评传/马振宏著. --北京:中国言实出版社，2021.4

ISBN 978-7-5171-3705-4

Ⅰ.①红… Ⅱ.①马… Ⅲ.①小说评论—中国—当代 Ⅳ.①I207.42

中国版本图书馆CIP数据核字（2021）第071994号

出 版 人 王昕朋
责任编辑 张国旗
责任校对 宫媛媛

出版发行 中国言实出版社

地　址：北京市朝阳区北苑路180号加利大厦5号楼105室
邮　编：100101
编辑部：北京市海淀区花园路6号院B座6层
邮　编：100088
电　话：64924853（总编室）　64924716（发行部）
网　址：www.zgyscbs.cn
E-mail：zgyscbs@263.net

经　　销 新华书店
印　　刷 北京中科印刷有限公司
版　　次 2021年4月第1版　2021年4月第1次印刷
规　　格 710毫米×1000毫米　1/16　17.25印张
字　　数 280千字
定　　价 72.00元　ISBN 978-7-5171-3705-4

马振宏，男，1968 年出生，陕西宝鸡人，供职于咸阳师范学院，副教授。在《光明日报》《文艺报》《文艺争鸣》等报刊发表文学评论及学术研究文章近

40 篇，出版《大学语文》(副主编，2014 年出版)、《中国当代重要小说分年评介》(独著，上中下三卷，2019 年出版)，发表中短篇小说 10 余篇。

目录

“十七年”时期，文学家族中的小说里出现了“三红一创，青山保林”等著名长篇小说，具体指吴强的《红日》，罗广斌和杨益言的《红岩》，梁斌的《红旗谱》，柳青的《创业史》，杨沫的《青春之歌》，周立波的《山乡巨变》，杜鹏程的《保卫延安》，曲波的《林海雪原》。

2019年9月23日，这些小说都入选“新中国70年70部长篇小说典藏”。其中，梁斌的《红旗谱》实际上是三部曲长篇小说，第一部为《红旗谱》(1957)，第二部为《播火记》(1963)、第三部为《烽烟图》(1983)。梁斌曾说：“《红旗谱》全书，原来想写五部。第四部写抗日游击根据地的繁荣和‘五一’大扫荡，第五部写游击根据地的恢复，直到北京解放。当时，我还没有掌握写长书的经验。在我修改这部原稿的过程中，感觉到主要人物的性格都已完成。再往下写，生活是熟悉的，但人物和性格成长不能再有所变化，只有写故事，写过程，也就没有什么意思了。因此改变计划，《红旗谱》全书，到《烽烟图》为止。再写抗日战争时，另起炉灶，另写新的人物。”[1]

就完成的《红旗谱》《播火记》《烽烟图》而言，三部是一个整体，但多年来却存在着一种偏见：“认为这部本为一体却被作者分为三部且各有书名的作品，只有第一部亦即《红旗谱》才是最好的，而其他两部在艺术上远远不及《红旗谱》，甚至认为主人公朱老忠的性格也‘停止了发展，没有显著变化’(汪名凡

[1] 梁斌《烽烟图·后记》，中国青年出版社，2015年8月。

主编:《中国当代小说史》，广西人民出版社，1991 年版，第 103 页）等。也许正是由于这种看似已成定论的偏见，导致了至今很少有人将这三部作品加以认真细致的整体研读，也至今无人对其作为一个整体而进行较为科学的微观分析。致使所有的文学史著差不多都只谈一部《红旗谱》，却对另外两部只加以三言两语的'缺陷'指责或者干脆加以回避。一部本来完整统一的作品也就被文学史家们人为地肢解，许多读者也就因此而受到误导。实际上，对《红旗谱》的阅读绝不能轻易放弃后两部而将其从整体上割裂出来，尤其是对于研究者来说，更不能忽略后两部在其艺术整体上的意义和价值。三部作品是内在统一的，是有着深层而严谨的有机联系的。一旦加以割裂之后，就会严重影响对其整体精神的理解和把握。把《播火记》和《烽烟图》看作《红旗谱》的'续作'（汪名凡主编:《中国当代小说史》，广西人民出版社，1991 年版，第 103 页），因而也认为与其他'三部曲'之作同样有着'一部精品现象'，并不完全符合事实。因为《红旗谱》的三部曲，是从一开始就统一构思的。"[1]

在认真阅读了《红旗谱》三部曲之后，笔者同意这种观点，因此整体上为其立传。

[1] 郝雨《古老民族精神在血与火中的现代升华——梁斌〈红旗谱〉（三部曲）新论》,《文艺理论与批评》，1997 年第 3 期。

第一章

梁斌早期的经历，《红旗谱》三部曲的创作过程及出版过程

一、梁斌早期的经历

《红旗谱》三部曲的作者梁斌（1914年3月—1996年6月），河北省蠡县梁家庄人。五岁学认字，八岁上村学。使用新编的国文课本，直接受到五四新文化思想的启蒙。1925年夏考入县立高小。读书期间结识了蠡县最早的共产党员张化鲁，张化鲁把创造社的革命浪漫主义文学介绍给他。1927年加入共产主义青年团。1928年夏天，从蠡县高小毕业后考上了保定的育德中学，但因其母亲重病需要“冲喜”，于是放弃学业和一女子仓促完婚。1930年冬，在家时参加了反割头税运动（割头税指农民过年杀猪，官府要收税），和同村农民梁老宪一起散发传单，并联合二哥在家门口安上杀猪锅，目睹了反割头税运动的整个情况。

反割头税运动之后，梁斌在原高小老师宋勃舟等人的帮助之下，顺利考上了河北省立保定第二师范学校，并于1931年秋季进入该校上学。在保定二师，他广泛阅读了文学书籍和进步的社会科学书籍，并积极从事社会活动，参加了驱逐国民党西山会议派的校长张陈卿的学潮，被选为护校委员会委员。“九一八事变”后，他和同学一起到工厂、农村宣传抗日。

1932年7月，国民党政府破坏学生的抗日救亡运动，保定二师的广大师生热烈响应中共“抗日救国”的政治号召，积极进行抗日宣传和反对国民党不抵抗的政策，爆发了学生运动。梁斌积极参加了学运，主动接近中共党组织，政治思想得到了很大提高。但由于他身体染病，便离开保定回家休养，错过了二师学潮中最为轰动、最为壮烈的“七六惨案”。可是，他因援助学生而被当局列为政治嫌疑犯。他虽然没有参加这次学运，但是因当事人大多是他的同学，于是访问了幸存者蒋东禹，从蒋东禹那里获知了事件发生的全部过程，以及反动当局的凶狠残暴。这些使他心灵震撼，难以释怀。8月，在中共河北省委和保属特委领导下，保定地区的高阳、蠡县一带爆发了一场反抗国民党反动统治的大规模的农民武装斗争，史称高蠡暴动。

1933年春，梁斌失学失业流浪到北平，加入“左联”，写散文、杂文抨击时政，开始文学创作生涯。1935年创作了短篇小说《夜之交流》，这是他创作的最早反映保定二师学潮和高蠡暴动的小说，尽管艺术上尚显不足，但却表达了他对在“七六惨案”中牺牲的同学和战友的深切怀念与永恒纪念，对他后来创作《红旗谱》产生了极大影响，比如严运涛被捕过堂的故事情节、二师“七六惨案”发生的真实情景、军警洗劫学校图书仪器以及叫卖二师同学血衣的细节等，都被他在小说中作了十分详尽的描述。

1937年春天，梁斌回到蠡县，加入中国共产党，历任游击十一大队政委、冀中文化界抗战建国会文艺部长等职。

1941年冬天，梁斌和一位战友接待了一位来上访的宋姓老汉。宋老汉有三个儿子，二儿子宋鹤梅和三儿子宋汝梅都是梁斌高小时的同学。宋汝梅曾在冀中区自卫队当大队长，不久前被内奸暗害。关于暗杀的情节，老人和县里有不同的意见，就跑来向冀中区党委告状，要给他的小儿子报仇。后来才知道他的大儿子也死了，但梁斌忘记了死因和年代。他的二儿子宋鹤梅参加过高蠡暴动，失败后跑到深县县委隐蔽。有一位同志为了安全起见，把他藏在一个土匪家里。不巧得很，他被封建势力当作砸明火的土匪抓捕了，解到保定法院。后来，又被高蠡暴动时受过打击的封建势力发觉，控告他是共产党员。他在法庭上英勇不屈，与敌人辩论，行刑时站在汽车上高呼：“打倒国民党！”“共产主义万岁！”给群众留下了深刻的印象。这样一来，这一家人只留下两个守寡的儿媳和几个无父亲的孩子，老人的遭遇太惨了！可是这位老人表现得非常坚强，没有一丝悲观绝望的情绪。宋老汉的形象镌刻在梁斌的脑海，使他久久难忘。[1]1942年，梁斌根据宋老汉的遭遇，写成了短篇小说《三个布尔什维克的爸爸》。他把小说故事发生的时间设置在“四一二”反革命政变—高蠡暴动—抗日战争初期，塑造了一位名叫朱老忠的人物形象，并勾画了高蠡暴动的轮廓。朱老忠的形象后来成为他创作的长篇小说《红旗谱》三部曲的主要人物形象。

1943年，梁斌在边区文联工作时，又将《三个布尔什维克的爸爸》扩充为一部中篇小说，发表在《晋察冀文艺》上（发表时改名为《父亲》），朱老忠的形象变化很大，同时，出现了严知孝这个人物。1978年3月，孙犁在《回忆沙可夫同志——晋察冀文艺生活片断》中说：“当时文联出版一种油印的刊物，叫《山》，版本的大小和厚薄，就像最早期的《译文》一样，用洋粉连纸印刷。编辑部设在牛栏村东头，一间长不到一丈，宽不到四尺，堆满农具，只有个一尺见方的小窗子的房子里。编辑和校对就是我一个人……我已经忘记这刊物出了多少期，但它确实曾经刊登了一些切实的理论和作品，著名作家梁斌同志的纸贵洛阳的《红旗谱》的前身（即《三个布尔什维克的爸爸》——笔者注），就曾经连续在这个刊物上发表。”克明在《老编辑家孙犁印象记》中也提到：“1941年春，晋察冀文联，一间长不到一丈、宽不到四尺的小房间里，孙犁编辑着文艺刊物《山》。著名作家梁斌的《红旗谱》的前身《三个布尔什维克的爸爸》，就发表在这个刊物上。”梁斌在《漫谈〈红旗谱〉的创作》中回忆：“1942年反‘扫荡’后的秋天，我住在边区文联，又把短篇《三个布尔什维克的爸爸》发展成中篇，篇名仍为《三个布尔什维克的爸爸》，在《晋察冀文艺》发表时，编辑部改名为《父亲》。”“我写了上面的这组短篇和剧本（指短篇小说《夜之交流》《三个布尔什维克的爸爸》《抗日人家》等及五幕话剧《五谷丰登》——笔者注），约有二十六七万字，在抗日游击根据地无法出版，反‘扫荡’时，托深县文建会（全称是‘冀中区文化界抗日建国联合会’）文艺部长为我保存，后来因辗转投寄遗失了。自从这组稿子遗失，我长期做着地方工作，也有十年未写文章，但这些人物并未离开过我，我常被我所熟悉的这个人物和故事所激动。”[2]又据梁斌研究者考证，这些遗失的手稿后来又回到了梁斌的手中，他的夫人散帼英在

[1] 王德彰《梁斌百年往事追忆》，《文史精华》，2014年第7期。

[2] 以上引语均转引自宫立《孙犁与〈红旗谱〉》，《河北日报》，2019年2月23日。

“文革”将其用塑料布包裹后，藏在楼梯的夹缝中，使其幸免于难。[1]

1948年，梁斌随军南下来到湖北襄阳，参加了襄阳的剿匪反霸、减租减息和“土改”运动，后任襄阳地委第一任宣传部长。1949年，《襄阳日报》筹办，他任总编辑、社长。

1950年，梁斌兼任共青团襄阳地委书记。1951年，受襄阳地委书记、军分区司令张廷发委派，他率队到襄阳城南刘爷庙一带领导“土改”运动，这段时期的工作经历，为他日后的文学创作积累了丰富的素材。1952年，时任湖北省委书记的李先念点名调他担任新武汉报社社长。报社当时有三百多人，除了十三位党员，还有很多民主人士、知识分子。在一次大会上，他发出一个在当时看来颇为“惊人”的号召：采编人员要下基层，只有到群众中去，跟群众打成一片，才能写出好新闻。很快，《新武汉报》的文风焕然一新，采访报道、文艺作品更加贴近生活。

二、梁斌创作《红旗谱》三部曲的过程及出版过程

1953年，中央下发了关于干部休养的文件，每个局级干部一年有两个月的假期。6月，梁斌到北京碧云寺休养，在这期间，他开始动笔创作《红旗谱》。他曾说：“《红旗谱》全书，一九四二年开始构思。”[2] 如果追溯到他1935年创作的反映保定二师学潮和高蠡暴动的短篇小说《夜之交流》，可以说他对《红旗谱》的酝酿有十八年时间之久。在休养的两个月时间里，他拟出了《红旗谱》的提纲。休养期满，他回到武汉继续工作。由于他一直记挂着《红旗谱》的写作，他便找到领导，提出“我要回到北方去”的要求。这是他的第一次辞官。就在这时，北京中央文学讲习所的所长田间给他来了一封信，希望他能到文学讲习所工作。他立刻回复：“我同意，请即刻发调令。”[3] 由此，他被调到中央文学讲习所任党支部书记。在文学讲习所，他的事务性工作很多，他觉得很影响写作，于是以创作《红旗谱》为由再次提出辞官。他说：“我要回到河北去，因为这部

[1] 参见戴红兵《梁斌：120万字〈红旗谱〉震动中国文坛，常邀同事提修改意见，出版后编辑部争着看》，《长江日报》，2019年5月21日。

[2] 梁斌《烽烟图·后记》，中国青年出版社，2015年版。

[3] 转引自石湾《萧也牧：做〈红旗谱〉责编是一种“高级的创作”》，《中国文化报》，2010年9月12日。

书的时代背景，都是在河北省。"[1] 然后，他找了在华北局组织部担任领导的老同学陈鹏，表达了这个愿望。陈鹏建议他去天津，当副市长，同时也可以搞创作。他说他不想当官，只想一心搞创作。陈鹏见他态度坚决，没再勉强。这是他的另两次辞官。后来，他又找了另外几位领导，最终于 1955 年 3 月调到河北省文联挂了个副主席的名，然后以专业作家的身份专心致志地从事《红旗谱》的创作。

1953 年至 1956 年期间，梁斌写出了一部名叫《七月》（后来改名《战寇图》《抗日图》，最终定名《烽烟图》）的小说初稿，开头写的是朱老忠在抗日战争初期的革命活动，然后倒叙了朱老忠幼年的经历及他中年时期参加的反割头税运动、支持保定二师学潮和目睹"七六惨案"、亲自参加高蠡暴动等事情。著名作家孙犁首先阅读了这个小说初稿。著名作家王林（创作了长篇小说《腹地》，该小说是新中国成立后第一部遭到批判的长篇小说）在 1968 年 9 月 23 日所写的《关于梁斌的情况》中说："梁斌与孙犁的关系：从抗日战争时期，二人就有深交。《红旗谱》初稿，孙犁首先看的，首先肯定的。因此二人的交谊更深。"王林在 1969 年 3 月 18 日所写的《关于孙犁的情况》中又说："孙犁跟梁斌也是'莫逆'。梁斌《红旗谱》的初稿是首先被孙犁肯定的。梁斌当时还是无名小卒，自已对自已也毫无信心，突然得到孙犁的肯定，而使自己有了坚持写完的勇气……起初对孙犁是感激不尽的……"[2] 刘怀章在《孙犁与〈红旗谱〉》中写道："20 世纪 60 年代初，一天我去梁斌家里看望他，交谈中，讲起《红旗谱》成书的过程，他对孙犁充满敬意，流露出真诚的感激之情。梁斌说，《红旗谱》的初稿不是后来的样子，开头是写抗日战争，即后来的《战寇图》，把《红旗谱》的内容作为倒叙的一部分插进去的，有六七万字。他的初稿出来后，用包袱皮裹上，拿着从北京来到天津找孙犁，请他先看看，提提意见……孙说：'为了看你这三十万字的稿子，一夜没睡觉！'梁说：'你慢慢看哪，着什么急？'孙说：'我放不下呀……人物有了，语言不一般，就是有一样：倒卷帘太长了，不合乎中国的民族风格，不合乎读者的阅读习惯……'孙犁坐在凳子上，对着梁的面侃侃而谈。梁说：'那可怎么办？我为了写成朱老忠这个典型人物，才回叙到高蠡暴动、二师学潮……'孙说：'你看《水浒传》《三国演义》《红楼梦》都是从

[1] 田英宣《〈红旗谱〉的八种译本》，《新文学史料》，2007 年第 3 期。

[2] 王端阳《王林的交代：关于梁斌、孙犁》，《新文学史料》，2009 年第 2 期。

头说起……'""梁斌记忆很强，他对我讲了孙犁对他稿子的意见，当时心情很激动……一天，在中国作协碰上康濯，说起孙犁对稿子的看法和意见。康濯非常了解孙犁，说孙犁是冀中人，又是著名作家、著名编辑，他的意见我完全同意，老梁你别犹豫了，就按他的意见改吧！"[1]

梁斌根据孙犁的建议把书稿的结构顺序进行了调整，总共修改了八遍，有的地方修改了十几遍。最终把《七月》中的部分故事抽出来，使其独立形成两部新的长篇小说《红旗谱》和《北方的风暴》，而开头写朱老忠在抗日战争初期的革命活动的那部分起名叫《战寇图》。也就是说《红旗谱》三部曲最后的次序是：第一部是《红旗谱》，第二部是《北方的风暴》(后改名《播火记》)，第三部是《战寇图》(后改名《抗日图》，最终定名《烽烟图》)。

1956年初，中国青年出版社编辑萧也牧专程到保定审看了其中的第一部《红旗谱》。萧也牧是在晋察冀革命根据地成长起来的优秀作家，新中国成立之初任《中国青年》杂志副主编，因一篇以知识分子为主人公的小说《我们夫妇之间》而遭到了一些批判，由行政十一级降为十三级，被调到中国青年出版社任文学编辑室副主任。萧也牧听中央实验话剧院演员张云芳说，文学讲习所的支部书记梁斌写了一部关于保定二师学潮的长篇小说。张云芳和萧也牧是晋察冀群众剧社时的战友，她的丈夫潘之汀就在文讲所工作。萧也牧征得编辑室主任江晓天的同意后，就去保定找梁斌，把《红旗谱》初稿审看了一番。梁斌回忆：萧也牧看完《红旗谱》初稿之后，"他拍拍我的肩，说：'梁斌同志，了不起呀！我们的大作家！'立刻从皮包里掏出合同，叫我签字，我根据他的意见签了字。千字十八元，三万册一个定额是他自己填的。送走了客人，走回我的小屋坐下来，平了平气，这时我感到作为一个作家的幸福。"[2]

后来，梁斌把《红旗谱》书稿交给中国青年出版社，编辑室主任江晓天考虑到萧也牧是从晋察冀根据地来的，对《红旗谱》所写的事情比较熟悉，就决定由他来当责任编辑。萧也牧虽然认为小说描写的革命斗争的主题很好，但在艺术质量上还未达到一部红色经典的出版要求，于是，他对书稿进行了殚精竭虑的修改加工，使其艺术质量提升到了一个新的高度。当年与萧也牧坐对桌的青年编辑王扶在《第一个带路的人——忆萧也牧老师》一文中写道：

[1] 转引自宫立《孙犁与〈红旗谱〉》，《河北日报》，2019年2月23日。

[2]《梁斌全集》，人民文学出版社，2005年版，第5卷第494页。

“我记得，当你（萧也牧）看过《红旗谱》的初稿第一天起，你怀着绝不亚于作者的激情赞美它；你为它那些不完善的地方呕心沥血，整夜整夜地思考着修改方案；你为它精心做着文字的加工和润饰。有时为了一句语言，委托我回家时请教一下祖母（《红旗谱》写的是我家乡的事）。你一丝不苟，精益求精。为了一部伟大作品的产生，你放弃了自己的写作，放弃了睡眠，甚至放弃了吃饭，忍着剧烈的胃疼……”[1] 萧也牧说：“编辑是作家的朋友，同时是作家的学生也是老师。他要真正能够对作家有所帮助。他应该是个高明的艺术品的鉴赏家。他应该是伯乐。他为人民发现一个作家，他的贡献，并不亚于发现一个矿藏。他应该是一个严格的文学评论家。‘编辑是高级的创作’，他要担当得起这样的称号，必须努力学习，使得自己的生活知识和对生活的理解，自己的文学知识和对文学的理解，不致低于作家的水平。他要善于根据文学艺术的特征来鉴赏作品。他要善于根据创作劳动的特点来进行编辑工作……”[2]

从 1957 年春天起，梁斌因经常在晚七时开始写作，午夜两三点钟休息；早晨七点半又起床，一口气写到晌午……这样下来，他的身体出现了严重问题，不得不入住北京友谊医院养病。

《红旗谱》书稿在中国青年出版社编就发排后，萧也牧拿着大样，找了几家刊物，想争取在出书前选发几章，听听各方面的意见，以便在付印前改得更好一些。结果，他很失望地对江晓天说：“一个作家没有成名之前，发表作品就是难啊！算了吧，干脆咱们直接出书。”[3] 于是，他要求中青社想方设法装扮《红旗谱》，给它出大开本、精装本，以及黄胄的插图本。1957 年 11 月，三部曲中的第一部《红旗谱》由中国青年出版社出版，其封面上的书名是由萧也牧题写的。后来，中青社决定把《红旗谱》送到莱比锡参加国际博览会，于是 1958 年 1 月，中青社又以道林纸出版了初版本的翻印本，除封底出版日期与初版有异，其他一样。江晓天曾在《“黄泉虽抱恨，白日自留名”》一文中说：“《红旗谱》是中青社开创后，出版的第一部引起广泛注意的创作长篇小说，给编辑工作提供

[1] 王扶《第一个带路的人——忆萧也牧老师》，《出版工作》，1980 年第 5 期。

[2] 转引自石湾《萧也牧：做〈红旗谱〉责编是一种“高级的创作”》，《中国文化报》，2010 年 9 月 12 日。

[3] 同上。

了许多重要经验……回想起来，当年一些作家听说萧也牧改行当编辑，一方面感到惋惜，一方面又感到高兴，大概就是因为他搞过创作，对作家冀望于编辑的是什么，有切身的感受。”[1]

第一部《红旗谱》出版后，因其朴实真切地描写了20世纪二三十年代中国共产党领导中国人民进行革命斗争的伟大历程，生动、逼真地塑造了朱老忠、严志和等这些光辉的人物形象，达到了真实性和艺术性的完美结合，实现了作者塑造农民英雄，歌颂农民英雄及其一直追求的将民族风格和民族气魄相结合的目的，所以引起了巨大的轰动效应，成为“十七年文学”中的“红色经典”。

梁斌又对1958年1月的成书作了一次修改，然后，1959年9月，人民文学出版社根据他的修改本出版了《红旗谱》的第二版，增加了作者写的一篇文章和别人写的一篇文章。1959年10月，中青社也在增加了作者写的一篇文章和别人写的一篇文章后，出版了《红旗谱》的第一次修改版，这也是第二版。

1966年，中国青年出版社出版了《红旗谱》第三版。把第二版、第三版与1957年11月的初版本相比，可以看到它们在内容上并没有什么变化，只是在标点符号、段落结构上做了一些调整而已。

1978年4月，中国青年出版社出版了《红旗谱》的第四版。此次再版不仅在结构上作出了调整，内容上进行了删加，而且把原来不分卷改为了分三卷，一至二十四节为卷一，从清朝末年朱老巩大闹柳树林写到1928年朱老忠去济南探监；二十五至四十节为卷二，写1930年初的反割头税斗争；四十一至五十九节为卷三，写1932年夏的保定二师学潮。但本版拔高处理了朱老忠、严志和等主要人物的形象，使他们的性格发展出现不合逻辑的情况。自然，这种情况与“十七年”时期的政治观念和官方意图有关。

总体而言，四个版本的差别主要体现在朱老忠的回乡时间、“脯红鸟事件”、朱老忠对党的认识变化、严志和的变化、小魏最终结局的变化、路线问题的变化等上。

《红旗谱》初版后，萧也牧给梁斌打电话，想去他家里取第二部《北方的风暴》(即《播火记》)原稿。黄伊在《〈红旗谱〉失而复得》一文中写道：“萧也牧本名吴小武，他打电话给梁斌时自报家门：‘我是吴小武……’作家听说是他，气不打一处来：‘我们河北人为了朋友可以两肋插刀，你呀……’呱嗒一声

[1] 转引自石湾《萧也牧与梁斌的〈红旗谱〉》，《文汇读书周报》，2010年10月13日。

把电话挂断了。作家一怒之下，不但收回《红旗谱》的版权，而且将该书的续集《播火记》，也统统转交给天津百花文艺出版社了。在此前后，经中宣部批准，人民文学出版社用选编本的名义，也出版了《红旗谱》。"[1] 也就是梁斌已经把《北方的风暴》给了天津百花文艺出版社，他让百花社出版时，还让其重印了《红旗谱》。

梁斌拒绝中国青年出版社出版《北方的风暴》的原因，已经不得而知。他曾在《一个小说家的自述》中说："《红旗谱》出书，（中青社）给了四万元稿费，交帼英（即梁斌夫人散帼英——笔者注）保存。七个子女，自此生活有了保证。"《红旗谱》首印得到四万元稿费在当年已经是一笔巨款。在此后的几十年里，《红旗谱》累计共印了两百多万册，如果以三万册定额计，梁斌至少可得七十万元稿费。

梁斌拒绝让中国青年出版社出版《北方的风暴》后，江晓天让编辑张羽给梁斌打电话挽回颓局，随后，江晓天又派黄伊专程赴天津梁斌的家里看望梁斌。梁斌说："百花文艺出版社不但重印了《红旗谱》，连《播火记》也排出来了，他们肯还给你们吗？"黄伊说："只要你同意将《红旗谱》和正在排印的《播火记》交还中青社，其他的事不用你操心。"黄伊随后直奔百花文艺出版社社长林呐家里，林呐同意将《红旗谱》的版权还给中青社，并同意将正在排印的《播火记》一并转让。于是，黄伊就成了再版的《红旗谱》及《播火记》《烽烟图》的责任编辑。但他对《播火记》《烽烟图》的修改加工不如萧也牧对《红旗谱》的修改加工，造成它们出版后的反响远不如《红旗谱》大。[2]

1962 年，梁斌病情好转后，开始半日工作。1963 年 11 月，第二部《播火记》（即《北方的风暴》）还是由百花文艺出版社和作家出版社同时出版。

1965 年春，梁斌开始修改最早完成的小说《七月》（即改名的《战寇图》《抗日图》《烽烟图》）。1966 年 8 月，"文革"狂潮席卷古城保定，梁斌被造反派以"反革命修正主义分子"的罪名揪了出来。当时，两个造反派以"喷气式"架着他飞跑，"打倒"之声铺天盖地。9 月，他的家被抄，装订成上下两册的《战寇图》手稿同时也被抄走，因为造反派认为他"利用小说反党"。"利用小说反党"这个罪名，是康生创造的，先被用来批判李建彤的长篇小说《刘志丹》，诬

[1] 转引自石湾《萧也牧与梁斌的〈红旗谱〉》，《文汇读书周报》，2010 年 10 月 13 日。

[2] 转引自石湾《萧也牧：做〈红旗谱〉责编是一种"高级的创作"》，《中国文化报》，2010 年 9 月 12 日。

其“为高岗翻案”；继之是用来批判梁斌已经出版的《红旗谱》《播火记》，认为它们是“黑旗谱”“播毒记”，“歌颂了王明路线”。《战寇图》手稿被抄不久，梁斌放心不下，便向机关群众组织的一个头头问了一下。头头回答：“我不知道。”梁斌一听，血压立即升高。梁斌写作这部小说时，还在新武汉报社担任社长，他利用业余时间写出了几十万字，其艰难程度可想而知。

1969 年下半年和 1970 年上半年，梁斌、田间、刘流等一批所谓的“黑作家”在河北隆尧县唐庄干校劳改，他们在冰天雪里除了干繁重的体力劳动，就是接受批判。梁斌被多次批斗，当批判他的《红旗谱》《播火记》时，他说：“你们没有看懂我的书！”1970 年，某报结合群众大批判，发表了近四十个版面的文章批判梁斌及他的小说。1973 年冬初，梁斌被转移到汉沽农场，11 月，他给上级写信，为《红旗谱》《播火记》申辩，信中最后写道：“大地草衰，农场风寒，鸿雁北飞，望赐佳音。”意思是他在萧瑟的农场等待“解放”。1976 年夏天，他在例行“检查”程序之后，被宣布“解放”。由于第三部《战寇图》在造反派抄家时被抄走，“文革”结束后，这部书稿一直毫无音信。

1979 年 1 月初，新华社记者马杰到梁斌住地天津市民园居采访。当他进入梁斌的书房时，见梁斌正伏案写作《战寇图》。梁斌非常激愤地给马杰讲述了《战寇图》原稿丢失的情况，说到难过处竟哇哇大哭！梁斌说：“为了写书，我虽然没有受到像写《史记》的司马迁所受的那种刑罚，但我和我的家庭成员，为我写书心上所受的煎熬，可以说是较司马迁有过之而无不及了！”马杰知道梁斌已出版了《红旗谱》《播火记》，且饮誉中外，如果能出版第三部《战寇图》，也是广大读者的期待。他于是在当晚写成《拼将热血展红旗——访作家梁斌》的通讯，新华社很快发了通稿。通讯中重点披露了《战寇图》手稿丢失的情况。

1 月中下旬，《光明日报》《人民日报》《天津日报》等全国十五家报纸发表了这篇通讯，产生了广泛影响。1 月底，梁斌突然接到河北省张家口市委办公室张瑞林寄来的一封信，信中详细讲述了他保存《战寇图》手稿的经过。他说自己当年在保定驻军某部当兵时，曾看到过这部手稿，转业时交给了战友李向前。梁斌看过信，激动得哭了，马上把这个消息告诉给马杰，马杰立即专程到张家口采访张瑞林。

张瑞林告诉马杰，当年他在驻保定某部队担任新闻报道员，经常去《保定日报》送稿。有一次他去报社送稿时，在编辑部看到用线绳装订的厚厚的一摞手写书稿，封面写着“战寇图”三个字。他好奇地翻了几页，只见书中出现朱老忠、严运涛等人的名字。他便问报社编辑：这不是《红旗谱》中的人物吗？这手稿与《红旗谱》是什么关系呢？热心的编辑告诉他，这是梁斌《红旗谱》三部曲中的第三部，主要写朱老忠等人的抗日救亡斗争，并说“如果你喜欢，就拿去看吧！”他于是把书稿带回军营，认真地阅读了一遍。几天后，当他去报社还《战寇图》书稿时，却找不到那位编辑了。有人告诉他，那位编辑是从部队来“支左”的，已完成任务回部队了。他于是把书稿带在自己身边。1978年，他复员时，又把书稿交给了战友李向前，嘱其妥善保管。1979年1月24日，当他在《人民日报》看到寻找《战寇图》的文章后，马上给梁斌写了封信。同时，他也给战友李向前写了信，让他将书稿归还给梁斌。当时，李向前所在的团正驻扎在保定某县。梁斌收到张瑞林的信后，也给在保定的一位老同事写了一封信，请求帮助。李向前所在部队的领导得知寻找书稿的情况后，非常重视，积极联系李向前，李向前很快把书稿交给了领导，领导又很快把书稿交给了梁斌的那位老同事。

梁斌收到书稿后，一看只是《战寇图》手稿的上半部，下半部却没有。为此马杰又去采访李向前。这时候，一位名叫李焕昌的山东籍复员军人也从《光明日报》上看到了梁斌寻找手稿的报道，因为《战寇图》的下半部手稿正在他手里，他立即将手稿寄给了光明日报社，并附上一封信，请其转交给梁斌。从李焕昌的信中，梁斌了解到，1968年10月，河北省文联（保定当时是河北省会，省文联也在此地）的所有干部职工都到石家庄某驻军院校参加“学习班”，使得省文联大楼人去楼空。因省文联与保定日报社毗邻，有人便从省文联大楼取出了《战寇图》书稿。这就是手稿在抄家后被辗转到报社的原因所在。继之也就有了“支左”人员将手稿带出报社的事情。

至此，丢失了十三年之久的《战寇图》手稿最终在1979年完璧归赵了。马杰又写了第二篇报道《作家梁斌找到了遗失十三年之久的〈红旗谱〉第三部〈战寇图〉原稿》，以“新华社天津1979年4月9日电”发出，详细报道了《战寇图》手稿的寻找经过。此稿发出后，反响更强烈，《人民日报》《光明日报》等全国四十多家报纸转引。马杰说：“我写的这第二篇报道被评为新华社好新闻并获奖。”至于书稿出版时为何由《战寇图》更名为《烽烟图》，马杰说，早在1954年，梁斌就完成了这部小说的初稿，原名叫《七月》。1955年夏，他调回河北后一直忙于《红旗谱》和《播火记》的出版，一直到 1965 年春才开始修改《七月》并改名《战寇图》。但因当时河北省话剧院有一出话剧叫《战洪图》（反映河北 1963 年抗洪抢险斗争），影响很大，为避免与《战洪图》的剧名混淆，于是便将书名改为《抗日图》。但梁斌觉得不妥，因为书中反映的仅是抗战烽烟初起时的情景，于是，1980 年，六十六岁的梁斌在写完了一本三万多字的回忆录《在战乱纷飞的年代里》后，又动手重新整理长篇小说《烽烟图》。1983 年中国青年出版社出版时，将《抗日图》又更名为《烽烟图》。[1]

总结：1935 年，梁斌先写出了短篇小说《夜之交流》。1938 年，他在新世纪剧社当社长时，写出了剧本《千里堤》等。1942 年，他写出了短篇小说《三个布尔什维克的爸爸》，1943 年，他把该小说改写成中篇小说《父亲》发表，塑造了朱老忠的高大形象，为后来创作《红旗谱》初步搭起了骨架。1953 年，梁斌开始创作长篇小说《七月》(《战寇图》)，到 1956 年完成。后来，他把《七月》改成了《红旗谱》《播火记》《烽烟图》三部长篇小说。也就是说，《红旗谱》是从短篇小说到中篇小说，再到长篇小说的。梁斌曾计划在这平原三部曲小说之后，还要写出抗日三部曲：即第一部写抗战初期到冀中根据地；第二部写两面政策、两面政权的复杂局面和斗争；第三部写抗日队伍的壮大和反攻，直到抗战胜利。里面的人物以大贵、二贵、江涛、运涛为主，写他们在抗战岁月里的战斗和生活。但这个愿望最终未实现。[2]

1996 年 6 月，梁斌去世，安葬在天津元宝山庄生命纪念公园。

---

[1] 以上介绍寻找《战寇图》的五段文字，参见王德彰《梁斌百年往事追忆》，《文史精华》，2014 年第 7 期。

[2] 王维玲《与梁斌血肉相连的红旗谱系》，《上海文学》，2020 年第 5 期。

第二章

《红旗谱》三部曲多重丰富的思想

《红旗谱》三部曲讲述的故事发生在河北省滹沱河畔一个叫锁井镇的地方，以及高阳、蠡县、保定、北平等地，整个故事以朱、严两家三代农民（朱老巩——朱老忠——朱大贵、朱二贵，严老祥——严志和——严运涛、严江涛）同地主冯兰池父子（冯兰池——冯贵堂）的矛盾斗争为主要线索，展开叙事，总体上歌颂了农民反抗地主阶级压榨、剥削的暴动，学生反抗国民党政府对日本帝国主义的侵略不抵抗的爱国运动，以及中国共产党发动农民，建立游击队伍去抗日前线杀敌的准备情况。具体到各部，其主题思想又是丰富多重的，而且各部的侧重点又有所不同。

一、第一部《红旗谱》的主题思想

第一部《红旗谱》以清末农民和封建地主之间的矛盾斗争，以及民国时期发生的北伐战争、“四一二”反革命政变、“九一八事变”为背景，描写了四场斗争：第一场是全书的“楔子”，写朱老巩“大闹柳树林”，揭开了朱、严两家与恶霸地主冯兰池家的血海深仇，为朱老忠被迫闯关东、三十年后回乡复仇做了铺垫。第二场是“脯红鸟事件”，写严运涛抓到一只珍奇的脯红鸟，冯兰池欲买不成，他的儿子冯贵堂便派账房先生李德才采用威逼利诱的方式去无偿索要，但没要到，于是引发了大贵被强行抓去当兵的事件，使朱、冯两家的旧仇又添了新恨。第三场是反割头税运动，写省、县政府向农民征缴割头税，冯兰池承包了全县的割头税，保长刘二卯负责征缴全村的割头税，严江涛于是发动群众开展了轰轰烈烈的反割头税运动。第四场是保定二师学潮，斗争重点从农村转向城市，中心人物是严江涛，描写了日寇占领东北全境后，国民党政府实行“攘外必先安内”的卖国政策，中国共产党领导青年学生开展了反抗国民党政府卖国政策的斗争；国民党政府派军队先围校，后大开杀戒，血腥镇压了学生要求抗日的爱国运动。

依托于上述四场斗争，第一部《红旗谱》表现了下面这些重要思想：

第一，“脯红鸟事件”、大贵被抓当兵两件事反映了农民与旧式地主、新式地主的矛盾，表达了农民在初步得到与地主斗争的指导、依靠力量时的喜悦之情。

小说开头一节写的清末某一天朱老巩为护钟而大闹柳树林的事情，表现了农民和封建旧式地主的斗争，这也使朱、严两家和冯家埋下了世仇；朱、严两家的第三代长大后，与冯家在不断增加的新矛盾中展开了长久的斗争。

冯兰池是这一事件的矛盾制造者，他当时三十多岁，是一个典型的封建旧式地主。三十年后，当改名为朱老忠的小虎子从关东回到家乡时，冯兰池已经六十多岁，这时候，他更是一个已经定型的、地地道道的封建旧式地主，思想落后，观念保守。小说第八节详写了他和二儿子冯贵堂的观念交锋，使冯贵堂也觉得他是一个极其顽固地坚持传统耕作方式、持家方式的守财奴。

而冯贵堂却是一个力主改良的新式地主。他曾接受过新式教育，所以思想先进，接受的农业新科技知识比较多。他想通过改良的方式来改变落后的生产方式，生活方式。他认为只有对受苦人、种田人好点，叫他们吃饱穿暖，叫他们能活得下去，他们才愿意给富人干活。从这些可以看出，冯贵堂在小说的前面几节里，至少不是一个像他父亲那样保守、落后、顽固、贪婪、残忍的人。

朱老忠刚从东北回来，还未报旧仇时，他与冯家又产生了一个新的矛盾，那就是因为“脯红鸟事件”而增加的新仇。小说在第十节至第十三节写了这个事件。细读小说，可以看到，运涛是想把脯红鸟卖了的，因为卖了它能买一头牛，换一辆车，还能给心上人春兰买布做件大花棉袄。冯兰池想用半斗小米换鸟儿，运涛没同意。在鸟市上，冯兰池出二十吊大钱买鸟，有个人出三十吊买。

大贵看人群里立时伸出十几只手，就说不卖了，他自己养。然后，他拎起笼子，往回走。到城门洞里，运涛让大贵把鸟卖了。大贵还是坚持自己养。后来，冯贵堂派李德才问运涛要鸟，运涛说鸟儿在大贵那里。李德才便去找朱大贵要鸟。运涛以及春兰、弟弟江涛也跟到大贵家里。因为李德才让大贵把鸟儿白送给冯兰池，大家自然想到，卖都嫌价钱太低，白送他，想都不要想！于是坚决不给他。大贵把鸟笼子挂在梯子上，半夜时，鸟儿却被猫吃了。

因为一只鸟儿的事情，小说的情节于是按因果关系而发展，冯兰池为报大贵不给他脯红鸟之仇，就指使招兵的大兵强行把大贵抓去当兵；大贵被抓，又是运涛叫他去看戏直接造成的，运涛认为如果自己不叫他看戏，那么，他就不会被抓，所以他带着自责去找李德才和冯大狗跟冯兰池说说，想把大贵拦回来。但他做的一切都白搭，大贵还是被抓走了。这使朱、严两家和冯家结下了一个新仇。

运涛的父亲严志和与冯兰池之间还存在着两个仇恨，一个是在三十年前他父亲被冯兰池气走结下的仇恨；一是冯兰池在“砸钟事件”之后，抢劫了逃兵的东西，逃兵叫来一个团要血洗他，他答应给逃兵赔五千块，但这些钱却被他转嫁到贫苦的农民身上了。朱老明等二十八家农民上告打官司，结果连告了三场都输了。朱老明输得一无所有，要求大家承担点损失，严志和便卖了一头牛，把钱给了朱老明。

朱老忠对这些旧仇新恨，无能无力去报，他告诫自己先忍着，等待时机。严志和更是无能无力，他整天只是唉声叹气着，一点办法也没有。运涛的心里更是充满了自责，自己不该叫大贵去看戏。连春兰也这样说他。有一天，运涛带着自责和痛苦外出去打短工，结果他结识了县上中国共产党的第一位县委书记贾湘农（贾老师），贾湘农给他讲了很多革命道理，使他第一次知道了革命的含义，知道了要改变中国的现状就必须把帝国主义打跑，把封建势力打倒！他觉得自己找到光明了。

运涛回家后，把贾湘农说的话跟父母说了。他父亲严志和沉默了老半天后要求他什么也别扑摸了，“低着脑袋过日子吧！”

运涛又去找朱老忠。朱老忠听了贾湘农的话，说他听人讲过苏联的列宁领导无产阶级掌政，打倒资本家和地主，工人和农民翻起身来。“如今共产党也到了咱的脚下，你能扑摸到这个靠山，受苦人一辈子算是有前程了！”

严志和、朱老忠的态度截然相反。严志和代表的是绝大多数农民的历史真实样子，朱老忠代表的是少数人，他能一下子认可贾湘农，基于他脑海里早就存储着苏联的列宁领导无产阶级掌政的事情。这个事情让苏联的工人、农民翻了身，朱老忠便觉得贾湘农的话是可信的，他就是一个要和地主老财冯兰池这样的人进行斗争的人，所以他立即跟运涛说，贾湘农“不是一般人，是大有学问的”“有根底的人！”运涛说他也这么看。朱老忠说：“嗨！这就说对头了，这是一件好事情！”运涛说：“这人一定是个共产党！”朱老忠在大贵被抓当兵后，内心里一直很迷茫和无助。现在，运涛给他带来了贾湘农这样一个主张“穷苦人们要想得到自由，就得打倒军阀政客，庄稼人们一轰起来，管理自己的事情”的人，他便让运涛多接触贾湘农。运涛转述的贾湘农的话其实也对朱老忠进行了革命启蒙，自然也对运涛进行了启蒙。这是小说情节发展过程中的一个重大转折点，因为他们此后在与地主冯兰池以及军阀政客进行较量时，很多时候先想到的就是贾湘农的指导、共产党的领导。

第二，运涛被捕揭露了国民党政府发动“四一二”反革命政变对共产党人的大肆屠杀、羁押，歌颂了共产党人坚贞不屈的崇高品格。

冯兰池指使招兵的大兵强行把大贵抓去当兵后，接着，他又制造了一场拆散运涛和春兰恋爱关系的事情，即当运涛和春兰在窝铺里肩靠着肩说笑时，冯兰池给老驴头的老婆示意她女儿和运涛单独在一起，老驴头老婆便喊来老驴头把运涛打跑，把春兰差点打死。冯兰池这样做的目的是为了霸占春兰，纳她为小老婆。于是，他很快派李德才两次来向老驴头提亲，老驴头这才清醒，便毫不犹豫地拒绝了，并把李德才扇了几耳光。

仔细思考这个事情，发现它并没有使严志和与冯兰池结下仇怨，这从小说后面的情节可以看出。春兰是老驴头的独生女儿，老驴头一直想找个“倒插门”女婿，而严志和与老婆也一直怕运涛成为老驴头的“倒插门”女婿，所以他们反对运涛和春兰相好。从这个角度看，冯兰池拆散运涛和春兰的事情在严志和与冯兰池之间也没有结下仇怨，这从小说后面的情节也可以看出。

另外，细读小说，也可以看出，运涛其实并没有意识到制造他和春兰挨打的幕后黑手是冯兰池。冯兰池的用心，就是要将他污名化，让他在村里身败名裂，使他和春兰不能相见。冯兰池的这个目的自然是实现了，运涛好久都不能和春兰见面。两人都很痛苦。直到贾湘农要调派运涛去南方参加革命军时，运涛才爬着树进到春兰的家里，告诉春兰他要去南方参加革命军了。他们道别后，他就上路了。

1928 年秋季的一天，运涛突然来了一封信，说自己已于去年 4 月被捕，目前由南京解押到济南模范监狱。

小说在第二十一节到第二十五节详写了运涛入狱使他奶奶愤然离世，他弟弟江涛请求同门叔叔——在城里教书的严知孝写信托门子，以让自己去济南看望哥哥的事情，以及严志和向冯兰池借钱不得，只得把"宝地"低价卖给他的事情。当朱老忠和江涛到了济南监狱后，两人看到了国民党对共产党人的迫害情况，他们被视为政治犯，戴着手铐、脚镣。运涛抱起手铐和朱老忠、江涛说话时，不停地被老看守连推带搡地催促着。这是朱老忠、江涛第一次看到共产党人受难的场面，他们的心里都酸得难受。

江涛为了营救运涛，拿着严知孝写的信，总共跑了两趟省政府，但都没效果。他第二次和朱老忠去看运涛时，运涛表现出的刚强震撼了他们两人及其他人。运涛让他们回去后告诉乡亲们，他进监狱不是因为砸明火，不是因为断道。他是一位中国共产党的党员，是为了给劳苦大众打倒贪官污吏、铲除土豪劣绅才进监狱的！他大喊着："打倒刮民党！""中国共产党万岁！"看这场面的人越聚越多，齐声说："真好样儿的！"暗里惋惜："像个共产党员！"一个凶横的家伙在他没说完时，连打了他几个嘴巴，并骂他。但他又大声喊道："江涛！忠大伯！回去告诉我爹，告诉明大伯，告诉妈妈和春兰。叫春兰等着我，我一定要回去，回到锁井镇上去，报这不共戴天之仇！"

朱老忠和江涛回到旅店，店掌柜说："街上嚷动了，说大监狱里囚着一个硬骨头的共产党员，好硬气的人物！"店掌柜的话，从侧面反映了共产党员运涛在狱中体现出来的硬骨头、硬气、刚强，正因为这样，反动派们奈何不了他。店掌柜给他们讲了北伐军的外交官和把守济南的日本人交涉，却被割了舌头、剜了眼的事情，原因是那外交官太软弱了。江涛也说了自己知道的这个事情，又讲了反革命在武汉大屠杀以后，毛泽东、朱德在井冈山上会师，建立苏维埃政权，建立工农红军，建设革命的根据地的情况。他们今后要打土豪分田地，进行土地革命，叫无地少地的农民们都有田种！朱老忠听了这些，思想上更是受到了撞击，加上运涛之前对他的革命启蒙，以及自己亲眼看到的运涛的刚强，他觉得自己应该和运涛一样，心里不要惧怕，回到锁井镇以后，一定要发动人们，和压迫人的地主老财们斗争。

透过运涛被关监狱的事情，让人们看到了蒋介石发动的“四一二”反革命政变对共产党员的滥杀、滥捕情况。作者以无比愤怒的笔墨控诉了国民党政府的滔天罪恶。运涛所表现出来的凛然骨气，坚强意志，说明他是一位真正的共产党员，他时刻等待着出狱后去实现他改变不合理现实的崇高壮志。作者对之也以充满激情的话语进行了歌颂。江涛由哥哥的遭遇，在心里对自己这样说：“阶级斗争，是要流血的！你要是没有斗争的决心和魄力，你就不会得到最后的胜利！”朱老忠从运涛的坚毅上也看出：“运涛这孩子一定要回来，共产党不算完！”江涛说：“当然不算完！”

第三，反割头税运动揭露了国民党地方政府勾结地主对农民盘剥的罪恶，歌颂了农民不向其屈服的反抗精神。

“脯红鸟事件”、大贵被抓当兵之事、运涛和春兰被冯兰池煽动老驴头暴力分开之事，都反映了冯兰池的霸道、恶毒。紧接着，冯兰池承包了省县政府要求农民缴纳割头税的赚钱事情。农民难以负担割头税，江涛于是领导朱老忠等锁井镇的农民开展了轰轰烈烈的反割头税运动。

小说在第二十六节至第三十六节中，用相当大的篇幅写了江涛受贾湘农之命回到锁井镇组织农民开展反割头税运动的过程。贾湘农说，发动这场运动的目的，就是叫农民抗捐抗税，抗租抗债，打倒土豪劣绅，铲除贪官污吏……从而吸收一些农民积极分子入党，给党的组织建设打好基础。最终的目的是起义，夺取政权。江涛明白这些后，就回家积极动员老套子，他父亲严志和，朱老忠以及朱老明、朱老星、伍老拔等参加反割头税运动，除过老套子和他父亲之外其他人都愿意参加。严知孝的女儿严萍自小生活在城市，她也积极要求参加反割头税运动。春兰的父亲老驴头特别不想交割头税，因为它要值两三斗粮食，但他却没有参加反割头税运动的一点意识。作者在小说里深刻地刻画了他的麻木、糊涂、自私等性格。

冯兰池对于江涛、朱老忠等要发动的反割头税运动，做了许多防范及反攻准备。他先跟冯贵堂说了，但冯贵堂说：“瞎字不识，他们掉不了蛋。”根本不当回事。冯兰池于是打发伙计们到县政府、各区公所去送年礼。伙计们说各区都有人在反割头税，要打倒他！他一下子慌了，便亲自到这区那区告诉伙计们要收好割头税。冯贵堂这时建议他老爹先给反割头税的人们一点宽仁厚义，不行了，再上衙门口里告他们，和他们再打三场官司。冯兰池说："那是以后的事，今天出不了这口气，我连饭也吃不下。"他然后派保长刘二卯去骂街。刘二卯自然言听计从。但他骂街的后果，就是被大贵、二贵、庆儿等撕了嘴，打了一顿；又被一群姑娘媳妇打得鼻子上流出血来。冯贵堂来后说这点钱他不要了，白送给乡亲们过年，不要割头税了。反割头税的人们知道冯贵堂是笑里藏刀！跟冯兰池父子斗不是容易的。

可以看出，冯兰池和冯贵堂对于江涛、朱老忠等要发动的反割头税运动重视情况不一，冯兰池怕得不得了，冯贵堂却不放在心上，最后跟反割头税的人们宣布不要割头税了。人们知道冯贵堂是笑里藏刀！冯贵堂受冯兰池指派，第二天一早进城去找县长王楷第。但他跟王县长说了朱老忠以及四乡农民抗税不交的事，以及保定第二师范学生严江涛在背后鼓动他们的事情后，王县长并不当一回事情，还把他训斥了一顿。他只好退下去。

接着，小说在第三十七节至第四十二节里，详细描写了江涛带领人们正式举行反割头税的情况。江涛指挥游行队伍闯进税局后，吓得冯老兰（即冯兰池）跳过墙头逃跑了。江涛指挥人们跑向县政府后，县长王楷第不敢出来，半天才传出话来说可以暂时不交割头税。江涛要求他明令取消。王楷第说不敢，要请示省政府。反割头税运动最终取得胜利。

当年，舍身护钟的朱老巩、严老祥等第一代农民对冯兰池的反抗，体现出的是中国传统农民身上所具有的疾恶如仇，遇到不平之事就揭竿而起，赤膊上阵的明显特征。而参加反割头税运动的朱老忠等第二代农民，他们在继承了父辈身上疾恶如仇、豪爽仗义的优秀品质时，又能在接受了共产主义思想的贾湘农、江涛的领导下，去反抗不合理、不公平的社会。江涛、大贵、伍顺等是第三代农民，他们的身上既流淌着父辈们反抗精神的血液，又注入了无产阶级的崭新生命因子。他们对自己反抗地主阶级压迫的信念矢志不移，他们也要用自己先进的思想观念去影响父辈，使他们能自觉地提高自己的思想境界，坚定不移地跟着党走，从而进一步实现夺取政权的最终目的。

反割头税运动的爆发，是冯兰池在承揽了国民党县政府受省政府的指示，强行向广大农民征缴不合理的税收而引发的，反映了广大农民和国民党省、县政府，和地主冯兰池父子之间的矛盾达到了不可调和的地步。从这个角度看，小说通过这一运动，既批判了国民党政府的横征暴敛，又批判了冯兰池这些乡村地主借机对农民的盘剥、压迫。他们上下互相勾结，巧立名目，盘剥农民。通过这些，小说热情地歌颂了农民不向其屈服的反抗精神。

小说所写的反割头税运动，依据了真实的历史事实。1928年，河北博蠡等县国民政府发布通告，农户每杀一头猪要交一块七毛税款，外加猪鬃、猪毛、大肠头等，这些税收加起来，价值两三小斗粮食。农民难以负担。于是，1931年1月15日，中共博蠡中心县委书记王志远带领两百余名农民上街游行示威，掀起了轰轰烈烈的反割头税运动。愤怒的群众砸了征税所，并到国民党县政府请愿。迫于群众的压力，县长怕事情闹大不好收拾，无奈之下被迫宣布免去当年的割头税，斗争取得胜利。梁斌后来在《我的自述》中说："这次宏大的群众运动，是我第一次见到世面。"[1] 所以，他在小说中对这件事进行了详细描述，但小说写割头税只是暂时缓缴，这是和史料不一样的地方。

第四，保定二师学潮揭露了军阀政客对日寇的侵华战争不抵抗，反而疯狂剿杀爱国学生运动的卖国行径，歌颂了学生们强烈的爱国精神及争取抗日权利的坚强意志。

反割头税运动反映了农村的革命斗争，保定二师学潮将斗争中心由农村转向了城市，反映的是城市学生为了呼吁人们起来抗战，和阻挠人们抗战的卖国政府、军阀、地主、奸商及土匪进行斗争的一场爱国运动。在具体斗争中，要求抗战的除了学生，还有农民、工人、市民等。作者在写保定二师学潮时也是依据了历史上的真实事件。1931年"九一八事变"爆发后，日本帝国主义大举进攻我国的东北各省，国民党政府执行"攘外必先安内""全力剿共"的反动政策，置民族危亡于不顾。中共保属特委领导保定二师学生，热烈响应党中央发出的"抗日救国"的号召，积极进行抗日宣传、抵制日货和反对国民党的不抵抗政策的活动。1932年春，保定二师有党、团员和反帝大同盟、"左联"等组织成员两百人左右，占全校学生的一半以上，成为保定地区革命运动领导的中心。保定反动当局为了瓦解二师的革命力量，企图把二师的党员一网打尽，多次派特务到校搜查，书写黑名单，并跟踪、盯梢、密捕进步学生。潜伏在学校里的国民党员、反动分子，组织所谓的"读书会"，到位于天津的河北省教育厅密告进步学生，诬陷"二师共产党要暴动"。省厅于是查封了二师，令其在4月里放假；6月又登报开除了五十多名学生，勒令三十多名学生休学，并撤换了该校比

[1] 引自赵承志《梁斌与〈红旗谱〉》,《人民政协报》，2006年11月16日。

较开明的校长张云鹤，让反动分子肖汉三接任校长。中共保属特委根据省委指示，随即开展了护校斗争。几天之内，放假回家的学生中有五十余人应召返回了学校。6 月 22 日，反动军警包围了二师。在围困、饥饿政策失败后，敌人露出了豺狼面目。7 月 6 日，全副武装的军警用机枪、步枪和刺刀对爱国学生进行了血腥大屠杀。护校学生贾良图、王慕恒、邵春江、马修善、张树森、张鲁泉、赵克咏、吕清晰等八人当场牺牲，陈锡周、边隆基、焦振声、刘东影四名学生受重伤，臧伯平、王家宾、朱瑞祥、王育洁等五十多名学生被捕后被关押在保定第四监狱，造成了“二师惨案”。反动当局于 9 月 7 日晨，在保定西关将被捕学生曹金月、刘光宗、杨鹤生、刘玉林四人杀害，十七人判处徒刑。[1]

保定二师学潮中，梁斌被国民党教育厅宣布为“共产主义思想犯”和“嫌疑犯”，他曾说:“我参加了二师的护校运动，斗争对我影响极深，战友们在‘七六惨案’中被捕的有五十几人，被惨杀的有十多个人，这是我一生难忘的。”为了以文学作品的形式展现保定二师学潮，他在三部曲小说第一部《红旗谱》斗争的伟大历程。小说里的有些人物如曹金月、刘光宗、杨鹤生、刘玉林、陈锡周、边隆基等都用了真实姓名。

具体而言，小说从第四十三节开始写保定二师学潮，直到最后一节第五十九节结束，用了十七节的篇幅，十万多字。保定二师组织的反对国民党政府实行不抵抗政策的宣传大会召开后，骑警前来镇压。反动政府又很快下令解散保定二师。学运领导者之一的夏应图要求学生回校护校。护校学生几天后断食，张嘉庆冒险爬上榆树，采摘其叶子供学生充饥，围校士兵向他开枪，差点把他打下来。很快，学生们又没有吃的了。张嘉庆梦见自己得到一颗西瓜，一只狗也要吃。受这个梦的启发，他让厨师勒死校园内的狗，使护校学生才充了饥。围校的敌人一天也不退，江涛写信和保定学联取得联系，知道各方力量都在营救他们。江涛又和围校士兵里的同村士兵冯大狗联系上，希望他能给予学生一些帮助，冯大狗答应。在断粮几天后，严萍等人给学生们投来大饼，张嘉庆冒着牺牲的危险捡进了投到墙外的大饼。然后，张嘉庆带领学生们到小面铺去买面。十四旅旅长、保定卫戍司令陈贯群知道后，带着卫队来到学校。朱老忠、严志和也来到保定看望江涛和张嘉庆。严知孝找到陈贯群，请他撤除围校部队，但陈贯群反而命令增加围校部队。冯贵堂也跑来跟陈贯群建议镇压学生，

[1] 参阅王德彰《〈红旗谱〉历史故实与人物原型》,《文史精华》, 2005 年 第 1 期。

陈贯群答应。在这危急时刻，严知孝建议江涛尽快离开学校，转移阵地，到农村发动群众抗战，但江涛说转移不了，政府已经将他们定为政治犯，根本不允许出去。护校学生小魏劝张嘉庆到乡村去发动农民，被张嘉庆拒绝，小魏于是翻墙离开学校。夏应图和江涛就离校问题展开了激烈辩论，夏应图主张继续护校，江涛主张把学生转移到农村。这时候，学联来信要求学生转入乡村，开展抗日活动。学生们也拥护江涛要求离校去农村的建议。来到保定的朱老忠、严志和给学生们解决着粮食问题，他们买到了面粉油盐。陈贯群知道后，就带着骑兵向学生大开杀戒，夏应图、小邵、小焦等不少学生当场牺牲，江涛被捕，张嘉庆跑到校外，但被岗兵认出，跑时中弹。严志和、朱老忠目睹了二师血案，决心回去发动群众起来打鬼子！贾湘农从严萍跟前知道了二师的伤亡情况，让严萍负责给被捕的学生送吃穿，让生病的人，通过关系，保外治病。严萍让父亲严知孝营救江涛等学生，但严知孝表示已经没办法了！张嘉庆在美国人办的思罗医院里治伤，他通过冯大狗的帮助，乘坐朱老忠拉的车逃离了医院。

小说在叙述保定二师学潮发生、发展、结束过程时，实际上也展现了其失败的原因。反动政府镇压二师学生，宣布解散二师后，对于学生们究竟是待在学校护校，还是各回各家，尤其是是否把学生们分散到农村让他们进行抗日宣传和动员，学潮领导人夏应图和江涛的观点完全不同。夏应图主张学生回学校护校，江涛主张把学生分散到乡村去，号召广大农民起来抗日。最后，夏应图的主张占了上风。正是他的这个决定，才导致了学校很快被军队包围。他还天真地认为政府围校一段时间之后，会不了了之，原因是“法不上众”；他还说，学校解散，同学们被迫回乡，失学失业，也是政府不愿看到的，所以，“胜利是没有问题！”江涛指出，夏应图把事情看得太轻渺了！对敌人估计太不足了！他认为不能把反动派看得那样善良，他们的目的是逮捕学生，制造流血。他们要长期包围学校，断绝学生的粮食柴菜供给，强迫学生服从他们的制裁。事实上，事情后来的发展就像江涛所说的一样。保定市党部主任刘麻子持枪来威逼江涛、夏应图投降时，好在江涛义正词严，学生们团结一心，才使刘麻子的阴谋未得逞。夏应图看到形势越来越严峻，才说：“我觉得事情有些突然！”江涛说：“不算突然，他们对爱国者是有计划的行动。”这里，说明领导者识见的重要性，决策的重要性。如果夏应图识见正确、决策正确，那么二师被围困之事就不会发生。如果，江涛的主张被采纳，那么它也符合当时党领导的革命斗争由城市转向农村的正确决定。江涛认识问题顾全大局，眼光长远，而且能一眼看到点子上。

小说对保定二师学生武装护校斗争的详细描写，颂扬了参加这次斗争的共产党员、共青团员和革命群众所具有的崇高的爱国精神，顽强的英勇斗争精神，视死如归的牺牲精神，这些精神，扩大了党在群众中的政治影响。

总之，第一部《红旗谱》通过描写冯兰池派人砸钟、朱老巩护钟、朱老忠闯关东返乡、“脯红鸟事件”，朱大贵被抓当兵、严运涛参加革命军后被捕入狱、严江涛发动群众反割头税、严江涛等领导保定二师学生呼吁人们抗日及被镇压、朱老忠冒险救出受伤学生等多件事情，反映了革命由高潮转入低潮，白色恐怖笼罩全国，民族危机日益加重，阶级矛盾空前尖锐的真实历史。小说深刻地表现了中国农民是民主革命的主体力量以及他们身上所具有的英勇不屈、前赴后继的伟大精神，并揭示出中国农民只有在共产党的领导下，才能最终获得自身的解放的这一真理。

二、第二部《播火记》的主题思想

第二部《播火记》共五十节，以“九一八事变”为背景，紧接着“七六惨案”，通过描绘锁井镇农民在共产党人贾湘农的引导、领导下，同各种政治势力的斗争。这些斗争发生在日本人的铁蹄已经肆无忌惮地蹂踏着东北，并且对华北虎视眈眈之时，各种政治势力都企图用残酷的手段血腥镇压他们，从而扑灭新兴的共产党力量。但朱老忠等农民在抛弃了一些狭隘的思想后，紧紧依靠寄托着中国亿万贫苦百姓希望的共产党，积极投身到抗战救国之中，使农民游击队的武装斗争在滹沱河两岸。总之，本部主要写的是 1932 年八九月间爆发的高蠡暴动（即高阳、蠡县农民暴动），目的是组织人们去北上抗日。书中详细地写了暴动的准备、经过和失败。这也是历史上的一个真实事件，其斗争之惨烈可谓惊天地、泣鬼神。

本部描写了多个事情：大贵娶妻，“牛吃草事件”，冯大奶奶逼迫李德才卖房卖女给冯家，大贵领导短工们停工罢市，冯贵堂和县特务大队队长张福奎、县长王楷第商量成立民团，张嘉庆策反土匪李霜泗，李霜泗和女儿芝儿枪杀张福奎，锁井镇成立红军队伍，朱老忠带人向冯老锡要枪及从警察所智取枪支，贵他娘带领妇女绣红旗，冯兰池埋藏贵重东西，朱老忠率领红军游击队攻进冯家大院活捉冯兰池，朱老忠率队攻打小营镇，贾湘农枪毙冯兰池，伍老拔斧劈胖商人及大战警察，朱老星被捕，贾湘农去白洋淀述职，朱老忠带领游击队回到锁井镇，冯贵堂反攻倒算，陈贯群率兵来到锁井镇，冯贵堂给冯兰池发丧，陈贯群、张福奎铡死朱老星祭奠冯老兰，朱大贵带着游击队上太行山。

从上面所列的若干事件可以看出，三部曲小说第二部《播火记》主要反映了农民在中国共产党的领导下和地主、官僚政客、军阀之间展开的激烈斗争，其斗争的核心目的是争取抗日的自由权。一方是要抗日救国，一方是不准抗日。上述一系列事件都是引发农民持续反抗的缘由，沉重打击了地主、官僚、军阀政客对农民的压榨、剥削，以及剥夺他们抗日救国自由权利的卖国行径和嚣张气焰，歌颂了农民顽强不屈的斗争精神、爱国精神。

第一，“牛吃草事件”、大贵领导短工们停工罢市写了农民同地主的直接斗争，歌颂了他们对恶霸地主的欺压毫不妥协的英雄气概。

小说第五节至第六节写春兰与参加过保定二师学潮救助活动，然后回到乡下老家的严萍去千里堤放牛，但冯兰池的狗腿子李德才不让放，和春兰打起来，并拉伤了牛鼻子。老驴头知道后，脱光膀子，冲到冯家大院和李德才又打起来。这是第二部所写的农民和地主及其爪牙产生的第一个矛盾冲突。这时候的老驴头不再怯懦，而是勇敢地和李德才进行斗争。冯兰池出来后，打架才停止。就如第一部所写，冯兰池一直想娶春兰，他曾派李德才向老驴头提亲，但老驴头把李德才打了几巴掌，他没有对老驴头发火。这次依然和那时一样。他的目的就是用冯贵堂所说“仁义”来得到春兰。

但“牛吃草事件”加深了春兰、严萍对冯兰池的仇恨，使她们加入到老驴头对李德才的斗争之中。严萍和春兰在尽览了李德才在堤坝上粗俗、低俗的奴才相后，老驴头扯出菜刀去冯家大院大骂李德才，和李德才干架。她们两人也参与进去，使这场斗争打击了李德才、冯兰池的嚣张气焰。小说自然歌颂了老驴头、春兰、严萍不惧邪恶的精神。

大贵领导短工们停工罢市讲述的是冯焕堂要雇工锄地，大贵嫌给的八十块钱太低，便领导短工们停工罢市。冯贵堂答应给一百五十块，短工们才去锄地。其间，短工们决定参加抗日。可以看出，这场斗争也以农民们的胜利结束，歌颂了他们对恶霸地主的欺压毫不妥协的英雄气概。当然，冯贵堂长工钱，表面上是他在贯彻之前所说的对农民“仁义”的主张，但实质上这又不是他的真实意愿，他于是去和张福奎、王楷第商量成立民团的事情，企图用武装力量来压制农民。

第二，李霜泗和女儿芝儿同官僚张福奎的斗争，为党开展抗日救国清除了一个障碍、阻力，赞扬了李霜泗的这个义举。

李霜泗和女儿芝儿枪杀张福奎的原因是，张福奎曾经背叛了李霜泗，害死了李霜泗的把兄弟。现在，张福奎又要求李霜泗出任肃反大队的队长，并让他出枪出钱等。李霜泗对之十分痛恨。另外，李霜泗这时已经被张嘉庆说服跟着共产党走，但和张福奎关系很好的冯贵堂又派狗腿子老山头来离间他，企图让李霜泗去镇压农民。但老山头未离间成李霜泗，他便想偷走李霜泗的枪。他偷枪也未成功，最后偷走了李霜泗的船连夜逃走。老山头的所作所为是促使李霜泗决定枪杀张福奎的直接原因。他的这一决定，不仅是为了报私仇，也是为了给党开展的抗日斗争清除障碍、阻力。

小说对李霜泗和女儿芝儿枪杀张福奎的经过写得旁逸斜出，有些人物的出现很突兀，也没有交代详情；有些事情似无必要写出。比如：李霜泗父女到张福奎看戏的戏楼后，李霜泗看到了张福奎，也告诉了芝儿，但他们没动手。第二天，李霜泗找到张福奎，告诉他自已明天会把枪和子弹送来的。然后，李霜泗和女儿在一家酒楼住下，商量着让芝儿去枪杀张福奎。芝儿到戏楼后，看见张福奎来了，也没有动手。当张福奎看完戏回家时，她才向他连开了三枪，随后把洋钱一撒，趁乱回到李霜泗跟前。然后，二人去了高跃大伯家，告诉他张福奎已经被枪杀。老人听了让他们赶快脱身。他们便骑马离开。这里出现的高跃大伯是偶尔出现的人物，他的儿子高怀志为何被张福奎害死，小说似乎没有交代。父女两人枪杀李霜泗的过程很曲折，不是杀不了，而是未下手，不知为何这样写。芝儿最终向张福奎连开三枪，实际上并未打死张福奎。张福奎在小说后边的情节里又出现了。

第三，朱老忠带人向冯老锡要枪及在警察所智取枪支，目的是为了抗日，这是他们同破落地主、警察的直接斗争，歌颂了他们的英勇机智。

小说在写朱老忠带人向冯老锡要枪前，写了他说的一段非常精彩的话，其大意是：当暴动的日子越来越近时，朱老星、严志和、大贵说暴动得有枪。朱老星说冯老锡有支老套筒。朱老忠问怎么把这枪弄来，朱老星说通过交情借来。他的方法遭到伍老拔、严志和的嘲笑。朱老忠说，大家还没弄清楚农民暴动是什么。这是两个阶级的斗争，不是作揖求情，不是请他吃火锅。应该磨利大刀，去问他要枪。这才叫暴动。朱老星说，这不成土匪抢劫了吗？朱老忠说这和土匪不一样，土匪把抢劫的财物装到自己的腰包里，我们却用来建立抗日政权，用来打日本。朱老星夸赞朱老忠太聪明了，又说光说不练是把戏，得先去把冯老锡的枪弄来。朱老忠说：说干就干！他说的这些话显示了他对"暴动"实质的精准把握，说明他已经具有较高的思想认识水平了。然后，朱老忠带着大家来到冯老锡家，大家上到屋顶后，朱老忠先跳下去，其他人也跟着跳下去。一只狗叫起来，朱老忠将它劈死，然后让冯老锡拿出枪来，说着时将桌子的一角砍下。冯老锡拿出枪后说，你们要是打冯老兰，我高兴，用它打日本，我走在前头。

作者在写朱老忠带人智取大竹镇警察局的情况，也写得极为详细、紧张、幽默、风趣。朱老忠先派大贵探了一次警察局，然后他才进去。他以给马铡草的名义使做饭的刘师傅相信了他，刘师傅又叫他劈些柴。他便叫来其他人劈柴、铡草。刘师傅安排警察吃饭时，十几个警察都出来了。但局长没来吃饭，一个警察说局长到保定去了。大贵是担着柴后来的。他来了后，从柴捆里抽出大枪，朱老忠举起铡刀，伍老拔举起钢镐，然后，一伙人就把十二个警察给控制了，缴了他们的枪，总共得到十二支。向冯老锡借枪，是这支由农民组成的红军队伍得到的第一支枪，警察的十二支枪得到后，一下子把他们武装了起来，使他们去抗日有了底气。作者通过这两件事情，塑造了朱老忠胆大勇猛，智谋过人的形象，其他人的形象也是栩栩如生，令人钦敬。

第四，朱老忠命令红军游击队攻进冯家大院，活捉冯兰池，开仓济贫，再分土地，以及贾湘农枪毙冯兰池，是农民红军在党的领导下同地主冯兰池展开的一场殊死搏斗，消灭了冯兰池这个为霸一方的恶霸地主，赞扬了农民红军大无畏的革命精神。

小说从第二十五节开始至第五十节结束，写的核心事件就是高蠡暴动，主要写了朱老忠命令红军游击队攻进冯家大院，活捉冯兰池，开仓济贫，再分土地，以及贾湘农枪毙冯兰池等事情。作者在写高蠡暴动时也是依据了历史上发生的真实事件，里面一些人物的名字如（贾）湘农、宋洛曙、翟树功等也和历史上的真实人物相同。

1932 年 7 月下旬，中共河北省委在北平西河沿饭店召开省委会议和县委联席会议，决定组织高蠡暴动。河北省委派出省军委书记湘农到保定指导暴动。8月23日，保属特委在保定召开了党团特委常委联席会议，湘农书记传达了省委指示，讨论了高蠡暴动的具体计划。25日，湘农和保属特委的贾振丰（贾臣）一起到蠡县宋家庄，召开了高阳、蠡县紧急会议，认为敌人对高蠡地区的革命活动已有察觉，所以应马上发展游击队，决定分三个区行动，28日晚在蠡县东北区集合，而后以东北区为根据地开展游击。会后，宋洛曙未经湘农同意提前行动，收缴枪支一无所获。湘农于是决定提前一天行动。27日，在蠡县的宋家庄，宋洛曙带领游击队员收缴长短枪十二支。林堡村游击队员到宋家庄集合后，又兵分两路到博野、清苑一些村庄收缴枪支二十八支。当晚，五十多名游击队员在宋家庄集合，正式编为河北红军游击队第一支队第三大队。与此同时，蠡县东北区、高阳东南区也开始行动。暴动队伍将保属革命委员会的第一号布告和游击队的十大纲领张贴于所到之处。29日，湘农带领三大队到达蠡县东北区的南玉田村，同八十多名暴动队员会合，成立了河北红军游击队第一支队第二大队，两个大队共有游击队员一百五六十人，长短枪五十多支。30日，两个大队开赴高阳东南区北辛庄。一路上，游击队宣传组织群众，打土豪斗地主，获得群众的热烈拥护。队伍到达高阳县庞家佐村时，高阳县东南区委书记蔡书林汇报了情况，并提出趁敌不备偷袭北辛庄公安分局和保卫团。游击队研究和制定了行动计划，最后在地下党员的配合下，里应外合，没有费一枪一弹，便解决了北辛庄公安分局和保卫团一个分队，缴获长短枪四十多支。战斗结束后，将东南区参加暴动的一百二十多人，编为河北红军游击队第一支队第一大队。当天晚上，湘农主持召开了紧急会议，宣布建立高蠡地方苏维埃政府，湘农任主席，宋洛曙任副主席。同时，整编队伍，正式成立河北红军游击队第一支队，湘农任支队长，宋洛曙任副支队长。下设三个大队，共三百余人，长短枪一百二十多支。苏维埃政府和支队部设在北辛庄高小，大门外悬挂红旗，整个北辛庄洋溢着暴动胜利气氛。31日，按照支队的决定，第三大队留守北辛庄，第一、二大队去西演村打游击。这天正逢集日，红军游击队发动群众斗争了八家地主，打了一家官盐店，参加斗争的群众四千多人。广大贫苦农民纷纷要求参加红军。随后，队伍又开赴多地收缴地主武装。下午两点，队伍回到北辛庄，支队召开会议研究进一步的行动问题。此时，安国之敌白凤翔部一个骑兵连包围了北辛庄。湘农马上组织部队突围。蔡书林见大门口已被封锁，立即抢占了公安局大门洞顶上的小更楼，掩护突围。宋洛曙带一部分游击队员以墙为掩护阻击敌人，组织突围。激战两小时，游击队员大部分突围，宋洛曙、蔡书林等十七人牺牲。突围出去的队员撤到高阳县高家庄，又同敌追兵激战，最后红军游击队被迫解散。至此，声势浩大的高蠡暴动结束。[1]

小说第二十五节写了冯兰池在听说农民要暴动的消息后，召集上排户，商量对付的办法。他说，共产主义不能在中国实行，不要害怕。日本人远在东北、上海，人家帮助蒋介石剿共，朱老忠却要打倒人家，真是无事生非！这些话继续展现了冯兰池的卖国嘴脸，他目光短浅，自私自利，看不到日本人侵略中国的真正企图。冯兰池的这种卖国言论，在小说第一部中就出现过，当严志和托李德才向冯兰池借钱时，他听了后骂起了运涛等革命者，说穷棍子们整天喊着打倒封建啦，打倒日本帝国主义啦！人家帝国主义怎么他们了？日本军远在关东，也打倒人家？嫌人家来做买卖，买卖不成仁义在，打倒人家干吗？真是！扭着鼻子不说理！这些话说明冯兰池把日本帝国主义对东北大地的侵占根本不当一回事。刘老万建议他请兵来锁井镇。他说，国民党的军队有什么好纪律？他们来了会把镇上弄得更加乌烟瘴气，吃喝得供着，他们还要奸淫妇女，抢动行凶，谁能受得了？这些话又显示了他对国民党政府及其豢养的军队的腐朽、野蛮有着清醒的认识。基于这个原因，他便提出把地主们武装起来，农民一暴动，就武力消灭。在座的地主老财门都同意这个办法。然后他们谈起日本的进攻，认为那是远在天边的事情。冯兰池回到家，让家人藏了金银珠宝、装地主文书的箱子等，然后他把十几条枪拿出来，佩戴上枪。冯贵堂劝他出去躲躲，他拒绝了。冯贵堂说，老爷子还是走吧，共产党把地分了，中央军来了又是冯家的。他听了说，蒋介石剿共剿了几年，还是剿不完，光是要枪要人，要骡要马，他把弄来的钱财都装到自己腰包，弄到美国去了。他的这些话又进一步揭露了蒋介石及其政府的腐败、贪婪、自私。他虽然有这样的认识，但还是要彻底消灭即将发生的农民暴动。他又叫冯焕堂、冯大有、老山头等做好作战准备，然后，教护院的如何打枪，如何作战。

第二十六节至三十节具体写了暴动的过程。二贵跟父亲朱老忠说，张嘉庆、李霜泗昨晚就打响了。朱老忠想贾湘农还没发布命令，没表态。二贵建议全家

[1] 参阅河北省高阳县人民政府网站文章《高蠡暴动》，http://www.gaoyang.gov.cn/info_show.asp？infoid=274，2013 年 7 月 1 日。王德彰《〈红旗谱〉历史故实与人物原型》，《文史精华》，2005 年第 1 期。

都去当红军，闹个满门红。贵他娘准备和朱老忠一起去打仗。她的家乡在东北，早已被日寇侵占，所以，她想参加抗战的决心很坚定。但朱老忠不让她去，让她留在后方，给游击队准备需要品，说这也是抗战。然后，朱老忠叫严萍开条子让反动地主们送枪送米。但冯兰池不予理睬。朱老忠让伍老拔告诉冯兰池，他要是再说个“不”字，这里的枪就要响了。冯兰池说要了他的命也不送枪，并且向伍老拔开了一梭子枪。朱老忠得知后决定打进冯家大院。

朱老忠兵发西锁井后，他一马当先，红军跟着他一股劲地向南冲，要活捉冯兰池。冯贵堂见红军来势凶猛，就从村边回到院里，然后登上高房。朱大贵把机关枪支在麦秸垛后头，叫二贵供子弹，然后朝冯兰池的屋檐打枪，牵扯住了冯兰池的炮火。伍老拔叫严志和、朱老星抬了一根大木头，撞裂了门板，攻进了大门。

冯贵堂带领家丁们作战时，也多次劝冯兰池撤退，但他坚持不退。最后，冯贵堂看红军来势不善，就带着众人逃走，只留下冯兰池一人。朱老忠带着红军在屋顶上仔细搜寻时，冯兰池打了他两发子弹。冯兰池没子弹后，朱老忠跟他打起架来，最终活捉了冯兰池。朱老忠然后叫来中队长开会决定先开仓济贫，分粮食、财物、家具，之后再分土地。

朱老忠回家吃了饭后，开始回到冯家内宅审问冯兰池，冯兰池生着闷气，骂朱老忠他们是土匪。朱老忠大吼一声，让冯兰池交代罪恶。冯兰池实在没办法了，就火了起来说，富人压迫穷人是自古如此。朱老忠说，你这是封建地主们的法律。冯兰池始终不肯认为无产阶级的伦理是合法的，说他要封建到底。

第三十一节至第五十节写暴动之后，严志和、伍老拔、朱老星向朱老忠请了假，回了趟家，和家人道了别，准备跟随红军队伍开拔到其他地方作战。红军队伍开拔后，冯贵堂带领家丁想打回去救他爹。李德才和老山头劝阻了他。他于是跑到城里，跟王县长汇报了朱老忠暴动的事情。王县长逐级上报请示，保定行营主任钱大钧命令陈贯群带兵镇压暴动。

贾湘农命令朱老忠攻取小营镇，结果小营寨被攻下。朱老忠立即开仓济贫。

冯贵堂、陈贯群、王楷第，以及并未被李霜泗女儿芝儿打死的张福奎等商量镇压贾湘农、朱老忠的办法，决定要把他们杀得鸡犬不留。冯贵堂说他断定共产主义在中国不能实行，因为它是穷民主义，是外来品，所以一定要消灭。王楷第说剿共是目前最大的任务，因为日本人离得还远，希望陈贯群能保全县人民的生命财产安全。陈贯群说贾湘农的军事用兵能力只有三岁小孩的水平，三天之内就能把他消灭了。但这时，参谋处送来情报说贾湘农的千人队伍已经到达辛庄，李霜泗、张嘉庆的二百多人队伍已经到白洋淀。陈贯群听后匆匆离席而去。

在敌人派了一个步兵团要镇压暴动的情况下，贾湘农提出把队伍拉回到锁井镇，在那里继续打土豪分田地。几个队长都同意了。当各队红军执行贾湘农的命令时，敌人的骑兵先出现了。贾湘农拉着朱老忠来到关押冯兰池的屋子，向他打了三枪。冯兰池立即毙命。然后，贾湘农、朱老忠、大贵、二贵、春兰、严萍等带着红军游击队疾走，其间，游击队员多人走散。

伍老拔、朱老星结伴而行，准备坐船去天津。伍老拔因不满船上一个大胖商人说共产党员的坏话，就操起船上的斧子劈死了他。抓他的两个警察也被他用石头打死。朱老星不想去天津了，就一个人回家，但他被两个土豪抓住了，他们把他交给了陈贯群。严志和腿上受了伤，他往脸上抹了血，躺在地上装死。白军踢了他几脚，他屏住呼吸逃了一命。白军走了后，他费力地朝家的方向走去。路上，他遇到一个老汉，老汉把他送回家。贾湘农让朱大贵将来把剩下的游击队员带到太行山上去，在那里公开合法的抗日。他让朱老忠留下，带领地方同志坚守阵地。他自己则要去找上级，向上级检讨错误，还要给毛主席写信。

朱老忠带领游击队，走了几天，回到锁井镇。不久，张福奎、冯贵堂的马快班在村里抢夺开了。朱老忠命令游击队集合。大家立即挎上枪支。

张福奎、冯贵堂、老山头、李德才来到朱老忠家，把值钱的东西都装上了马车；然后又来到春兰家、老套子家，抢了他们的东西。张福奎要求大抢三天，冯贵堂答应给他送些东西就行了，不劳他亲自去抢。

冯贵堂很羞愧自己闹了半天，连朱家的一个人都没逮住。冯大奶奶又抱怨他把冯兰池的尸体没找回来，他答应要砍下红军的头来祭奠父亲。这时，刘二卯说，陈贯群率领的剿共军队来到锁井镇了。他于是带上几个土豪去迎接陈贯群。

冯贵堂给他爹冯兰池发丧时，陈贯群、张福奎都参加了，他们把朱老星用铡刀铡死，以祭奠冯兰池。

朱老忠和严志和带着大贵、二贵、春兰、严萍等在晚上埋葬了朱老星和烈士们，然后，朱老忠叫大贵带着剩余的游击队员上太行山去打游击。大贵和媳妇金华在河边的沙地上亲热了一阵后，就带领队伍出发了！

高蠡暴动在高阳、蠡县等地爆发，小说所写的只是贾湘农领导朱老忠在锁井镇展开的和地主冯兰池的斗争。冯兰池被打死，使暴动取得了局部胜利。但后来国民党当局派兵对暴动人员的抓捕，对其家属的残酷迫害，使暴动最终失败。史料记载，保定国民党驻军十四旅到清苑、高阳对参加暴动的人员进行了疯狂的“剿杀”。安国白凤翔部到蠡县北区搜捕了很多参加暴动的人员。各县的警察和地主武装也联合起来在到处抓捕暴动队员，使高阳等县很多暴动队员的家倾家荡产，家破人亡，流落他乡。

小说在叙述高蠡暴动的整个过程时，也透露出作者对其失败原因的看法。

第一，国民党方面做了充分的镇压农民暴动的准备，当暴动爆发后，他们动用了多种力量来镇压暴动。

第十二章写冯贵堂去城里和县长王楷第、县特务大队队长张福奎商量成立民团的事情，就是地主、政府联合起来要对农民暴动进行镇压的武力。他们商量后，决定成立高博蠡七县联合肃反总队。

第二十一节写张福奎被刺后，冯兰池叫冯贵堂去找黑旋风做靠山，再给当官的些钱做靠山。冯贵堂去衙门找王县长，王县长去找陈贯群，陈贯群又去保定请示委员长的亲信——保定行营主任钱大钧。钱大钧指示，保定若有事，陈贯群的十四旅、安国定县的十七旅、山海关的关麟征部都可调动。可以看出，国民党方面越来越充分的准备，使冯贵堂、王县长等得到了镇压农民运动的强大力量。

第二十五节至第二十七节里写道，冯兰池又召集上排户，商量把地主们武装起来，武力消灭农民暴动。这时候，地主们几乎家家都有不少枪支弹药，农民们却只有十几支枪支，力量悬殊非常明显。

第三十三节写道，朱老忠下令农民游击队攻打冯家大院后，冯贵堂带领家丁撤出战斗，然后他来到县长办公室，告诉王县长朱老忠暴动了。王县长打电话向省政府报告，又和保定卫戍司令陈贯群通话。陈贯群去见钱大钧。钱大钧指示陈贯群对农民暴动进行残酷镇压。

第三十八节写道，未被芝儿打死的张福奎养好伤后，和王楷第、陈贯群、冯贵堂等决定，各方力量联合起来，用先进的武器来对付贾湘农、朱老忠。最终，红军游击队被打得七零八落，暴动彻底失败。

第二，农民暴动自身存在着很多问题：配合力量不足，武器装备差，考虑不全面，战时手忙脚乱，指挥失灵，等等。

第十三节至第十六节写贾湘农和担任国民党党部书记长的刘书记长、印花税局的曹局长谈了组织农民暴动的事情，又派张嘉庆去动员土匪李霜泗跟着共产党走。刘书记长按贾湘农的要求想着办法拖延七县联合肃反总队的成立，曹局长表示很乐意帮助贾湘农，愿意筹划两千块钱。李霜泗也愿意跟着共产党走。贾湘农随后又和朱老忠谈了暴动的事情。这些说明贾湘农这一方也在做着各方面的准备，但刘书记长在暴动发生后并未出现，曹局长出现了，只是一闪而过，李霜泗带芝儿进城枪杀张福奎，其过程很曲折，不是杀不了，而是急忙不下手，似乎展示了他们对刺杀张福奎的犹豫不决。芝儿最终虽然向张福奎连开了三枪，但并没把他打死。

第十九节至第二十节写贾湘农指示锁井镇成立红军队伍，叫朱老忠当大队长。朱老忠随后叫了一班子年幼的人们，每天练习棍棒刀枪。

第二十二节写离暴动的日子越来越近，朱老忠带领大家通过暴力抢来冯老锡的一支老套筒，然后又端了大竹镇警察局，弄了十二支枪、十二条子弹带。他们拥有的武器和国军、地主武装相比，还是弱小得多。

第二十五节至第二十七节写朱老忠让严萍发布了第一号命令、第二号命令、第三号命令。但这些命令的发布具有鲜明的随机性，是在别人提出了问题后，朱老忠才下的命令，说明他提前没有想到这些。当然，朱老忠对于组织部队去和阻止抗战的敌人进行真刀实枪的作战，这对他来说，是他生命历程中出现的第一次，所以，他显得有点手忙脚乱。

当朱老忠知道张嘉庆、李霜泗已经解决了一个警察局，缴了十几条枪的消息后，他想到贾湘农还没发布命令，就先把部队按西乡、南乡、北乡编成四个中队。但东乡即锁井大队没编起来，因为他很忙。他跟贵他娘说先把脑袋一扎就是干，干了再说。这句话显示了他发动暴动的仓促性和盲目性来。

第二十八节至第三十节写他决定攻打冯家大院时，也考虑到冯家大院护院的打手们都能打枪，冯贵堂也可能请来了警察保安队，于是让朱大贵派几个侦探注意保定和安国敌人出动的情况。然后，他向红军游击队做了讲话，鼓励大家好好作战。

当游击队兵发西锁井后，队伍一股劲地向南冲，朱老忠一时无法制止队伍。

冯大狗认为队伍这样碰到国民党兵，一下子就被消灭了。朱老忠认为群众游击战争和正规队伍不一样。红军第一次作战，敌人打枪，他们还站着。朱老忠问大贵仗怎么打，朱大贵说可以硬攻，不能冒失前进。朱老忠站到墙檐，看着冯家大院的墙垣像城墙一样高，一时不知道怎么办。他站在牲口棚门口，发现冯家的宅院像铁桶一般，不知道用什么办法攻。这里出现了“朱老忠一时无法制止队伍”“朱老忠问大贵仗怎么打”“朱老忠一时不知道怎么办”“朱老忠不知道用什么办法攻”这些句子，写出了他首次发动武装暴动的真实情况。在这场攻打冯家的战斗中，虽然有朱大贵、冯大狗这两位具有作战经验的人，但因为指挥者朱老忠是初次参加真刀真枪的战斗，所以他不知道如何作战，他率领的队员更是不知道，于是人们便以摸着石头过河的心态作战。好在师出正义，队员们又很勇猛顽强，所以最终战胜敌人。

第三十五节写了贾湘农对自己领导的农民暴动进行了反思，认为自己还缺乏具体经验。

后来的人们在总结高蠡暴动失败的原因时，认为：一是主要是领导者错误地估计了保定的革命形势，过高地估计了革命力量和群众觉悟，做出了认为暴动条件已经成熟的判断；二是暴动的准备时间仓促，思想、组织及物资准备都不充分，致使作战时上下指挥不灵，左右联系失误，行动不一致，没有战斗力，一触即溃；三是指挥暴动的领导者思想麻痹，缺乏斗争经验，被一时的胜利冲昏了头脑，对敌人的阴谋毫无察觉，结果遭到重大损失，使轰轰烈烈的暴动毁于一旦。

从小说所写的情况看，上面三个原因都存在。

高蠡暴动虽然失败了，但它是在中华民族的危机日益深重的时刻爆发的，参加暴动的农民在面对强大的国民党反动势力时，英勇地高举起了革命的红旗，在华北的腹地平、津、保三角地带掀起了一场轰轰烈烈的红色风暴，为之后冀中平原的抗日游击战争奠定了群众基础，为中国革命播下了火种。这次暴动也是北方党组织创建红军、建立苏维埃政权的一次伟大尝试。

小说对高蠡暴动全面、细致的描写，一方面歌颂了这次农民武装暴动打击了国民党的统治，动摇了其统治的社会基础；二是这次农民武装暴动通过斗地主、打土豪、分粮食、烧契约，使封建地主阶级的威风扫地，大长了劳苦人民的志气；三是这次农民武装暴动是在中国共产党员的领导下进行的，暴动前建立了红军队伍，这在冀中地区是一个伟大的创举，给后来的革命斗争留下了火种，为中国共产党领导人民开展抗战打下了坚实的基础。

三、第三部《烽烟图》的主题思想

本部共四十三节，三十八万字。从本部所写的内容看，时间是1937年“七七事变”后，书写了农民同当时各种阻碍抗战的政治势力的斗争，歌颂了他们保家卫国的爱国主义精神。主要的事情有：朱庆被诬陷偷瓜，冯贵堂调戏珍儿，朱庆猛撞冯贵堂，朱庆怒烧冯家麦秸垛，李霜泗被捕、就义，贾湘农在上海牺牲，保定二师学潮被捕学生刘光宗、杨鹤声、曹金月和刘俞林就义，日军轰炸保定，冯贵堂二女儿被抢，张嘉庆关押冯贵堂，张嘉庆警卫员老占被老山头杀害，运涛、江涛截获逃跑的县长王楷第，冯贵堂被释放，冯贵堂成立武装，冯贵堂和陈金波嫖娼，张嘉庆被佟老五杀害，土匪徐老黑在县城作恶，等等。

第一，冯贵堂诬陷长工朱庆偷瓜，朱老忠据理力争救下朱庆的事情，反映了农民和地主发生的新矛盾，歌颂了他们互相关爱的精神；冯贵堂调戏珍儿，朱庆猛撞冯贵堂，以及朱庆放火烧毁冯贵堂家麦草垛的事情，歌颂了朱庆疾恶如仇、勇敢反抗的精神。

小说第一节至第三节所写的冯贵堂诬陷长工朱庆偷瓜事情，一下子把农民和地主之间的矛盾凸显出来。这是本部小说展现的农民和地主的第一个矛盾。朱老忠为此据理力争，使被冯贵堂吊打得遍体鳞伤的朱庆释放了。然后，冯贵堂设计宴请朱老忠，朱老忠经过和朱老明多次商量，最终去赴宴，但却使朱庆背上了确实偷了瓜，从而宴请冯贵堂以赔情道歉的贼名声。朱老忠知道自己上了冯贵堂的当，便去找当了县委书记的江涛，图谋反击。但当时已经是国共合作时期，由党所倡导的建立统一战线正在实行，所以，江涛建议还不能和冯贵堂斗，因为目前印把子还在国民党手里掌着，官是国民党做着，不能惊动国民党，要蓄积力量，趁日本鬼子还没来，先抓紧时机，把广大农民组织起来，以农村包围城市。力量暴露得过早，对抗日救亡运动是不利的。目前形势还不是闹斗争的时候。只有把党整顿起来，说干就又干起来了。朱老忠听从了江涛的话，从党的政策出发，让朱庆继续到冯家去上工。

小说在第五节写道：朱庆养好伤后，在他娘的陪伴下到冯家去上工，冯贵堂同意朱庆回来上工。旁边的长工老拴为了表达高兴心情，就向服侍冯大奶奶、冯贵堂的珍儿吐着舌头笑了一下，珍儿也回笑了一下。冯大奶奶看见后，把珍儿又骂又打。老拴知道是自己闯了祸，就很自责。接着，写了冯贵堂要强奸珍儿，被老拴的一声咳嗽给搅扰了。冯贵堂气得忿忿地出了半天神。老拴跟朱庆说了，朱庆就要去揍冯贵堂。老拴拦着朱庆时，冯贵堂因为害怕走漏了风声，败坏了门风，就来找老拴想平息。当他看朱庆要揍，就说要把朱庆捆了送到县上的警察局！朱庆想自己无端被吊打的仇还没报，现在又要送他去警察局，就猛劲地往外跑，结果一头撞在了冯贵堂的胸膛上。冯贵堂被撞翻在地，疼得他好像五脏六腑都裂了。朱庆一看把冯贵堂撞得不轻，心里一慌，就抽身跑了。

这里写了冯贵堂调戏珍儿、朱庆猛撞冯贵堂两件事情。冯贵堂看珍儿已经长成大闺女了，就对她有了垂涎、企图。当他真正实施企图的时候，却被老拴搅扰了。他已经很气愤，又听到朱庆要揍他的话。两边对峙时，朱庆就猛撞了他。朱庆的行为是情急下做出的，因为他看把冯贵堂撞得不轻，心里一慌，就抽身跑了。但他这一撞，重重地打击了冯贵堂，使他此后对珍儿再也不敢动歪心思了。他能做的就是辞退他不敢惹，他惧怕朱庆。朱庆然后在冯老锡家当帮工。其实，冯贵堂的内心里是不想让任何人再用朱庆的，但朱庆却被冯老锡雇用了。他就暴躁起来。

第七节写冯贵堂于是派刘二卯和李德才去压服朱庆，也给冯老锡一个脸色看看。李德才和刘二卯去后，冯老锡一家人在栽山芋，朱庆正在干活。李德才就打起朱庆来。朱庆问李德才："你说！我为什么碰他？"刘二卯考虑到主子想强奸的是李德才的女儿珍儿，就不想说让李德才说，说出来怪难为情的。但李德才却让刘二卯说。刘二卯看李德才非要说，就硬是把李德才拉走了。朱庆越想越生气，就在晚上把冯贵堂家的麦秸垛点着了。朱老忠知道是朱庆所为，认为不能用这种办法，对冯贵堂有损失，也对穷人没有什么好处。然后让朱庆走他爹的路，跟着共产党走！朱庆认为自己这样做，也打击了冯贵堂的兴头，叫他丢人现眼了！朱老忠听了说："当然，这也算是斗争！"并夸赞朱庆的阶级觉悟提高了，是一个有雄心、有骨性的小伙，让他跟着共产党走。

这里，进一步描写了朱庆的天不怕地不怕的性格，他问李德才的话，李德才自然知道是什么事情，所以才让刘二卯说。刘二卯顾及李德才的面子，不想说，也不让他说。但李德才还是坚决要说。由此可见李德才是一个多么混账的奴才，他的女儿差点被冯贵堂强奸（根据小说的具体描写看，应该是未遂），他却在很多人面前让朱庆和刘二卯说。由于珍儿是一个善良、可怜的姑娘，她给农民革命做出过贡献，所以，朱庆在明白这些后，为了维护她的声誉，也没说，他只觉得冯贵堂太可恨，李德才可耻，可悲。

第二，正面写日机轰炸保定，呈现了人民遭受的灾难，使江涛更加坚定了发动群众消灭日寇的决心。

第二十六节至第二十八节写道：朱老忠去赶集，遇上日本飞机轰炸，炸死一个小孩儿和一头牛。第二天，朱老忠进城开会，江涛先讲话，说祖国已经到了最危险的时候，7 月 28 日北平失陷、29 日天津失守。目前日军进展迅速，国军节节败退。8 月 15 日，中共中央发出国共合作宣言，红军改编为国民革命军，开赴抗日前线。“西安事变”后，国内形成团结形势，但亲日派卖国贼依然帮助敌人灭亡中国。会议结束后，江涛说应该马上到特委去，争取领导，并让张嘉庆陪他去。第二天，两人出发，看见街上有许多从保定、北平来的难民。他们进城后到省政府去找民训处的温秘书长，但他去了定县。他们于是在万顺老店住下，老掌柜说日本人的飞机每天都来轰炸、扫射，汉奸遍地。张嘉庆去街上打听，街上正在过队伍。他又到省政府，传达员说官员们都跑了。张嘉庆回来，和江涛商量去定县。晚上，日本人的飞机来轰炸、扫射。这是江涛第一次见到空袭，第一次听到民族敌人的枪声，他的心里非常难受。飞机飞走后，城里一片死寂。第二天，他们去定县，刚出门，敌机又来不停地轰炸、射击。一个汉奸拿着小白旗向敌机示意着，张嘉庆抬手一枪，就把他打死了。接着，第二个汉奸捡起白旗向敌机示意，张嘉庆又一枪将他打死。轰炸结束后，大街上死尸遍地，江涛看着下定决心，一定要发动群众，把日本鬼子赶出去。他们到了西车站，上到车上。车开了后，江涛看见站台上站着运涛，就使劲喊，但运涛没听见。到了定县，江涛在特委张合群跟前接受了三项任务。回来后，他决定把保安队解决了。很快，他和朱大贵、张嘉庆、严萍带人冲进公安局，督查陈金波说他们早就想抗日了，随后他领着江涛到枪械库弄了好多武器。这次突袭共俘获一百三十多人，但枪多人少，背不过来。

第三，冯贵堂被张嘉庆关押，运涛、江涛截获逃跑县长王楷第的财物，以及土匪徐老黑在县城为非作歹，关押严萍，大贵带兵剿匪等事情，打击了地主老财、官僚政客、土匪等置国家民族灾难于不顾，自私自利、弃职保己、乘机作恶的嚣张气焰，反映了张嘉庆等人对地主老财、官僚政客、土匪的无比痛恨的心情，歌颂了他们对这些人的勇猛斗争精神。

第三十三节至第三十四节写张嘉庆在黎明时分去查哨，遇到冯贵堂一家逃难回来。他命令他们到东锁井队部冯老锡的院里接受检查。然后他找到江涛、严萍、运涛、春兰，共同商量决定：冯贵堂在大暴动后抄了暴动户的家，又治死了李霜泗，所以轻易不能放过，必须关押起来，他的其他家人可以准许回家。冯贵堂被关在冯老锡黑暗的农具屋里后，张嘉庆打发人叫来刘二卯和李德才，让他们给冯贵堂的家人打抗日的保单后，才放了冯贵堂的家人。冯大奶奶回家后，说这个仇迟早要报。冯贵堂媳妇见二女儿二雁没回来，就问缘由，有人说二雁被国民党的一个军官抢走了。贵堂媳妇一下子昏死过去。

第三十六节写了运涛、江涛、张嘉庆、朱老忠、大贵对县长王楷第保安队的截击，震慑了欲拉着家眷和金银财宝回老家的王楷第。运涛、江涛跟王楷第说了许多话，展现了我党对统一战线的坚决贯彻，对国民党官员在国难当头之时不能守土护国、弃官逃走的愤慨、谴责。严知孝的一番悲壮讲话，更表明他的一腔爱国之情没变。释放冯贵堂是在统一战线形势下的决定，目的是让他看清形势，有所觉悟。但冯贵堂并没有改恶从善，积极配合抗战，而是继续作恶。

第四十节写了土匪徐老黑奉黑旋风之命在严萍执政的县城为非作歹的情况，这是冯贵堂的安排，因为他之前已经和黑旋风拉好了关系，黑旋风又派徐老黑来搞乱县城，目的是让江涛和严萍也落下张嘉庆牺牲了的结果，足见这伙地主土匪的险恶用心。当严萍为着建立统一战线，想通过教育的方式改变徐老黑的想法落空后，她便下令关了徐老黑的手下。但她没想到徐老黑是要彻底为冯贵堂效力的，又把她关进了黑屋子里。其斗争的激烈性令人感地主土匪勾结后，气焰极其嚣张。而在这个时候，大贵发现了被老山头杀害的张嘉庆的警卫员老占的尸首，又听到了严萍被土匪关押的事情，他立即命令各中队到县城隐蔽待命，并找严知孝商量。为了维护统一战线，严知孝传请徐老黑，利用自己和徐老黑有过一面之交的交情，让徐老黑释放了严萍。但大贵却不想让这些土匪和地主，甚至官府勾结起来，破坏来之不易的统一战线，于是率领队伍消灭了徐老黑的大半队伍。这真是大快人心，从而粉碎了冯贵堂精心设计的破坏抗战及报私仇的阴谋。

第四，通过讲述李霜泗被捕牺牲、贾湘农在上海牺牲、保定二师学潮被捕学生被反动派枪毙、严萍被捕、老山头杀害张嘉庆的警卫员老占、张嘉庆牺牲等这些抗日爱国志士的悲惨结局，反映了地主官僚军阀土匪联合对他们的残害，歌颂了他们坚定的爱国信念和视死如归的精神。

小说在第八节至第十二节，讲述冯贵堂带着老山头去河南省的明港镇，抓捕在铁路上当工人的李霜泗。所用篇幅多，写得极为详细。冯贵堂通过贿赂县长王楷第、河南省确山县县长的张秘书及其他大大小小的官员后，最终抓到了李霜泗。李霜泗在火车上对乘客公开了自己的身份：“老乡们！不要害怕，我不是土匪！我是高蠡暴动的大队长，跑到河南当了工人，只因出了奸细，我才被拿了……”说着又大喊一声：“中国共产党万岁！”人们听了说：“原来是个共产党，好样的！”李霜泗被押回县上，人们看英雄回到故乡，不由得想到高蠡暴动的威势和高蠡暴动的失败，万般情绪袭上心头，簌簌落下了眼泪。在大堂上，李霜泗面对审问他的承审员，不下跪，不屈服，气节坚贞，大喊着“中国共产党万岁！”“打倒日本帝国主义！”第十二节写道，四大城绅开了会要立绞李霜泗，李霜泗被看守押上刑场后，他和张福奎互骂着。他女儿芝儿在群众突然起了动乱之时，向张福奎连开三枪，又向保安队射了一圈。然后，她趁乱跑到树林里，骑马朝天津方向跑去。

李霜泗被抓后和老山头的对话，押回县上和承审员的对话，以及在刑场上和张福奎的互骂，都表现了他就义之前对正义、真理、信仰的坚守。许多群众来送他，说明人们对国民党屠杀共产党及一切反压迫、反专制、反侵略人士的愤怒。

第十三节提到了贾湘农在上海牺牲，没有展开详述。第十四节至第十九节写了保定二师学潮被捕学生刘光宗、杨鹤声、曹金月和刘俞林被反动派枪毙，以及严萍在刑场被捕的事情，第三十七节写了老山头杀害张嘉庆的警卫员老占，等等，都反映了地主官僚军阀联合对抗日志士的残害，歌颂了他们坚定的爱国信念和视死如归的精神。

尤其是第三十七、三十九节写冯贵堂和陈金波嫖娼，勾结一气后害死张嘉庆的事情，令人痛心。其实，冯贵堂领着陈金波去嫖娼、吸食海洛因时，他们早已串通好，设计好了一切。所以，当张嘉庆一到佟老五那里，就被下了枪。然后，佟老五捆绑、毒打张嘉庆，并把他押到唐河边上的悬崖处使其跳崖牺牲。这些都是冯贵堂借佟老五之手要置张嘉庆于死地的连环计。就这样，一位反叛了地主阶级的地主之子、年轻的英雄、神枪手、坚定无比的共产党员张嘉庆这样最后英勇地牺牲了。朱大贵在了解了佟老五情况后，不禁打了寒战。但他没想到张嘉庆在陈金波这个没有政治根底的人的诱骗下，牺牲了自己的生命。

总之，《烽烟图》讲述的故事发生在“七七事变”后，当时日本帝国主义由长城各口长驱直入，迅速占领了平津保地区，使民族危机空前严重。小说以国民党政府迫于全国人民的压力，接受中国共产党团结抗日主张，建立抗日民族统一战线为背景，描写了抗战烽烟初起时老一代革命者朱老忠、朱老明、严志和、伍老拔等和青年一代严江涛、严运涛、张嘉庆、朱大贵、朱二贵、严萍、春兰、朱庆等与破坏统一战线建立，从而阻挠抗战救国的各种政治势力进行的英勇斗争。该小说展现了老一代革命者强烈的爱国热诚和鲜明的无产阶级立场，重点刻画了年轻一代在党的教诲下茁壮成长的过程，可歌可泣的爱国精神，以及他们最终成为抗战中坚力量的情况。

四、《红旗谱》三部曲主题思想总论

《红旗谱》三部曲是一个整体，除过第一部开头所写的“朱老巩大闹柳树林”事件发生在清末外，该部所写的反割头税运动保定二师学潮，第二部所写的高蠡暴动，第三部所写的抗战全面爆发前烽烟初起的情况都发生在民国年间，时间跨度为十年多，空间以锁井镇、县城、保定为中心，至远辐射到北平、太原、石家庄、济南，细腻地讲述了农民同地主阶级的斗争，农民、学生、教师等与地主、官僚、军阀、土匪等联合起来形成的破坏抗日统一战线建立，阻挠抗战救国的多种政治势力的斗争。

小说通过对大革命前后冀中平原农民的生活和斗争的描写，展示了三代农民的不同命运，艺术地再现了近现代农民的斗争道路，深刻地表现了中华民族英勇不屈，坚持斗争的民族精神，形象地揭示出只有在中国共产党的领导下，农民为求得自身解放的斗争才能取得真正的胜利。

第一部《红旗谱》所反映的时代，正是中国农民两千多年来的历史悲剧行将结束，新的斗争序幕已经拉开的时代，作者紧紧把握这个时代特点，通过朱老巩大闹柳树林，朱老忠被迫下关东并返乡谋报仇、蒋介石背叛北伐革命、反割头税、保定二师学潮等主要情节，广泛地概括了当时的社会现实，说明了农民的地位和处境，指出了农民革命发展的胜利方向。

小说对农民问题的深刻揭示，集中表现在对众多农民形象的精心刻画上。

朱老巩、严老祥是第一代农民形象，他们是中国农民传统性格的化身，其斗争的道路是奋起反抗但却失败；朱老忠、严志和是第二代农民形象，他们是承前启后的一代，其斗争的道路是由自发反抗到自觉革命；运涛、大贵、江涛等是第三代农民或从农民家庭出身的青年知识分子，他们的斗争道路已经完全不同于前辈，其斗争是在共产党的领导下进行，目的很明确。比如反割头税运动之前，江涛进城去跟贾老师研究运动进展的情况，江涛跟贾老师说："闹腾了半天，我还不明白，这个运动的目的是什么？"贾老师说是为了发动群众，组织群众向包商主、向封建势力进行斗争，并吸收参加运动的一些农民积极分子，打好建党的组织基础，最终的目的是起义，夺取政权。江涛听明白后，就更加积极地组织人们参加反割头税运动，运动爆发后，割头税被暂时取消，所以，从实质上说这场运动以失败而告结束。保定二师学潮也以失败而告结束。这是因为反动势力很强大，而农民、学生的革命却处在初始阶段，他们还没拥有和敌人斗争的武器，只依靠从党那里获得的思想力量与地主、军阀、政客进行斗争。所以都失败，但也尽显了壮烈和崇高。

第二部《播火记》在写的高蠡暴动爆发后，即朱老忠下令红军游击队攻打冯家大院时，朱老忠他们的作战情况被作者进行了真实的描写。小说写道：

> 朱大贵扛着机关枪，跟在朱老忠后头，一时无法制止这样庞大的人群。高跃老头走过来说："这样不行呀！"冯大狗也生气跺脚，说："这么打仗不行呀！碰上国民党兵，一下子就被消灭了！"朱老忠咂咂嘴，说："你说的哪里话，群众游击战争嘛，新起的队伍，当然不能和正规队伍一样！"人群冲到了锁井村边，一出庄稼地，不提防哗啦地一排子枪打过来，像是无数飞蝗落在庄稼叶子上，噼啪乱响。人群又呜地兜回来。他们今天第一次打仗，又是惊喜，又是害怕。听到第一声枪响，很觉稀罕。枪声不够清脆，但是很响，震得人心上突突跳着。不一会儿工夫，有火硝的气味顺着风飘过来。[1]

另外，小说还描写了朱老忠站到墙檐，看着冯家大院的墙垣像城墙一样高时，一时不知道怎么办。当他趴在墙根底下发现墙是土的，于是率领众人推倒了墙，攻进了第一层。当他站在牲口棚门口，发现冯家的宅院像铁桶一般时，

[1] 梁斌《播火记》，人民文学出版社，2005 年版，第 255 页。

不知道用什么办法攻。他于是问大贵这场仗怎么打。作者对朱老忠这些困惑的描写，写出了他初上战场时的真实情况。此后，当各大队会合起来，从强敌包围圈突围时，这支刚组建起来的游击队更是显得手忙脚乱，大多数人连枪栓都不会拉。但他们凭借着顽强而又不怕死的精神，最终占领了冯家大院，活捉了冯兰池，吓跑了冯贵堂。小说所写的是农民革命战争初起时的真实状况。他们在中国共产党的领导下，使自己在战斗中得到了锻炼，进而作战渐渐熟练，从容不迫。[1] 该部小说把高蠡暴动中敌我双方的交战写得非常惨烈，把朱老忠、严江涛两代人面对地主武装，面对对付农民红军游击队时显得很“强大”的国军的剿杀写得异常激烈，把红军游击队表现出的气吞山河的英雄气概写得非常感人。

如果再分析反割头税运动、保定二师学潮、高蠡暴动三件大事失败的原因，可以看出是国民党政府的统治已经从根子上腐朽不堪了，它纵容地主阶级对农民进行肆意盘剥，对日寇占领东北进而觊觎华北、华东，挑起 1932 年的上海“一·二八事变”等漠视不管，反而让他们组织武装力量对付想抗战的人们，把正规兵力调集到南方去消灭一心要北上抗日的中国工农红军，动用各种反动势力疯狂地剿杀北方各地的反压迫、真抗战的各种正义力量。

第三部《烽烟图》所写的是“七七事变”爆发后，日寇占领平津，进而向南轰炸保定等地，在民族危亡时刻，中国共产党呼吁一切力量救亡图存，很多具有爱国心的人于是纷纷起来，宣传、鼓动人们去武装抗击日寇，保家卫国。该部小说中出现的人物多是曾经参加过反割头税、学生运动、高蠡暴动的中青年农民和青年学生，他们仍然是开展对敌斗争的主要力量，面对的敌人依然是在 20 世纪 30 年代初期就主张对日本的侵华行径不予抵抗的地主奸商、军阀政客等。

小说把“七七事变”之后北平、天津沦陷造成的难民逃难、败军溃退的场面描写得让人泪眼婆娑，气愤难忍，尤其是把日军飞机轰炸保定城时的疯狂，以及严江涛和张嘉庆在万顺老店地窖里躲避炸弹时的情景写得让人感到，一个软弱的政府给人民带来的灾难是多么深重！张嘉庆抬枪准确打死两个举着旗帜给日机“导航”的汉奸的场面令人心潮澎湃，连声叫好；老掌柜让他们无偿住店，催促他们快点出城，回家后给他来信报平安的话语又令人无比感动，不由

[1] 郝雨《古老民族精神在血与火中的现代升华——梁斌〈红旗谱〉（三部曲）新论》，《文艺理论与批评》，1997 年第 3 期，第 71—77 页。

得涕泣涟涟。

可以看出，三部曲小说以细腻的笔触描写了人们在逆境中前仆后继地反抗封建地主阶级压迫、军阀官僚统治、日本帝国主义侵略的过程，展现了农民革命、学生运动的伟大力量，塑造了许多可歌可泣的英雄人物形象。

三部曲小说对严运涛和春兰忠贞不渝的爱情描写，对严江涛和严萍因为误会而出现的波波折折的爱情描写，都使整部小说具有了浓浓的诗意力量。小说多处对农村生活场景进行了描写，充分表现了广大农民和地主阶级进行顽强斗争，热情奔向抗战前线的情况，反映了他们强劲的体魄以及充满的生命活力。

三部曲小说在形象描绘农民革命斗争的壮阔历史画面时，全面地展现了我们民族自古以来所铸炼成的自强不息、英勇无畏的坚韧精神。这种精神支撑了中国当时的革命斗争和抗日战争。

复旦大学中文系教授陈思和《中国当代文学史教程》讲道：从民间的角度来解读《红旗谱》，就会发现这部小说在描写北方民间生活场景和农民形象方面还是相当精彩的……小说语言风格浑厚朴素，在看似有点自由散漫的叙事中，仿佛是无意地点染、绘织出一幅幅乡间的人情风土画卷。[1]

总之，《红旗谱》三部曲从各个层面和方位上，展示了我们民族的精神和意志，它以雄浑的气魄告诉人们，只要这种民族精神、意志永在，我们这个民族会战胜一切邪恶的力量和强大的外敌。这也是我们民族能够得以自强不息的根本。小说通过展现朱老忠、严江涛等在中国共产党的领导下，一步步走上革命道路和抗日救国道路的过程，说明中国农民只有在共产党的领导下，才能更好地团结起来，战胜阶级敌人，解放自己。这就是三部曲小说的核心主题。

---

[1] 王志明主编《中国新文学史一百年 · 作品导读》(下)，西南交通大学出版社，2012 年版，第 37—38 页。

第三章

《红旗谱》三部曲曲折、动人的故事情节

第一部《红旗谱》

本部共五十九节，出场人物七十四个。

第一节：朱老巩为护钟大闹柳树林。

本节是三部曲小说的“楔子”：写锁井镇村长、千里堤堤董冯兰池（冯老兰）要砸碎古铜钟顶赋税。古铜钟是锁井镇一带四十八村所有。练过拳脚的朱老巩看出冯兰池砸钟实质上是要霸占河神庙前后四十八亩官地，他便持着铡刀和严老祥在柳树林里阻止冯兰池派的铜匠砸钟。铜匠于是砸钟不成。但冯兰池打发人请来了参加过义和团的大师兄严老尚。严老尚把朱老巩和严老祥叫到大街上的荤馆里喝酒，使二人中了他施的调虎离山之计，结果铜钟被砸碎！朱老巩气炸肺，吐血而亡。

本节里朱老巩的侠士形象鲜明，他充满正义，正直无私，有胆有识，没有丝毫的奴颜和媚骨。他的儿子小虎子（朱老忠）年方十五岁，对冯兰池砸钟也无比气愤，时刻跟随着父亲护钟，一个正气凛然的少年英雄形象初显，引人关注。地主冯兰池三十多岁，是小说后面大部分情节里的主要人物，阴险残忍，守财如命，是一个典型的恶霸地主形象。严老祥在朱老巩死后，因畏惧冯兰池

的淫威，便离家下关东，不知所终。但在此后小说的很多情节里，他仍然是被家人挂念的人物。此节还出现严老祥老伴、朱全富等人，他们在小说后边的情节里也偶尔出现。严老尚以调虎离山之计给老英雄朱老巩造成了一个悲剧结局，使朱冯两家在此后的几十年里一直恩怨难了，他的行事给属于地主阶级的冯家帮了忙，这也毁了他曾是义和团团员的美名，人品也可见一斑。

第二节至第七节：朱老忠偶遇严志和，和其一起回家；严志和的儿子运涛、江涛等父亲回家；朱老忠得知姐姐自杀，鼓励江涛好好念书；春兰来找运涛问字；春兰父亲老驴头与朱老忠相识；朱老忠看望朱老明、伍老拔。

朱老忠坐在去保定的火车上时，想起父亲朱老巩去世后，自己和姐姐相依为命的日子。一天晚上，姐姐被冯兰池派的两个强人强奸了。姐姐让他赶快逃命。他在严老祥及儿子严志和的护送下下了关东。几年后，他娶妻生子。现在，他终于要回家乡了。

作者对这些事情的叙述喜悲各半，前面写的是朱老忠一家因为要回到阔别三十年的家乡，所以喜庆气氛充满了字里行间；但在写朱老忠对三十年前往事的回忆时，气氛悲伤抑郁。作者对人物情绪变化的表现很到位，很分明。里面出现的朱老忠、贵他娘、大贵、二贵四个人物都是三部曲小说里始终贯穿着的人物。

在保定火车站，朱老忠认出严志和，严志和也认出他是小虎子。严志和说他要去关东寻找父亲严老祥。他劝严志和不要去。随后他们到万顺老店住下。店掌柜认识严志和，也认识朱老忠的父亲。严志和接受了朱老忠的劝说，然后跟他讲了地主冯老兰和冯老洪闹民团，抢了逃兵的骡子车和洋面，逃兵叫来大部队要血洗锁井镇，黑旋风调停后让其给逃兵赔偿五千块大洋才罢兵，但五千块洋钱最后却摊到了贫苦农民身上的事情。村民朱老明串连二十八家穷人告状，结果官司打到三级法院都输了。朱老明赔得倾家荡产，严志和也赔了一条牛。朱老忠听了，说天塌下来，他接着。然后问严志和："我那老姐姐呢？"严志和却没跟他说。朱老忠想自己一定要看到冯老兰败家的那一天。

本节先写朱老忠在保定火车站认出严志和，严志和也认出了他是小虎子。作者对他两人之外的其他人对他们见面情景的注意也进行了描写，侧面反映了两人偶遇的内心激动。然后主要塑造了朱老忠的义气形象，当他听到冯老兰在锁井镇继续横行霸道的事情后，他那一句"天塌下来，我朱老忠接着"的话显现了他的侠肝义胆，说明他是一个可以给朋友两肋插刀的人。他最后想的那句“自己一定要看到冯老兰败家的那一天”的话为小说后面写他和冯老兰父子进行持久的斗争埋下了伏笔。严志和对严老祥下关东的追忆，侧面表现了严老祥的怯懦。朱老明是小说后面大部分情节里的主要人物，土匪黑旋风在后面也不时出现。严志和没跟朱老忠说他姐姐的去向，引发了人们的阅读兴趣。万顺老店的掌柜是一位热情、善良的生意人，在小说里多次出现，给朱老忠、严志和、严萍、严江涛、张嘉庆等提供过不少帮助。比如第一部《红旗谱》写保定二师学潮爆发后，朱老忠、严志和去保定看望严江涛和张嘉庆，两人就住在该店，老掌柜给他们提供了不少学生运动的信息；第二部《播火记》开头写保定二师学潮失败后，老掌柜连夜租车将严萍送回乡下老家，分文不要；第三部《烽烟图》写严江涛和张嘉庆去保定找省政府时，遇到日本飞机轰炸，三个人一块躲在菜窖里避难，老掌柜最后不要他们钱，还叫他们赶快离开保定，回去后给他来信报平安。其情真情深，感人心魄。

朱老忠与严志和一家租了一辆马车回到村边时，严志和看见自己的土地，就单腿跪下，捏起一颗谷种，眯细了眼睛看了看。到达九龙口时，看见窑疙瘩上坐着儿子严运涛和严江涛。严志和从朱老忠背后抬起头来。严江涛看见父亲，说:“你可回来了，早把我娘牵坏了！”

严志和看见“宝地”后的一系列动作，写出了他对土地和庄稼的无比挚爱，读来令人动容。小说后面在写他为了看入狱的运涛，卖掉了这块“宝地”，然后吃着“宝地”上的土恋恋不舍，更是对他挚爱土地的极致表现。严志和离家时未跟家人打招呼，是偷偷离开的。涛他娘和老祥大娘于是让运涛、江涛每天出去找他。现在，他看见运涛和江涛在等着他回家，就把藏在朱老忠背后的头抬起来。江涛、运涛看见父亲回来，高兴至极。这里新出现的严运涛和严江涛，是小说里的两个主要人物。作者对严江涛和朱老忠的对话做了详尽的描写，展现了严江涛的聪明、机灵、懂事。

严志和与朱老忠一家走到村头，老祥大娘和朱老忠相认。她看到严志和回来了，就撒开嗓子大骂起来！她见了贵他娘和大贵、二贵，连声说好。当两家五个大人和四个小伙子一齐吃饭时，朱老忠讲了自己的遭遇，大娘跟他讲了他姐姐在他刚走之后，跳进滹沱河自尽了的事情。朱老忠听了瓷着眼珠，半天不说一句话。一个“瓷”字，刻画了他内心的震惊、悲伤。但亲人已去，再伤心

也无济于事，只有化仇恨、悲伤为力量，才是对逝者的告慰。他于是鼓励江涛一定要多念书，大贵将来去当兵，一文一武，就可以让受苦人不再被人欺侮了。大娘问他严老祥的下落，他说写封信去问问。大娘立即让运涛去买信封信纸。

这里面叙述了朱老忠姐姐被冯兰池派的走狗强奸，使她跳河自尽的事情，说明了冯兰池的狠毒。后面的小说写冯兰池听到朱老忠回来的消息后，非常后悔当年没有将朱老巩的一双儿女都斩尽杀绝，结果给朱老忠留下了回乡复仇的机会。朱老忠让江涛多念书，让大贵将来去当兵，目的是实现他构想的“一文一武”的理想，从而不让冯兰池再欺侮他们。这一构想后来也实现，江涛中师毕业，成为有知识、有文化的革命者及领导者；大贵也当了兵，逃回家后成了农民革命运动的主将。他们联手在滹沱河两岸掀起了波诡云谲的反封建、反军阀政客、反日本帝国主义的革命活动。

夜深后，涛他娘忧愁起冯老兰不一定让朱老忠安生地活下去。运涛去老驴头家借宿。她不让运涛去，因为老驴头的女儿春兰也大了，她怕他们在一块儿待热了！她和严志和说着两个孩子的事情，江涛悟不出是件什么事情。第二天，春兰来找运涛问字。涛他娘很不高兴。春兰却进屋和老奶奶、朱老忠说笑起来。朱老忠给她送了一个日本产的洋漆皂盒。春兰和运涛其实已经恋得分不开了！运涛会织布，但家里没有安放织布机的地方，于是安放在春兰家的外院里，两人一来二去就好起来。运涛爱看闲书，春兰也跟着他认字。春兰是老驴头的独生女，严志和与老婆都不愿他们相好，怕运涛“倒插门”。贵他娘知道两个孩子的关系后，让严志和赶紧打发媒人提亲。严志和不愿意。朱老忠说他想的净是背晦理儿。春兰喜欢运涛的另一个原因是运涛常告诉她什么地方出了共产党打土豪劣绅、反封建的事情。老驴头听说朱老忠回来，就说朱老忠肯定会跟冯家大院发生一场打不完的热闹官司。春兰和父亲种瓜时，见到朱老忠，两人相识。

涛他娘的忧愁、担心具有先见之明，因为后面的情节里出现了很多有关朱老忠和冯兰池发生冲突的事情。运涛平时就很关心共产党的动态，并讲给春兰及很多年幼的人们，影响了他们的观念，为后面他在真正遇到共产党员贾老师后，一下子跟随贾老师走上革命道路打下了基础。这里用较多的笔墨写了运涛和春兰的情况，运涛会织布，爱读书，知道共产党的很多事情；春兰美丽漂亮、活泼可爱，与运涛青梅竹马，一起劳动、学习，共同进步，成为三部曲里最早觉醒，积极参加革命的农村女青年。作者对春兰和老驴头、老驴头和朱老忠的对话写得极其细致，刻画出老驴头重男轻女、活得很悲愤、很无能的形象来。

朱老忠一家在严志和家暂住后，在严志和的陪同下，朱老忠先看望了朱老明。朱老明打官司时输了，卖了房，现在住的是地主冯老锡的场屋，主要给看场。他说只要他有一口气，就一定要跟冯兰池干，这辈子翻不过案来，死的时候也得拉他垫背！他眼睛患病，无钱医治。朱老忠给了朱老明十块钱，让他治眼病。然后，他与严志和到伍老拔家里去。但伍老拔不在家，犁地去了。两人来到朱老忠的老院里，看到小屋早已坍塌，成了烂砖堆。他们商量了盖房的事情。朱老忠远远看见冯家大院，仇恨如同潮水在胸中汹涌起伏。

本节正面写了朱老明，他是小说后面贯穿始终的人物，眼瞎后，住在朱家老坟，住在青纱帐里，是朱老忠等革命农民离不开的精神支柱之一，是一位忠厚长者。他看透世事，看透形势，常能做出关键性的决定，提出正确合理的建议、意见，对农民革命起到了鲜明的指导作用。朱老忠听了朱老明的诉说，说自已就是为穷哥们回来的，早晚有一天，要把冯兰池拉下马。然后给了他十块钱。这些都刻画了朱老忠身上具有侠义、大方的精神品质。伍老拔侧面引出，他后来成为一个英勇无比的坚定的革命者。

第八节：冯兰池和二儿子冯贵堂的观念交锋。

朱老忠还乡的消息，使冯兰池悔恨当年没有剪草除根，使他又带回两只虎犊儿，结果成了三只老虎！他看见对岸坡上站着严志和与像朱老巩模样的朱老忠时，急躁、气喘起来。他的二儿子冯贵堂在军队上当过军法官，上司倒了台才跑回来，帮助他管理村政。冯贵堂听老爹说朱虎子带着两个大小子回来了，就抱怨父亲当年不该不通过村议会讨论，就一个人做主，把四十八村共有的铜钟卖了顶税，把好事办成坏事，还惹出朱老巩吐血而亡、他女儿跳河自杀的人命案来。冯兰池知道自已在这件事情上独断专行，所以才心虚，惧怕朱老忠家的“三虎”。小说对冯兰池心里恐惧的展现，为后面的情节发展埋下了伏笔。

冯贵堂说：“我早就跟爹说过，对于受苦的，对于种田人，要叫他们吃饱穿暖，要叫他们能活得下去，要不的话，谁给你种田，谁给你付苦？在乡村里，以少树敌为佳。像朱虎子一样，树起一个敌人，几辈子不得安宁呀！”冯兰池不同意冯贵堂的观点，说孙中山鼓吹革命好，把清朝的江山推倒后，使天无宁日，天天打仗！冯贵堂认为那是因为没有民主才出现了这种情况，要从改良村政下手，在村里设议事会，对所有事情进行民主商量，就不会这样了！他说：

"听我的话吧，少收一点租，少要一点利息，叫受苦人过得去，日子就过得安稳了。从历史上说，多少次农民的叛乱都是因为富贵不仁，土匪蜂起，引起来的。这就是说，要行'人道'，多施小惠，世界就太平了……""少在受苦人身上打算盘，他们就越是肯出苦力气，说咱的好儿，不再骂咱们了！"冯兰池听了，把冯贵堂训斥了一通，反驳说受苦人生来就是卖力气的。

冯贵堂说自己要用新的方法多种棉花、芝麻及多种经济作物，用保定新发明的一种水车给它们浇水。冯兰池认为用水车浇地会漏了风，把庄稼浇黄，不如施粪肥。冯贵堂看父亲不赞成自己的改良主义主张，就在心里说父亲太固执己见，太保守落后。他说他一定要买个打油的机器开轧油坊，买几盘洋轧车轧棉籽油，再喂上一圈猪和一圈牛，然后把豆油、花生油、棉籽油和轧的皮棉，卖到天津赚大钱，这比登门要账，上门收租好多了！冯兰池反驳说："我不能那么办，我舍不得那么糟蹋粮食。好好的黑豆，都打成油？把棉籽饼都喂了牛，豆饼都喂了猪，那不可惜？"然后，他讲了冯贵堂爷爷勤俭治家，不用人吃的东西去喂牲口，一辈子都穿着一件补丁摞补丁的破棉袍子的事情。他说人们都说白面肉好吃，但他只爱吃糠糠菜菜。他认为冯贵堂的人道主义，等于是炕上养虎，家中养盗；等把虎养壮了，它会回过头来吃了养它的人，盗会拿起刀来杀了养他的人！

冯贵堂又劝父亲在街上开两座买卖，贩卖盐铁，贩卖洋广杂货；把仓房里的麦子都卖了，比在仓房里锁着强得多了！但冯兰池始终不同意，他说用出奇百怪的法子赚来的钱，好比不是自己的肉，贴不到自己身上；来钱的正路应该是"地租"和"利息"，"除此以外，得来的钱虽多，好像晒不干的萝卜片子，存在账上，阴天下雨会发霉的！""像你这样下去，会败家的！"最后，冯兰池看冯贵堂对朱老忠还乡的事情还是不注意，就很不高兴地垂下脖子。

冯贵堂与冯兰池的辩论，显示了冯兰池是一个顽固地坚持传统耕作方式、落后持家方式的人，他的守财奴形象被塑造得异常明显。而冯贵堂展现出的是一个改良主义者的形象，这也是20世纪早期一些贵胄老财子弟普遍的形象特点，他们在接受了新式教育后，想改良落后的生产方式、生活方式。尤其是冯贵堂跟父亲所说的让他对受苦人、对种田人好点，要叫他们吃饱穿暖，要叫他们能活得下去的话体现了他对贫苦人的一些同情和仁慈，这也被许多评论者称道，认为他至少没有他父亲的贪婪、残忍。但他这些主张的目的是为了让贫苦人给他种田。他没有也不可能从两个对立的阶级角度上去认识父亲盘剥穷人，给他们以高价租地，高息放贷的凶恶本质，他想着的只是改良，用少得可怜的人道主义去实现他用新方法种棉花、芝麻及其他多种经济作物，以及开办轧油坊、养猪、养牛的美好设想。如果他真能做到他说的对穷人人道点的话，那他至少不那么坏。可是在小说后面的情节里，他渐渐成为一个比他爹更可恶的乡村新式地主，盘剥穷人的方式更加多样，尤其在日寇侵华之后，他的卖国嘴脸更加鲜明。

第九节：朱老忠盖起土坯房，江涛和运涛到“宝地”去耪地。

朱老忠在严志和一家及伍老拔的帮助下，盖起了三间土坯小房。一天，运涛和江涛到“宝地”上去耪地。其间，运涛跟江涛讲了爷爷下关东前叮嘱现在耪的这块地只许种粮换吃穿，不许卖；并讲了老年间这块地方发过一场大水灾，水涝了这一带的四十八村，第二年春天，四十八村的人们才拼着死命打上了险堤，这堤很长，叫作千里堤。

朱老忠盖房进一步展现了朱严两家友好、和睦的关系，小说后边写了更多这样的互助友爱的事情，锁井镇几乎所有的穷人都是团结一心，友好相处，互帮互助，这是三部曲小说的魅力之一。运涛跟江涛说的他们爷爷下关东前的那个叮嘱，是小说后面运涛被关在监狱后，严志和把这块“宝地”卖给冯老兰，然后让朱老忠和江涛去监狱探望运涛的铺垫话语，也是读者关心这块“宝地”后来的命运如何的一个兴趣点。

第十节至第十三节：运涛等捉到一只贵鸟，春兰给鸟笼做了个罩子；冯兰池要买鸟，运涛、大贵不卖也不给他；冯兰池指使招兵的抓了大贵去当兵；运涛找李德才、冯大狗为大贵说情，未起作用；运涛对大贵被抓很自责。

运涛抓鸟的起因是，他带着江涛到宝地上去收割大秩谷，朱老忠叫他们去家里吃饸饹。他们去后，看见墙上的笼子里有只白玉鸟，叫得很是好听。朱老忠让二贵把玉鸟送给江涛，他再逮。二贵不给。运涛决定自己逮。朱老忠就让运涛去逮只靛颏。作者对这些事情的书写非常细致，也引人入胜，展现了一群小孩的活泼性格。朱老忠从中调解，乐呵呵地化解了他们的矛盾。

运涛、江涛、大贵、二贵出了街口，春兰也要去。五个人最终逮住了一只神奇的鸟。运涛说它是一只脯红，能买条牛，也能换一辆车。运涛把鸟拿回去，朱老忠看后也说是好鸟！因为鸟儿稀奇、珍贵，所以预设了后面的矛盾即将产生，其情节之间的逻辑呈现为因果逻辑。

春兰回家后，老驴头已经知道她和运涛他们去捉鸟的事情，就和春兰吵了一阵。春兰在地上用一根草棍写着“运涛，运涛……”。娘走过时，她才连忙伸脚擦去。运涛叫春兰缝个笼子罩儿，春兰于是缝了。她在罩儿上绣了一只像胖娃娃的鸟。那鸟的脸庞像运涛，眼睛像运涛的眼睛。她把布罩给运涛送去后，运涛一看，笑得合不拢嘴，和那只真靛颏儿一模一样！春兰问运涛拿什么谢她。运涛说等把鸟儿卖了，给她做个大花棉袄穿上。两人然后又说了会儿书上的故事。当娘叫春兰去睡觉时，她才回去。春兰在地上写运涛的名字及在鸟笼罩子上绣出像运涛的鸟儿的形象，展现了她对运涛的真心喜欢。

收完秋，运涛带上江涛，大贵带上二贵，提上那只鸟去赶城里的集市。冯兰池在家门口看见笼子里的鸟儿，要用半斗小米换鸟儿。运涛不同意。冯贵堂走过来看着鸟，越看越迷，再也不想还给运涛。冯家父子想将鸟儿据为已有的心思初步显露，只不过冯兰池决定物物交换，而冯贵堂却想无偿占有。

大贵看冯家父子居心不善，就把笼子扯过来，撒腿往鸟市跑。到了后，人们都挤上来看鸟，说鸟是好鸟。一个老头出十吊钱买，一个大胖子老头出十五吊钱买。冯兰池从人群里闪出来，说出二十吊大钱！胖老头气呼呼地说他出二十五吊！又一个人说他出三十吊！一下子，人群里立时伸出十几只手，要抢笼子。冯兰池扯住笼子不放手。江涛让大贵抓过笼子，大贵抓到后说不卖了，他自已养。冯兰池说，大贵一个庄稼人养什么鸟，不是糟蹋这好鸟了？大贵怼道，你管得着吗？然后拎起笼子，大摇大摆地往回走。运涛、江涛、二贵跟着他走到城门洞里时，运涛让大贵把鸟卖了。大贵说：“我看着这脯红，三天不吃饭也不饿！”运涛说：“好！那你就养着。”在此，作者把鸟市的热闹、欲买鸟儿的几个地主老财的争相竞价等写得给人一种身临其境的想象，将冯兰池必得鸟儿的决心及他与大贵的争执写得非常到位，展现了冯兰池的蛮横，大贵的不畏强势。冯兰池、冯贵堂父子因为名贵的脯红鸟而与朱严两家的第三代人发生冲突后，那么，冯兰池父子没得到鸟儿，他会善罢甘休吗？这一矛盾推动了小说情节的继续发展，引发了人们的兴趣。

冯兰池看大贵提着鸟笼和一帮小伙子回家，就让老套子套上车追赶他们。两人来到村边，遇到老驴头正背着筐拾粪。冯兰池把老驴头叫了一声大哥，老驴头从没听到过冯兰池喊他大哥。冯兰池警告他把春兰管着点儿，别叫她跑疯了！老驴头说闺女有什么不好看儿，冯兰池就说给他，他打春兰！冯兰池说就怕春兰丢了冯家老坟上的人！冯兰池警告老驴头的话，为小说后面出现的一个重要情节设置了伏笔，也展现了老驴头在冯兰池跟前唯唯诺诺的性格。同时也说明老驴头和冯兰池同宗同族。

冯兰池进了家门，对冯贵堂说，我这辈子没有半点嗜好，就喜欢个鸟儿。严运涛和朱大贵却不给我卖那出奇的鸟儿。冯贵堂说："那个好说，咱一个钱不花，白擒过他的来。"在此，冯贵堂将他白得鸟儿的心计展现了出来，他要用他一贯主张的"仁义"的方式说动运涛、大贵，从而得到鸟儿。

冯贵堂于是派账房先生李德才去找运涛要鸟。李德才去了后，说着好言让运涛把鸟儿送到冯家大院。运涛说鸟儿在大贵那里。李德才去找朱大贵，继续用好言让大贵把鸟儿送给冯兰池。但大贵却说："我就是不送给他，他不是俺朱家老坟上的祖宗，俺孝敬不着他！"大贵的话自然激怒了一贯嚣张跋扈的李德才，他们于是吵了一架。

李德才走了后，朱老忠夸大贵把李德才骂得好。大街上嚷动了，说冯家大院要霸占大贵的鸟儿。运涛、春兰、江涛，都赶了来。运涛、江涛、二贵主张不给冯老兰鸟儿。这些年轻人的不畏强权，显示了他们对地主阶级的极端憎恶，也是他们后来都积极参加革命的先在资质。但春兰什么也不说，因为她和她父亲老驴头一样，心里对冯兰池还是有些惧怕。

朱老忠提醒孩子们谁再上西锁井去，要跟大人一块去，以免冯兰池使坏。他跟严志和说鸟儿的小事可能引出一场大事来。他的担心又一次预设了后面风波到来的不可避免。

大贵后来把鸟笼子挂在梯子上，半夜，笼里的鸟儿却被猫吃了。鸟儿被猫吃了的结果显然是一个意外事故，为此，一些评论者认为这样的结果有点出人意料，突兀地斩断了读者的期待愿望，也不符合故事发展的逻辑。看似事情以此终结，实际上，作者在此铺垫了后面更大的变故，为故事发展再次埋下伏笔。

朱老忠打发大贵把运涛叫来，运涛来后，大贵说要给他赔鸟。运涛说什么也不让赔。朱老忠、贵他娘、二贵听了都笑出声来。严志和让孩子们要为受苦人争一口气，要重两家人的情谊，要整家立业。运涛说朱严两家兄弟一定要抱在一块，永远不分离。这时运涛二十一岁，大贵十八九岁，江涛十三岁。他们已经知道社会上的世故人情了。

冯兰池因为对那只鸟儿志在必得，所以他儿子冯贵堂便以为采用“仁义”规劝和隐藏起来的威逼利诱的方式就可以从运涛、大贵跟前白白得到鸟儿，但事情突然发生陡转，鸟儿被猫吃了。此处在展现大贵耿直、不畏惧豪强地主，和他父亲一样说起话来说一不二、落地有声，行动也不拖泥带水的性格特征时，也展现了运涛在和李德才说话时的语气刚劲，但因为他确实想卖了脯红鸟，以买牛买车及给春兰买布做棉袄，所以他的话语中又有一些柔弱、温婉之风。李德才是冯兰池跟前的一个狗腿子，狐假虎威，干了不少坏事，在冯兰池被革命者打死后，他跟着冯贵堂继续为非作歹。他向运涛、大贵要鸟不得后，果然像朱老忠跟严志和曾说过的，鸟儿的小事会引出一场大事来。

新年正月的一天，运涛叫大贵上西锁井去看戏，他们看到看台茶桌旁坐着几个穿灰色军装的大兵，他们是招兵的大兵。运涛叫大贵离他们远点儿，大贵却不以为然。运涛提醒大贵，是因为他知晓冯老兰的贪婪、凶残、狠毒，怕他对未得鸟儿之事制造出什么麻烦来。

果然，冯兰池指着大贵让那些招兵的抓了大贵！大贵虽然跑起来，但两声枪响后，他还是被灰色兵抓住。大贵随即被拉到学堂里，拴在马桩子上。这是朱冯两家因为鸟儿的矛盾达到了尖锐化的事情，冯兰池的狠毒，进一步被显现；大贵虽然胆大，不畏天不畏地，但在强权真枪面前，他还是无力摆脱冯兰池的报复。

运涛跟朱老忠建议托个人去说情，看能不能把大贵要回来，不让他被强行拉去当兵。朱老忠认为说也白说。严志和、朱老明、朱老星、伍老拔也主张托人说情。运涛去找李德才，李德才自然一口回绝。运涛看见村里在外当兵的冯大狗，就把他叫到家里用好饭招待。朱老忠把大贵的事情说了，冯大狗便在白纸上写上自己的官讳冯富贵及上尉连长的官衔，然后让运涛拿上去找招兵的。招兵的一听是一位连长来说情，立刻去找冯兰池。冯兰池拿起名片一看，见是冯大狗，就把片子扔在地上，用脚踩住。运涛跟冯大狗说了后，冯大狗端起屁股就往外走。一屋子人都知道冯大狗的面子没起作用，但却想不出另外的办法来。

这里出现的新人物冯大狗是一个落魄、可怜的国民党大兵，但他心肠不坏，善良而同情革命，在后来的保定二师学潮中，他向青年学生给予了不少帮助。当他离开国民党部队，加入农民自卫军后，也有不错的表现。只是有一次因为轻率枪杀一个路人而受到处分。作者在写冯大狗书写名片时写得风趣幽默，因为冯大狗知道自己并无官衔，但为了面子，他便胡乱编造了部队的番号，虽然引起运涛的质疑，但事情紧急，运涛也就不去深究了，结果拿去，终没办成，也使冯大狗失了大面子。

朱老忠最后让大贵还是去当几年兵。朱老明、严志和才松了一口气。贵他娘也想开了。因为他们心里明白，大贵去当兵，说不定他将来会有很大的升发。事实上，大贵因不愿给国民党当炮灰，逃跑回来后，以自己已经掌握的枪技，成为农民暴动时的一员猛将，他也教会了很多革命农民如何打枪。

运涛跟招兵的说让大贵回家睡一晚上觉，第二天跟他们一块儿走。招兵的说什么也不干。运涛说大贵如果跑了，他顶上去！招兵的看运涛好身条，更聪明，就答应了。大贵回来，朱老忠让他好好学习捋枪杆。但朱老忠的心里还是难受，舍不得大贵。大贵睡着后，朱老忠的心肝像要呲裂了。贵他娘也失了困，想起死去的父母，想起她的一生：她一生下来，娘就死了；十七岁那年嫁了人，但那人病死了；她年轻守寡，孤零一人，小孩子没奶吃，不久就饿死了；家族长看她身子骨结实又漂亮，黑夜里跳过墙来，要和她做伴，她死也不开门；那家伙老羞成怒，逼着她往前走，她抱起被子，就走到了朱老忠家里；后来，她给朱老忠生了两个儿子。朱老忠见贵他娘睡不着，就说起心里的难受。贵他娘说冯兰池比她的家族长还厉害！朱老忠说他不服冯兰池，走着瞧，出水才看两腿泥！

朱老忠夫妇彻夜难眠，是因为他们心里明白，大贵去当兵，在那样的一个乱世里，他的生死难卜，这似乎和三十年前朱老巩与冯兰池相斗的结局一样：朱老巩护钟不成而饮恨离世，大贵不给冯兰池送鸟，也将面临未知的结局。所以，他们的心里很难受。

运涛对大贵被抓去当兵也很内疚，想自己要是不叫大贵去看戏，大贵就不会被抓去当兵。他走到春兰家，春兰也抱怨他不该叫大贵去看戏。第二天早晨，朱老忠、朱老明、朱老星、伍老拔、运涛、江涛、二贵共同把大贵送到招兵处。运涛鼓励大贵好好干，弟兄们会见到面的！贵他娘和大贵难离难舍。大贵走了后，运涛心上犯嘀咕，白天做活，晚上看《水浒传》，春兰和他趴在一边，拿着笔写写画画。运涛也给春兰和江涛等年幼的人讲故事，教打算盘。不到一年，春兰讲故事讲得顺口溜；江涛打算珠打得哼哼响，好像是大街上跑马。

运涛对自己的自责，以及他和大贵分别时，两人互相说的话都成为他们后来长时间里约束自己的信条，尤其在对待春兰的事情上，当对朱老明等人让大贵娶了春兰为妻时，大贵的心里时时感到不安，觉得对不起运涛，加上春兰对运涛忠心不贰，所以他们最终未成婚；运涛也一直坚定着和大贵见面的信念，娶春兰为妻的信念，所以在济南监狱待了十几年后，他回家和大贵一起进行革命，并和春兰结婚。

第十四节至第十五节：运涛结识共产党人贾湘农，得到革命启蒙；严志和与朱老忠对贾湘农的话持不同态度；春兰受运涛影响，将“革命”二字绣在衣襟上逛庙会，引起围观；贾湘农来到运涛家，第一次见到江涛，鼓励他念好书。

运涛对大贵被抓去当兵一直很内疚，心里很痛苦，他于是在第二年春天出外打短工了。一个下雨天，他在一个小梢门洞里坐下看了一天书，天快黑时，从梢门里走出一个人来。他看门下坐着一个人看书，就问是哪里人。运涛说他是小严村的，出外打短工，碰上下雨天。那人接过运涛手里的书，看是《水浒传》，就问他上过几年学。运涛说上了二年，是自己习会字的。那人问了运涛家人的情况，然后说天黑了，走不了了，就宿在他家吧！运涛住下后才知道主人姓贾（贾湘农），是县城里高小学堂的教员。后来也知道他是县上中国共产党的第一个县委书记，父亲是天津工厂的工人；他读了二年中学，也在工厂里做工；父亲介绍他入了党，成了共产党员；为了反对军阀混战、反对苛捐杂税被捕过，受过电刑，直到如今，他说起话来嘴唇打颤，做起事来两手打着哆嗦；去年冬天，他才从监狱里出来，军阀们追捕得紧，在天津站不住脚，组织上便派他回到家乡一带，开辟工作，在高小学堂里当教员。贾老师问运涛，乡村里农民生活越来越困难的原因是什么。运涛说，农民用的东西都挺贵，得使账，但利钱挺大，租种土地，地租又挺重。打短工、扛长活，都挣不来多少钱。捐税太多，农民活得太悲惨。贾老师听了，认为运涛分析得对，说他可以在乡村里做些革命的启蒙工作。然后和他交了朋友，希望他常来谈谈。

运涛之所以能说出农民生活越来越困难的原因，与他平时关注受苦人的状况、了解共产党的革命情况、积极读书、勤于思考不无关系。正因为如此，他和贾老师成了至交，他们在一起谈了怎样才能把国家治理好，农民才能过得下去的问题。贾老师说：“那就必须把帝国主义打跑，把封建势力打倒。”运涛认同贾老师的说法。贾老师让运涛在乡村了解一下捐税有多少种，农民得付出多少血汗，地租高的有多么高，低的有多么低，利息最高的几分，最低的几分。运涛答应了。贾老师让他礼拜日下午来家里回答这些问题。运涛想："我今天可找到光明了！"贾老师问运涛什么叫革命，运涛不太清楚。贾老师说："就是封建势力、军阀政客们，不能推动社会前进，只能是社会的蟊贼。受苦的人们，工人和农民，就要起来打倒他们，自己起来解放自己。"运涛听了说他回去跟他爹商量商量。

小说在这里写运涛和县委书记贾老师的偶遇及相识，是小说情节发展中的一个重大事件，因为之前运涛以及朱老忠等对地主阶级的憎恨只是憎恨而已，虽然有时也有一点反抗，但却是盲目的、解决不了根本问题的反抗。而贾老师说的话，使他第一次知道了打倒统治阶级，推翻旧制度，把帝国主义打跑的"革命"及其他很多道理，他觉得自己找到光明了。贾老师在此处是第一次出场，此后，他是贫苦农民希望摆脱被统治命运的精神靠山，是他们的领导者。第二部在写高蠡暴动失败后，他才退出小说，最后牺牲在上海的革命斗争中。

运涛回家后，把贾老师说的话跟父母说了。严志和沉默了老半天后说："跟冯老兰打了三场官司，就教训到我骨头里去了。咱什么也别扑摸，低着脑袋过日子吧！"严志和是第一次听到这些石破天惊的话，他基本没有接受这些话的思想基础，所以他让运涛，也让自己"别扑摸，低着脑袋过日子吧！"

运涛又去找朱老忠，跟他说了贾老师说的话。朱老忠说："好，好，这不是一般人，是大有学问的！"运涛说他也这么看，贾老师说"穷苦人们要想得到自由，就得打倒军阀政客，庄稼人们一轰起来，解放自己。"朱老忠说："嗨！这就说对头了，这是一件好事情！"朱老忠于是让运涛多接触贾老师，他说这个贾老师，一定是有根底的人！运涛说："这人一定是个共产党！"朱老忠说他在关东时，听人讲道过苏联的列宁领导无产阶级掌政，打倒资本家和地主，工人和农民翻起身来。他最后跟运涛说，如今共产党也到了咱的脚下，你能扑摸到这个靠山，受苦人一辈子算是有前程了！

严志和对贾老师说的那些解决穷人和地主阶级、官僚政客之间矛盾的方法持反对态度，但经历广泛的朱老忠知道后，却一下子就认可了贾老师，认可了共产党。这是朱老忠性格发展中的一个重大转折点，也是小说情节发展过程中的一个重大转折点。因为朱老忠在儿子大贵被抓去当兵后，内心里很迷茫，现实的残酷使他措手不及，不知道该怎么办。在这时候，运涛转述的贾老师的话使他第一次间接地认识到了共产党，认识到要改变农民受地主阶级压迫、剥削的状态，只有依靠共产党。他给运涛讲了苏联十月社会主义革命成功的先例，他把国内外的革命一联系，思想里初步出现了反抗地主阶级的剥削得有共产党的领导才可以。他于是主张运涛多接触共产党员贾老师。

运涛于是每逢星期的日子，就去贾老师家里。贾老师发现运涛是个阶级意识很清楚的人。他继续对运涛进行革命启蒙，使他逐步坚信起了中国共产党。运涛觉得贾老师就像前面亮着的一盏灯，鼓励着自己前进。他此后经常给年幼的人们讲“打倒帝国主义”“打倒军阀统治”“铲除贪官污吏和土豪劣绅”的话，他们都爱听他讲。春兰听了他的宣传，就像春天的苇笋注上了大地的浆液，长出了绿色小叶，精神旺盛，永不疲倦。有一天，春兰找运涛把“革命”两个字写下来，她要拿回去绣在怀襟上，以表示她向往革命，不怕困难；表示她迎“新”反“旧”，勇往直前。她绣好后，穿上那褂儿去药王庙大会，一下子把庙会哄起来：人们认得那是运涛写的字，年幼的人们就一群群地跟着看，喊：“看革命呀！”春兰在大街上走过，小调皮鬼们喊：“革命！革命！”她生气地骂道：“我革命，碍着你妈疼了？”运涛知道后，非常骄傲，觉得自己培养出了春兰这个敢于向旧社会挑战的人！但这事却被乡村里掌事的先生们认为：像老驴头这样人家的姑娘，被人玩弄是应该的。

春兰在受到运涛的革命启蒙后，大胆地将“革命”二字绣在衣襟上，走向公众场合。这时的她对革命的理解较幼稚，她没有意识到革命和流血牺牲相连。但运涛却从她身上看到了她的革命潜质和潜力。

药王庙大会过了后，贾老师来找运涛。严志和不反感贾老师，热情招待他。因为他渐渐觉得运涛和贾老师来往后，并没有给运涛灌输错误的思想，他们说的都是对现实里剥削、压迫现象的气愤和解决办法。贾老师来了后问运涛，在庙会上宣传得怎么样了？群众对共产党的主张有什么意见？运涛说：说起反封建、反土豪恶霸，人们都赞成。但说起反对帝国主义，因为人们不知道帝国主义藏在军阀身子后头，军阀割据，就是变相的帝国主义统治，人们就无关痛痒了。贾老师说农民是最讲实际的，那就要给他们讲明白帝国主义在通过各种洋货剥削着中国的农民。运涛还谈了春兰很进步，很热心宣传工作。贾老师提醒运涛要注意周围还是很黑暗的，敌人还很多！随后又跟他谈了一些别处的工作情况。运涛明白了道理，很高兴。贾老师要求他和农民谈话时，不能只说些空泛的大事和枯燥的理论，而是要具体揭示农民受压迫受剥削的痛苦是从哪里来的！运涛问贾老师自己还应该做些什么工作。贾老师就让他把成年农民组织起来，还要团结青年农民和青年妇女，春兰可以被培养成青年妇女里的积极分子；要宣传共产党主张的打倒帝国主义，铲除贪官污吏、土豪劣绅，以及打倒吴佩孚、孙传芳和张作霖等"三害"的观点；只有打倒封建军阀，才能消灭战乱，这才叫民主革命；要一面宣传，一面组织，不能只宣传不组织。运涛有的听得懂，有的听不懂。贾老师对运涛继续进行的革命启蒙及给他分派的工作，使他对中国共产党越来越坚信。

贾老师也见到了江涛，鼓励他要念好书，并说他可以帮补点儿。过了一阵子，江涛要到县城里去考学。春兰给他做了一双新鞋，缝了衣裳。江涛把春兰叫嫂子，春兰脸上腾地红起来，捉住江涛，抬手就是一拳。春兰捽着江涛的衣领让他好好念书。过了几天，运涛、江涛到县城去找贾老师，贾老师说文化上进步和政治上进步是密切关联的。哥儿俩在贾老师那里住了两天，高小学堂放榜时，江涛被录取了。江涛觉得贾老师很奇怪，就问运涛："哥！怎么他老是问那些'剥削''压迫'的？"运涛说共产党关心穷苦人的生活，是给穷人撑腰做主的。从今以后，孙中山也要扶助工人，扶助农民，联合共产党了！江涛听不懂，不知道是什么意思，因为他这时候对"革命"是什么还处在懵懂不知的状态。春兰对他的求学上进给予了很大希望，对他上学后的生活也是关心备至。总之，朱严两家的年青一代正向革命的路途上前进着。

第十六节：冯兰池煽动老驴头夫妇痛打和运涛单独在一起的春兰；运涛受贾老师调遣南下参加革命军；朱老忠等人寻找运涛未找到。

运涛去见春兰，两人在窝铺里说笑。春兰摘了个小金瓜，说是专等运涛来吃的，籽是朱老忠从关东带回来的。运涛跟春兰说：贾老师要求咱们不能老是宣传，还要组织，他让你秘密组织妇女协会；还批评你不该把"革命"两字绣在大襟上，因为周围敌人很多。运涛说着时把肩膀靠在春兰的肩膀上。春兰感到很幸福，想革命成功了，自己就和运涛该成一家子人了。运涛倒不想和春兰结婚的事，他想等革命成功了，就像贾老师说的，要让工人、农民掌握政权，这样，人们就不再受人压迫、受人剥削了。他认为那些贪官污吏、土豪劣绅们，在判罪以前，一定要算清村公所的账目，然后该杀头的杀头，该关监狱的关监狱。他想着时看了看春兰的手，春兰的脸颊上一下子扑上了羞红。

两人对未来生活图景的想象，进一步刻画了他们的形象：一个认为幸福是家庭美满，夫妻和睦，老有所养，幼有所教、所爱；一个所想的幸福是建立一个全新的社会制度，让受压迫的人不再受压迫、受剥削。但他们对未来的美好设想却面临着一场更大的灾难，因为要到春兰家去的冯兰池听到了他们在窝铺里的说笑声，他立即给春兰娘指了指小窝铺。春兰娘是村里有名的长舌妇，一看见运涛跟春兰在小窝铺里，就扯开嗓子大喊老驴头，说春兰招汉子了！

老驴头知道冯兰池讨厌运涛，曾警告自己要把春兰管住，于是就扯起一把小铁锨追打运涛。运涛怕春兰受害，就把春兰扛在肩上跑了。老驴头在后头追，张开大嘴骂。运涛扛着春兰跑了半里路。老驴头还在后头追着、骂着。春兰让运涛放下自己快跑。运涛放下春兰，跑下大堤。老驴头不再追运涛，而是一把抓住春兰，把她打得没了气后，才像拉小猪子一样拉回家去。刚拉回，春兰又醒过来。老驴头把锨刃放在春兰脖子上，要往下切。春兰说，你百年后，谁给你烧钱挂纸？春兰娘也说留着她吧！老驴头才放下铁锨，但把春兰锁了。春兰在板箱里睡着，一直睡了一天一夜。第二天醒来，她要喝水，娘从板箱上的狭缝里灌下一点汤水，她伸嘴接着喝。

在这里，作者把春兰被老驴头暴打的过程写得极为详细，显示了他对女儿的残忍、无情，他把春兰打得差点要了命，而且把她关在屋子里，不给吃，不给喝。他那多嘴多舌的老婆可怜春兰、怜爱春兰，才使她活了下来。

冯兰池用借刀杀人的方法，使老驴头夫妇终于把运涛和春兰分开，因为他的目的是要霸占春兰，让她给自己做小老婆。出于这样的目的，他很快派李德才来跟老驴头说自己想跟春兰相好。但老驴头听后拒绝了。李德才回去跟冯兰池说了，冯兰池决定给老驴头一顷地，一挂大车，连鞭儿递他；给春兰好吃好穿的。李德才第二次来跟老驴头说，老驴头把他的脸打了几巴掌。

老驴头对冯兰池纳春兰做小妾自然是绝不会同意的，因为他只有春兰这么一个女儿，他一心想给春兰找一个愿意“倒插门”的女婿，以给自己和老婆养老送终。而地主冯兰池绝不会做到这一点！加上他和冯兰池同族同宗，冯兰池年龄已经60多岁，所以，他决不能干这种欺世灭祖、辱没先人的事情。所以，他拒绝了李德才前来的提亲，并狠狠地打了他几个耳光。一向懦弱、窝囊的老驴头在这里又表现出为爱女而敢和乡村恶霸地主决斗的英勇品质。

春兰和运涛单独相处的事情引起了锁井镇姑娘们的说三道四。春兰知道后，不住地寒噤。运涛也不再上街，他愁闷，觉得寂寞。

第二年夏天，运涛攀着树进到春兰家的房里，跟春兰说："我要走了，到革命军去！"春兰牵着运涛的手来到千里堤下头的地里，运涛说贾老师调他到南方去参加革命军，国共合作了，革命军要北伐。第一声鸡啼时，运涛说前边村上还有人等他，他得走了。春兰送着运涛，她已经不在乎别人说什么闲话了。运涛希望春兰另找一个体心的人儿……春兰听了，扑通一声倒在地上，两手捂住脸痛哭起来。运涛说不管你等不等我，我一定要等着你！春兰听了这句话，觉得自己还要活下去！天快明了，运涛让春兰以后要小心，少在街上露面，少见人，要把革命思想存在心里，等他回来。说完，他就走了。

春兰对运涛的爱是发自内心，发自真情的，运涛对她也一样。因此，他们互相表白、起誓！运涛也是说到做到，十几年后，当他历经磨难回家后，第二天，单身的他就和春兰立即结婚，终成眷属。春兰对运涛的忠贞也同样感人，在运涛不在的十几年时间里，她一直期盼着他的归来，心也未属他人。作者在写运涛离家参加革命这个事情时，注意了因果逻辑关系，前面因为有贾老师对他进行的革命教育及安排他参加的革命实践，所以，他在一个突发的事件下立即离家参军，离开了他心爱的春兰。但他自此去后却备受磨难，在大革命失败，蒋介石政府举起屠刀杀害共产党人的白色恐怖年代里，他被关进监狱，长达多年。

运涛走了后，严志和找不见他，就去找朱老忠。朱老忠叫来乡亲们把井淘干了找，也没找见。严志和说可能被土匪架走了。朱老忠认为不是。严志和说也许被仇家杀害了。朱老忠听了严志和得罪的几个人，也没办法判断了。他只是说可能是因为没给运涛寻下媳妇，他一气下关东了！严志和说，谁肯把姑娘嫁给运涛？朱老忠说，春兰就不错，为什么不打发媒人过去？严志和说对不上牙儿，运涛娶春兰就当了上门女婿呀！朱老忠说穷人家不能讲那个老理儿，咱们不遵守那个！

运涛走前，只跟春兰说了他去南方参加革命的事情，春兰对此守口如瓶，说明她在经历了自己把"革命"二字绣在衣襟上逛庙会，被贾老师批评后，她的安全意识增强了，她明白了周围还是很黑暗的，敌人还很多。

运涛离开后，姑娘们对严志和有了意见，说运涛正读书心切时，不该强迫他离开学堂，不该叫他独自睡在园里，住在荒村野外，荒旱的年月里，会从山上下来吃人的狼的。姑娘们一想到运涛和春兰的事，就唉声叹气，她们再也看不到他的大眼睛了，再也看不到他写的一手好字了！这里通过姑娘们的侧面评价，说明运涛是一个英俊、有知识、有才华的人。

第十七节：江涛第一次参加反帝活动，走上革命道路。

运涛出走的那一天，在县城高小学堂上学的江涛找到贾老师，说他想回家看看，并说运涛跑了。贾老师知道运涛干啥去了，他于是问："他已经去了？"江涛不知缘故，只说："跑了！"然后他回到家，看到娘正在哭。他劝娘别哭了。他又想到春兰心上更难受！他看奶奶一直流着泪悲痛，就劝起奶奶来。运涛走后，严志和觉得自己就像缺了一条腿，江涛也觉得自己像缺了一只手。到了第二年夏季，江涛在贾老师的领导下，第一次参加了群众抵制英国货、日本货的运动，以及罢工罢课的活动。他走在队伍前头，领导人们喊口号。他迫切想参加共产党。贾老师觉得他心上开窍了。他跟贾老师说他想举起红旗，带领千万人马，向罪恶的黑暗势力进攻！贾老师让他先到农民里去，到工人里去，到矿工里去干革命，这样才能使他们真正觉悟过来，被组织起来。贾老师最后让他参加了青年团。

在前面第十五节里，贾老师第一次见到江涛，江涛对贾老师跟运涛说的"革命"之类的话还听不懂，但在和贾老师多次相处后，他对革命由懵懂无知到积极参加了，他第一次参加了一些革命活动后，明白了受压迫的人们，不只多，而且反对的人也不是孤单的。他提出参加共产党，贾老师以他年岁还小为由让他先参加青年团。他然后引导江涛接触了创造社和文学研究会的作家的名字，使他初步明白了"社会"，懂得了"阶级"和"阶级"的关系。

第十八节至第十九节：运涛、大贵来信了，朱老忠提议给运涛娶春兰为妻。

第二年秋天，严志和到县城跟江涛说运涛给家里来信了，他到南方参加革命军去了。江涛看了信，知道了哥哥在军官学校学习毕业后，上级叫他当了见习连长。哥哥说他从此要站在革命的最前线，去打倒帝国主义，打倒军阀政客，铲除土豪劣绅了！江涛知道了哥哥的去向及志向后，默默地下定决心，自己也要加快向党、向革命靠近的步伐。

严志和让江涛回家给奶奶和朱老忠念运涛的信。江涛跟着父亲出城后，先来到朱老忠家，给他念了信。朱老忠说自己希望的"一文一武"终于实现了，因为大贵也来了信，说他在军队上学会了各样事情，尤其是学会了放机关枪。

他还说南方的工农群众都站起来了，革命军北伐成功后，得赶快打倒冯兰池，以报砸钟、连败三状之仇，这样，穷人就算翻过身来了！朱老忠说着踢了两趟脚，闹了个骑马蹲裆式。这是朱老忠首次展现自己的武功，显示了他参加革命不仅有日益先进的思想，而且有健康的身体和功夫。

江涛说运涛坐的是革命的官儿，他不是为了升官发财，而是为了打倒帝国主义，打倒军阀政客，铲除土豪劣绅！打倒冯老兰这样的人！他的话明确了运涛去南方的目的，消除着朱老忠和其他人观念里认为当兵、革命就是升官发财的想法。他能这样说，也说明了他的观念已经不同于父辈了。

江涛回到自己家里后，大家都来庆贺。朱老忠看见老驴头，说运涛当上连长了。老驴头摇了一下长脑袋，不再说什么。他不说啥，是对自己当年狂追运涛，暴打春兰，把他们拆散的愧疚，也是对冯兰池想纳春兰为妾的阴谋的愧疚。江涛跟娘和奶奶说了哥哥来信的事情，娘想起年轻时怀上运涛及运涛出生的情况，心里说不出是甜是苦。朱老忠说运涛"革"上"命"，也做上官了，给他写个信，叫他回家来娶春兰当媳妇。朱老忠的话，显示他要一下子去除头脑里存在的一些落后观念并非易事。老祥奶奶听了，也高兴地同意了。朱老忠最后说，这个主儿我做了！然后，他到朱老明屋里，把运涛来信的事说了。朱老明说运涛如果领兵回到家乡，把革命闹起来，先收拾冯兰池，把冯家大院打下马来，叫他们坐监牢去！但也得注意保密，不能声张。冯兰池如果听到风声，会把地契文书、金银细软，拿起来跑到北京、天津去，在外国租界里一囚，就不出来了。说完，他让江涛赶快给运涛写信，又叫给严老祥也写封信，让他赶快回来。江涛于是给两人写起了信。

可以看出，这里写的都是高兴的事情，大贵来信，运涛来信，使人们知道了他们的去处及境况。两个家族的人同喜同乐的气氛溢满于字里行间。朱老忠又让把坐上官位的运涛叫回家来和春兰结婚。这也显示了他对运涛发自内心的关心。渐渐地，他对大贵被抓去当兵的事情，不那么伤心了。他在共产党员贾老师的革命言论及运涛参加革命这个事情的影响下，越来越积极地准备参加革命。当然，不能否认，他这时对革命的认识还是很不明晰，依然处在朦胧状态。朱老明让运涛领兵到回到家乡，把冯家大院打下马来，既显示了他对革命的急切盼望，也说明他和朱老忠一样对军队纪律等的不了解。他提醒朱老忠要注意保守运涛领兵回家的秘密，说明他遇事考虑周全。这也是他此后遇到事情都表现出的特点，他总能好坏都考虑，使人们的革命行动少了盲目、零乱、手忙脚乱，措手不及。江涛成为朱严两家的文化人，他捉笔写的信文从字顺，讲述的革命道理渐显易懂。

朱老忠让贵他娘到春兰家说运涛和春兰结婚的事情，提醒她说话要婉转点，春兰毕竟是没出阁的黄花闺女。贵他娘进了春兰家问春兰为啥不到自己家里去玩。春兰说她和运涛的事情发生后已经没脸见人了，出不去门！贵他娘说运涛来信了，春兰一听，心里就像初春的潮水一样翻腾起来。自从和运涛分手的那天晚上，她时时刻刻都不能忘记他。她问，运涛在哪儿？受苦哩吧？贵他娘说在革命军里，当了军官了，革命军要打到咱的脚下了。春兰听了，满脸绯红，高兴极了。小说将春兰知道运涛来信及他取得的巨大进步后的心理活动写得很细腻，刻画了她对运涛感情的真挚、专一，以及对和运涛结婚的深情期盼。

贵他娘回去，跟朱老忠说了春兰的情况，朱老忠又去找到老驴头。老驴头想：既是生米做成熟饭了，还有什么说的！再说，运涛也是他心上的人。又想：战乱之年，形势不定，说不定这军头儿站不住。所以最后说：等等再说吧！老驴头因为一直认为春兰和运涛钻在窝铺里干了见不得人的事情，所以就说了生米做成熟饭了的话，言下之意，春兰不嫁运涛也得嫁给运涛了；他也知道春兰心属运涛，所以就说运涛也是她心上的人。但他想到运涛去参加战争，生死难料，所以又说等等再说吧。这些说明了老驴头心机的复杂。朱老忠似乎没有听明白老驴头的第三个意思，就跟严志和说了，严志和便开始准备起了两人的婚礼。

第二十节：江涛对运涛和春兰结婚的事情，保持着沉默；江涛考上了保定二师，上学后结识了爱国知识分子严知孝与其女儿严萍。

只有江涛清楚运涛和春兰结婚的事情不可能立即办到，但他不想扫了朱老忠和父亲的兴，所以一直沉默着。他回到学校上课时，只是静默着听课。写大字时，只是沉默地写字。上完了课，他读书、散步。贾老师给他举行入团仪式，他举起拳头，唱着《国际歌》，对着红旗说："我下定决心，为党、为工人阶级和中国人民的革命事业，战斗一生……"举行了仪式，贾老师又跟他谈了一些共产党员英勇牺牲的故事。他心里想着北伐战争中革命洪流的场景。他入团后，好久再没有接到运涛的来信。他连写了几封信寄去，也没有回音。严志和也知道南方战事打得紧，一家人都为运涛挂着心，只怕有什么闪失。

第二年春天，江涛在县城里的高小学堂毕业的那一天，贾老师让他回家跟父亲商量升学的问题，说保定第二师范是官费学校，是个革命的学校，去那里读几年书，就可以得到政治上的锻炼。江涛回家把贾老师的意思跟父亲说了。但他父亲觉得自己的生活担子沉重，加上奶奶老了，运涛又不在家，就很为难。江涛去找朱老忠，说他爹叫他在家里耪大地！朱老忠说耪大地有耪大地的材料儿，像二贵、朱庆、小囤，这是做庄稼活的材料儿；像小顺，是学木匠的材料儿；大贵，是当兵的材料儿；江涛你是念书的材料儿！朱老忠见到严志和后，问他为啥不叫江涛上学。严志和说江涛去上学，他供不起。朱老忠说再困难，他帮着，“再说运涛当了连长，北伐成功了，黑暗势力打倒了，到了那个时候，这点上学的钱，用不着别人拿，运涛一个人就拿出来了。”“咱不能戴着木头眼镜，只看见一寸远。老辈人们付下点辛苦，江涛要是念书念好了，运涛再坐着革命的官儿，将来咱子子孙孙就永远不受压迫，不受欺侮了。你不能只看眼下，要从长处着想。”严志和最后说：“我豁出去了，再拔拔腰！起早挂晚，多辛苦几年。春冬两季，我上北京、天津去爬爬高房架子，也许能行！”朱老忠又说他尽可能帮助江涛升学。江涛最后考上了第二师范，贾老师说：“全县只考上你一个，无论如何是凤毛麟角！”涛他娘听说江涛要继续读书，心里就直绞过子。江涛去上学的头一天，她哭得很伤心，说运涛不回来，娶不了媳妇，江涛走了，剩了她一个人，叫她怎么过下去！江涛让娘把春兰叫过来，和她就伴儿；并说他去跟春兰说。第二天，朱老忠把一条小牛犊卖了十块钱，然后交给严志和，让他交给江涛上学！江涛难离难舍地离开奶奶和娘后，父亲担着行李，送他到保定上学去了。朱老忠也送他，说他一旦升发了，要给受苦人当主心骨儿！

作者在这里重笔写了严志和不想供江涛升学及朱老忠对他的开导、劝说，他终于同意了。此处还写了一个细节，就是严志和本想给江涛十五块钱，见朱老忠送了十块钱，就偷偷地撤回五块。很多人在分析严志和的形象特征时对这点很诟病，认为他是贪小便宜。实质上是他的日子过得实在太急窄、太窘迫，他才这么做，他并不是贪小便宜。如果他跟朱老忠说一下，他其实也是个诚实的人。再说，朱老忠的钱也不是闲钱，是他卖了牛得来的。

严志和把江涛送到保定后，先到严知孝家里。严知孝是严老尚的大儿子，在第二师范当国文教员。严志和托付严知孝照看江涛。严知孝一口答应下。江涛也认识了严知孝的女儿严萍。这里第一次出现严知孝这个人物，他是北大国文系的毕业生，对诸子百家很有研究，一直在保定教书；除了在第二师范教国文，还在育德中学讲国故。他从家里拿钱在保定买下一座小房，打算守着他的独生女儿严萍养老。他好清静，不喜欢父亲严老尚那样忙在应酬里、奔波在乡里之间俗事中的样子。严老尚三十多年前采用调虎离山之计使地主冯兰池砸了钟，气死了朱老巩，但严知孝却疾恶如仇，对地主老财、军阀政客，对黑暗现实一直看不惯，他很多时候都奔走在革命青年和官僚及地主老财之间，为前者消灾除难。

他的女儿严萍在这里也是第一次被提及，她是知识女性，跟着父亲、江涛走上了反封建地主、反国民政府、反日本帝国主义的道路，并和江涛成为情侣。

第二十一节至第二十五节：运涛入狱，希望父亲和弟弟来济南监狱看望他；运涛入狱使奶奶离世；江涛为了去济南看望哥哥，请求严知孝写信托门子；江涛回家筹措路费，向冯兰池借钱不得，他父亲只得把“宝地”卖给冯兰池；冯兰池、冯贵堂、李德才表达对运涛入狱及“四一二”反革命政变的看法；朱老忠和江涛要去济南探监，临行前，朱老忠叮嘱家人注意安全；江涛陪父亲严志和去看“宝地”，严志和吃“宝地”泥土；朱老忠和江涛去济南探监；江涛从济南回到保定后，去看严萍，给她讲述春兰和运涛的爱情。

运涛好久不来信了，但 1928 年秋天，他突然来了一封信。李德才看了信，说：“你们这个官儿，谎啦！”原来，运涛已于去年 4 月被捕，目前由南京解押到济南模范监狱，他让父亲与江涛到济南来看望他。他说：“早来数日，父子兄弟能见到面。晚来数日，父子兄弟今生难谋面矣……”严志和惚惚恍恍地跟朱老忠说了运涛被问成“共案”而陷在监狱里的事情！朱老忠听了说：“我听得人家说，国民党大清党了。杀的共产党可多哪，咳！这个年月……凶多吉少啊！”严志和让朱老忠与他上趟济南看运涛，并讲了运涛在信上写的自己被捕的经过：国民党大清党后，一天夜晚，营长把他和几个排长叫出来，过堂问供。军法官问了他的政治面貌。他承认自己是共产党员。到了今年夏天，北伐军到了济南后，又把他从南京解到了济南。朱老忠听了后，答应了老朋友的要求。

运涛入狱是小说情节发展时出现的又一个大变故，显示了国共合作的破裂，国民党举起了屠刀，使很多共产党人倒在血泊中。朱老忠一直把严家的两个儿子视若己子，他听了严志和的请求，就毫不犹豫地答应了与他去济南看运涛。

涛他娘听到运涛入了监狱，哭了起来。老奶奶听了，经不住打击，两腿一蹬，合紧了的眼睛渐渐塌下去。贵他娘、顺儿他娘、朱老星家里的，都赶来帮忙。朱老忠指挥朱老星等人把老奶奶的尸首停在板床上，打发贵他娘煮了供献摆在桌子上，又打发伍顺给严志和与涛他娘缝了孝衣。老奶奶的去世使严志和家雪上加霜，严家和朱家一下子都陷在悲痛和忙乱之中。朱老明让把江涛叫回来。春兰娘听说老人去世了，也来吊孝。她告诉春兰，运涛卡监入狱了！春兰心上一惊，又强笑着镇静下来，一点也没有哭。她明白，哭对于革命，对于运涛无济于事。春兰未哭，显示了她的冷静。但她随后却来到堂屋的案板旁，扯起切菜刀，想结束自己的生命！这里写了春兰的第一次自杀，第二次是当朱老明让她嫁给大贵时，她跑向井边，打算结束自己的生命。春兰产生自杀念头，说明了她对自己和运涛爱情、婚姻的绝望。好在她的响动惊动了母亲，她最终放下了菜刀，然后她想，运涛是为改变不公平的社会而入狱的，自己应该以活泛的生命状态来支持他。

江涛接到家里让他回去的来信，他想起了 1927 年秋天，中共保属特委的负责同志来到第二师范，曾跟党、团员宣布道:“北伐军打到南京的时候，反革命为了独吞胜利果实，暴露本来面目，叛变了革命，屠杀共产党，镇压了工农群众。从今以后，国共合作不能继续了……”革命高潮低落下去了，北方也沉入白色恐怖里了。他当时听从了保属特委负责同志的要求，没有悲观，而是擦干眼泪，拿起刺刀，准备战斗。

江涛来到严知孝家，想请他写封信托个门子，好上济南去看望运涛。严知孝说，他刚想让严萍叫他和冯登龙来吃螃蟹。冯登龙是冯老锡的二儿子，在育德中学读书，是严知孝妻子的侄子。他自从来到保定，常和江涛、严萍在一起玩。江涛跟严知孝说了他父亲让他给济南的朋友写封信的请求，以方便去看望运涛。严知孝说，运涛是个有政治思想的人，怀有伟大理想，才会为政治牺牲！他说自己年幼时，也想为民众，为国家做些事。他参加过五四运动，亲眼看见过人们痛打章宗祥，火烧赵家楼的事情。他读过李大钊在《新青年》上发表的介绍马克思列宁主义的文章。可是潮流一过去，人们就都做了官了。而他却找不到别的职业，才当起了国文教员。然后，他给山东省政府的张秘书长写了封信，让江涛去拜见。他说这人和他是金兰之交。

江涛拿了信走出来，严萍让他早点回来。江涛回家后，看见门上挂着纸钱，才知道奶奶为运涛的事情合上了眼。他扑到奶奶身上，悲痛欲绝。朱老忠说人断了气身上不干净，让江涛离开奶奶的尸体。江涛然后说，去看运涛的事情说去就去，赶早不赶迟！严志和说路费盘缠没法弄，只能借账了。江涛算了下路费、买礼的钱，总共得花一百块钱。他想一个人上济南，但又觉得自己年轻，没出过远门，没有经验。去两个人，怎么也要花掉一百来块钱。第二天，在奶奶埋葬后的下午，严志和找到李德才，跟他说了向冯兰池借钱的事情。李德才借机把运涛讽刺了一阵，然后答应了严志和。

小说在这里把李德才作为冯兰池身边的一只忠实鹰犬的嘴脸通过他说的话进行了一番刻画，他讽刺运涛说："'革命军快到咱这块地方了'，'土豪劣绅都打倒'，'黑暗变成光明'……奉天承运，皇帝诏曰：革命军到不了，看你们捣蛋！"他又说运涛是共产党，如今却被下监入狱，但看冯家老少，拆了大庙盖学堂，那才是真革命哩！然后，他才去问冯兰池愿不愿意给严志和借钱。

冯兰池听了，骂道：穷棍子们整天喊着打倒封建势力！打倒日本帝国主义！人家帝国主义怎么他们了？日本军远在关东，也打倒人家？嫌人家来做买卖，买卖不成仁义在，打倒人家干吗？真是！扭着鼻子不说理！他们还大嚷着革命军过来了要打倒冯兰池了。革命军到了北京、天津后，对于有财有势的人反倒更好了。没见他们动谁一根汗毛！冯兰池的话，体现了他的卖国嘴脸，他把日本帝国主义对东北大地的侵占根本不当一回事。

冯贵堂说："幸亏蒋先生明白过来得早，闹了个大清党，把他们给拾掇了。要不然，到了咱的脚下，可是受不了！"冯贵堂在这里的形象已经不像前面第八节里所写的那样有些仁慈了，主张改良了，主张对穷人人道一点了，而是已经完全站在了国民党反动派的一边，对其发动的屠杀共产党人的"四一二"反革命政变拍手叫好。

冯兰池接着说等革命这股风儿过去了，他要听冯贵堂的话，在大集上开花庄，开洋货铺子，赚了钱才是正理。这说明，他终于要摈弃自己守旧的生产生活观念了。冯贵堂说他也要开轧花房，轧了棉花穰子走天津，直接和外国洋商打交道，格外多赚钱！他把赚钱、赢利当作高于一切的事情，对日本帝国主义对中国的侵占，对中国人的屠杀，一点也不关心，这反映了他的阶级本性。李德才在冯兰池父子咒骂运涛等革命者、爱国者的时候，问冯兰池给严志和使不使账，他建议周济一下严志和。

冯兰池说，严运涛是个匪类，如今陷在济南。他如果把钱放给严志和，等于放虎归山！还不如扔到大河里溅了乒乓儿！李德才说："不要紧，利钱大点。严运涛不过是个土孩子，能干得了什么？"李德才的话又体现了他还具有一点人性、人味。冯兰池说，钱在家里堆着，也不放给他。严运涛是肉里的刺，酱里的蛆，好不仁义，要他个鸟儿都不给。他最后又说，严志和卖地他要。李德才立即跟严志和说了冯兰池想买他家的地。严志和于是把严老祥离家前叮嘱他不能卖的那块"宝地"卖给了冯兰池，拿回来的钱只有八十块。

朱老忠问江涛谁上济南。江涛说他爹身子骨不好，有八成是他去。朱老忠说他和江涛一同去济南探监。然后，朱老忠叮嘱贵他娘和二贵把梨下了，不要招人惹事，也不要起早挂晚的。他问春兰有什么话要捎给运涛。春兰说她也想去。朱老忠说她不能去，乡村还没开通，她还没过门成亲，不要太招摇了。朱老忠的话自然也符合那个年代的实情，但这也是他的观念。有些论者说他观念保守，这是未结合当时现实而去评价他，认为他应该是一个十全十美的人。实际上，作者对他的塑造很切合当时的现实人群情况。

春兰说："你告诉他，沉下心去住满了狱回来，我还在家里等着他……"朱老忠说："春兰！你有这份心胸就行，我要去替他打这份人命官司。只要你肯等着，我朱老忠割了脖子丧了命，没有翻悔，说什么也得成全你们！""现在革命形势不好，你在家里，要少出头露面，少惹动人家注意。咱小人家小主儿，万一惹着了人家，咱又碰不过。在目前来说，只好暂时忍过去，等着革命的高潮再来。你知道吗？"春兰说："我知道。"朱老忠和春兰的话显示他是一个很细心、很仗义，对现实有清醒认识的人。春兰的话说明了她对心上人的命运极其担心、关切，也表现了她极其明事理。

朱老忠看严志和发着高烧，就让他不要去济南了。然后，他让涛他娘"在家里要万事小心。早晨不要黑着下地，下晚早点儿关上门"。要管着猪、狗、鸡、鸭，不要作践人家，免得发生口角，"黑暗势力听说咱家遇上了灾难，他们一定要投井下石，祸害咱家"。他没回来前，不要招惹他们，就是他们在门上骂三趟街，指着严志和骂，也不要吭声。等他回来，再和他们算账。他又说运涛虽在狱里，春兰还是家里的人。她年轻，要多教导，别叫她寻短见。叫她少出门，因为她出挑得好，街坊邻舍小伙子们有些风声。再说，冯家大院里的老霸道也谋算过她，万一遇上什么事，要三思而后行！朱老忠的这些话，也显示了他是一个遇事考虑周全的人。

朱老忠说着话时，春兰提着个小包袱走进来，说里面是一双软底鞋，运涛爱穿这样的鞋子。还有两身小衣裳。朱老忠又告诉春兰：运涛在狱里，江涛也要去济南，志和病着，这院里人手少，你有空闲就过来帮着拾掇拾掇。春兰说："大叔说了，就是吧。我一早一晚地过来看看。"然后，朱老忠又让朱老明在家里有什么风吹草动时，要多出点主意，多照顾着点人们。

总之，作者把朱老忠临去济南前，对诸事的安排写得很详细，说明他处事周详备至。他跟贵他娘及二贵、春兰、涛他娘等人说的这些话都语重心长，发自肺腑，他提醒他们要时刻把阶级敌人的乘虚而入、落井下石作为防范的重点，尤其是直接跟春兰说的话，跟涛他娘说的那些要多关心春兰的话，更显示了他在革命形势不好的情况下，所具有的自觉的警惕意识。

严志和让江涛扶着他去"宝地"看看。去后，严志和跪在地上，张开大嘴，啃着泥土，咀嚼着伸长了脖子咽下去。他叫江涛也吃点。江涛一时心里慌了不知怎么好。冯兰池在父亲处在艰难困苦的时候，在磨扇压住手的时候，却夺去了这块"宝地"，这是一辈子的深仇大恨啊！江涛异常气愤地说："爹！甭难受了！我们早晚要夺回它来！"严志和听了，瞪出眼珠子，看着江涛问："真的？我们还有夺回来的一天？"江涛站在那里，发了一阵愣，眼泪流了下来。

这里写严志和吃土的场面，感人至深，读者们读时不由自主地热泪盈眶，失声痛哭。严志和跟江涛说："这是你爷爷流下的血汗，咱们一家人依靠它吃穿了多少年，像喝爷爷的血一样呀！老人家走的时候，说：'只许种着吃穿，不许去卖。'如今，我成了不孝的子孙，把它卖了，我把它卖了！"当严志和又张开大嘴，啃着泥土时，江涛立刻叫了起来。严志和一边嚼着泥土一边唔哝着说："孩子！吃点吧！吃点吧！明天就不是咱们的土地了！从今以后，再也闻不到它的香味了！"

这写出了严志和对土地浓浓的挚爱及对在自己手里出卖了这块"宝地"的愧疚，他觉得自己没有固守父亲的忠告。江涛由此也产生了要通过革命来把这块"宝地"从地主老财冯兰池手里一定要夺回来的决心。严志和听了江涛的决心，又冷不丁地趴在地上，啃了两口泥土。其情其景，无不令人动容。

第二天早晨，朱老忠和江涛出发了。他们到济南后，在一个小店里住下。店掌柜是一个白发老汉，朱老忠向他打听了济南的模范监狱。掌柜说它囚的政治犯多，政治犯不是砍头，就是无期。判了罪的都能看，没判过罪的，不行，怕串供。朱老忠随后带着江涛，买了些礼物，拿着严知孝的信，到省政府去。江涛进去找张秘书长，出来告诉朱老忠，张秘书长说案子是军法处判的，不属于他管辖。看看可以，别的他无能为力。朱老忠又买了火烧夹肉、点心、鸡子等，等明天一早去大监狱探望运涛。

第二天，朱老忠和江涛到了监狱后，看到运涛怀里抱着铐，脚上拖着镣。运涛问奶奶怎样了。江涛说老人家已经去世了！运涛又问爹和娘，朱老忠说，你爹病了，你娘结实着。运涛听了后，抱起手铐，带动脚镣，和亲人握别。看守说时间快到了！说着，便拽起运涛向里走。运涛说："江涛！望你们为我报仇吧……春兰呢？"朱老忠说，春兰在等着你！等你回去成家。老看守说什么时候了，还说这种话，说着，连推带搡地把运涛带走。朱老忠让老看守把带来的吃的东西给运涛。老看守掏出银钎子，这么插插，那么插插，然后把东西带走了。

朱老忠和江涛走回小店，江涛心里酸得难受，哥哥从小跟父亲种庄稼，自从那晚和春兰离别后，就和一个同志下了广东，参加了革命军。他在革命军里受了很多马列主义教育，以共产党员的身份参加了国民党。不久，革命军北伐，他当了上士，当了排长，又被保送到军官学校受短期训练。如今，他为了革命却陷进监狱里了！

江涛为了营救运涛，又上省政府找张秘书长，结果没希望。朱老忠便带上江涛又去监狱看运涛。他把信交给看守。然后有人挟着运涛走了出来。运涛看见朱老忠，眼里滚出泪珠子。江涛说："哥哥！明天我们就要回去了，你还有什么话说？"运涛说，你回去告诉老乡亲们，我进监狱不是因为砸明火，不是因为断道。我是一位中国共产党的党员，是为了给劳苦大众打倒贪官污吏，铲除土豪劣绅才进监狱的！不等运涛再说，一个凶横的家伙连打了他几个嘴巴，并骂着他。江涛看着哥哥挨打，心里很痛。运涛大喊道："打倒刮民党！""中国共产党万岁！"监牢里的人听他喊，就都看，越聚越多，他们齐声夸运涛："像个共产党员！"这时，几个士兵抓住运涛，把他押了回去。运涛到门口时，大喊道："江涛！忠大伯！回去告诉我爹，告诉明大伯，告诉妈妈和春兰。叫春兰等着我，我一定要回去，回到锁井镇上去，报这不共戴天之仇！"

到此，朱老忠和江涛共探望了两次运涛，运涛的言行表现出了一位真正的革命者的凛然气骨。

朱老忠和江涛回到小店，店掌柜说："街上嚷动了，说大监狱里囚着一个硬骨头的共产党员，好硬气的人物！""他们这'革命'呀，可不如这好汉子刚强，他们欺软怕硬！"店掌柜的话，从侧面反映了共产党员运涛在大监狱里所体现出来的硬骨头、硬气、刚强，正因为这样，反动派们奈何不了他。

店掌柜又说北伐军打到济南城后，日本兵关紧城门，把住城墙，不许他们进来，眼看就要开火时，北伐军派了一个外交官进城跟日本人交涉，日本人却把他捆起来，割了舌头，剜了眼。日本人是欺软怕硬，反动派也是欺软怕硬！北伐军因为不强硬，所以那外交官就落下了凄惨结局！

江涛说道：革命军打到武汉时，他们还和共产党合作，共产党发动工农群众，向帝国主义游行示威，强硬收回了外国租界。后来，他们害怕了，镇压了工农群众，屠杀了共产党。这样一来，北伐军就缺乏了革命性，打到济南城的时候，他们的外交官就被日本鬼子割舌头剜眼睛了！

店掌柜听了江涛的话说，是个好小伙、明白人，将来一定能行。朱老忠听了，才感到日本鬼子的可恨来。江涛说："反革命在武汉大屠杀以后的日子，毛泽东同志带领革命的士兵、工人和农民举行了秋收起义，上了井冈山。朱德同志带领南昌起义的部队转战湖南。他们在井冈山上会师了，建立了苏维埃政权，建立了工农红军，建设了革命的根据地。今后要打土豪分田地，进行土地革命，叫无地少地的农民们都有田种！"朱老忠跟江涛说："运涛一定能回去，能回到咱的锁井镇上！""运涛这孩子一定要回来，共产党不算完！"江涛说："当然不算完！"然后，江涛在山东买了一匹小毛驴，叫朱老忠骑上回来。

江涛从济南回来，父亲还在病着。他把运涛的事情一五一十地对父亲说了。收完秋，江涛跟朱老忠说想退学，朱老忠不允许，让他把上济南剩下的钱先拿去上学，给他爹治病的钱他再想法子借。

江涛于是回到保定。第二天，他去看严萍。严知孝听了他朋友对运涛入狱的事情无能为力，就说国民党干了件过河拆桥的事情，要防备刀柄攥在别人手里，如今的世界，横征暴敛，苛捐杂税，你征我伐，到什么时候是个完？过来过去总是糟践老百姓！严萍妈妈不凉不酸地说："我看龙多不治水，鸡多不下蛋……国家民族还是强不了！"

然后，小说详细地写了江涛和严萍独处时的对话，严萍已经喜欢上江涛，但她妈妈要让她结交的是自己的侄子冯登龙。冯登龙正在学武术，练着铁砂掌、太极拳，说将来要学军事，绝不向文科发展，要做些对国家民族有益的事。严萍对运涛的相好春兰也很感兴趣，江涛便讲了哥哥和运涛的爱情。他说，春兰帮着运涛织布，两个人对着脸儿掏缯，就发生了感情……有一天晚上，他偷看他们在月下相会，要跑出去捉他们。这时，母亲伸手一把将他抓了回去，让他别讨人嫌！他父亲说："你去吧！将来春兰不给你做鞋做袜。"严萍听了江涛的话后说："你们的老人这么知心的。运涛和春兰那么好，他一入狱，春兰心里太难受了。"严萍说的话自然也含着她妈妈要强行把她介绍给冯登龙的意思，她妈妈就是一个不知心的人。

第二十六节至第三十六节：江涛回到锁井镇，组织着反割头税运动；江涛见到同学张嘉庆。江涛跟贾老师汇报锁井镇的封建势力情况。江涛动员老套子参加反割头税，老套子不同意。贾老师写文件，两个学生来问问题，校役和厨师抱怨他的客人太多。严志和同意参加抗捐抗税，但涛他娘坚决不同意，严志和的态度又发生变化。当兵的大贵逃回家；朱老忠、朱老明都同意开展反割头税；朱老明提议把春兰嫁给大贵。朱老星、伍老拔决心参加反割头税运动。老驴头同意春兰嫁给大贵，春兰准备跳井自杀。老驴头不想交割头税。严萍决定参加反割头税运动。老驴头和老套子杀猪，猪却跑了。冯老兰问朱老星要旧账。冯贵堂预言朱老忠闹不起事情。刘二卯骂街挨打。冯贵堂进城告状，王县长把他训斥了一顿。贾老师指示搬离交通站。

白色恐怖的年月过去，江涛看着哥哥被关进牢狱里，心上像钉上荆棘。他寒暑假都回家帮助父亲料理家务，开学又回到保定。每天下午上完了课，就到校外去工作，夜晚钻进储藏室看书。他读完了组织上发来的《社会科学讲义》，心上好像照进了太阳的光亮。秋天，上级派人到锁井镇一带四十八村视察工作，决定发动大规模的农民运动。到了冬天，组织上派江涛回到锁井镇上，组织反割头税、反百货税运动。这是江涛第一次组织农民反抗剥削的大型斗争，所以他来到贾老师家，接受贾老师的指导。无意间，他见到了人称"张飞同志"的同班同学张嘉庆。张嘉庆的形象在这里是第一次出现，成为小说中的主要人物之一。

张嘉庆出身于地主家庭，母亲地位低微，使他自小就同情穷人。在贾老师的教育下，他加入了共产主义青年团。秋天，他回乡开展群众运动，成天给人们讲穷人是怎样穷的、富人是怎样富的。伍老拔说张嘉庆家有十亩园子百顷地，住的是青堂瓦舍，穿的是绫罗绸缎，成天跟穷人念这个闲杂儿，不过是快活快活嘴，拿穷人开心罢了！张嘉庆听了，便组织农会、穷人会，领头去抢他爹的二十亩棉花。伍老拔也跟着张嘉庆去抢，结果把棉花抢光了。张嘉庆他爹气得直骂街。张嘉庆说："骂什么街，秋天快过了，人们还没有过冬的衣裳！"然后又指挥人们抢了邻家财主的一块玉蜀黍，抢完西财主家，又抢东财主家，使秋收运动顺势开展了起来。地主们都来找张嘉庆他爹，他爹气得死去活来的。现在，张嘉庆跟着贾老师闹起革命来，他是一位忠诚大胆的革命者，以自己卓越的枪技屡立奇功。但由于他遇事不冷静，欠周详考虑，这给他后来带来了巨大灾难，他被土匪佟老五轻而易举地逼得跳河牺牲了。

江涛和张嘉庆说了一会子久别重逢的话后，张嘉庆就和其他几个人走了。江涛跟贾老师汇报了锁井镇上封建势力的情况：锁井镇有三大家，论势派，数冯老洪；论财势，数冯兰池；第三家是冯老锡。"三大家趁着荒涝的年月，收买了很多土地，撵得种田人家无地可种了，他们赚了钱，放高利贷。锁井一带村庄，不是他们的债户，就是他们的佃户……打下粮食，摘下棉花，吃不了用不完，把多余的钱供给姑娘小子们念书，结交下少爷小姐们做朋友。做起亲事，讲门当户对，互相标榜着走动衙门。在这块肥美的土地上，撒下了多财多势的网。在这网下，是常年受苦的庄稼人……"江涛的讲述让贾老师看到了他的巨大进步，贾老师让他继续讲些冯兰池的情况。江涛就把冯兰池陷害大贵，又要夺去春兰的事情说了。贾老师说，按目前农民的迫切要求，应该抓紧开展和农民经济利益最关切的一环——反割头税运动，就势冲击百货税！贾老师又问江涛严萍的情况。江涛说严萍开始读社会科学了，他要把她培养成团员。正说着，贾老师的爷爷说几个村庄上的狗都在咬，叫得不祥！江涛就离开了。他走着路，老爷爷扛着粪叉在后头跟着。老人说："你老师叫我送你一程，他也进城了。"江涛恳求老人回去，老人才回去。

江涛回到家后，父亲想他回来一定有什么紧急的事情。第二天早晨，江涛去看老套子。老套子给冯老锡经管牲口。江涛把抗捐抗税，抗租抗债，反对盐斤加价，反对验契验照的话跟他讲了，他听了不同意，认为那是一成不变的，没有什么理由，也没有什么力量能够改变它。老套子是一个观念保守的长工，但他后来发生了一些变化，同情革命，并能参加革命。

江涛回到家里，跟父亲说了他要进城。他走到学校，跟贾老师说了老套子的事。贾老师说，要反割头税，就得发动养猪的主儿，你找的老套子文不对题，能做出好文章来？江涛说："像窗户纸一样，你这一点，我就透了。老套子大伯是个老雇工，既不使债又不养猪。他是吃现成饭的，不管盐价贵贱。他没有土地，税不着文书。抗捐抗税解决不着他的问题，当然觉悟得慢。我体会得怎么样？"贾老师说，你只说对了一部分，在乡村工作里，雇工是我们本阶级队伍，要努力帮助他们觉悟起来。这个运动，虽然解决不了他们的问题，可是他们要反封建，一经发动起来，就可能是最积极的。解决问题，要抓住矛盾，才谈得上解决。像劈木头，先看好骨缝插对楔，再下榔头。看不对骨缝，插不对楔，把榔头砸碎了，也劈不开干柴。江涛一下子明白，自己的工作没有找准对象，没有抓住主要矛盾，尤其是贾老师说的，谁只要反封建，就是团结的对象。江涛蓦地想起来，冯兰池是锁井镇上的大土豪，他和农民的矛盾是针锋相对的，和父亲、和朱老明他们打过三场官司……一切都要以反封建、反压迫、反剥削、反侵略为中心去进行。

贾老师送走江涛，想过去光说要反割头税、反百货税，这个运动从什么地方开始、如何下手，这都是问题。如果只说明依靠穷苦群众，这还不够。究竟要依靠哪个阶层的群众，这也没讲明白……想到这里，他打算写个文件。写着写着，觉得不行，就放进嘴里嚼着。他开始批改学生的作业，两个学生进来问中国农民所受的压迫有几个。贾老师让他们先说。大个儿的说，中国农民所受的压迫有两个：一个是帝国主义，一个是封建势力。小个儿的说，有三个，是帝国主义、军阀政客、土豪劣绅。贾老师说他们说得都对："封建势力是军阀政客，土豪劣绅也是封建势力，背着抱着是一般重。"一个说："哪，你为什么这一次这么讲，那一次又那么讲呢？"贾老师听了，心上烦躁起来，让他们出去。然后继续工作时，校役和厨师先后进来说贾老师的客人今天来一个，明天来两个，弄得他们都没法子算账了。贾老师听了，一下子警觉起来，来来往往的客人可能会引起反动派的注意。他回家后，看见爷爷跟邻家胡二奶奶为一只鸡正在吵架，就劝开他们。爷爷告诉他，邻居还说咱家里成天人来人往的，一定有什么不可告人的秘密。他听了，觉得交通站必须得搬了，应该从城里转到乡村去。

一天早晨，江涛从城里回来，跟严志和说要进行抗捐抗税了，问道："爹，你说怎么样？"严志和说："早该抗了。"江涛说："内部里说，先在'反割头税'上下手。"严志和问："什么算是割头税，要杀人？"江涛就解说了割头税。又说要反割头税，首先是发动群众，只要人们动起来，搞什么都能胜利。严志和说，听说河南区张岗一带，秋天闹起了“抢秋”，吃粮分大户，出了个叫“张飞”的共产党员，领导了秋收运动。革起命来了，能夺回咱的“宝地”吗？这里进一步展现了严志和对他心心念念的“宝地”回归的心情，他说的张嘉庆领导的秋收暴动是支持他同意反割头税的原因之一。江涛说当然能，抗捐抗税，抗租抗债是经济斗争。由经济斗争转向政治斗争，就要武装工人、农民，夺取政权。到了那个时候，就要夺回“宝地”了！严志和又说，共产党的事是上不传父母，下不传妻儿，你怎么跟我说起来？运涛都没说过。江涛说：“运涛干工作的时候，你觉悟程度还不够。眼下我看你有了阶级觉悟，反正党的主张早晚要和群众见面，不然共产党怎么会越来越多呢？再说，你是我亲爹，打量你也不会把我的风声嚷出去。”从这些可以看出，严志和在经历了运涛入狱的事情后，就像江涛说的，他的阶级觉悟、革命意识已经具有了。但涛他娘对严志和参加反割头税坚决不同意，她只希望保持眼下的平安日子，她说，要收税就收，忍了这口气吧！严志和听了说，咱吞了一辈子气，值得了什么？运涛被反动派关进监狱，冯兰池拿那么一点钱，把“宝地”夺去了，那等于要了咱的命根子了，咱一定要夺回“宝地”来！涛他娘说她只要求江涛师范学堂毕业了，当个教员，自己找个知文识字的媳妇就行了，她早就想抱上一个大胖娃娃了！严志和听了这，态度又一变，也主张吞了这口气，过个庄稼人的日子，啥都别扑摸了。即便有点希望，不知又在哪个驴年马月呢？他的这些话又表现了他摇摆不定的态度。江涛看说不通父母，就不再说了。

江涛来到朱老忠屋里，看见大贵从前线上开小差跑了回来。大贵说他不想给军阀当炮灰，想回来干自个儿的事情，就逃回来了。这是大贵自从被抓去当兵后，第一次正面出现，小说对江涛和他相见的场面做了详细描写，表现了他们的激动。大贵从此成为这群革命农民中的一员猛将，白马轻裘，纵横疆场，斩妖除魔，惩恶扬善。

朱老忠问江涛，毛泽东、朱德以及井冈山上怎么样了？江涛说红军成了大气候，毛泽东和朱德率领工农红军在江西瑞金建立了中央苏维埃革命根据地，然后在江西、福建一带打游击。江涛又说，今年杀猪要拿税，不许私安杀猪锅，冯兰池包了县上的割头税，咱不管他三七二十一，硬安上杀猪锅，争这一口气！朱老忠提议去找朱老明商量。他们来到朱老明家里，把反割头税的话说了，朱老明说，干是要干，就看怎么干法？江涛说，大家一轰而起干。朱老忠觉得这方法新鲜，就说，干。朱老明说，听江涛的，闹闹运动看看怎么样？他又提出把春兰给大贵说个媳妇，运涛在监狱里，别耽误了春兰。朱老忠听后觉得在理。

江涛和大贵从朱老明家里走出来，走到朱老星家。江涛跟朱老星说，今年杀猪要拿割头税，我和朱老忠商量了，要反对割头税，打倒冯兰池。朱老星说，冯兰池欺侮了咱几辈子了，咱也不是好惹的，跟着走吧！朱老星是被冯兰池剥削最重的一个。江涛和大贵然后又去找伍老拔。江涛问伍老拔河南区的秋收运动怎样。伍老拔说他的少东家张嘉庆是个共产党员，领导了秋收运动，他的外号叫张飞。江涛然后就谈了反割头税的事。伍老拔说，就这么办，咱们组织农会，打倒冯兰池。你不来找我，我还想去找你们哩！晚上，朱老忠、朱老明、朱老星、伍老拔、朱大贵，都到江涛家里商量了一晚上。他们决心反对割头税，报那连输三状的仇，定下：先秘密组织，再公开宣传活动。第二天，他们让亲戚传亲戚，朋友传朋友，把大严村、小严村、大刘庄、小刘庄等联系了起来。

晚上，朱老明在严志和家里开会回来，想起老驴头糊里糊涂的，认为他不会给春兰安排一生的大事。第二天，他跟贵他娘说要给大贵粘补个人儿，春兰就行。贵他娘说，怕大贵不干，商量商量再说吧！朱老明跟涛他娘把大贵和春兰的事说了。涛他娘说，早该这么着。但她想起运涛还在监狱里，怕将来对不起运涛，就犹豫了半天，流着泪说，行，大贵也到年岁了，运涛十年监牢，当娘的不能叫人家春兰老在屋里，不能耽误了她。涛他娘是小说里自始至终出现的人物，她的观念比较落后，只想过暂时安稳的日子，对两个儿子参加革命常表现出无可奈何的态度，不是多么支持，但也不是多么的坚决反对。

老驴头知道运涛坐监牢后，一定要寻个“倒装门”女婿，不能让春兰离开家。但春兰一心要等运涛，看不中的人，她不干。朱老明跟老驴头说了把春兰嫁给大贵的事情，春兰听到了，两只手抖颤起了。她听父亲说行倒是行，但得寻个“倒装门”，又是女婿又是儿，朱老忠和大贵要是同意了，家里这几间房几亩地，也就成了他们的事业。春兰听明白后，心上越发难受。一股劲地出了大门，往井台上跑去。春兰娘看春兰要去跳井，就追出来，叫她回去！春兰听了，就悄悄回来，也不哭了。小说写过春兰的两次自杀，前面写她娘告诉她运涛入狱了的事情后，她扯起切菜刀，想结束自己的生命！这次她要跳井，两次都是她母亲的出现才阻止了她的轻生，为此，一些论者指出这是小说的一个瑕疵。当然，春兰两次轻生，都是因为她的人生要发生重大转折，一个是心爱的运涛入狱，出来的时间遥遥无期，甚至可能会被杀头，永远离开她，所以，她绝望；另一个是她将要嫁给不爱的人，她觉得背叛了运涛，背叛了他们互相的承诺。好在朱老忠不同意把春兰嫁给大贵，朱老忠对老驴头说，春兰就是等着运涛，看你们怎么的？大贵要成亲，找别人去！朱老忠的态度无疑让春兰的绝望瞬间消失，因为她看到他是一个先人后己的人。给自己的儿子娶媳妇，他本来应该是十分高兴的，但他却让大贵找别人去。老驴头听了朱老忠的话说，春兰不愿出聘，在家里老一辈子，咱不管了。朱老忠还要组织农民宣传队，随后去找严志和。

又一个早晨，老驴头叫春兰去赶集，他听人们说杀过年猪要交割头税，又听朱全富老头、朱老星、伍老拔都不想交，朱老忠还要带领农民反割头税，全县的割头税都被冯家包了，刘二卯和李德才又包了全村的。他知道这些情况后就动心了。当然，他的动心不是要参加反割头税斗争，而是他也不交割头税。春兰在集市上看见江涛和严萍说话，严萍说她找江涛找了好几趟，一直找不见，抱怨江涛的行踪老是叫别人捉摸不定。江涛问严萍，是不是和冯登龙一块回来的？严萍说，你甭管。春兰看见严萍就想起自己，看见江涛，就想起运涛来。严萍说，今天大集上的人们怎么都嚷着要反割头税？江涛说是的。随后，严萍带江涛到奶奶家去，奶奶看是严志和家的江涛，就给他做了黄芽韭猪肉饺子、四碟菜吃。江涛吃完饭，要求严萍也参加反割头税运动，严萍听了一口答应下来。老奶奶问，什么是割头税？严萍说，就是杀一只猪要上税。老奶奶说："自古以来，老百姓就是完粮纳税的，又值得反什么？"严萍说，这税那税的，农民们都没法生活了，于是才起来闹腾呀！奶奶说："可不能闹啊！闹闹也得拿，今儿不同往昔，谁敢反上，就是杀头，他们可厉害多了！"严萍的爷爷严老尚在义和团运动时期，积极参加"扶清灭洋"的运动，清末，倾向于维护地主阶级的利益；她奶奶的思想也很落后，她的情况也是当时无数像她一样的老年妇女共同具有的情况。

春兰看江涛和严萍走了，就和老驴头回到家。老驴头家里也养了一头猪，他在冬天想把猪杀了，只想把红白下水什么的吃了，把肉卖出去。现在却要拿割头税！他让春兰合计一下一只猪的税顶多少粮食，春兰说值两三小斗粮食。

老驴头说，不能平白给了他们这两三小斗粮食。春兰说，那也没办法。老驴头跟老套子说，交割头税我舍不得呀！老套子说，舍不得也不行，官法不容情！人家要，就得给，不给人家不行！老驴头说，我不给他们，割了脖子，把脑袋当球踢也不给。老套子和老驴头，一个认为必须交割头税，一个坚决不交。老驴头不交割头税，不是认为割头税不合理，而是认为会让他损失两三小斗粮食。他实际上还没有认识到割头税是统治阶级强加给农民的不合理税收，要不交它，需要的是人们起来去反抗，去从根本上改变社会制度。他回到家，扯起菜刀，叫春兰杀猪！春兰说今年不许私安杀猪锅。老驴头说，我不管！这不是在表现老驴头的不惧怕地主、官僚，而是在表现他的固执、自私。春兰说，人家听见猪叫声，就不干了！老驴头于是用一条破棉被把猪脑袋、猪嘴捂上。猪嘴捂了后，老驴头准备把猪绑上。老套子走来说，你要以守法为本，不能办越法的事。老驴头说，我不能叫二三小斗粮食插翅飞了。这是他内心的真实想法。老套子说："这么着吧！咱镇上朱老忠和朱老明他们要反割头税，闹得多么凶！看他们闹好了，他们不拿，咱也别拿。他们要是拿呢，咱就得赶快送过去，可别落在人家后头。"老驴头觉得这个办法不具有风险，就说，那看看再说吧！但这时，村里还是有人在暗自杀着猪。春兰又听得刘二卯在街上大喊着交割头税，不许私安杀猪锅的事情，就跟老驴头说了。刘二卯在街上敲锣大喊时，严志和、伍老拔、朱老星就通知大严村、小严村、大刘庄、小刘庄准备参加反割头税的人们赶快安杀猪锅！一方在催交，一方在抗拒，这种无硝烟的斗争被作者写得极为精彩，动人心魄。

第二天，大贵也在门前安了杀猪锅，朱老明挨门串户让谁家要杀猪就上大贵那儿，既不要大洋一块零七毛，也不要猪鬃、猪毛、猪尾巴大肠头，光拿两捆烧水的秫秸就行了。他让春兰把家里的猪抬到大贵那里去杀。春兰跑到街口看大贵家的杀猪锅安在家里的小槐树底下，朱老忠烧着锅，大贵掌着刀，伍老拔、朱老星、二贵、伍顺、朱庆都在当帮手。江涛转游到大贵这口锅跟前，鼓励他道，就这么办，多给穷人办点好事。春兰看大贵浑身是力气，想："怪不得说……"春兰从大贵身上看到了他的胆大勇敢，就想起了朱老明要把她嫁给大贵的事。"怪不得说……"这句话精准地展现了她的内心活动。她于是跑回家让老驴头把猪抬到大贵那儿去杀。老驴头同意了。绑上猪后，老驴头却要抬到刘二卯那口锅上去。这又表现了老驴头不识好歹的性格特征。春兰不让，老驴头说，想想再说吧！最后，他决定晚上偷着把猪杀了。晚上，老驴头在老套子的帮助下杀猪，猪却一下子挣脱了他们跑了，他们找遍了所有地方，都找不到。春兰去找朱老忠帮忙，朱老忠让人写了多份寻猪启事，然后叫二贵、伍顺、朱庆、大贵贴到各村镇。启事贴了，猪却没寻着。

大贵想起那年自己被抓了兵，临走时，对运涛说："……希望我回来能见到你！"现在自己回来了，运涛却住了监狱。他便决定替春兰把猪找到。他最终在河滩上找到了猪，然后扛在脊梁上，送到春兰家。老驴头看见猪找到了，就呵呵笑着跟大贵说："咱也赞成你们这个反割头税了！"老驴头终于被大贵的行为感动了，对反割头税的事情表了态。大贵说当然要反他们。然后，春兰送大贵走到门口。大贵看见前边的墙根底下，黑乎乎地站着一个人。

大贵走到街口，那个黑影却不见了。他走到家门口，朱老星正开门出来。朱老星说："要防备冯老兰！"然后去上茅厕，发现李德才也在里面。两人进屋后，李德才对朱老星说，你借过冯兰池的一口袋小麦、五块钱，他现在要。朱老星说，咱当时就还不了呀！李德才说，你当面跟他说去！朱老星于是跟着李德才来到冯家大院。冯兰池说，咱本打算不跟你要，但你变心了，跟着朱老明、伍老拔反咱的割头税，所以才要。李德才瞪了朱老星一眼，说："净是你们这些刺儿头。人家包税，碍着你们蛋疼？走吧，今天晚了，明儿再说。"朱老星走出屋子，李德才对冯兰池说，大贵上春兰家去了。冯兰池说，春兰硬僵筋！给她爹一顷地、一挂车，她还不嫁给咱。不嫁也好，咱还舍不得地和车哩！这些都是咱辛苦经营下来的！李德才说："甭着急，咱慢慢儿磨她。"冯兰池问朱老星要旧账，对朱老星来说，是旧仇添新恨，进一步坚定了他参加反割头税的决心。冯兰池依然惦念着让春兰嫁给自己，他的贪婪嘴脸进一步得到表现。

李德才出去后，冯兰池把他年轻的老伴叫过来睡觉。他想着朱老忠、朱老明要开展反割头税的事，心里一下子形成了病疙瘩。第二天一早，他跟冯贵堂说，朱老忠、朱老明、严志和他们闹起了什么赤色农会，要到县政府里去请愿，要求撤销割头税。冯贵堂说："瞎字不识，他们掉不了蛋。"说着，走了出去。父子二人的谈话，算是最后决裂了。冯贵堂是一个在性格上具有多层面的人，他有仁慈的一面，又有和他爹一样的贪婪、凶残；他一直想改良家政、村政，但他爹一直反对，使他不能展开手脚。

冯兰池看冯贵堂不管，就打发伙计们到县政府、各区公所去送年礼。伙计们说各区都有人在反割头税，要打倒冯兰池！冯兰池一下子慌了，便亲自到这区那区告诉伙计们要收好割头税。大小刘庄、大小严村的反割头税动起来后，冯兰池吩咐伙计们立刻安锅收税。反割头税的人们也安上了杀猪锅，抵抗收税。冯兰池来到聚源宝号召集士绅们商量对策，保长刘二卯赔账只赔十块钱，冯兰池却要赔四千块。冯贵堂主张，先给人们宽仁厚义，不行了，再上衙门口里告他们，和他们再打三场官司。冯兰池说："那是以后的事，今天出不了这口气，我连饭也吃不下。"他坚决要刘二卯去骂三趟街。

刘二卯于是在街上跳脚大骂起反割头税的人们来。冯兰池让刘二卯上东锁井去骂！刘二卯便骂向东锁井，骂着骂着，就来到了大贵家。大贵让刘二卯拿杀猪刀捅了自己，刘二卯不敢，朱大贵便要捅刘二卯。春兰、江涛想把大贵拽回去。大贵这时照着刘二卯摔了过去。江涛说不跟骂街的单干，要发动群众。大贵说，就是冯兰池来了，咱也要敲掉他的两颗门牙。冯贵堂来了，咱也不跟他善罢甘休！朱全富老头的猪还在锅里泡着，他看刘二卯还在骂骂咧咧，就劝他不要骂了。刘二卯反倒拿起一块半头砖，照准大贵家的门砸了一家伙。贵他娘一看，就叫二贵、朱庆撕他的嘴。刘二卯又骂起东锁井的所有人来，全街人于是都去打他。贵他娘、春兰、朱全富奶奶、庆儿他娘都拥上去，刘二卯于是被姑娘媳妇们打得鼻子上流出血来。他急得不行，就把裤子一褪，脱了个大光屁股，说："姑娘们！谁稀罕？给你们拿着玩儿吧！"春兰和姑娘媳妇们一看，捂上脸，合眉攥眼地跑了。二贵挖起一块牛粪，啪唧一下子甩在刘二卯屁股沟上。小说对保长刘二卯骂街的情况写得精彩绝伦。刘二卯即使被打，依然是骂不停嘴，最后又以无赖、流氓的方式为自己解围。冯贵堂来后说这点钱他不要了，白送给乡亲们过年，不要割头税了。人们都知道冯贵堂是笑里藏刀！跟冯兰池父子斗不容易。

冯兰池看压不服朱老忠和朱老明，就和冯贵堂商量了一个对策。第二天一早，冯贵堂进城去找县长王楷第。冯贵堂把朱老忠以及四乡农民抗税不交的事说了一遍。王楷第说，朱老忠不过是为了过年吃口肉，没有什么了不起。冯贵堂说，他背后有严江涛，他是有了名的保定第二师范的学生。王县长说："一个学生娃子，不过散散传单，喊喊口号，也不会有什么大的作为。"冯贵堂说，严江涛是个共产党，是严运涛的兄弟，他在四乡里串通反割头税，不能置之不理！王县长说："他是共产党，你有把柄？拿来！"冯贵堂拿不出证据，说："我花四千块大洋包下这割头税，县政府就得保证我收足这四千块大洋，否则我无法交足包价。”王楷第从保定老军官学校毕业，当过旧政府的议员，是北洋官僚张省长的老同学，给别人办过军需，如今张省长让他任县长，就是因为他宦囊空虚，想给他个饭碗。他看冯贵堂很火戗，就说：“你交不足包价，有你交不足的办法。你是包商，我是县长，你为的是赚钱，我为了执行上峰的公事。你作为商人不去收税，跑到我衙门里来啰嗦什么？”冯贵堂见王县长脸色不对，只好退下去，但他把备办的隆重年礼，还是送进了衙门。王楷第也是一个复杂的形象，他对学生多少有些同情，对冯贵堂这样的新式地主，对冯兰池这样的旧式恶霸既看不顺眼，又常和他们搅和在一起，到后期，他为了自己的官位，又积极下令镇压学生的爱国运动。

冬天的早晨，江涛进城去跟贾老师研究运动进展的情况。刚走过小木桥，遇见冯贵堂坐着车去城里。江涛背过脸等他过去，然后看见车后面走来贾老师和张嘉庆。江涛向贾老师汇报了工作情况。贾老师表扬了江涛的工作方法。张嘉庆在河南区搞秋收运动，是掌握了广大农民要求冬天有饭吃、有衣穿，不冻死饿死的要求，一轰而起。而江涛却是先经过组织，搞通思想，然后形成运动。这两种方法，在新开辟的区来说，是相辅相成的。两种方法，也说明了两个人的不同性格。江涛问：“闹腾了半天，我还不明白，这个运动的目的是什么？”贾老师说，是为了发动群众，组织群众向包商主、向封建势力进行斗争，并吸收参加运动的一些农民积极分子，打好建党的组织基础。最终的目的是起义，夺取政权。江涛明白后，就更加积极地去组织人们参加反割头税。

严志和对运涛被反动派关在监狱里的事情很难受，又看江涛现在也走了这条路，就跟朱老忠说，贾老师和江涛他们又说又笑，咱一走进屋，他们就不说了。朱老忠说，人家内部有内部的话，你进门的时候，该咳嗽一声，看他们要商量事情的时候，你该躲出来。严志和说：“这闹来闹去，又成了外人了。”朱老忠说：“咱还没进了门嘛！将来咱熬成了里面人，咱也就可以和他们坐在一块说说笑笑了。”严志和回家后，看贾老师、江涛、张嘉庆要商量事情，就退出来。贾老师说，上级指示咱们把机关从城市搬到乡村，这得找个安交通站的地方。江涛说，跟朱老忠谈这个问题吧！三个人于是找到朱老忠。朱老忠说，朱老明那里可以做交通站。他们于是去了朱老明那里，又去了伍老拔那里。贾老师派江涛上附近几个县里去，传达锁井区组织、发动群众的经验。腊月二十七大集那天正式举行一次大规模的游行示威，由江涛出头领导。

贾老师回城后，留下张嘉庆在锁井一带挑选一批农民积极分子，组织纠察队保卫大会。江涛和张嘉庆让朱老忠组织，朱老忠答应了。江涛让张嘉庆当纠察队的队长。晚上，朱老忠找到严志和、伍老拔、大贵、伍顺，又在大严村、小严村、大刘庄、小刘庄找了些学过拳脚、老实可靠的小伙子拿着三截鞭、铁镖、长枪、大棍去当纠察队员。第二天早晨，参加纠察队的人们在大柏树林子里等着时，朱老忠展示了个骑马蹲裆式，伍老拔要了一套猴拳，大贵又要了一套长棍。朱老忠让张嘉庆展示一下武艺，张嘉庆便伸枪打下了天上飞过的冯贵堂家的一群鸽子。江涛劝他不能乱放枪。朱老忠见识了张嘉庆的枪技，就直夸他。朱老明提醒张嘉庆，白日放枪得小心，否则这里就不是秘密地方了。此后，每天晚上，人们都集合在柏林里，练习起拳脚刀枪来。

第三十七节至第四十二节：江涛带领人们开展反割头税运动。朱老忠、张嘉庆等率领群众武装保护着运动。老驴头问朱老忠，春兰和大贵的婚事能做不能做？春兰仍然情系运涛，打算去看运涛。江涛劝春兰嫁给大贵，春兰不答应。严萍提出入党，江涛未同意，鼓励她积极革命。朱老忠等在江涛的主持下入党。冯贵堂状告反割头税的人们。张嘉庆考上保定二师。冯登龙和江涛辩论救国救民之道。江涛和严萍散发传单。

腊月二十六夜里，江涛从别的县里回到锁井。二十七日早晨，朱老忠和大贵赶着车去跟城里的大集。车上载着各种武器及几把爆竹鞭炮。纠察队跟在车后头。江涛叫了严萍，拿着传单标语来到年集上。大贵憋粗了嗓子吆喝着。伍老拔和二贵放着大爆竹。江涛登上大车说："反割头税大会开始！"市上人们一齐愣住。这时，大街小巷飞出红红绿绿的传单标语。江涛提高嗓音讲了一会子反割头税的事，接着说反动派们北伐成功了，掌握了国家大权，苛捐杂税更多了。贾老师穿着白槎子老羊皮袄站在人群里，谁也认不出他是谁。江涛问大家，要想改变这种光景，我们该怎么办？朱老忠喊："抱团体，伸手干！"江涛喊出"反对割头税，打倒冯老兰。"严萍也喊着："打倒蒋介石！反对一切苛捐杂税！"几万张嘴于是跟着她喊起来。朱老忠、严志和、大贵、张嘉庆、伍老拔他们，紧紧卫护着江涛和贾老师。江涛指挥队伍游行，学生们唱着《国际歌》闯进税局，吓得冯兰池跳过墙头逃跑了。冯贵堂跟县长王楷第说共产党们来了，砸了税局！王楷第立刻让警察队、保安队集合出发！江涛见找不到冯兰池，指挥人

们跑向县政府。江涛喊："官盐又涨价了，怎么办？"朱老忠大喊："反对官盐涨价，抢他！"人们一齐拥上去，随便抢盐。警察、保安队冲上来，不敢拿枪打人们。忽然两把刺刀对准江涛的脸。朱老忠举起三截鞭把刺刀打落在地上。大贵带着伍老拔、二贵、朱庆、伍顺等十几个人，拿着长枪冲上去，保安队被冲垮了，退进了院子里。大贵等带着人们冲进院里。县长不敢出来，半天才传出话来可以暂时不交割头税。江涛要求他明令取消，县长不敢，说要请示省政府。江涛说："愿意打倒土豪劣绅、铲除贪官污吏的人们！你们加入农会吧！"人们一齐加入农会！会后，江涛把严萍拦在怀里，吻着她青青的眉峰……他们开始感到革命给予青年人的自由和幸福。作者把反割头税运动开展起来后的过程写得紧张、精彩，使江涛卓越的组织、领导才能充分地被表现出来，使朱老忠、朱大贵、张嘉庆等人的革命乐观主义精神以及团结一心的风采被表现出来。江涛和严萍的爱情经过这次革命斗争的考验也更加坚贞了。

城里大集上开了大会后，到处扬嚷着反割头税的胜利。老驴头问朱老忠，春兰和大贵的婚事能做不能做？朱老忠说看他的，大贵说不想娶春兰，运涛还在监狱里，春兰和运涛心热，慢慢商量吧。老驴头回去跟春兰说，你要是愿意和大贵结婚，就点个头儿，要是不愿意，就摇摇头儿。春兰听了，走到十字路口。晚上，朱老忠到严志和家，严志和与涛他娘不同意把春兰嫁给大贵，说春兰要嫁给大贵，得看她愿不愿意。第二天，江涛和朱老忠、朱老明商量以后怎样应对锁井镇上恶霸地主的事。江涛回来，春兰说给他做了一双鞋，让穿穿，看合适不合适。江涛问她打算怎么办。春兰说想去看看运涛。江涛劝春兰嫁给大贵。春兰不答应，说要等着运涛，等定了！还说她去找忠大伯和志和叔，叫他们给她备办去探监的事。这里写老驴头问朱老忠，春兰和大贵能否结婚，实际上是想让大贵当自己的"倒插门"女婿，因为他从大贵寻猪及这次斗争看到了大贵的热心、朴实、英勇，但大贵心里一直记挂着不能做出对不起运涛的事情的忠告，所以明确拒绝。朱老忠把"皮球"推给春兰。江涛也是让春兰嫁给大贵。他们其实都对运涛能否出狱产生了绝望。春兰依然心在运涛身上，并要去看望运涛。江涛未同意。春兰便打算让朱老忠和严志和帮助自己。

除夕早晨，朱老忠来到严志和家，看见江涛正给严萍讲着《红鬃烈马》中薛平贵别窑征西，十七年后回来，但老丈人王允还要害他，王宝钏一直在等着他的故事。江涛给严萍讲的故事隐喻着春兰对运涛的等待，也在暗示自己和严萍恋爱关系终定的遥遥无期，因为他的心思在革命斗争上，也在严萍的出身及她还没有参加很多革命上。他于是让严萍参加革命救济会，说这样可以动员人力财力帮助革命，挽救被捕的同志。严萍提出想参加共产党，江涛说："论起你积极工作，你可以参加，论起你的阶级和成分，你还需要在群众团体里锻炼锻炼。"严萍回家后，江涛才回来。天明后，大贵、二贵见了伍老拔、朱老星，都恭喜斗争的胜利。朱老忠在家里也喝酒庆贺胜利！

江涛到朱老忠、朱老明、朱老星、伍老拔家里拜过年，到舅舅家磕了头，又到大刘庄、小刘庄、李家屯亲戚朋友家去拜年。拜着年，宣传反割头税的胜利。正月十四那天，他到贾老师家去，向贾老师汇报了工作，贾老师批准他在锁井镇一带发展党员，建立支部，并告诉锁井的同志们：胜利中会蕴藏着失败，要提高阶级警惕；灾难中也会孕育着胜利，要努力工作。晚上，朱老忠、朱老明、朱老星、伍老拔、大贵来到江涛家里。江涛讲了党员的权利和义务，以及党的纪律，然后给他们举行了入党仪式。天明，张嘉庆来说冯贵堂告了状，马快班要抓捕反割头税的人们。江涛和严萍回了保定。贾老师让张嘉庆离开保定。张嘉庆不愿离开，说他没家，没父亲，母亲在家庭里没地位，张家把母亲已经赶出来。贾老师批评张嘉庆应该依靠党，依靠组织。张嘉庆说他明白。他是个硬性子人，向来没有哭过，为了这件事情，他流泪了。他在河南区里领导了秋收运动，他父亲要用铡刀铡他。母亲连忙叫他逃。他踩断窗棂，跳上屋顶逃走了。反割头税运动以后，冯老兰又撺掇张嘉庆的父亲，在衙门里告了他一状，他父亲就登报和他脱离了父子关系。这样，张嘉庆就成了职业革命者。贾老师让张嘉庆好好锻炼，锻炼得能独立思考问题、决定问题，能独立工作，这是目前我们党的干部缺少的。江涛工作上英勇、机智，性格也浑厚。张嘉庆通过江涛接上关系，贾老师说他要在介绍信上注明这些，等张嘉庆年岁一到，立刻转为党员。江涛在去年已经转党了。贾老师问张嘉庆，江涛有个女朋友，见过吗？张嘉庆说见过，那姑娘参加过反割头税运动。贾老师让张嘉庆在他们的帮助下考上第二师范，这样，他的生活问题、读书问题，就都解决了。张嘉庆说他不同意江涛早早有爱人，这对女同志不好，因为女人要管家，要生孩子，她们应该独立，像男人一样革命，在社会上做些事业。贾老师不明白张嘉庆为什么这样同情女人。张嘉庆是张家的独生儿子，母亲十七岁生下他，然后白天和长工们下地做活，晚上和丈夫在一块睡觉。张嘉庆长大了，大娘不叫他和母亲见面。父亲又娶了个小娘来。张嘉庆逃跑以后，母亲也离开张家，上北京当起佣人来。贾老师跟张嘉庆说："像你母亲这样的人，何止千千万万！你是受压迫的人生的儿子，你要为他们战斗一生！"为了送张嘉庆走，贾老师给江涛写了信。张嘉庆看着贾老师严峻的形象，一步一步地走远。

保定市有个省立第二师范学校，江涛在这里受过四年师范教育，在保定市有了四年工作历史，是保属革命救济会的负责人，二师学生会的主任委员。暑假期间，江涛在学生公寓委员会里工作，经过支部负责人夏应图同志同意后，被安排在养病室里。这里出现夏应图这一人物，他是后面保定二师学生发动学潮的领导者之一，最后英勇牺牲。江涛为了解决张嘉庆的生活问题，带他去找严萍，严萍是救济会的会员。张嘉庆没接触过女人，见到严萍，就把眼光避开。严萍说她知道张嘉庆的好枪法，也知道他的家庭是个大地主。江涛把张嘉庆的经历告诉严萍。张嘉庆问严萍正在读什么书。严萍说读《毁灭》。张嘉庆看严萍天真的举动，很是喜欢，再也不感到拘束。张嘉庆在贾老师、江涛、严萍、夏应图的帮助下，准备考第二师范。严萍给张嘉庆两块钱让他去洗个澡，理个发，买双鞋。江涛和张嘉庆洗了澡，理了发，买了鞋子。严萍让张嘉庆把衣裳穿在身上后，说张嘉庆一下子漂亮了许多，明天口试的时候，一过眼就取上了！严萍妈妈嫌严萍和大小子们搅和在一起，就让严知孝把闺女嫁给冯登龙。严知孝说孩子们的对象自己选择。冯登龙曾撺掇冯老锡请姑奶奶给自己保亲，想把严萍娶来做媳妇。但严知孝一直不开口。张嘉庆最后考上了保定二师，在保定读起书来。

1931 年秋天，日本军国主义的关东驻军，在满洲燃起战火后，国民党反动派坚持不抵抗政策，要放弃满洲，把东北军调往江南去"剿共"。严知孝获知消息，痛不欲生，一个劲地问自己："这就算是亡国了？……这就算是亡国了？……"而他的妈妈，即严老尚的老婆却说，这不是严知孝的事情，操那么多心干吗？那些做大官的自然有办法。严萍看到国破家亡，也认为读书已经没有用了。严萍妈妈喜欢的冯登龙说想救国救民，只有唤醒国魂，"沈阳事变"（即"九一八事变"，《红旗谱》中称作"沈阳事变"）好比在睡狮身上刺了一剑，睡狮要惊醒了，它醒了，就要吃人！严知孝同意他的说法。冯登龙继续说："英雄造时势，有了出色的英雄，自然就能打退异民族的侵略。"严知孝平素就注意政治问题，"沈阳事变"使民族矛盾超过阶级矛盾。江涛来了后，见严知孝正慷慨激昂地谈着，就眨着大眼睛听。冯登龙说："我还是那个意见，要想国家强盛，只有全国皆兵，实行军国民主义。有了强大的军队，才能打败强敌，复兴祖国。"江涛说中华民族要想得到独立、自由、富强，只有发动群众，改造经济基础，树立民主制度，伟大的群众力量就是英雄。严知孝说："都对，你们说得都对。"冯登龙说："我说的是真正挽救国家民族的危亡，并不是把国家的权柄从狼嘴里掏出来喂狗。"冯登龙是一个国家主义派，江涛是共产主义者，他们的政治见解不同，裂痕越来越深。江涛说他说的是真正建立人民的祖国、人民的军队，难道这"权柄"还会落到国家主义者手里去？冯登龙听得江涛讥诮他，想动手。严知孝说谁能把国家从水深火热里救出来，谁就是至高无上的英雄！冯登龙说他明天就要上前线！他表叔在东北闹起义勇军，要成立教导队，叫他去学军事。"沈阳事变"后，东北义勇军蜂起，有共产党的，有其他各党各派的，还有封建军阀的。严知孝让他毕了业再去。江涛说："不能妄想抗日前线上多一个膘膘楞楞的家伙，就能把日本兵打出去！"冯登龙说："我也不相信成天价抠书本、翻纸篇子，吹吹拍拍地能救了国家。"严萍说她赞成冯登龙去学军，失学失业的年头，毕了业也是失业，还不如上前线打日本。江涛进到严萍小屋子，看见相框里有冯登龙的相片，就从身上掏出自己的照片放在桌子上。严萍用图钉把照片钉在墙上，江涛又把照片摘下来，掖进衣袋里。严萍看照片不见了，就寻找，最后看在江涛手里，就生气了。江涛又把照片悄悄地放回桌上。严萍取出冯登龙的相片，把江涛的照片装进去。妈妈叫大家吃饭，严萍感到冯登龙说的话，能跟江涛说；可是江涛说的话，不能跟冯登龙说。她讨厌冯登龙，想和他斩断关系。吃完饭，江涛和冯登龙走出大门。江涛回到学校，想起严萍，认为自己要尽一切能力帮助她进步，引她走向革命，锻炼她成为一个好的革命者。如果失去她，自己只有和没落地主的儿子、国家主义分子冯登龙斗争。东方发亮时，他到严萍家门口，两人去散发传单。江涛说："这些工作技术，时间长了，也会被反动派发觉。""我们想到的，反动派也会想到。我们的斗争艺术提高了，统治者的本领也会提高。抗日的活动就是在不断创造、不断斗争里前进。一刻的停止创造，一刻的停止斗争，就等于向卖国贼们缴械……"严萍连连点头，散着传单，心上老是跳动不安。前天有两个学生在墙上写抗日标语被捕了。还有几个人，鼓动士兵抗日，也被十四旅逮捕了。经过请愿示威，严重交涉，才被放出来。严萍散完传单，心才放下来。江涛问严萍：假如被捕了，怎么办？严萍说她宁自死了，什么也不说。他们果真这样，就是决心向日本帝国主义投降了！江涛说：蒋介石和汪精卫之类投降日寇是完全可能的！我们准备在民族敌人和阶级敌人面前经受考验！

第四十三节：冯登龙狂追严萍，严萍却很讨厌他。保定二师学生组织的反对国民党政府实行不抵抗政策的宣传大会召开后，骑警前来镇压。

严萍回去睡了一觉，严萍妈妈很喜欢冯登龙，有意促成严萍和冯登龙相好。冯登龙不爱上学，把升官发财看得很重，一心要到军队里去，严萍也同意。冯登龙瞧不上江涛那种只发动群众进行抗日的做法，认为他是纸上谈兵。由于他出身于破落地主家庭，所以他虽看不惯现实，但却把改变现实的希望寄托在出身于地主家庭的表叔率领的军队身上，就像小说里说的那样，冯登龙小的时候，人儿长得还漂亮，性格也爽直；年岁越大越蠢，一点聪明劲也没有了，一看见江涛就立眉竖眼的。冯登龙狂追严萍，严萍却很讨厌他，所以她想，要摆脱他，只能鼓励他去学军事。只要他离开保定，一切问题都解决了。当冯登龙看到墙上挂着严萍和江涛的相片时，他终于明白，自己和严萍是不可能的，于是无奈地说："愿你们永久幸福吧！"严萍和江涛是心心相印、情投意合的，他们两人张贴、散发宣传单时，配合得很默契。

当宣传大会召开后，张嘉庆、曹金月、刘光宗保护着夏应图。夏应图宣布着不抵抗政策的罪状。张嘉庆大喊着"打倒日本帝国主义！""反对不抵抗政策！""组织抗日武装，开赴前线！"的口号。严萍也发表着演讲，号召工人罢工，学生罢课，商人罢市，一致反对不抵抗主义！他们的演讲使进城的农民抽抽搭搭地哭个不停。江涛突然发现警察骑着马跑来了。小说在这里一下子进入极其紧张的状态，作者对警察和抗日者的冲突写得极其详细，极其惊心动魄。骑警们横冲直撞，乱抽乱打。他和严萍立即掏出身上的铜元，扔向追他们的骑警脸上。骑警们有的受伤，有的见钱眼开，停止追击。江涛和严萍撒开腿向树丛跑时，但严萍跑着跑着却不见了，江涛怕严萍被捕或出更加严重的危险，就不顾一切地跑回去，接应上了严萍，然后拉上她向前跑。当严萍实在跑不动时，他就挟着她跑。当严萍脸色苍白、无声无息的时候，他一声声地呼唤着她。当严萍终于恢复了脸庞上的红润时，他扶着她一步步地回到城里。两个真心相爱的人在枪林弹雨、追兵不止的境遇中互相扶持的场面、情景，感动得读者潸然泪下。他们为了抗日，为了和卖国贼们斗争，连自己的性命都不顾了，这是这部小说最具魅力的地方之一。

第四十四节至第五十五节：江涛领导人们在街上开展抗日宣传。反动政府下令解散保定二师。夏应图要求学生回校护校。护校学生断食，张嘉庆冒险采摘榆树叶子充饥。张嘉庆受一个梦的启发，勒死校园内的狗让护校学生充饥。敌军围校，江涛写信和保定学联取得联系。江涛和围校士兵冯大狗联系上。严萍等人给学生投来大饼。张嘉庆冒着牺牲的危险捡进投到墙外的大饼。张嘉庆带领学生到小面铺买面。十四旅旅长、保定卫戍司令陈贯群带着卫队来到学校。朱老忠、严志和到保定看望江涛和张嘉庆。严知孝找到陈贯群，请他撤除围校军队，陈贯群反而命令增加围校军队。冯贵堂跟陈贯群建议镇压学生。严知孝建议江涛离开学校，转移阵地，江涛说转移不了。小魏劝张嘉庆到乡村去工作，张嘉庆拒绝，小魏翻墙离开学校。夏应图和江涛就离校问题展开辩论。学联来信要求学生转入乡村，开展抗日活动。学生们拥护江涛要求离校去农村的建议。朱老忠与严志和给学生们解决了粮食问题。

江涛领导人们在街上开展了抗日宣传后，反动政府对二师学生进行了镇压，并宣布二师解散。学生们究竟是待在学校护校，还是各回各家，尤其是是否把学生们分散到农村让他们进行抗日宣传和动员，夏应图和江涛的观点完全不同。夏应图主张学生在学校护校，江涛主张把学生分散到乡村去，号召广大农民起来抗日。最后，夏应图的主张占了上风。正是他的这个决定，才导致了学校很快被军队包围。他还天真地认为政府围校一段时间之后，会不了了之，原因是“法不上众”，他还说，学校解散，同学们被迫回乡，失学失业，也是政府不愿看到的，所以，“胜利是没有问题！”而江涛却火眼金睛，看到夏应图把事情看得太轻渺了！对敌人估计太不足！他认为不能把反动派看得那样善良，他们的目的是逮捕学生，制造流血。他们要长期包围学校，断绝学生的粮食柴菜供给，强迫学生服从他们的制裁。

事实上，事情后来的发展就像江涛所说的一样。政府里的刘麻子持枪来威逼江涛、夏应图投降时，好在江涛义正词严，学生们团结一心，才使刘麻子的阴谋未得逞。夏应图看到形势越来越严峻，才说：“我觉得事情有些突然！”江涛说：“不算突然，他们对爱国者是有计划的行动。”这里，说明领导者识见的重要性、决策的重要性。如果夏应图识见正确、决策正确，那么二师被围困之事就不会发生。如果，江涛的主张被采纳，那么它也符合当时党领导的革命斗争由城市转向农村的正确决定。江涛认识问题顾全大局，眼光长远，而且能一眼看到点子上，所以，他在后来成为保定地区党的主要负责人，这是必然的。

本节还出现韩福老头，他同情学生，理解学生的抗日热情，所以当江涛回到学校后，他一直劝江涛赶快回乡去！江涛说他已经身不由己。当大兵包围了学校，韩福说报纸上登得明白："言抗日者杀勿赦"，又让江涛快走。另外，本节出现了护校委员会的宣传部长刘光宗、组织部长曹金月、检查部长杨鹤生等，他们都是坚定的抗日者，当刘麻子和小军官要逮捕夏应图和江涛时，刘光宗搂着刘麻子的腰，杨鹤生和曹金月分别架着小军官的胳膊把他们推出大门。尤其是张嘉庆闪电般的用脚踢掉了他们手里的枪的动作，展现了他的敏捷、大胆、英勇。

张嘉庆自从考入第二师范，做过几次出色的斗争。去年冬天，当局为了统治学校，禁止抗日活动，派了一个曹锟贿选的议员来当训育主任。他使得学生们无法进行抗日活动。一天晚上，人们正谈论着抗日前线的新闻，张嘉庆偷偷把一簸箕煤灰架在门楣上，训育主任隔窗听见了，推门进来要大骂学生，结果簸箕扣在了他的脑袋上，闹了个灰眉土眼。他骂学生是土匪！说自己做官二十年，却斗不了这班子穷学生，无颜见委座了！于是辞职不干了。张嘉庆驱逐封建官僚的故事，在保属学生界，像一个传奇的故事在传播。

张嘉庆找到江涛说："看！差点儿没叫他们把你捕了去。"江涛正在门楼上瞭望军警的活动，当军警换岗的时候，小魏带着十几个同学走进学校。小魏是前几天带交通队下去送通知的，他跟张嘉庆说乡村里没有一个人愿意当亡国奴。小魏极聪明，几何代数一听就会。平时不用功，每次期考却考在头里。父亲是中学教员，母亲是女子高小学堂的校长。小魏的爱人高小毕业，长得漂亮，思想也挺先进，两人并肩作战，在乡村里开展工作，秘密发展农民协会、妇女协会。小魏在三次学潮里，表现很积极，张嘉庆介绍他参加了"反帝国主义大同盟"。

张嘉庆和小魏说了会话，又去找夏应图。夏应图说张嘉庆的工作就是在小魏的帮助下经管钱财、筹划吃食、解决医药问题。张嘉庆说这个他办得到。厨房老王给他说菜一点也没有了！张嘉说："有的是菜。"然后拉着老王走到大榆树底下，爬上树摘树叶。一个士兵发现他站在树杈上，砰的一枪，几乎把他打下来。小魏叫厨工们把树枝拉到厨房里，捋下几箩筐叶子。午饭，人们吃着榆树叶蒸面疙瘩，都说好吃。江涛端着两碗菜疙瘩，叫醒了正睡觉的张嘉庆。张嘉庆狼吞虎咽地吃着。张嘉庆解决学校没菜的办法体现了胆大、点子多、大公无私的鲜明特点。

过了几天，军警把学校包围得更加严密，校内校外失掉了联系，他们只好饿着肚子准备战斗。没有什么吃的，张嘉庆想不出办法，他告诉老王说，要多吃野菜树皮，少吃米面，细水长流！老王说，油盐都吃光了，怎么办？张嘉庆说一个个都把少爷肚子紧紧，这是什么时候，还咸呀淡的！他知道没有饭吃，关系着在校同学的生存，责任很重大。他想到父亲登报和他脱离了关系后，他干起了革命，党为了培养他，费了不少心血，使他考上了第二师范。斗争失败了，但还是要坚持斗争。他想着想着，睡着了。他梦见找了个西瓜，连泥带水一起吃。正吃着，一条黑狗伸出长舌头要吃。这使他一下子醒来了，他去找小魏，跟小魏说自己想了个法子可以叫人们吃顿肉。他只说了“嘿……狗！”厨工们就听明白了，学校里养了几十条狗。张嘉庆说：“叫一切东西参加抗日，利用一切条件坚持到最后的胜利！”厨工们于是把狗打死，使大家吃上了大碗炖肉。但大家把几十条狗吃完了，反动派还是没有退兵的意思。张嘉庆又领着人们捉食了塘里的鱼，挖吃了塘里的藕。张嘉庆在断粮、断菜的情况下，受自己做的一个梦的启发，让厨师们把校园里养的几十只狗杀了，解决了学生们的饥饿问题。这进一步证明了他的脑子灵活、点子多的特点。他那“叫一切东西参加抗日，利用一切条件坚持到最后的胜利”的话，幽默风趣，使处在困境中的学生们看到了希望。

敌人看学生们没有低头的意思，于是更加严密了岗哨，将第二师范团团围住，像铁筒一般。江涛于是写了封信投给对面的河北大学，河北大学的同学们把信交到了保定学联。第二天，学联派人站在河北大学的土台上，和站在二师南操场桌子上的江涛用英文交换意见。江涛看见严萍代表着保定市的救济会也来慰问了。这里塑造了江涛的聪明，他写的信起了巨大作用，使外面的人知道了二师的情况，使二师的学生也得到了鼓舞。

接下来，写江涛无意间遇到围校的冯大狗。冯大狗曾在二贵被抓去当兵时，跟招兵的求过情，但冯老兰揭穿了他的真身份，没理睬他，使他失了面子，从此他销声匿迹。这次他突然出现，不仅认江涛是乡党，而且很同情学生的境遇，答应帮助江涛逃出去，说明他善良、厚道，具有正义感、爱国心。

江涛和冯大狗谈着话时，张嘉庆站岗。他饿着肚子，想着米和面，想着全市有多少米面铺，正在这时，猛听得一卷东西从路西投过来。他伸手一摸是大饼，还温温的。还有一卷卷大饼落在墙外。张嘉庆跑到指挥部，夏应图正在睡着，他摇醒夏应图说："吃食送来了……大饼！"他把大饼塞进夏应图嘴里。夏应图一下子从长椅上跳起来，跟着张嘉庆跑到南操场。听说外面送来了吃食，同学们都跑来看。但一卷卷大饼都落在墙外，张嘉庆把夏应图拽到一边，研究了一个办法。夏应图叫人们拿红缨枪吓跑了岗兵，把张嘉庆的腰用绳子拴上放到墙外，然后把一卷卷的大饼拾上来。还没拾完，那个小军官带着一队兵赶过来。夏应图连忙拉起绳子，把张嘉庆拽上来。小军官扑了个空，向岗兵们脊梁上乱抽鞭子。

学生们吃光大饼，反动派还是不退兵。大饼是严萍和几个女伴站在土岗上投给被围困的学生的，但有些大饼落在了墙外，没投进来。张嘉庆冒着牺牲的危险把墙外大饼捡进来，他的胆大在此得到进一步表现。

接着，张嘉庆带领学生去校外购面。作者在写这件事情的时候写得激烈、紧张、动人心魄，一方面是学生们疾风般向面店冲去，另一方面是围校军队对学生们的围追堵截。当然，夏应图对白军士兵讲的话也起了很大作用，他说："士兵弟兄们！二师同学为了抗日，把日本兵赶出中国去，坚持护校！反动派抱定不抵抗主义，要把东北四省送给敌人……指挥你们包围学校，逮捕抗日青年……今天我们实在饿不过去，有愿和抗日交朋友的，请行个方便……"士兵们听了心想："原来是这么回子事！抗日嘛，咱们大家都赞成！"于是在江涛的指挥下把大门打开。老曹带着人向北冲去，堵住了北街口。张嘉庆带着十个粗壮小伙子冲出去时大吼着："士兵弟兄们闪开，抗日队伍出来了！"江涛也在后头喊："谁敢反对抗日，看枪……冲！冲！冲呀！"岗兵卷作一团。那个小军官吹起哨子，把岗兵带到桥上，做下隐蔽工事，等候截击。

张嘉庆等人来到小面铺说："掌柜的！看好，十袋面！"说着，带人背起面袋跑。掌柜的以为他们是聚众行劫，吓得浑身打抖。江涛作后卫，岗兵一赶上来，他就瞪起眼睛冲一阵。张嘉庆出了一身绝力，最终，满载而归。他的力气出过去后，走上楼去睡在了铺板上。夏应图说："英雄呀，同志！英雄呀！"夏应图和张嘉庆性格不同，一个文绉绉，一个是暴脾气，但思想是一致的。这里写学生们和阻止他们购粮的白军的战斗步步惊心。江涛的沉着足见他的指挥能力越来越成熟。

十四旅旅长、保定卫戍司令陈贯群听说二师学生冲出学校，抢购面粉，便亲自出马，带着卫队奔到西下关街。他大骂岗兵道："妈拉个巴子，都去通共！"他的卫队举起鞭子，在岗兵脊梁上乱抽。米面铺的掌柜也被捆起来，送到保定行营。这里首次出现陈贯群这个反面人物，他顽固地执行上面下的镇压二师学潮的命令，是小说后面的主要人物。

保定二师发生学潮的消息传到锁井镇，冯老兰说："第二师范也闹暴动，这不是在天子脚下造反？"严志和跟朱老忠说了大兵包围了第二师范，江涛和同学们都被困在里头的事情，并要求朱老忠陪他去看看江涛！朱老忠说先去告诉贾老师，看他有什么办法。涛他娘听说严志和上保定，就擦着眼说江涛净哄她，早早给寻个媳妇搁在屋里多好！朱老忠与严志和找到朱老明商量时，贾老师来给他们谈了些革命道理。第三天，朱老忠与严志和来到保定，一家小店的伙计问他们是干什么的。严志和说："是来瞧学生的，他在第二师范，被包围了。"店伙计听完把他们推出门，不让住店。两个人直接到第二师范去，岗兵听他们是来瞧学生的，就让快点把他们接回去，人家说先"剿共"，他们倒要抗日，这么闹法有什么前途？两人走到学校墙下，见把守的大兵很多，就去找严知孝。严知孝认识了朱老忠。严萍说："是忠大伯，我还上你家里去过。"严知孝说当局命令军警包围了学校，断绝米面柴菜的供给。学生们把米面吃完，把狗和塘里的藕都吃完，又武装抢了一次面，一个个都成了抗日救亡的英雄！当局登报说"共匪"盘踞二师，严令军警督剿。朱老忠一听有杀机，就请严知孝想个法子。严知孝说他早就跑了好几趟，郝校长和黄校长非常痛恨学生们把抗日救亡的理论偷偷输入到学校，恨不得把学生们一手卡死！严志和让严萍多关心江涛。严萍说早结记着哩！她还发动募捐，送过烧饼。严知孝说第二师范也是他的学校，他怎能不管？严知孝给予朱老忠和严志和帮助，进一步展现了他同情学生及家长，支持革命，坚决抗日的态度，他是生活在城市里的先进知识分子。他的女儿严萍受他影响，积极帮助江涛，其思想水平、工作能力日渐提升。

朱老忠与严志和来到万顺老店，店掌柜说卫戍司令部命令：旅馆里、店房里，一律不许收留第二师范的学生，说闹腾抗日的都是共产党！对第二师范学生的爹，张嘴罚钱。现在店里吃饭喝水都方便，住房现摆着，欢迎住。都是老朋友，没什么说的。尽管住着，有什么大事小情，一块帮着解决。朱老忠看他热情招待，心想：常言道，投亲不如访友。万顺老店的掌柜又一次出现，他厚道、善良、重情重义，是读者们很喜欢的一个次要人物。

严萍送走了朱老忠和严志和，拿了一本小说，想读下去，眼前老是晃着江涛的影子。她为了援助二师学潮，奔走各个学校，发动抗日的女伴们募捐送粮。可是二师告急的消息，不断地传出来。这也使她的学业受到影响，她得留级。妈妈不愿她出去跑，就跟严知孝说她病了，又黄又瘦。严知孝知道女儿是有自己的心思，安慰着她的心灵，说她的事情她自己选择吧！严萍的心思，她母亲不理解，她让严萍嫁给冯登龙那个军国民主义者，那个把升官发财看成是人生唯一目标的破落地主的儿子。但严知孝让严萍自己选择。严萍爱的人是江涛，她在心里发誓唯江涛不嫁。严知孝知道第二师范解散，自己就得重新被招聘，但他还没有接到聘书。对之，他不能去要，可能得另找饭碗了。他发誓要为解救二师被围的学生出力流汗，甚至流血。一位爱国的知识分子的形象和品格令人敬慕。

严萍来到第二师范，看到围校的白军在围墙外站着。她来到贾老师家里，贾老师鼓励她要努力想办法，保证学生们不挨饿。一定要发动群众起来抗日，中国人民才有出路！他说江涛是一个好同志，只有斗争胜利了，反动派才会把他还给严萍。现在除了动员一切力量，展开宣传舆论，再没别的办法了！严萍刚说朱老忠和严志和来保定了，一个工人叫贾老师去吃饭，严萍也一块去吃。贾老师问工人对二师学潮有什么反应。工人说抗日是再好没有的事，当局不该把学生们饿起来。工人子弟学校的学生都自动送粮投烧饼，还捐了款。如果反动派要屠杀二师学生，他本人就要串连罢工，打击反动派！声援学生的抗日救亡运动。平汉工会会提供交通上的帮助，北至北京，南至汉口，一个钱不花，管接管送！这位工人的话展现了工人们对学生运动的支持。可以说，党提出的团结一切可以团结的力量去进行抗战的主张，已经在农民、工人、学生身上得到体现，但这不够，还得继续宣传，让更多行业、更多的人觉醒起来，实现全民抗战的目的。

吃完饭，严萍到女二师和几个同志商量工作，知道有几个同学为了给二师学生投烧饼被捕了。她走回家，父亲说她的事情，她自己考虑。严萍听了眼泪一下子流出来，猛地跑过去，倒在爸爸的靠椅上，抖动着身子哭起来。严知孝抱起她让她对江涛要好。严萍让爸爸去拉黑旋风打白军。黑旋风是严老尚的好朋友，和严知孝年岁差不多。他手下有几百号人，在津浦路两侧过着自由浪荡的生活。严知孝说不能，他还不肯走那一条路。保定还有几个老朋友，他去见他们，要是他们不听他的话，他就和他们拼了！严萍跪在地上说："爸爸！我对你说，我爱江涛，我不能眼看着反动派杀害他们！"严知孝扶起严萍，说："孩子！我下了决心了，一定要腆着老脸去见他们……"这里再一次出现黑旋风。当年，冯兰池抢劫逃兵后，逃兵叫来军队要血洗锁井镇，黑旋风从中调解，让冯兰池赔偿五千大洋，但冯兰池却把这些钱转嫁到贫苦农民身上。所以，黑旋风在这个事情中是向着官军、地主的。他本身是一个土匪，不可能为了学生而和围校的军队对阵，这一点，严知孝是看得一清二楚。所以，他在听了严萍让他去求黑旋风来解围学生的话后，他说他还不肯走这一条路，他要继续请求保定的几个老朋友帮忙，如果不成，他就要和官兵拼命！他说到做到，立即去找老朋友。本节的气氛很低沉、压抑。

第二天，严知孝去找陈贯群。一出大门，碰上冯贵堂走到门前。严知孝、陈贯群、冯贵堂都在北京读书时见过面，一块玩过。严知孝一看见冯贵堂，脑子里就想起表兄冯老锡和冯老洪打官司时，冯贵堂站在冯老洪一边，冯老锡找自己诉讼，但自己一口回绝不管的事情。严知孝和冯贵堂回到书斋里。冯贵堂说他想看看育德铁工厂的水车。育德中学是私立的，校长办了个工厂。冯贵堂说他要按新的方法管理梨树，改良家务，开油坊、粉房、扎花房、杂货铺子、花庄，买上一架水车后，按外国的方法耕种土地。严知孝觉得冯贵堂谈得很有道理。冯贵堂还说他想开鸡场、养兔、养法国肉蛙赚钱。严知孝心中有事，十一点钟，冯贵堂才走，住到了保定市最大的旅馆第一春里。严知孝后来跟着冯贵堂来到育德铁厂，厂里放着十几辆大水车。冯贵堂让经理把水车的枣木轮子换成铁的，这样一天就能浇五亩地。经理答应照办，改良。两人到第一春，喝酒吃菜。喝着酒，冯贵堂说第二师范又闹起学潮，学生们要抗日，国家不亡实无天理，人家日本人怎么了？也抗人家？这里继续塑造了冯贵堂改良家、实业家的形象。但他的政治思想已经和以前大不相同，和他爹冯兰池一样，成了一个地地道道的卖国贼，对青年学生呼吁人们抗日的爱国行为深表不满，认为会亡国；认为日本人来中国并非侵略中国。其言论已经是一个十足的汉奸言论了。严知孝一如既往痛恨日寇的强盗行径，对学生们的遭遇着急，于是要去找十四旅旅长、保定卫戍司令陈贯群，让他撤了围校的军队。十二点快过去时，他才去找陈贯群。

陈贯群的父亲和严知孝的父亲严老尚曾有一面之交，他曾拜访过严知孝，两个人无话不说，无事不谈。严知孝见到陈贯群直言：日寇占据了我国的满洲，进攻上海，企图进关……而你的部队却包围学校，把青年人饿起来，不许他们抗日。陈贯群听了把解决这个问题的权力推到委员长行营那里，并借其言认为学生们是假着抗日之名，在宣传着共产主义之实，企图鼓动民众，颠覆国家。而且，他们也在赤化着自己的部队，已发现士兵里有抗日的活动……严知孝据理力争，说学生们是为国家、为民族、为抗日才搞宣传的，请陈旅长撤除包围二师的部队，给他们以抗日的自由！陈贯群说他没有这个权力，继而提出学生如果在三天以内能自行出首，他就释放他们，说完就要坐车外出。严知孝只得站起来，要求陈贯群释放江涛。陈贯群说："看有没有权变的办法吧。"

陈贯群到了卫戍司令部，市党部的刘麻子和他谈了第二师范的警戒问题。刘麻子说学生们抢劫了十袋面粉，这是一种越轨行动。陈贯群问："哪营的值勤？"旁边站着的一小个子吴营长说是他的营。陈贯群立即命令把他交军法处！刘麻子又说一部分学生家属来到保定，政府让他们劝说自己的子弟自首，以减轻处分，但家长和学生都不听。旁边的白参谋长乘机说了自己的计划，结果被陈贯群骂了一顿。而后，他又给参谋长道歉。陈贯群又叫另外两个营长谈了二师的内部情况。两个营长说有些士兵也动摇了，参与了二师学生的活动。陈贯群要求增加第三道警戒线。最后，他命令，三日头上，午夜三时动手，架上机关枪，架上小炮，搜！宁误杀一千，不能走漏一个！

陈贯群问刘麻子严江涛的情形。刘麻子说："他是共产党里的骨干，我们那儿有他的名单，是要犯！""这人呀，精明强干，漂亮人物，个儿不高，社会科学不错。据说，他是国文教员严知孝的女婿。"陈贯群说："可以维持一下吗？"刘麻子说："不行，问题在行营调查课。……第二师范护校运动的主脑有五个：夏应图、严江涛、刘光宗、曹金月、杨鹤生。其中，严江涛是骨干分子，赤化甚深！""主要是思想毒害极深，破坏能力极强，煽动性极大。他在知孝及严小姐庇护之下……"

这时，随从兵给陈贯群拿来信，他拆开信一看是冯贵堂。他把刘麻子送到门口，看到冯贵堂来了，就手牵手走进客厅。冯贵堂问："目前治安上有什么大困难？"陈贯群说第二师范闹不清，委员长行营命令包围逮捕，地方士绅们也有赞成的，也有反对的。校长们都主张快刀斩乱麻，以迅雷不及掩耳的手段把学生逮捕起来，严知孝却反对。冯贵堂说："他是书呆子一个，尚清谈。"陈贯群问："江涛是个什么人物头儿？"冯贵堂说："哈哈！一个青年学生罢了。前几年俺县出了个贾湘农，在高小学堂里教了几年书，像老母猪一样，孪生了一窝子小猪儿，就成天价摇旗呐喊：'共产党万岁！'他哪里受过什么高深的教育，懂得什么社会科学？光是看些小册子，设法笼络青年学生和乡村里一些无知愚民，像集伙打劫一样。这江涛就是他教育出来的。他哥是个共产党员，'四一二'时候逮捕了，他爹跟我们打过三场官司。他爹有个老朋友叫朱老忠的，这人刚性子。几个人帮在一块，越发闹得欢了。"陈贯群一边听，一边连连摇颤着脑袋。冯贵堂说要以迅雷不及掩耳之势，快刀斩乱麻！一切"怀柔"都是错误的，都是炕上养虎，家中养盗！陈贯群听了说："下决心！就是这么办了！"这些都说明陈贯群才是镇压爱国学生的刽子手。陈贯群又问冯贵堂："你县里县长是谁？"冯贵堂说是王楷第。陈贯群说："这个人我倒是知道。"

严知孝从陈贯群那里出来，又到第二师范。小军官挡住他不让进去，他啪啪地打了小军官两个耳光。几个士兵赶上来，要捆他。他说："来！我打掉你们的狗牙！陈旅长都不敢怎么我，你们打电话问问！"他这么一说，士兵们都呆住。他敲了传达室门后，韩福老头去叫江涛。江涛来后，严知孝让江涛看清时局，离开学校，转移阵地。江涛说："目前离开不离开，问题不在我们。当局不给抗日的民主、抗日的自由，解散了学校，又宣布我们是政治犯，不让我们离开，又有什么办法？"严知孝觉得话说到这里，也就算完了，他于是走出大门。

严知孝让学生们离开学校，转移阵地的主张是正确的，江涛虽然也这样主张，但他却不能坚持己见，无奈地遵循着夏应图的主张，做着无谓的牺牲。只有小魏头脑清醒。小魏隔着窗子听了严知孝和江涛的谈话，他觉得在这里坚持，不如到乡村里去更有益一些。他曾看见焦猴子和小王用看《铁流》《士敏土》等革命小说抵抗饥饿，壮胆。《铁流》是苏联作家亚历山大·绥拉菲靡维奇所著中篇小说，小说以十月革命后的1918年内战为题材，叙述了古班的红军——达曼军的事迹。《士敏土》是苏联作家革拉特珂夫创作的一部长篇小说。"士敏土"是水泥的译音。小说以一个遭到严重破坏的水泥工厂重新恢复生产的故事为中心，多方面地反映了苏联国民经济的恢复情况。鲁迅誉其为"新俄文学的永久的碑碣"。

小魏看了焦猴子和小王的情况，便下定决心：到乡村去工作。他看见张嘉庆背出几张狗皮，挂在旗杆顶上，向校外宣传道："保定市的工人阶级！诸位同学们！反动派施行饥饿政策，饿坏了抗日的人们……"他被感动了。但他觉得越是这样，问题越是无法解决。他叹气道："咳！还是到乡村去工作好！"他走到教员休息室，扯下几片藕花花瓣嚼咽下去，小焦、小王、小赵正一同吃着藕花。小赵把缸底拽出的一根一尺长的藕，连泥带水吃了起来。小王、小魏、小焦也各拽住一根吃起来。小魏跟张嘉庆说应该转变个斗争方式，回到乡村里去，发动农民起来抗日，不能光认准了这里！张嘉庆说他也想到这个问题了。这说明他的内心是矛盾的。但他认为去农村，"这是逃避现实，打不退白军，一切都是梦想"。小魏看张嘉庆态度不冷静，就自己下了决心："到农村去，开展农民的抗日运动！"他于是翻过墙头，离开学校。岗兵追他，他跳进河。当他凫到河边，枪弹在水上溅起波花。岗兵没有打准他，也许是朝天上打的。他一下子窜上河岸，逃出了这个恐怖的城市，到广阔的农村去了。受小魏的影响，陆续有不少同学通过士兵的关系，到乡村去进行抗日救亡的工作。

几天以来，市党部动员了学生的家属，让家属站在学校墙外，哭着鼻子流着泪，去撼动学生的心。可是，敌人的政治攻势没有发生作用。几年来，一连串学潮斗争的胜利，兴奋着他们。他们是一些十六七岁到二十二三岁的青年学生，不了解阶级斗争的残酷和复杂。他们不能确切明白，墙外是否奔走着反动的军阀和政客。严知孝的启示和群众思想上的变化，引起了夏应图的不安。夏应图去找江涛。江涛说："咳！也许我们要离开这可爱的地方！"但夏应图说："我还不忍这样想……"江涛说："我们在做法上应该再明确一些。"夏应图说："很明确，武装自卫，等待谈判。"江涛问："等待谈判？这样，是不是有些机会主义？"夏应图说："也许有一些，但我还没有觉察。保定市是交通要道，是保属抗日的中心。第二师范是保定市抗日的堡垒，是学生救亡运动的支点。我们不能叫敌人轻易地攻破它。我们英勇的行动，已经影响了平津，影响了华北！"江涛说："我们不和工人结合，不和农民结合，孤军作战，这样暴露了力量，对革命是不是会有损害？"夏应图说："你问题提得很尖锐！""目前要防止我们队伍中的右倾情绪，勇敢地坚持下去！一经摇动，就会招致侵害。一离开这座墙圈，立刻会有人逮捕你。"江涛问夏应图："怎样突围出去，研究过吗？敌人是正规部队，要是打出去，我们手无寸铁，没有外援，就等于冒险。""依我看，冲比等待强，等待只有死亡。”夏应图说：“等待，是机会主义。冲，是冒险主义。”江涛说：“你要是同意这个逻辑，那就是说：等待是死，冲也是死。那就没有希望了！”

夏应图是井陉人，父亲和哥哥都是矿工，是共产党员。夏应图自小受着朴素的阶级教育，入党以后，才考上第二师范读书。为人朴素、热情，对党负责。第二次学潮从开始到结束，只三天时间，教育厅调走了腐败的校长，得到空前的胜利。到了目前，反动派在策略上有了新的变化，可是他还是停留在旧的观念上，不能望前跃进一步，使斗争走到目前的困境！

江涛离开后，夏应图接到岗上送来的外边把信拴在石头上投过来的信，信是学联的决定：“……不能死守学校。决定抽调二师主力转入乡村，去开辟广大乡村的抗日活动。”夏应图这才下决心说：“执行决议！”

江涛拿着信让张嘉庆看，但张嘉庆不愿离开学校，他把学校比作母亲。江涛说：“为了远大的抗日图景，为了保存革命的种子，积蓄力量，我认为革命有进攻也有退守，有迂回也有曲折……”他反复说明保存抗日力量，保存革命种子的重要。张嘉庆说：“我那天爷！又是迂回，又是曲折，那我们为什么不照直走呢？怕流血吗？怕死？我什么都不怕，更不怕黑暗势力给我一具枷锁！”江涛对他的这种盲动思想进行了深刻的批判。他们的交换意见没有结果，只有等待在会议上进行辩论。

会上，大家都拥护江涛的意见，最后决定：全体同学冲出市区，到乡村去开展抗日救亡运动。江涛和夏应图商量后，江涛去联系学联。江涛随后来到指挥部，研究了第二次购粮的计划以及怎样跟学联研究转移的问题。张嘉庆叫厨子头老王给江涛做了顿饭吃，然后把江涛送到北操场。江涛趴着墙头拍了三下巴掌，冯大狗说：“还得等一会儿换岗的才来呢！”江涛拉着张嘉庆去避雨，其间让张嘉庆凡事都压住性儿，不要闹出事来。张嘉庆知道自己是火性子脾气，答应了。这时，墙角拍起巴掌。江涛蹬在张嘉庆肩膀上跳过墙，钻在冯大狗的雨衣里。等换岗的来后，冯大狗又被要求多站了一会儿，然后才带着江涛离开。天黑得很，他们踏着泥泞走着，江涛让冯大狗回去，冯大狗就走开了。这里第三次出现冯大狗，他践行着自己要帮助学生的承诺，使江涛悄悄离开学校，联系上了父亲严志和，以及朱老忠、严知孝、严萍、贾老师，明确了离校的方式。

半夜时，江涛回到城墙下，城门关着，一声汽笛声使他灵机一动，他到车站候车室的长椅上睡了一觉。天刚薄明，他来到严萍家。严萍把他的手搂在怀里，又拿到脸上，亲热地吻着。江涛来到严萍的小屋里，由于自己浑身是泥水，他不愿坐在床上。严萍硬让他坐下。江涛坐在椅子上。严萍跟父亲说江涛回来了。严知孝见江涛穿着泥衣裳，说："这不行呀！一旦遇上抽查，可是怎么办？"于是找出自己的衣裳，让江涛换上。严萍看江涛换上衣裳后像一个土豪劣绅。严知孝说这倒好，不惹眼。

江涛说了学生们准备转移到乡村去动员广大农民参加抗日救亡运动。严知孝很高兴，叫严萍上街买菜，给江涛包猪肉瓜馅饺子吃。严萍买菜回来，又跑到万顺老店，把朱老忠和严志和叫来。严志和见江涛睡在严萍的床上，说："天呀！你们可得救了！"江涛把自己出来的经过告诉给朱老忠和父亲，说张嘉庆他们还饿着，几天没吃一顿饱饭了！朱老忠说："那我们就帮你解决这粮食问题。"吃完饭，江涛叫严萍领自己到第二中学找贾老师，见到后，向贾老师谈了和盲动思想斗争的情况。贾老师考虑着用什么力量，什么方法，才能转移到乡村去。后来，他看江涛睡着了，就一个人到思罗医院去。医院门口负责站岗的黄连长跟他说吴营长被陈贯群扣起来了！因为对吴营长有怀疑……张团长请假到北京去了，看张团长不敢回来，陈贯群对张团长也有些怀疑！贾老师听到这里，立即走出来。

江涛醒来的时候，贾老师已经回来。他照着一张小图给江涛说着行动路线及后天黎明的行动。贾老师又派朱老忠和严志和帮着运送粮食。江涛来到严萍的小屋子，严萍不在。他又躺在严萍的小床上睡着了。醒来后一看，严萍坐在床边。两个人说着话。深夜了，严萍问："你怎么办？"江涛说："明天回去。回去把人们带出来，到乡村去。"严萍说她跟江涛到乡村去。第二天，天刚黎明，严萍走进自己的屋子，说自己在夹道里放上凳子，站了一夜岗。江涛握紧严萍的手，拉她过来坐在床沿上。

第五十六节至第五十九节：朱老忠、严志和买来面粉油盐。陈贯群带着骑兵向学生大开杀戒，夏应图、小邵、小焦等不少学生牺牲。江涛被捕。张嘉庆跑到校外，但被岗兵认出，跑时中弹。严志和、朱老忠决心回去发动群众打鬼子！贾老师从严萍跟前知道了二师的伤亡情况，让严萍负责给被捕的学生送吃穿，让生病的人，通过关系，保外治病。严萍让父亲严知孝营救江涛等学生，严知孝表示没办法了！张嘉庆在美国人办的思罗医院治伤，通过冯大狗的帮助，乘坐朱老忠拉的车逃离医院。

江涛打发严萍嘱托父亲和朱老忠去买米买面，雇骡车，又叫严萍买来两个烧饼。朱老忠和严志和买了面粉、油、盐后，在江涛的引领下，向第二师范门口走去的事情。张嘉庆在门口等候着，他向十四旅的士兵发起攻心战，使岗兵们不敢阻拦，而是乱跑起来。夏应图、小焦、曹金月、刘光宗、张嘉庆、朱老忠、严志和把一车面袋抢进学校后，紧闭上大门。朱老忠拉起严志和撒腿就跑。但赶车的把式却被五花大绑着送去了行营。

陈贯群带着骑兵飞跑来后，向学生大开杀戒。夏应图牺牲。冯大狗配合着学生们。小邵被打中胸膛。小焦提着嗓子喊着“共产主义万岁”“打倒日本帝国主义”时牺牲。江涛被捕，他跟前的人被捕。张嘉庆跑到校外，遇到朱老忠与严志和。但他被岗兵认出，跑时中弹。朱老忠和严志和在尸首堆里找江涛，但没找见。在其他地方找，也没找见，看见了牺牲的夏应图，不由得泪珠滚进肚子里去。他们带着沉重的心情走出学校，校门口几个士兵拿着几件血衣和几个化学实验用的烧瓶在兜售。朱老忠气愤地说：“狼心狗肺的东西们，等着吧！有我们收拾你们的时候！”本节写得激烈，紧张。

严志和一股劲向前走。朱老忠喊他，也没听见。严志和来到桥头站了一刻，又走到万顺老店，但不想回店，便走到城墙根，又往南去大监狱。岗兵不让进门，他说看被捕的儿子。岗兵让他明天再来！他走过去，扛着狱墙，希望把墙扛倒。他走到大南门，不知不觉出了城。朱老忠见到他，拉起他回到店里。朱老忠说：“回去我们就要宣传发动群众起来打鬼子！”严志和说：“好！我们就是这么办！”店掌柜进来。严志和说：“你也别开这个店了，咱们一块去打日本鬼子吧！”店掌柜端进两碗面，严志和拿起烟锅往嘴里拨面条。国难家仇集于一身，他已经不清醒了。朱老忠说：“我们不生气，我们跟他们干！”严志和在运涛、江涛被捕的现实教育下，第一次明确地表示要走上抗日道路。

夜晚，枪声响起的时候，贾老师在小屋子里走走转转。后来，他到西关才探实消息。他去找严萍，想和她商量一下善后事宜。严萍说二师死了十七八个人，五六个人受了伤，抬到思罗医院去了。有三十多个人被捕了。贾老师问严萍以后打算怎么办。严萍说：“听你的吧。”贾老师说我们应该进行营救，通过被捕的家属，请律师对簿公堂。抗日者无罪！然后再发动农民，开展抗日救亡运动，和卖国贼们决一死战！他让严萍负责给被捕的学生送吃穿。让生病的人，通过关系，保外治病。说话时，严萍母亲在窗外走动。贾老师立即回去。

严萍想起曹金月、刘光宗、江涛等人身上捆着绳子，脸上带着伤痕，喊着：“一定要打倒日本帝国主义！”她看见父亲严知孝，就让他想法儿营救江涛他们。严知孝摇摇头，表示没办法了！严萍妈妈听见父女两个又哭又闹，说：“比江涛好的人儿多着呢！又不是过了这个村，没有这个店儿。”严知孝把老伴训斥了几句，然后对严萍说：“我知道你爱江涛。只要他在人间，你就应该为他努力！”严萍妈妈一听说：“什么话？你说的是什么话？嗯！”严知孝不理她，让严萍打叠几件衣服被褥，给江涛送去。严萍妈妈又说：“当成什么好女婿呢？那算是什么，还送衣服！也不怕叫人笑话？”严知孝说自己是无党无派的人，叫他们杀他吧！叫他们把他关在监狱里，这样，他才有饭吃呢。严萍哭起来，严知孝的眼泪也流下来。可以看出，严知孝一家三口中，他的夫人思想是最落后的，从她在小说中一出场，她就表现出落后的思想来，对国家民族受难不闻不问。她出身于锁井镇地主冯老锡之家，是冯登龙的姑妈，一直想把严萍嫁给侄子，走近亲结婚之路。但严萍心属江涛，不屈服。严知孝也一直不开口放话。他支持严萍和江涛的爱情。

张嘉庆在美国思罗医院里治伤，给他治疗的女医生对他有好感，很关心他。朱老忠来后，张嘉庆告诉他自己只受了点皮外伤。岗兵换岗时，冯大狗来站岗。朱老忠让冯大狗好好照顾张嘉庆，说张嘉庆是他的亲戚。冯大狗说张嘉庆也是他的亲戚。张嘉庆想起自己在什么地方见过冯大狗。冯大狗说：“八成，是那天晚上和江涛……”女医生让张嘉庆拄上拐杖，出去散散步。冯大狗几次问张嘉庆的伤怎么样，但张嘉庆没跟他说实话。张嘉庆让冯大狗帮他逃出去，冯大狗说不要慌，慢慢来商量。并说事情发生时，他打死了好几个反动家伙，当几个人追江涛时，他又撂倒了几个！

朱老忠假扮车夫在医院外边拉着车。一天中午，张嘉庆坐朱老忠的车跑离了医院。跑到一棵大树底下休息时，两人看到冯大狗扛着枪赶上来。冯大狗说他不能等着去住军法处，于是就跑出来，并让朱老忠、张嘉庆在头里跑，他在后头殿后，要是有人追上来，管保叫他们吃颗黑枣儿！朱老忠说：“好，有了枪咱回去就有得成立抗日武装了！”然后他走上土岗，心里憧憬着一个伟大的理想，笑着说：“天爷！像是放虎归山呀！”这句话预示：在冀中平原上，将要掀起波澜壮阔的风暴啊！

本节里，张嘉庆对这次惨案也进行了反思，认为自己犯了一个严重的错误：为什么不同意江涛的意见，把战友们分散到乡村里去？他觉得惭愧，当时是一种盲动思想支持他，造成了一场惨案。小说里出现的女医生很敬佩张嘉庆，也对他产生了感情，因为职责限制，她对张嘉庆的好感表现得很含蓄，很隐蔽。她也明白，张嘉庆是一只雄狮，他不能皈依女人，不能皈依神；他是一个共产主义者，一个勇于战斗、勇于牺牲的共产党员，他要为抗日战争，为无产阶级革命事业奋斗一生！张嘉庆一直没有接触过女人，对女人的气息似乎很反感。他对女医生的隐秘情感有觉察，但他很克制，未流露出一点对她的爱意。监督女医生的牧师被冯大狗骂作是外国的奸细！当女医生安慰张嘉庆时，他斜起白眼训斥张嘉庆："上头不叫你们抗日，你们非要抗日？那又不是自己的事情！"当张嘉庆跟女医生说他腰酸、腿痛、脑袋沉重、浑身软绵绵时，牧师说："哼！蝎螫蚊咬也成了伤身大症！"他说保定行营把看守任务交给他后，他只怕有个一差二错。张嘉庆问牧师："像你这么说，枪子儿打在你身上不疼？"牧师嘟囔说："革命党！没有一个是信服耶稣的！"冯大狗是小说里闪回式的人物，他的出现使张嘉庆逃离医院有了希望，最终张嘉庆顺利逃离。小说里还出现边隆基和陈锡周两个人物，但只是提了一下而已。

第二部《播火记》

本部五十节，新出场人物五十五个。

第一节至第四节：严萍回到乡下老家，和春兰给江涛家锄菜，给梨树掐小梨。严萍在春兰家见到春兰舅舅的女儿金华。春兰说她娘想给金华寻个主儿。大贵娶金华为妻。

严萍坐着万顺老店掌柜租的马车回到乡下老家。严萍给他钱，他怎么也不要，说他乐于为"共派儿"做事。万顺老店掌柜在小说中多次出现，他正直、善良，掌握的信息多，给予了朱老忠、严志和、严江涛、张嘉庆、严萍等人很多帮助。他拉着严萍回到乡下老家后，分文不收，更加显示了他对革命农民、革命青年的支持和爱护。

严萍到江涛家去，和春兰锄菜。其间，谈起保定二师的"七六惨案"。涛他娘看见两个姑娘给她家锄菜，就热情招待她们。涛他娘不时提起两个入狱的儿子，说她要给他们做衣裳。春兰说她给运涛做，严萍说她给江涛做。然后，两个人回到春兰家。老驴头正在和老婆吵架，抱怨来家里的金华白吃白喝。金华是春兰舅舅的女儿，因为遭水灾才来家里。严萍见到了金华，她长得很漂亮。春兰说她娘想给金华寻个主儿，免得她爹容不下。这里第一次出现金华这个人物，她漂亮、美丽，性格豪爽，由于家里遭遇水灾，寄居在老驴头家，遭到老驴头的嫌弃。这也展示出老驴头的小气、无情来。

春兰和严萍又一天给江涛家的梨树掐小梨。其间，严萍想江涛，春兰想运涛，然后谈起日本鬼子侵占中国。春兰说："日本鬼子一来，就什么希望都完了！"严萍说："不，我不那么想，决定中国命运的，不是蒋介石，是工农大众。今后的日子是斗争！斗争！斗争！""不要难过，我们要相信中国共产党！"一会儿，金华来送饭。晌午的时候，她们来到朱老明的住处，朱老明说朱老忠、严志和还没回来。严萍介绍了"七六惨案"的伤亡、损失情况。朱老明痛苦地说："哎呀！难呀！日本鬼子打到山海关，蒋介石还不叫抵抗，我们快拿起刀枪吧！"正说着，严志和从保定回来了，他哭着说要亡国了。朱老明搂住他也哭起来。严志和说："蒋介石不抵抗，他挡不住我们！"严萍在经历了二师学潮后，革命斗志更加坚定，在她的影响下，春兰和她一起给抗日游击队送情报，日渐锻炼成一个坚定的抗日战士。朱老明眼睛已经完全瞎了，但他对军阀政客的卖国行径无比憎恨，是锁井镇坚决抗日的农民的"智囊"，常能提出中肯、可行的斗争方法。

春兰和严萍把严志和扶回家。然后，两人来到大贵家。贵他娘知道江涛入狱的事情，难过得流起泪来。春兰说了给大贵介绍金华当媳妇的事情，贵他娘跟着春兰来到家里，见了金华，十分满意。大贵回来后，娘给他说了金华。随后，在朱老明、朱老星、伍老拔的操持下，二贵套上牛车，春兰和严萍当伴娘，把金华娶进门。金华的苦命终于在春兰的努力下结束，她嫁给了正直勇敢的大贵，夫妻二人恩爱上进，孝敬父母，贤惠能干，第二年给朱家生了一个儿子名叫起义。

第五节至第六节：春兰和严萍去千里堤放牛，李德才不让放，并拉伤牛鼻子。老驴头冲到冯家大院和李德才打起来，冯老兰出来才制止住。

严萍帮着办完了金华的喜事，心上觉得轻松愉快。她和春兰去放牛。牛吃起千里堤堤坡上的草来。千里堤堤董冯老兰手下的巡堤员李德才带着他十二三岁的女儿珍儿走过来，看见春兰在堤上放牛，不让放牛，也不让春兰走，说千里堤是公产，谁都不能动这堤上的一草一木。他抓住小黑牛的牛鼻圈打算讹诈春兰。春兰一着急，横起身子朝李德才碰过去。李德才倒在地上不起来，抓紧牛鼻圈不放手，用力一拉，把牛鼻子拉豁了，血流出来，痛得小黑牛撅起尾巴乱蹿。春兰赶不上牛，气呼呼地走回来和李德才讲道理，李德才不仅讥讽春兰，又转着大眼珠子瞪着春兰，说了些极其难听的话。春兰也对李德才骂不绝口，不让他走。李德才抽个冷不防，把春兰推倒在地跑了。春兰和严萍到朱老明家里，把李德才讹诈春兰的话说了。朱老明说这件事理在春兰，面对日本鬼子占满洲，攻进关里来，这件事是小事。

李德才是千里堤的巡检员，是一个可憎又可怜的反面人物，是恶霸地主冯兰池的忠实帮凶。他不让春兰在千里堤堤坡上放牛，并和春兰大打出手。他的蛮横、霸道，以及流氓、无赖的面目尽显无遗。当他拉坏牛鼻子后，不但不承认，反而更是蛮横不讲理，粗言秽语满嘴喷出。这也让帮助春兰的严萍尽览了一个地主狗腿子粗俗、低俗的奴才相。放牛事件是第二部所写的农民和地主产生的第一个矛盾。

朱老明觉得李德才讹诈春兰不是一件寻常的事情，于是来到春兰家里。这时，老驴头正嚷喝着对李德才的不满。他嚷喝着时脱了个大光膀子，扯出菜刀猛往外跑。春兰、严萍、春兰娘、朱老明立即跟在后头。老驴头边跑边骂李德才，直骂到冯家大院门口。冯焕堂正在吃饭，看见老驴头骂街，就把饭碗扣到老驴头头上。老山头和李德才出来后，老驴头大骂起李德才。李德才便和老驴头干起架来。老山头、春兰、严萍一看，也参与进来。冯老兰出来后，争斗才慢慢停下来。李德才的老婆在屋里得着大病，卧炕三年多，她让女儿珍儿认邻家大贵他娘做干娘，说完便吐血死了。李德才回来后，贵他娘让他去买寿衣，他不情愿，但最后还是买来一套新装裹。贵他娘给死去的人穿上寿衣后，停灵破孝。

老驴头对自己视为宝贝的小黑牛受伤十分痛心、难过、愤怒，他到冯家算账，对冯兰池三儿子将一碗饭泼向他的事情不在乎，继续大骂着李德才，并和李德才及老山头打了起来。至此，他的形象由第一部中那个小里小气、自私自利、野蛮粗俗、麻木不仁的样子变成了一个对恶势力毫不妥协的样子。

第七节至第九节：冯大奶奶逼迫李德才卖房、卖女儿珍儿。朱老忠回来后，让珍儿去冯家当丫鬟，当卧底。

李德才埋完老婆，冯大奶奶让老山头把他叫到上房，暗示他之前借的两百块钱还没还，可以卖了房子来抵账。李德才不想卖房，回家把卖房的事跟珍儿说了。珍儿哭了起来。李德才最后无奈地跟冯大奶奶说自己同意卖房。冯大奶奶又说单卖房是抵不了债的，提出把珍儿卖到府上做丫头抵账。李德才答应了冯大奶妈。然后，他拿着卖了珍儿的五十块钱回家。但他没找见珍儿，珍儿在朱老忠家。冯大奶奶便让李德才在东锁井街上叫骂。贵他娘听到后，告诉李德才，珍儿娘把珍儿托付给了自己，珍儿在自己家里。李德才听了大骂起来。贵他娘听不过，叫大贵、二贵把李德才狠揍了一顿。李德才挨揍后还是骂个不停。贵他娘于是让大贵、二贵把他扔到了黑水潭里。全村人哈哈大笑着看热闹。老山头见李德才被扔到水潭里，就跳下去，救起李德才。事后，贵他娘带着珍儿到朱老明家里讲述了实情，并问他这个祸该怎样解决。朱老明听后沉思了起来。

李德才是一个可憎而又可怜的人。他的可憎在于他一直充当着冯兰池欺压百姓的“马前卒”，但这并没有让他享受到来自于冯家的尊重和丰厚的实惠。他的老婆瘫痪在床，卧病三年，他没钱给她看病，她最终气愤而亡。她临死前已看出李德才的无能和绝情，认为他不会将珍儿养大的，于是托付贵他娘认珍儿为干女儿。当冯大奶奶提出让珍儿抵账的话后，李德才虽然犹豫、不舍，但他很快同意。他被冯家欺负，是他的可怜之处。但就是这样，他继续帮着冯家为非作歹。他不分青红皂白，大骂贵他娘，结果给自己招来一顿打，又招来被撂进水潭的事情。贵他娘是一位豪爽、正义、大胆的女人，李德才骂她，她自然不会便宜他，于是让两个儿子将他狠揍了一顿。但他仍然嘴不饶人，又被大贵、二贵扔到了黑水潭里。

冯兰池等李德才消息时，听到李德才被扔进水潭里，他大吃一惊，因为也没想到朱家人会反抗，而且反抗的方式竟然如此大胆。当老山头把李德才背回来后，他和老山头用擀面杖在李德才肚子上一轧，李德才肚子里的绿水从鼻子嘴里流了出来。李德才吐完水，睁不开眼。冯大奶奶怕他死了，冯兰池也说他不能死，于是便让她做了碗面。李德才吃了面，第二天才醒来。他想拉着珍儿去游走四方，冯兰池让他把房子和珍儿交给他后才能走。老山头一看，就劝李德才要为主家出力，李德才答应了。晚上，冯兰池叫李德才和老山头去要账，但他们什么也没要回来。冯兰池又鼓捣李德才去朱老忠家上吊，以讹诈方式让朱老忠倾家荡产。他们来到朱老忠家门前鼓捣时，被里面的人发现了。二人赶快跑开。李德才在无房及女儿成了冯家仆人的情况下，依然受其指使，干着为虎作伥的事情，进一步显示了他的奴才本性。

第二天上午，朱老明、伍老拔、朱老星要开会，严志和因江涛被捕的事情急病了，他得到通知，也拄着棍子来开会了。几个人到齐后都盼着朱老忠回来。正在愁眉苦脸之际，朱大贵说他爹从保定回来了！朱老明跟朱老忠说了李德才拉坏春兰家牛鼻子、老驴头骂街、珍儿到他家里、李德才在他家门口骂街然后被大贵、二贵扔到大水坑里的事情。朱老忠听完后半天不吭声，他说乡村形势和全国一样，斗争更加尖锐了。蒋介石讨好日本帝国主义，镇压抗日志士，许多同志都被杀、被捕了。大家沉默了一会儿后，讨论起珍儿的事情来。朱老忠思来想去，认为在国家大难面前，还是把珍儿送回冯家。金华这时候给朱老忠磕头，贵他娘就让珍儿也给朱老忠磕头。朱老忠心里忧虑，就带了一丝火气。珍儿一下子感到十分难过，就跪在地上道歉。朱老忠说他并不是嫌珍儿，只是在这样的年月里，她不能继续待在这里。他说，你先回到冯家大院去，给咱当卧底。大敌当前，这只是缓兵之计，以后一定会再把你救回来的。朱老忠在保定亲眼看到了反动派镇压爱国学生的场面，这使他心情十分沉重。他觉得锁井镇农民的革命对象是冯兰池，要革他的命，就得掌握他的情况。基于这样的考虑，他才让珍儿去冯家做卧底。珍儿爽快地答应了。

第十节至第十一节：冯贵堂买回水车，遭到冯兰池的训斥。冯焕堂低价雇工锄地，大贵领导短工们停工罢市，冯贵堂答应涨价。锄地期间，短工们决定参加抗日。

冯大奶奶得到珍儿，吞噬了李德才的庄户，十分开心。她和冯兰池夸奖珍儿的模样俏丽。两人正说着话，一辆小轿车轰进大院，后面又跟着轰进几辆大车，只见冯贵堂从小轿车上跳下来。冯贵堂把带来的新鲜玩意拿出来后，和冯兰池在大槐树下说闲话。冯兰池对共产党暴动感到十分担心。冯大有赶着新买的大车回来后，看见冯兰池和冯贵堂，于是甩开红缨鞭子，号令着大辕马。冯贵堂赞扬冯大有是好把式。冯大有听了冯贵堂的话，拉开话匣子说起了喂牲口的经验。冯贵堂看着长工们从大车上把水车铁货卸下来，十分开心。冯贵堂让老驴头看水车，老驴头不进来。冯贵堂便在大街上叫了一些小孩和老太太来看水车，给他们讲着水车的好处。冯兰池气不忿，说有水车的人活着，没水车的人难道还能饿死吗？冯贵堂听着不顺耳，不再说什么，只好走开。冯贵堂是个改良主义者，他终于未经冯兰池同意买回了自己心心念念的许多新式农业生产工具。但冯兰池并不欣赏，而是把他教训了一顿，嫌他乱花钱，败家。冯贵堂坚决要把家里变化一番，他于是在被父亲的教训声中负气离开。

第二天清晨，冯兰池的三儿子冯焕堂对大个头领青说，要趁着下雨去市上叫三五十张锄来，不然土地就要干了。在市上，朱全富和朱老星让朱大贵讲讲府里的新闻，朱大贵于是把抗日前线的事情说了一遍，接着又在伍老拔的要求下把苏区人们反三次"围剿"的事情说了说。大家都听得很认真。在大家说笑时，冯焕堂带着老山头来了，他依着锁井镇上短工市的规矩，和冯老锡家的管事议着价，最后是八十个铜元。朱大贵认为下雨天应该涨价。冯焕堂说没下多少雨不涨工钱。两人于是争吵起来。老山头谩骂和威胁着众人。大家一看，都不去给冯兰池家锄地。冯焕堂看气势不同别日，就打起笑脸和朱大贵议价。朱大贵说工钱不到位就停工市，让冯焕堂家地里的草苗连着阴雨天一块长。老山头一时起火追着要打朱二贵。短工们就举起锄头呐喊着上去打老山头，打得天翻地覆。朱老忠听到打架，跑来问情况。老山头说朱二贵搅闹市场，所以才要揍他。朱老忠听了，在老山头的手腕上踢了一脚。二人周旋之际，朱大贵也加入了"战争"。朱老忠见冯焕堂要上手，就叫乡亲们一起上！架打得正在不可开交时，冯贵堂大喊，住手！老山头然后向冯贵堂说了打架的理由。冯贵堂听了说，那就定价一百五吧。冯焕堂和老山头拧不过冯贵堂，不再说什么。大个头领青于是带领着短工们到了冯兰池家的地头上干活。冯焕堂回家取来锄，挑着短工们的刺。但他的絮说根本不起作用。做饭的老拴送来早饭，人们吃完饭后，冯焕堂让老拴中午再送点绿豆汤，让大家伙凉快凉快。烈日下，"大沙杆"、和尚、小牛、"黑的粹"等干着活时，和尚说他不想受这天热的罪了，想改行。小牛提议到关东参加义勇军去。大个头领青说："打日本去，你们哪个敢？"短工里你一言我一语呱呱大笑着。朱大贵也提议去抗日。和尚和"大沙杆"就说，去就去。稼垄锄完后，朱大贵到冯家大院去吃饭，冯焕堂也许听到了他和其他人说起抗日的事情，就敲打了他几句。短工们喝着绿豆汤时说，太阳打西边出来了！他们的意思是以前从来都吃不饱，更别说喝绿豆汤了。

朱大贵领导短工罢工罢市，是第二部出现的除老驴头大闹冯家大院之外的又一个斗争，不仅取得了胜利，而且短工们响亮地提出了参加抗日队伍的要求。朱老忠和短工们痛打老山头，震慑了老山头，使其狐假虎威的嚣张气焰得到了遏制。

第十二节：冯焕堂嫌冯贵堂给短工们长工钱，躺在地上哭闹不止，冯兰池把冯贵堂训斥了一顿。冯贵堂生着气去城里与县特务大队队长张福奎、县长王楷第商量成立民团的事情。

朱大贵领导短工们停工罢市取得了胜利，冯贵堂在短工市上又让了朱老忠，这让冯焕堂满心里没好气，他便跟冯贵堂说："家里的事你管吧，我管不了了。"冯贵堂见冯焕堂落着眼泪，就问原因，方知是为了早晨短工市上的事情，冯家大院在方圆百里出了名，现在被人压住了，他觉得冤屈。冯贵堂听了就给冯焕堂讲了一些"欲擒故纵""贪小便宜吃大亏""怀柔之道"的道理。冯焕堂听不懂他的话，就拉开长声哭了起来。冯贵堂看冯焕堂大吵大闹，继续对他指手画脚了一番。冯焕堂虽然看冯贵堂变貌失色，但继续抱怨着。一家人听哥俩吵得不祥，都停止了吃饭。冯焕堂见嫂子来劝解，就扑拉拉地躺在地上，又哭又抱怨。冯兰池听见动静出来，让长工、短工们滚出去，然后教训冯贵堂不对。冯贵堂觉得他们没有长远打算，便说自己要立刻进城，去和四乡绅士办民团，剿灭共党。父子三人像雄鸡鹐架，在院里大吵了起来。冯兰池三儿子冯焕堂是一个一心务农的庄稼汉，和冯贵堂不一样，思想守旧，严格遵循着冯兰池的要求，盘剥着农民。他和冯贵堂的吵闹，说明他对其给予农民的"仁义"和"大方"极为不满。

冯贵堂让冯大有套上车，进了城。他和老山头先来到宴宾楼，然后给张福奎写了封短信，让老山头带着一百两烟土送过去。不久，老山头带回张福奎答应见冯贵堂的回信。冯贵堂惊喜不尽。冯贵堂到了张福奎的住处，两人几下达成成立民团的共识。第二天，两人又去问县长王楷第对成立民团的意见，到了后看到胡老云和王老讲正陪着县长说话。张福奎给冯贵堂引荐了县长，然后先讨论时局，最后决定了成立民团的事情。张福奎在回家路上碰到了国民党党部的刘书记长，请他批准自己成立高博蠡七县联合肃反总队。冯贵堂成立民团的目的，是想利用武装力量来保卫冯家，剿杀农民对地主阶级的反抗。

第十三节至第十六节：贾湘农和刘书记长、曹局长、张校长、朱老忠谈组织农民暴动的事情。二贵给张嘉庆送信，张嘉庆去白洋淀动员李霜泗跟着共产党走，李霜泗同意。老山头来离间李霜泗，最终谈崩。

国民党党部刘书记长离开张福奎后，回到国民党县党部休息。贾湘农来找他，他们讨论了张福奎的事情。刘书记长说他不想在国民党党部工作了。贾湘农明白他的苦衷，但还是不想给他调动工作。贾湘农和他讨论了省党部要成立七县联合“肃反”总队的事情，让他想办法拖延，看机会安插自己的人。然后，贾湘农来到印花税局曹局长家里，和他讨论了印花税的问题。曹局长说他很能理解农民的痛苦。贾湘农说最近想领导一次农民暴动，需要他卖把力气。曹局长表示很乐意帮助。贾湘农让他筹划出两千块钱后，他答应了。贾湘农离开后，独自看着风景。突然，张校长用手挡住了他的视线。贾湘农向张校长介绍了一些情况，二人决定打土豪分田地，闹农民暴动。晚上，贾湘农又去探访朱老忠，朱老忠把自己在保定时的工作情况汇报了一下，又谈了张嘉庆逃出医院的事情。一会儿，大贵回来，贾湘农和大贵、二贵、贵他娘说了一会儿话，朱老忠便引着他到朱老明那里去睡觉。三个人又谈了一会儿张福奎要抓朱老忠的事情。然后，朱老忠走出朱家老坟，去小严村找严志和。

本部分出现的刘书记长、曹局长是首次出现的两个人物，可能是潜伏在国民党政府里的共产党员，或者是支持党的革命斗争的人士。此后，刘书记长没再出现过，但曹局长又出现过一次。张校长也是如此，他的政治面貌也不明。

过了一些日子，贾湘农在锁井镇上召开会议，提议在阶级斗争日益激烈的情况下“提高阶级警惕性”，“发动抗日游击战争的问题”。会后，他和朱老忠讨论对付张福奎的办法。他说着时，写了一封信叫朱老忠派个人送给张嘉庆。朱老忠便吩咐二贵去送信。贵他娘把信缝在二贵的褂子里后，二贵就出发了。他到李豹家里，李豹问了来由后，才领着他去找张嘉庆。张嘉庆看了信，得知是贾湘农让他到白洋淀去。李豹问他信上说了啥事情，他没有说。二贵给了张嘉庆一把枪，然后他们就出发了。三人淌过了一条小河，坐在树根上歇脚。这时一个彪形大汉来向他们要钱，张嘉庆一枪就把他打死了。三人到了贾湘农信上指定的朱老虎家。朱老虎说张福奎要他外甥李霜泗当“肃反”大队的大队长，“剿灭”共产党。张嘉庆听后不安。朱老虎宽慰他放心。二人正说话时听到一声枪响，一会儿来了个人，他就是李霜泗。朱老虎介绍李霜泗和张嘉庆见了面，叮嘱李霜泗要照顾好张嘉庆。随后，张嘉庆、李霜泗、小豹、二贵及李霜泗的随从从黑夜走到白天，才到达白洋淀。

这里提到的李豹身份不明。朱老虎是同情农民革命的一个人，他的其他情况不明。他外甥李霜泗是一个土匪头子，但他人不坏，没有干过欺压百姓、抢劫百姓的事情，后来成为共产党员，最后被冯贵堂所害。

船划进苇塘后，张嘉庆和李霜泗在船上交谈着。二贵和李豹欣赏着景色。船靠岸后，有个老人拿着鱼问候李霜泗。到了李霜泗的宅院，张嘉庆询问李霜泗的职业。李霜泗说他小时受过土豪霸道的害，现在专门打抱不平。他的群众基础好，和官府、和张福奎有关系。官府依靠他，但张福奎却背叛了他，现在又叫他担任“肃反”总队长。张嘉庆说服李霜泗跟着共产党走，李霜泗同意了。然后，张嘉庆谈了日本关东驻军进攻东北的事情，这打动了李霜泗的心。吃过饭后，李霜泗出门招呼其他朋友，张嘉庆则睡着了。张嘉庆醒来后去院里散步，看到二贵在偷窥李霜泗的女儿芝儿打枪。张嘉庆走进去，教了芝儿打枪的方法。李霜泗午觉睡醒后，向张嘉庆展示了枪法。然后，他拉着张嘉庆坐到小船里，谈了女儿学打枪的原因。说着时，他吹了两声口哨，马厩里跑出来两匹马。他让张嘉庆和芝儿各骑上一匹马。然后笑眯眯地看着心爱的女儿纵马奔驰。张嘉庆骑着马去追芝儿，其间在马背上展示了自己的枪法。不一会儿，仆人跟李霜泗说来了个客人。

这里提到的李霜泗女儿芝儿是一位神秘的侠女，她后来两次去刺杀张福奎，第一次将张福奎打了三枪，但不久他又出现了；第二次又向张福奎开了三枪，是否将其打死，小说没有明确交代。

来人是老山头，他不认识张嘉庆，便问李霜泗，张嘉庆是何人？李霜泗说是他兄弟。老山头问李霜泗把当肃反总队长的事情考虑得怎么样了。李霜泗撒谎说他夫人还没考虑好。老山头便开始离间李霜泗，让他去“剿灭”共产党，就给他官当；还逼着他加入民团。最后，李霜泗给老山头说，将来咱们不是朋友，就成仇敌。俩人的谈话最终谈崩了。晚上，老山头和张嘉庆睡下后，外边守夜的人跟李霜泗说枪不能随便挂在墙上。老山头听了就想去偷枪。但李霜泗却把枪摘下拿走了。老山头就跟在李霜泗的后头，伺机偷枪。张嘉庆也悄悄跟在老山头的后边。李霜泗回屋后，非常愤怒地跟芝儿娘说了他的朋友把自己出卖了的事情。老山头听后非常害怕，因为他知道李霜泗是一个对朋友非常仗义的人，但对背叛他的朋友却非常狠心。老山头于是因站不住而哆嗦着。然后，他偷偷来到塘边，划上船逃走了。张嘉庆看到老山头逃走，才回来睡下。第二天一早，芝儿在北屋打枪，张嘉庆叫她去点将台。两人到了后，开始骑马比枪技。李霜泗出来找船却找不到。张嘉庆跟他说，你的船都不知道漂到什么地方去了！

本节写老山头离间李霜泗未成功，因为李霜泗已经答应张嘉庆跟着共产党走。他不想当国民党的官。此后他纵马疆场，积极配合着农民的革命斗争。

第十七节至第十八节：李霜泗带着芝儿进城杀张福奎。

李霜泗回到家后，才发现老山头不见了，他告诉张嘉庆，老山头是冯贵堂的打手。张嘉庆于是把昨天晚上老山头所做的一切告诉给李霜泗。李霜泗听后暴跳如雷，攥起拳头敲着桌子大喊着。芝儿娘和芝儿劝了他一阵，他才消了气。张嘉庆目睹了这一切，觉得可以和李霜泗交朋友了。李霜泗跟张嘉庆说，我决定了，我要进城去杀了张福奎。老山头回到冯家大院后，把自己看到的一切告诉给了冯贵堂。冯兰池在外边听见了，就给他们讲了半天为人处事的经验。第二天清早，李霜泗和芝儿娘告别后要进城去，芝儿说她也要去。李霜泗一开始拒绝，最后只好答应。父女两人去城里踩完点后，又回家与芝儿娘商量了一些事情。芝儿随后把自己打扮成一个男孩子的样子。太阳快落山时，父女俩扬起马鞭奔上了博陵古道。芝儿娘在小说里只出现一次，此后再无出现。

父女俩天黑时到了高跃大伯家里。高跃大伯告诉李霜泗自从儿子高怀志死后，家里门庭没落，而对头张福奎却发了大财。李霜泗告诉高跃大伯自己就是来给高怀志报仇的。高跃大伯听后非常高兴。父女两人随后来到城里的戏楼，李霜泗看到了张福奎，便告诉了芝儿。但他们没有动手。第二天，李霜泗找到张福奎，告诉他自己明天会把枪和子弹送来的。然后，父女两人在一家酒楼住下，商量着枪杀张福奎的办法。最后决定芝儿去枪杀张福奎。芝儿随后来到戏楼，看见张福奎来了，但她没有下手。当张福奎看完戏回家时，她才向张福奎连开了三枪，随后她把带着的洋钱一撒，趁乱回到李霜泗跟前。然后二人去了高跃大伯家，告诉他张福奎已经被枪杀了。老人听了让他们赶快脱身。他们便骑马离开。

这里出现的高跃大伯是个偶尔出现的人物，他儿子高怀志为何被张福奎害死，小说似乎没有交代。父女两人枪杀李霜泗的过程很曲折，不是杀不了，而是未下手，不知为何这样写？芝儿最终向张福奎连开三枪，实际上并未打死张福奎。张福奎在小说后边的情节里又出现了。

第十九节至第二十节：贾湘农指示锁井镇成立红军队伍，叫朱老忠当大队长。各县代表陆续赶到锁井镇向贾湘农汇报工作，贾湘农谈了政治形势及党取得的胜利，激起了人们的斗志。

1932年，贾湘农在朱老明的屋子里看《游击战术》，考虑着游击战争里的问题。他和朱老明讨论着苛捐杂税的事情时，朱老忠进来说统治阶级要成立民团摊派钱，还要“剿灭”共产党。贾湘农问朱老忠敢不敢组织红军剿灭他们。朱老忠说敢。贾湘农就叫朱老忠当红军大队长，发动锁井地区的群众提前开展游击战争。朱老忠随后叫了一班子年幼的人们，还叫了春兰和严萍，让他们每天练习棍棒刀枪。朱老星对暴动有着不同的看法，但却有话说不出口。晚上，老山头从冯贵堂屋里出来，跑回牲口棚，拿上一把匕首来到朱老明住着的朱家老坟。在这里，他意外遇到了李德才。俩人跑上坡后，发现朱老忠在教年轻人耍枪。他们看见朱老忠走过来，连忙匍匐在地上。朱老忠发现有人，就喊了起来。很多人便一起去追。贾湘农研究地图时，朱老忠又和他谈了半天。朱老忠鲜明的思想和精神面貌令贾湘农敬佩。朱老忠出去后，贾湘农想着自己要领导人民群众抗日救亡的事情时睡着了。公鸡打鸣后，他就起了床。

贾湘农指示朱老忠组织红军，并让他当大队长，这是锁井地区成立的第一支农民队伍。朱老星对暴动有着不同的看法，却有话说不出口。小说里只交代了这么一句。他究竟有什么看法，没有明写。按上下文猜测，可能是他不主张仓促发动农民暴动，但因为贾湘农在代表着党发布指示，他于是没有说出自己的看法。老山头来到朱老明住处是受冯贵堂的指使，想刺杀贾湘农。他先见到李德才，然后看见朱老忠在教年轻人耍枪，因弄出响动，阴谋未得逞。

早晨开会，朱老忠叫人布置好会场。各县代表陆续赶来向贾湘农汇报工作。朱老忠派了一班子年幼的人们放哨。会上，贾湘农让大家向牺牲的同志致敬。然后，他说了会议的主要内容是研究目前的军事行动。他谈到了政治形势，谈到了在毛泽东同志的正确领导下，我党取得了一个又一个的胜利。他的话激起了人们的斗志。接着他报告了上海“一·二八”抗战。高蠡中心县委书记宋洛曙听了，愤愤不平地大声疾呼起来。贾湘农又向大家讲了红军的游击战术。朱老忠听到这，说时刻到了。人们于是高喊着“共产党万岁，打倒日本帝国主义！”贾湘农告诉人们打仗是要流血的，宋洛曙幽默地说反正都要过鬼门关。会后，贾湘农跟宋洛曙说了暴动计划。朱老忠和朱老虎过来后，几个人说说笑笑。然后，会议继续召开，贾湘农叫人们对暴动问题发表意见，朱老忠、宋洛曙、朱老虎都发表了意见，随后各县代表又提了几个问题。贾湘农做了总结就散了会。贾湘农和宋洛曙又去高蠡县指挥农民暴动了。

上海“一·二八”抗战发生于1932年1月18日，说明小说叙事已经到这个时候。1932年1月28日午夜，日本海军突袭上海闸北，第十九路军在总指挥蒋光鼐、军长蔡廷锴指挥下奋起抵抗，给日军以迎头痛击。日军对我军阵地及民宅、商店狂轰滥炸，发动了四次总攻，均遭败绩。蒋光鼐指挥军队在闸北等地展开了多次战役，日军先后四次更换主帅，死伤近万人。3月3日，日军发表停战声明。同日，国联决议下令中日双方停战。5月5日，中日签订了《上海停战协定》。高蠡中心县委书记宋洛曙，是首次出现于小说中的人物，后来在高蠡暴动中牺牲。

第二十一节：张福奎之死，使冯贵堂很高兴。冯贵堂去见王楷第县长、陈贯群及钱大钧，钱大钧答应保定若有事，可以调动三支部队。

张福奎一死，消息传遍城乡。冯贵堂听到老朋友死了，不但不悲伤，反而哈哈大笑。老山头很疑惑，冯贵堂说张福奎死了，民团团长就会落在自己头上，前几年为反割头税的事，和王楷第县长闹过纠纷，张福奎死了，他就少了一只臂膀。冯贵堂说的纠纷是反割头税时，他跟王县长说严江涛是共产党员，让王县长抓起来，但王县长问他要证据，他拿不出来。他又要求王县长保护自己收割头税，结果被王县长训斥了一顿。

冯贵堂跟他爹冯兰池说张福奎死了，他爹听了，说张福奎一死，就没有人去压制共产党了，共产党打日本就更欢了，日本人不过是占个地盘，他们怎么中国人了？冯兰池的话进一步展现了他的汉奸、卖国贼嘴脸，这是他第二次表达这样的观点了。

冯兰池叫冯贵堂去找黑旋风做靠山，再给当官的些钱做靠山。说完，他在院里看着那些古屋、牲畜，觉得自己的富贵日子快要结束了，共产党在南方闹了几个苏区，北方又闹起抗日。他进屋催促冯贵堂快去衙门，说家产不能被共产党占了。冯贵堂说当然要去。冯兰池然后拿出两把德国造比画起来，他觉得自己的身体还行。当他看到院子里的藤萝缠住了树的情况，就提笔写了一首打油诗，心想共产党就像藤，自己就像树，烦死了。天快明时，他叫冯大有套上马车，把冯贵堂拉上去城里吊唁张福奎。

冯贵堂坐着马车先到宴宾楼。休息了一阵后，他才去衙门。王县长远远地迎接着他。他问刺杀张福奎的刺客抓到没有。王县长说抓了不少农民，都不像刺客，释放了。冯贵堂说共产党大多就是农民，委员长说宁可错杀一千，也不漏掉一个。说不定刺客就在县政府的部门里。又说贾湘农也到了锁井镇，准备和朱老忠、朱老明打土豪，分田地，抗击日本人呢！王县长说，请军队来吧。冯贵堂说不但要请军队，还要成立民团。王县长同意了他的建议。但又说成立民团还得去保定请示委员长的亲信——保定行营主任钱大钧。冯贵堂说先见见陈贯群旅长。第二天，王县长和冯贵堂到保定后先见到陈贯群。陈贯群认识了王楷第。然后，王县长跟陈贯群说，行营的肃反主任张福奎被刺死了。冯贵堂接着说了贾湘农到锁井镇要闹暴动，嚷着要抗日的事情。陈贯群让冯贵堂不要草木皆兵，二师闹学潮的时候押了三十多人，可以从他们身上开刀。他说他在学潮之后，悟出了一个道理，学生们要请愿，就叫他们去请，他们有请愿的自由；他自己也有放机关枪的自由。陈贯群的这些话，刻画了他的残忍，他曾带兵镇压了保定二师学生的抗日爱国运动，是一个十足的残杀学生的刽子手。

冯贵堂听了陈贯群的话，说等他们闹起暴动就迟了，地主的财产都就被分了。陈贯群问，那咋办？王楷第说，我们想见见钱大钧主任。陈贯群说，我先联系一下再见，你们等通知。第二天，陈贯群引着王楷第、冯贵堂去见钱大钧。王楷第先说了张福奎被刺杀了的事情。钱大钧说他早已知道了。冯贵堂接着说，张福奎一死，共产党又闹起来了。钱大钧就问王楷第县上有名的共产党都是谁。王楷第有点说不清，就看了一下冯贵堂。冯贵堂说，有贾湘农、朱老忠、朱老明、严志和等。钱大钧说贾湘农他知道。然后他问其他人都担任着什么官职。冯贵堂说，朱老忠是庄稼人，朱老明卖烧饼，严志和是泥瓦匠。钱大钧听了说，这些人都太小了，我对付的是中共中央。王楷第说日寇占了东北，保定闹起了暴动，就得牵扯兵力了。钱大钧说，你说得有道理，但国军的前线在武汉、南昌，不在东北，目前要消灭的是共产党，是平津的学生运动。保定若有事，陈贯群的十四旅、安国定县的十七旅、山海关的关麟征部都可调动。王楷第、冯贵堂听了，都满意地笑了。

第二十二节至第二十三节：朱老忠带人向冯老锡要枪，给抗日队伍弄到第一支枪。朱老忠带人智取警察所，弄了十二支枪。

离暴动的日子越来越近，朱老忠在朱老明的小屋里待着，顺他娘说伍老拔要撂下家去参加暴动，她求朱老忠把伍老拔留下。朱老忠说我们革命了多少年，流了不少血，现在日本人到了家门上，大家得合力把他们打跑。老拔要去，他欢迎，不去，不勉强。伍老拔进来跟老婆说，都像你这样，日本鬼子永远打不出去。女人听了就走了。朱老忠劝伍老拔不要去了。伍老拔说他坚决要去。正说着，朱老星、严志和、大贵进来，大家说暴动得有枪。朱老星说锁井镇上三大家里，冯老锡有支老套筒，他说卖了，实际没卖。朱老忠问怎么把这枪弄来。朱老星说通过交情借来。他的方法遭到伍老拔、严志和的嘲笑。朱老忠说大家还没弄清楚农民暴动是什么，这是两个阶级的斗争，不是作揖求情，不是请他吃火锅。应该磨利大刀，去问他要枪。这才叫暴动。朱老星说这不成了土匪抢劫了吗？朱老忠说这和土匪不一样，土匪把抢劫的财物装到自己的腰包里，我们却用来建立抗日政权，用来打日本。朱老星夸赞朱老忠太聪明了，又说光说不练是把戏，咱先去把冯老锡的枪弄来。朱老忠说，说干就干！

以上朱老忠对“暴动”的解释，显示了他对其实质的精准把握，他作为红军游击队的大队长，已经具有较高的思想认知水平了。

随后，大家跟着朱老忠来到冯老锡家。朱老忠上到屋顶，冯老锡正发现有人，就见朱老忠跳下来，紧接着，朱老星、严志和、伍老拔、大贵跳下来。一只狗叫起来，朱老忠一刀将其劈死。冯老锡一看是朱老忠，说以为是谁呢？朱老忠说把那支枪拿出来。看你和冯贵堂为敌，也不伤害你。说着将桌子一角砍下。冯老锡乖乖拿出枪来，说你们要是打冯老兰，我高兴，用它打日本，我走在前头，我已经家败人亡，和贫雇农一样了。朱老忠又要过一挂子弹，并要求冯老锡不能泄密。冯老锡说我和你们一个鼻孔出气。朱老忠带大家来到朱家老坟，朱老明在那里等着。朱老星讲起朱老忠的勇敢，伍老拔直夸朱老忠太厉害了。伍老拔说乘机把冯老兰的马弄来。朱老忠说不能打草惊蛇。大贵建议把保定城外的警察所给端了。朱老忠问用什么方法。大贵说给他个措手不及。大家最后决定把大竹镇的警察局拿下，扩大游击队。

作者在写朱老忠带人向冯老锡要枪的过程时，写得极为详细，紧张、幽默、风趣的气息溢于字里行间，使朱老忠胆大勇猛、智谋过人的形象生动地出现在读者面前。其他人的形象通过言行描写、叙述也得到栩栩如生的展现。

大贵出探警察局回来的第二天下午，朱老忠的游击队来到了大竹镇。大贵担着柴，朱老忠把铡刀靠在墙上，想着怎样开始，怎样结束。他跟朱老星、伍老拔、严志和、大贵说自己先去看看地形。他进了警察局问需要铡草不。一个警察说他精神头不对。朱老忠说自己现在只是身子骨硬朗了一些罢了。然后那警察叫做饭的刘师傅领朱老忠去铡马草，又叫劈些柴。朱老忠心里高兴，想新起的红军，得智取，不能硬斗。他带了其他人进来开始劈柴、铡草。刘师傅安排警察吃饭。朱老忠和伍老拔说着大贵怎么还不来。刘师傅听了个大概，就说，上边说了，共产党要闹暴动，得防备着。饭开了后，十几个警察都出来。但局长没来吃饭。一个警察说局长到保定去了。大贵担着柴终于来了。刘师傅喊叫着问他是干什么的。大贵说是卖柴的。刘师傅说刚想买些干柴。警察们说着话时，大贵从柴捆里抽出大枪，朱老忠举起铡刀，伍老拔举起了钢镐。朱老忠说，谁敢吱声，就砍下谁的脑袋。警察们吓得目瞪口呆，他们也明白了共产党暴动了。大贵端着枪随时都会向他们开火。刘师傅吓得不敢说话。朱老忠让朱老星、严志和去屋里收枪，一共十二支，又收了十二条子弹带。朱大贵把警察们集中起来。朱老忠说红军来借枪，愿意跟红军的去抗日，不愿意的，不勉强。大家然后穿上警服，吃了桌子上的饭，回到青纱帐。太阳西斜，又来到朱家老坟。朱老明问怎么样。大家一起说有胜无败。本节依然写得非常精彩，使朱老忠的形象愈加高大威猛，同时显示了他的智谋超群。

第二十四节：贵他娘带着一群妇女绣红旗，做袖标。

朱老明、伍老拔、朱老星守着缴来的枪，说了一会儿暴动的话，直到深夜，朱老明才叫他们回去。朱大贵不想回家，直到天亮才背着枪离开。金华看大贵回来，招呼他睡觉并做饭，然后牵着小黄牛去放。回来后，大贵还睡着。一只小鸡吃东西卡住嗓子，她帮着小鸡吐出来。她把大贵推醒，大贵张开嘴喊着“打倒日本帝国主义”。她热了饭端来让大贵吃，大贵说他要开展游击战争，打日本鬼子。大贵吃完饭，和父亲去了趟城里，天黑才回来。大贵心里一直想着暴动的事情，跟金华说贾湘农司令任命爸爸当大队长，自已当参谋长。金华说那她就当押印夫人。大贵说这在戏里才有，红军官兵一律平等。金华也要参加革命，大贵不同意。金华说她不放心大贵。大贵一下子搂住金华，两人亲吻起来。

作者对金华和大贵的描写使人们看到了大贵对日本侵略者的仇恨。作者把他和金华的对话写得很详细，展现了两人的心心相印、恩爱无比、互相牵挂的情况。

第二天，涛他娘来到大贵家，说他做了一个放炮的梦，有只红色的凤凰飞到锁井镇。金华说红色是共产党，凤凰是要出一位带领红军打仗的人。涛他娘说严志和也是这么说的，毛泽东要求蒋介石停止刀兵，一起抗日，咱锁井镇也要起红军了。几个人正说着，朱老忠进来跟大家说红军要到保定监狱把江涛等人抢出来。然后让妇女们做几面红色军旗，以及红袖章。贵他娘便叫来春兰、严萍、庆他娘、巧姑、顺他娘，然后她们照着朱老忠画的镰刀加斧头的图形做了起来。朱老忠说红军闹起后要成立抗日政权，得有村公所、法庭、监狱。春兰和严萍说也要让男女平等。朱老忠说打跑日本后，要建设社会主义。贵他娘说到那个时候，年轻人就享福了，但不要忘记老年人。严萍说年轻人自然不能忘了老一代创立事业的辛苦，不能忘本。朱老忠听了后说他的勇气被鼓起来了，他要带领千军万马去冲锋陷阵，把尸骨扔在杀场上。春兰说为了这面红旗，运涛闹革命，住了监狱，太艰难了。朱老忠说这才要暴动，把日本鬼子打出去。春兰问蒋介石不准打日本咋办。朱老忠说，不准抗日咱也要抗日。毛泽东叫蒋介石一同抗日，他却要一心卖国，咱们就以牙还牙。

作者在绣红旗的场面描写中，穿插了许多人的对话，使朱老忠越来越高的思想水平得到了展示，他非常善于给人们做思想工作，所说之言句句和抗战，和消灭地主阶级、军阀政客有关，从而调动了人们的抗战积极性。绣红旗也点明了三部曲小说以《红旗谱》命名的真正用意。妇女们绣红旗时，一个个都精心绣制，把自己对党的热爱绣到一针一线里。

大家正绣着红旗，正说着话，冯大狗媳妇来说冯大狗把从保定带回来的枪卖了，整天喝酒，还说要参加暴动去抗日。他要是死了咋办？朱老忠说抗日死了很光荣，死在白军里，就成了无名鬼。然后冯大狗媳妇要安家费。朱老忠说暴动起来后，缴获的粮食、衣裳任她拿。

自然，冯大狗媳妇觉悟还很低，冯大狗也是一个不多好也不多坏的人，他的形象很复杂，是小说里很多具有这种性格特征的人里的一个。他媳妇要安家费，朱老忠的答复合情合理，无懈可击。

第二十五节至第二十七节：朱老忠把三乡五里的农民红军编成四个中队。冯兰池等土豪商议武装自己，对付农民暴动。冯兰池埋藏了贵重东西、文书匣子，又把后院的墙拆开，再把一家大男小女和牲畜藏进高粱地里。二贵带来张嘉庆、李霜泗已经暴动的消息。二贵建议全家都去当红军，闹个满门红。老驴头想参加暴动，但说他怕杀头之罪。金华怀孕。

贾湘农到锁井镇布置了暴动后，各地有中共支部的村庄，都开始了农民游击运动。朱老忠、朱老明、伍老拔、严志和、朱老星、朱大贵经常聚集在朱老明的屋子里，应付事故。对于暴动后会发生什么挫折、后果，他们很难预料，但考虑到第二天就要暴动，人们冒着雨回家了。第二天早晨，朱老忠叫大贵、伍顺、小囤、朱庆、春兰、严萍都要为革命费一点心血。他说自己从今天起是红军大队长，要执行军令了，他让大贵等人到九龙口上、摆渡口上、岔路口上等着，以红旗为标志接红军，然后领着他们到他跟前，不要让人知道，少说话。让严萍等着写东西。

这一天，滹沱河沿岸四十八村参加暴动的人来到朱老忠跟前，严萍登记后，朱老忠让他们藏在伍顺、朱庆、朱全富及自己家里。伍老拔问大家怎么吃饭。朱老忠说住在谁家，让谁家在邻家借上粮食，革命后啥都会有的。严萍动笔写了朱老忠下的第一号命令，伍老拔拿着去传达。朱老星又提出油盐柴菜咋办。朱老忠说凡是革命的、抗日的、同情抗日的人家都有菜，都可以吃。严萍又写了第二号命令，说等红军起手，一并还清。朱老忠成了三军指挥官，朱老明非常高兴。朱老忠又让严萍写了第三号命令：送红军的都回去，当红军的编成队伍，不许乱嚷，不许破坏东西，开会要用被子堵上窗子，不到吃饭时间烟囱不得冒烟。

这里描写朱老忠发布三个命令时具有鲜明的随机性。由他组织部队和阻止抗战的敌人进行真刀实枪的作战，是他生命历程中出现的第一次，所以，他显得有点手忙脚乱。但这却反映了历史的真实。

冯兰池听说农民要暴动，召集上排户，商量对付的办法。冯氏家族四分五裂，冯老洪和冯老锡为一个浪荡女打了官司，冯贵堂帮助冯老洪把冯老锡打下来，冯裕仁去南方当兵，冯登龙、冯亚红不再读书。冯树义离开学堂种庄稼。冯老兰和冯老锡成为仇人。冯老洪住在外地。冯兰池来到集市，冯焕堂在收花。冯兰池来到集源号，刘老万说红军要闹事，冯兰池说共产主义不能在中国实行，不要害怕。严老松、严老士来了后，说朱老忠、朱老明满腿泥巴，也想抗日？冯兰池说日本人远在东北、上海，人家帮助蒋介石“剿共”，朱老忠却要打倒人家，是无事生非。冯兰池的这些话继续展现了他的卖国嘴脸，他的目光短浅，自私自利，看不到日本人侵略中国的真正企图。

刘老万建议冯兰池请兵来锁井镇。冯兰池说，国民党的军队有什么好纪律？他们来了会把镇上弄得更加乌烟瘴气，吃喝得供着，他们还要奸淫妇女，抢劫行凶，谁能受得了？这些话又显示了他对国民党政府及其豢养的军队的腐朽、野蛮有着清醒的认识。

冯兰池又说，现在咱们把地主们武装起来，农民一暴动，就武力消灭。大家都同意这个办法。然后他们谈起日本的进攻，认为那是远在天边的事情。

冯老兰回到家，让冯大奶奶藏贵重东西，他把十几条枪拿出来。冯贵堂进来说今天集市上出现不三不四的人，朱家老坟那里人出人进。他劝冯老兰出去躲躲。冯老兰拒绝了。他把装地亩文书的箱子抱在怀里，带上枪。冯贵堂说老爷子还是走吧，共产党把地分了，中央军来了又是冯家的。冯老兰说蒋介石剿共剿了几年，还是剿不完，光是要枪要人，要骡要马，他把弄来的钱财都装到自己腰包，弄到美国去了。

冯老兰的话进一步揭露了蒋介石及其政府的腐败、贪婪、自私。他自己虽然有这样的认识，但还是要彻底消灭即将发生的农民暴动。

冯老兰叫来冯焕堂，让他把文书匣子藏在麦秸里；叫来冯大有，让把后院的墙拆开，再把牲畜牵进高粱地里，让一家大男小女都躲进高粱地里。随后，他让老山头把护院的人们集中起来，跟他们说他要和共产党打仗了，问他们怕不怕。众人都说不怕。他又对冯贵堂说，你怕死，你走开。冯贵堂说他要和冯老兰死在一起。然后，冯老兰教护院的如何打枪，如何作战。

朱老忠让严萍支持着，他回了趟家。家里住了很多红军，拿着各样武器。他和一个年轻农民说着话，其他人在睡梦中听出他的声音，醒来后围着他，要听朱老巩护钟的故事。他就讲起来，最后讲到现在暴动目的是打日本。二贵突然回来，带来张嘉庆的口信，说张嘉庆、李霜泗及女儿昨晚就打响了，解决了一个警察局，缴了十几条枪，把土豪劣绅们吓得，要多少枪、钱、粮食就给多少。朱老忠想贾湘农还没发布命令。二贵说他要留下来参加暴动。朱老忠让他跟他娘商量去，他娘同意了，他就同意。二贵去找朱老明，讲了张嘉庆他们暴动的事情后，求朱老明帮他在父亲跟前求情，朱老明答应了，并说要拿绳子绑了二贵的舌头，嫌二贵啥都说，保密意识不强。二贵说他在敌人跟前不说二话。严萍在旁边看着，心里很高兴。二贵回家，大贵让他留在家里，他叫大贵留在家里，还让父亲留在家里。朱老忠说这得请示贾湘农，贾湘农让他当红军大队长，领兵打仗。金华说她和大贵都去，其他人都留在家里。二贵说干脆全家都去当红军，闹个满门红。大家笑起来，一个年老的红军问朱老忠是怎么教育儿子、媳妇的，都这么进步？朱老忠说是党的教育。朱老忠把部队按西乡、南乡、北乡编成四个中队。但东乡即锁井大队没编起来，因为朱老忠和伍老拔都很忙。

二贵建议全家都参加红军，家里人也都抢着要去，但最后，朱老忠、大贵、二贵都成了红军战士，而贵他娘、金华都在后方为抗日游击队提供着无私的帮助。

曹局长来找朱老忠谈了一阵，走了后，朱老忠回到家，贵他娘找出两身单衣，两双鞋，包了一个包袱。她不知道朱老忠领导暴动什么时候才能回来，不由得愁眉不展；她又想到家乡东北已经在日本鬼子的铁蹄之下，于是也想和朱老忠一起去打仗。朱老忠跟她说不行，让她取出了一双鞋子、一身单衣裳。他说白军来了，对我们红军人家一定不会善罢甘休。金华说可以把牛牵到春兰家。

朱老忠和贵他娘的对话，让人看到贵他娘对日本鬼子的仇恨，她的家乡在东北，早已被日寇侵占，所以，她要参加抗战的决心很坚定。但朱老忠让她留在后方，给游击队准备需要品，说这也是抗战。她同意了。

贵他娘随后来到老驴头家，对老驴头说，亲家，乡里农民要暴动，红军要起手了！老驴头夸赞着朱老忠是个顶天立地的大汉子，说自己不怕暴动，看人们参加，他也参加，看人家分粮食，他也要分，但他怕杀头之罪。贵他娘说这次暴动从近处说，是要惩治那些土豪劣绅、反动地主们；从远处说，是要起兵抗日。

老驴头终究是个难以立起来的人，他的软弱、自私，甚至窝囊，在此显现无遗。

金华和春兰也说了一会儿农民暴动，然后把自家的牛和春兰家的牛拴在一起后，就和婆婆回了家。贵他娘最终以抗日事业为重，跟朱老忠说，去吧，干去吧！把家交给我，你们都去，怕什么？朱大贵在窗外听得父母的谈话，深受感动，想到了运涛、江涛都在狱中，又想起冯兰池抓了他的兵，不由得攥紧了拳头。贵他娘跟大贵说抗日要紧。大贵说政权是打来的。朱老忠说到干的时候了，先把脑袋一扎，干，干了再说。二贵回来后说他放哨时，四面八方都是自己的人，一个也混不进来。贵他娘对金华说明天父子两个要走了，给他们做点好吃的！二贵想吃饺子，但娘想给大贵和金华多留些相处的时间，就说做烙秫面饼，炒鸡蛋。她烙好秫面饼，金华摊好鸡蛋，然后父子几个围着炕桌吃起来。金华和大贵走到了自己屋里吃，她说自己已经有了两个月身孕。第二天，大贵跟金华说他打胜了仗就回来，然后出了锁井村，加入到河北红军游击队第四大队。

第二十八节至第三十节：冯兰池家拒绝送枪送米，朱老忠命令红军游击队攻进了冯家大院。冯贵堂带领家丁逃走。朱老忠活捉了冯兰池。朱老忠开仓济贫，再分土地。朱老忠不愿吃冯家的东西，回家吃饭。朱老忠审问冯兰池，冯兰池说他要封建到底。

朱老忠回到大部队，叫严萍开了条子让反动地主们送枪送米。但冯兰池不予理睬。朱老忠让伍老拔告诉冯兰池，他要是再说个“不”字，这里的枪就要响了。冯兰池说要了他的命也不送枪，并且向伍老拔开了一梭子枪。朱老忠得知后决定打进冯家大院。他考虑到冯家大院护院的打手们都能打枪，冯贵堂也可能请来了警察保安队，于是让朱大贵派几个侦探注意保定和安国敌人出动的情况。在大柏树林里，朱老忠作为大队长对红军游击队第一次的打仗做了讲话，他宣布了河北红军游击队第四大队负责人的名单，大贵做锁井区中队长兼大队参谋，又打发二贵把各中队队长叫来说了贾湘农司令员的命令。

兵发西锁井时，队伍一股劲地向南冲，朱大贵扛着机关枪，跟在朱老忠后头，一时无法制止队伍。冯大狗认为队伍这样碰到国民党兵，一下子就被消灭了。朱老忠认为群众游击战争和正规队伍不一样。人群冲到锁井村边时，一排子枪打过来。红军第一次作战，敌人打枪，他们还站着。朱老忠听到枪声后说，同志们，不要乱跑，要听我的指挥，枪子是不留情的！他又问大贵仗怎么打。大贵说可以硬攻，不能冒失前进。朱老忠打发二贵叫来了大小严村的小队长，让他们绕到锁井村西边监视敌人的行动，又让冯大狗在前头看敌人在什么地方。冯大狗告诉朱老忠，敌人在小珠子的墙圈里。朱老忠随即派冯大狗领着两个游动步哨监视起正面的敌人。朱老星一马当先，红军跟着他冲了出去。朱老忠命令拿快枪的人集中起来，站到前边，要活捉冯兰池。冯贵堂见红军来势凶猛，从村边退回了冯家大院，登上高房。朱老忠站到墙檐，看着冯家大院的墙垣像城墙一样高，一时不知道怎么办。他又趴在墙根底下发现墙是土的，于是率领众人推倒了墙，攻进了第一层。当他站在牲口棚门口时，发现冯家的宅院像铁筒一般，不知道用什么办法攻。红军的政策是不能点火，他于是否决了朱老星用火攻的建议。最终，大贵把机关枪支在麦秸垛后头，叫二贵来供子弹，然后朝冯兰池的屋檐打枪，牵扯住了冯兰池的炮火。随即，伍老拔叫了严志和、朱老星抬了一根大木头，撞裂了门板，攻进了大门。大贵和二贵一进大门，一个土造炸弹从房上抛了下来，大贵眼疾手快，拾起炸药又扔回了屋顶。接着，大贵和二贵冲进外院，把二门门楼上的敌人打了下来。然后，大贵冲进中院向里院射击。这时，房上抛下的炸弹几乎把二贵和大贵埋住。朱老忠带着红军从场院上了屋顶，压住了敌人的火力，并喊道，冯兰池缴枪不杀。大贵和二贵听到喊声后，也大喊道，我们在中院里，敌人要逃走啦，人们快上房呀！

本节写得极为精彩，为很多评论者所称道，认为作者写出了农民首次发动武装暴动的真实情况。在这场攻打冯家的战斗中，虽然有朱大贵、冯大狗这两位具有作战经验的人，但因为指挥者朱老忠是初次参加真刀真枪的战斗，所以他不知道如何作战，他率领的队员更是不知道如何作战，于是他们以摸着石头过河的心态作战。由于他们师出正义，加上他们勇猛顽强，逐步使自己从作战生疏达到了熟练作战，最终战胜了敌人。前面曾写冯大狗媳妇说冯大狗把从保定带回来的枪卖了，整天喝酒，他现在又参加暴动，可见他是一个形象复杂的人。

当冯贵堂带领家丁们在村边作战的时候，冯兰池早就穿上了送终的衣服，他把两条子弹带挎在身上，提了盒子枪上了屋顶。冯家大院，屋檐都修了掩体和枪眼，房与房之间，修上了天桥，因此，冯兰池认为自家屋顶的工事足以撑到国民党军来到。当冯贵堂带领家丁们从村边退回来，拉着冯兰池退走时，冯兰池坚决不退。冯家的院丁们于是在他的监督下，从早晨打到了小晌午。冯贵堂见大势已去，又劝冯兰池撤退，但冯兰池说，你祖爷给我置下的房产田亩都在这里，我不能走。冯贵堂又让老山头和李德才架他走，他仍坚决不走。最终，冯贵堂看着红军来势不善，就带着众人逃走，只留下他爹冯兰池一人。

朱老忠带着红军在屋顶上仔细搜寻时，冯兰池打了他两发子弹。冯兰池没了子弹后，朱老忠跟他打起架来，最终活捉了冯兰池。随后，冯兰池被朱老星和几个红军锁在了珍儿住的小黑屋里。珍儿见到朱老忠后，递给他一支勃朗宁小手枪，然后带他进了冯家的大仓房。朱老忠叫红军们锁上仓房门，并把严萍叫来，让她给门上加上封条才从后院走出来。

大贵让父亲朱老忠休息，朱老忠说他把大队部安在长工屋里后再休息。这时，冯大狗想抓两只母鸡给朱老忠熬汤喝，朱老忠训斥他这是国民党作风。之后，朱老忠叫来中队长开会决定先开仓济贫，分粮食、财物、家具，之后再分土地。朱老忠同意大贵杀猪犒劳红军的想法，就叫珍儿带着中队长们，走到了冯家的内宅，给乡亲们分粮食和财物。冯大狗媳妇装完粮食后，给朱老忠磕了几个响头，称赞他是神人。大贵把一袋洋钱敞开个小口后，在大街上边跑边喊，冯兰池的钱是穷人的血汗，人人可花。众人于是跟在他后头拾着钱。大贵找冯兰池的红契文书，找了半天也没找到。朱老忠分完粮食、棉花、衣服后，他把一袋粮食背给了老猪他奶奶，老奶奶称赞他是天神。红军们打开冯兰池的庄户，分了他的粮食，缴了他的枪；又到冯老洪院里，分了他的粮食，缴了他的枪。这是第一个大胜利。

本节同样写得让人身临其境。朱老忠、朱大贵父子饱满的战斗精神可歌可泣，其他游击队员旺盛的斗志令人无比钦敬。朱老忠对冯大狗的关心坚决拒绝，他认为自己享受特殊待遇是国民党军官才有的作风。他说话算话，使冯大狗媳妇把战利品装得盆满钵满。朱老忠亲自给老猪他奶奶背去粮食，体现了他平易近人的亲民作风。

太阳平西，红军们才吃午饭。大贵给朱老忠拿了一大碗肉菜、一大摞白面饼。朱老忠却说自己不吃冯家的东西。他从队部里出来，走进了冯家内宅，红军们正在吃饭，一个个都跟朱老忠打招呼。朱老忠看到冯大狗盛了一碗肉，把三张白面大饼中间咬了个大窟窿，套在脖子上，不由得笑着问他，这比你在白军里好多了吧？冯大狗说这里仗打得自由，吃饭也自由。朱老忠说红军不光要讲自由，还要讲军纪。他告诉红军们，今天吃的是抗日饭！又讲了日本侵略中国的六段历史。朱老忠给冯大狗讲的自由、军纪，给红军们讲的抗日饭以及日本侵略中国的六段历史，显示了他高超的概括能力和对日军侵华情况的充分了解，他一下子能点到要害上，使冯大狗和红军们心服口服。

朱老忠说完，走出冯家，在路上遇到春兰和严萍领着一群小学生去大街上贴标语。他回家后，金华和婆婆连忙给他盛了一碗小米菜饭。他说，冯兰池的饭虽好，却是剥削人们的血汗得来的，他咽不下去；家里的饭虽不好，却是自己辛苦种的，吃着香甜。朱老忠回家吃自家饭，从侧面说明了他对冯兰池的憎恨。

朱老忠吃完饭，回到冯家内宅准备审问冯兰池。朱老星和严志和把冯兰池的账桌子抬到堂屋里后，朱老忠拽住冯兰池的衣领子，把他拖到了堂屋里。冯兰池却捺住了严志和的衣领子，严志和就把他从地上拽起来，然后抓住他的肩膀，用力摇撼着。伍老拔和朱老星随后拿了绳子绑上了冯兰池的胳膊。严志和把冯兰池提到堂桌前面。

冯兰池见朱老忠要审问自己，就颤着下巴，抖着白胡子生着气。伍老拔见状，上去照准冯兰池的脊梁打了一拳。朱老星带着红军们把账房那些刑具都丢在冯兰池的面前，冯兰池生着闷气，骂他们是土匪。严志和一时生气走过去飞了冯兰池一脚。严志和想到自己一家人被冯兰池欺侮得东逃西散，不由得大声哭了起来。朱老忠见状大吼一声，让冯兰池交代自己的罪恶。正在审问时，二贵打了冯兰池几个嘴巴。冯兰池什么也不说。朱老忠让严萍在一旁录供，冯兰池实在没有办法了，就火了起来说，富人压迫穷人是自古如此。朱老忠拍着桌子截住了他的话头，说你这是封建地主们的法律。冯兰池从地上起来骂朱老忠是土匪。大贵不等冯兰池说完，就照准他的脊梁打了一杠子。但冯兰池始终不肯认为无产阶级的伦理是合法的。朱老忠又问冯兰池把红契文书藏在什么地方。冯兰池说，我不告诉你，我要封建到底。严志和听了，照准冯兰池的胸膛，又杵了他一家伙。冯兰池告诉伍老拔，你们要是落在我的手里，我要一个个扒你们的皮。朱老忠问不出红契文书，就找到了珍儿。珍儿告诉他，红契文书藏在麦秸垛里头。朱老忠让珍儿少露面，说她还得在冯家大院待上几年。严志和拿来挠钩后，从麦秸垛里扒出了一个红漆匣子。取出匣子里的文书后，伍老拔找来火柴，把文书借帖等点着了。于是一切工作结束了。朱老忠检查了收缴来的枪支，想起同志们冲锋陷阵时的英勇，就觉得心里轻松了很多。

作者把朱老忠和其他人审问冯兰池的情况写得让人心潮澎湃。朱老忠和朱老星、严志和、伍老拔、大贵、二贵等对冯兰池的拳打脚踢，发泄了他们长久以来积攒的仇恨，让人觉得酣畅淋漓。但就是这样，冯兰池还是抖着白胡子生着气，骂他们是土匪，说富人压迫穷人是自古如此，说他要封建到底，要一个个地扒红军们的皮。他的顽固、反动，是很多文学作品中塑造的地主形象中少见的一个形象。

第三十一节至第三十二节：严志和随红军去蠡县打大仗，回家和涛他娘告别。伍老拔托付老套子照顾自己的孩子。朱老星随军出征。朱老忠让朱老明、伍顺、春兰、严萍等留在村里主持村政，剩下的一起去打游击战。朱老忠带领红军滴血起誓。朱大贵领着队伍开拔，朱老忠纵马随后。

严志和向朱老忠请了假，回到了家。一进门就喊涛他娘，然后把红契文书铺在了炕席上。涛他娘看到后一时激动，掉下了眼泪，跪在佛龛下磕头。严志和见状，说这是农民的力量，碍着神仙什么了？涛他娘想起远在关东的运涛爷爷艰难困苦了一辈子，就把两块腊肉供在了神主前。涛他娘给严志和端上菜后，严志和说红军要出征了，他要跟着去蠡县打大仗。涛他娘听后，一想到能把江涛从监狱里抢出来，心里就觉得豁亮了。两人吃完，走到“宝地”，涛他娘拔去地头上的一棵棵草，又把倒在路旁的谷棵扶起，用泥土稳好。她想到两个儿子都出了狱，严家门里就会又兴旺起来。她想到严志和走后没有个支持手儿，心里又翻上倒下。她走到门外的小井台上坐下来，严志和也跟着坐下来。他们坐了吃顿饭的工夫，严志和就与涛他娘道了别。

本节写严志和见涛他娘跪在佛龛下磕头，所说的“这是农民的力量，碍着神仙什么了”一句话，说明他对农民革命的伟大力量已经有了深刻的认知，也是因为这，他才义无反顾地跟着党走了。他已经完全不像之前很多时候那样遇事犹豫踌躇了。涛他娘的思想觉悟也提高了，她一想起红军能把江涛从监狱里抢出来，心里就觉得豁亮了。她和严志和来到“宝地”后，细心地拔草，以及扶谷禾的细节，也说明她对土地及庄稼也具有深情的挚爱。

严志和回到家去的时候，伍老拔也出了东锁井回了家。伍老拔吃完饺子后，对他的孩子说他要打游击战去了，然后跟顺他娘说，就算我回不来，也有孩子养活你。说完，他拿了一件小夹袄和一双新鞋子，回头看了看小顺和小囤，以及自己亲手盖起的小屋。小顺和小囤看父亲要走，就送出门来。伍老拔告诉小顺和小囤，红军走了后，老明大伯是村公所的负责人，他让你们干什么你们就好好干。天已薄暮时，伍老拔才一步步地走出家来，当他想到白军要来了，朱老明说不定也得躲一躲，两个年幼的孩子还是让人不放心。他于是找到老套子，他告诉老套子，我走后要是老明哥有个一长二短，请你照顾孩子们。老套子说，你放心，你能回来的，咱们庄稼哥们还会在一块的；你要是不能回来，打到哪里，心里也要干干净净地去干。当两个人谈到国家民族的命运时，都同时沉默了起来。他们为国家民族的灾难，怀抱着深沉的忧虑。伍老拔离开老套子往冯家大院走时，经过朱老星家，听到朱老星正在和朱庆他娘打架，原因是朱庆娘不让朱老星去打仗。但朱老星非去不可。伍老拔于是从朱庆娘手里把朱老星的小夹袄夺出来，然后拉着朱老星走回冯家大院。

伍老拔是一位功力超众、谋略非凡的革命者，他对打游击战的信心很坚定。在孩子还小的情况下，他义无反顾地向红军队伍走去。老套子给冯老锡当雇工，衣食无忧，参加革命的积极性不高，但他不像冯贵堂家里的车夫冯大有那样，时时刻刻维护着主子的利益，他支持农民们的革命，对国家民族遭受的外来侵略也深感忧虑。伍老拔拉着朱老星走回红军队伍后不久，朱老星就被逮捕并被冯贵堂、陈贯群、张福奎等杀害。

伍老拔和朱老星到了冯家大院后，朱老忠开会决定留下朱老明、伍顺、小囤、朱庆、春兰、严萍主持村政，做后方工作。朱老星、朱大贵、伍老拔、严志和都抢着要去战场。朱老忠决定，剩下的一齐去打游击战。朱老忠听到朱老明说出兵打仗不知道什么时候才能回来，就把中指咬出血来，滴在了酒杯里，然后众人跟着他喝了这杯酒。天将黎明时分，朱老忠下了一道命令，让所有红军在河神庙前集合。他看着一队队红军挺起腰板，打着红旗，在他眼前走过，不由得笑了。

红军在千里堤下的河滩上站好了队，四十八村的人们来送亲人出征。忽然间野地上跑出来一匹大黄马，朱老忠让大贵追马。朱老忠走过去一看是冯兰池骑的那匹马。冯兰池给它起名叫“抓地虎”。朱老忠让大贵骑，不料这马见不是冯兰池，就把大贵摔在堤上。金华见状吓得尖叫了一声，贵他娘的两只眼睛死盯着大贵，为大贵出了一身冷汗。大贵不服气，骑了好几次，还是骑不上。朱老忠说非骑它不可。然后就骑马。那马见骑的人仍不是冯老兰，就更加闹起性子来。但是朱老忠最终还是像一盏灯一样黏在了马背上，怎么也甩不下他。这时，马想把朱老忠带进河水里，朱老忠见马不安好心，就照准了马的脑门打蒙了它。然后，马掉过头在河滩上跑起来。之后，马只要跑慢，朱老忠就用拳头捶它，直到把它累得跑不动为止。朱全富看朱老忠骑上马，就把在冯老兰家捡的马鞭给了他。

朱老忠对“抓地虎”的轻松驾驭，更体现了他英雄的风姿。他那一系列动作使“抓地虎”最终服服帖帖，成了他驰骋沙场的坐骑。

朱老忠站在马背上，向四十八村的人们深深地鞠了一躬后，他叮嘱乡亲们，白军来了后，大家该躲就躲，该藏就藏，免得受他们的害。人们不等朱老忠讲完，就一齐喊起了“打倒日本帝国主义”“红军万岁”的口号。大贵扛着机枪看着金华，竖起了自己的大拇指头，绷起嘴唇笑着。然后，他大声喊道：“等我们打败了日本鬼子，再回来看乡亲们！”朱老忠骑上马后，心里想没有骑不上的马，没有征不服的土豪劣绅，最后的胜利都属于红军，属于广大的农民群众！当队伍出发后，二贵在队伍前头举着大红旗，他后头跟着伍老拔。伍老拔用一条长链子牵着冯兰池。朱老忠看着红军走远，就辞别了众位乡亲。然后，他纵马而去。人们看着朱老忠远远而去的背影渐渐淹没在青纱帐里。

作者在写朱老忠发表的那段充满激情的豪言时，逼真可见，使人如闻其声。他的话鼓励了红军们杀敌报国的雄心壮志。红军们出发的场面也被作者描写得栩栩如生，使人有如身临其境之感。

第三十三节：冯贵堂想回去救他老爹，被李德才和老山头劝住。冯贵堂给王县长汇报朱老忠暴动及他爹被俘之事。陈贯群去见钱大钧，钱大钧指示反攻。

冯贵堂带领家丁和红军打仗，撤出战斗后，坐在石头上休息，他丢了老爹、家宅和铺号，觉得很焦心，后悔不该撤出战斗，便提起枪要打回去。李德才和老山头劝阻了他。他想不出好办法。冯大有告诉了他老太太和骡马藏匿的位置。冯贵堂正在踌躇不决之际，红军来搜洼了。他吓得逃跑了。冯贵堂败退的情况在小说里有详细描写，他如丧家之犬一样，内心里痛苦自责，但一切都难以挽回了。

冯贵堂逃到城门口后，叫保安队长打开城门。他让手下歇下后，来到县长办公室，告诉王县长朱老忠暴动了，他爹带着护院的人们在顽强抵抗。王县长害怕自己县里起了农民暴动，被上级指责，就打电话向省政府报告，又和保定卫戍司令陈贯群通话。陈贯群告诉了白参谋长，白参谋长又打电话叫一个团长到陈贯群跟前来。那团长来后，陈贯群认为他是贾湘农的党羽，就下令把他捆了，还下令按名字逮捕了其他人。陈贯群看了河北省中部地区的地理形势后，去见钱大钧。钱大钧听了陈贯群的报告认为不准确，告诉了他详细情报，并对陈贯群的行动作出了指示。

作者把王县长向省政府报告，以及他和陈贯群联系的情况描写得极为细腻，写出了王县长的慌乱和怕被上级指责的担忧。陈贯群对那个团长及其他人的逮捕也是他内心里恐惧农民革命的表现。钱大钧给了他指示后，他才稍稍心安下来。

第三十四节至第三十七节：朱老忠与宋洛曙、朱老虎等人见面。贾湘农给人们讲述作战计划，提出搭救监狱里政治犯的事情。贾湘农反思自己领导的农民武装暴动，宣布了各路游击队大队长的名单。朱老忠率队攻打小营镇，严志和受伤。朱老忠严惩冯大狗无故杀人。

朱老忠一行人在村子里歇下，之后去了玉田区委书记王慎志同志的家。贾湘农带着朱老忠进屋后，与宋洛曙和朱老虎见了面。朱老忠向大家展示了从冯老兰手里得到的手枪，并把手枪送给了贾湘农。朱老忠得到了大家的肯定与夸奖，他很高兴。杨万林问宋洛曙领导的农民暴动的事情，宋洛曙于是讲述了战绩，大家纷纷赞扬他。朱老虎、李学敏、贾湘农谈了各自的革命活动和反响后，满屋子的人都在讨论，大家很高兴。贾湘农给大家讲了作战计划，并提出搭救保定监狱在押的政治犯的事情。人们不等贾湘农说完，鼓掌同意。人们认为分配土地、建立政权和迎接红军北上，是游击战争的一箭三雕，所以都很高兴。谈笑的声浪，几乎把整个屋子抬起来。贾湘农对抽调军事干部的事特别关切。开完会，干部们就回各自的部队了。锁井大队在枣树林里歇息，贾湘农来到后，伍老拔、朱老星、大贵、二贵，正在枣树底下睡觉。贾湘农和伍老拔谈论起对游击战争的希望，朱老星加入了他们的谈话。贾湘农听着他们的谈话，体会到了农民对暴动的迫切希望。夜深了，贾湘农才走回村庄。

此节提到的王慎志在后面没再出现，宋洛曙后来牺牲，杨万林、李学敏都是各个游击大队的主将。

贾湘农领导的高蠡游击战争，经过几个月的工作，涌起了一支游击队伍，他感到很兴奋。他阅读了一些信件，认为游击战争打起来，还需要办一处野战医院。黎明，他叫人背上枪跟着他走出门来。他想起张嘉庆和李霜泗怎么还不来，他决定自己第一次领导武装暴动，还是缺乏具体经验。直到目前为止，他的心里还有很多问号。他下了一道命令，叫各路游击队集合在村头上。当一大群红军战士集合好后，他和朱老忠、朱老虎、宋洛曙、李学敏、杨万林等几个红军大队长一齐走上沙岗，然后宣布了各路游击队大队长的名单。人们的反响很热烈，抗日的口号喊得越来越响。伍老拔、严志和、朱老星、大贵、二贵都不约而同地想起了运涛和江涛还在监狱里，就提出去救运涛和江涛。贾湘农听了，让朱老忠先去攻打小营镇。人们于是一齐大喊："中国共产党万岁！"

此处写了贾湘农对自己领导的农民武装暴动的反思，认为还缺乏具体经验。他宣布各路游击队的大队长名单后，进一步激发了人们的战斗热情。

朱老忠和贾湘农谈了小营镇的地理形势和政治情况。根据红军目前的情况，攻下这座村寨不是容易。贾湘农看朱老忠有信心，也不便多问。红军跑到小营镇村边。朱老忠指挥中队长把村子周围的地形察看了一遍。镇里的人们没见过红军，都跑来看。朱老星、伍老拔、严志和、朱大贵等所有的红军，先做起宣传工作。朱老忠认为春兰和严萍来了做这个工作更合适。红军攻不进镇里，朱老忠让大贵抓了两个老财，让他们把门叫开。镇墙上的民团，却不理睬。红军们想用枪打开镇门。天快晌午，红军又饥又渴，打不开镇门，搞不到饭吃。大贵带领伍老拔、严志和、朱老星等一起冲上去。敌人见红军冲锋，就激烈射击。严志和想抓住土墙上的树丛爬上去，但被枪打中了肩膀，使他翻身滚下墙来。他脑瓜朝下，躺在水里。朱老星来救他，看到他的样子就想到了江涛、运涛和涛他娘。朱老忠来到严志和跟前，搂起他，血流满了他的身上。严志和告诉朱老忠要和日本鬼子打到底。大贵扛上机枪，带上一队人佯攻小营镇。红军们紧跟着朱老忠爬上镇墙。红军最终攻下了小营镇。朱老忠进镇搜索，开仓济贫。严志和见红军攻下小营镇，伤也不疼了，吃起了东西。朱老忠带领红军离开小营镇后向东走去。各路红军，随后在潴龙河西岸打了三天游击。朱老忠根据司令部划定的路线，带队向潴龙河东岸进发。河北红军游击队，数路越过了潴龙河。

这里写朱老忠指挥红军游击队攻打小营镇，和攻打冯家大院相比，朱老忠已经显示出临阵不乱、指挥若定的风采。他儿子大贵也是勇猛无比，带头冲向敌阵，他的以身作则自然让游击队员也英勇地杀起敌人来。他们最终攻下了小营镇。严志和受伤的情况在小说中有详细描写，但他越来越勇敢，在看到红军攻下小营镇后，完全忘了伤痛，跟着朱老忠走向更广阔的消灭阻止红军抗战的敌人的战场。

队伍过了潴龙河，走过堤坡后，冯大狗插着砍刀，扛着枪，横冲直撞。他碰到一个人，问了两句就把他的脑袋砍下。他跟大贵和二贵说那人是白军的探子，那人实则是卖香的。几个人正在分说，后续部队赶了上来，一见杀了人，也停住脚步看着。朱老忠问大贵情况，知道冯大狗随便杀了人，就让人把他捆了。朱老忠随后带着红军游击队，继续前进。

冯大狗随便杀人，是朱老忠绝不容忍的，因为前边多次写到他对军纪的强调，尤其他跟冯大狗说过几次。而冯大狗依然带着国民党部队的作风，这使他后来受到了朱老忠更加严厉的处罚。

朱老忠看见很多红军和群众来欢迎自己的队伍，哈哈大笑。贾湘农看见朱老忠走来，就与他握手同行。贾湘农介绍朱老忠和蔡书林见了面，然后领着朱老忠到高小学堂去谈论打仗的事情。朱老忠告诉贾湘农严志和受伤的事情后，把冯大狗拴在树上，把冯老兰关进一间小屋子。然后，他让大贵给大家煮汤喝。

贾湘农把宋洛曙大队、朱老忠大队、杨万林大队、李学敏大队都做了安排后，周围的村庄上不断地传来枪声。那些村里的农民们还在打土豪分粮食。贾湘农让伍老拔去堤坡上的小屋处放哨，严志和也跟着去了。伍老拔后来和二贵把保定铁路的一个工人押到贾湘农面前，那工人从脚底取出一封信交给贾湘农。贾湘农看信上说十四旅一团的军事干部不能按期送到，让他从广大的工农干部中培养。他随后走到外院，看到朱老忠正在召开士兵大会，审判着冯大狗。伍老拔、严志和、朱老星等人对冯大狗乱杀人的事很生气，要求冯大狗偿命。贾湘农提出改造冯大狗的建议后，冯大狗才没被枪毙。严志和伤口疼，二贵让他去休息。随后，二贵在瓜农那里买西瓜时抓到一个财主，那财主交出了一把枪。

此处提到的蔡书林和再次提到的杨万林、李学敏都是红军大队各分队的队长。贾湘农提出改造冯大狗的建议后，冯大狗后来还在农民游击队里。但他的其他情况，小说没再交代。

第三十八节：张福奎复活。陈贯群放出狂言三天之内把贾湘农消灭。

河北红军在高阳辛庄一带集中休整时，陈贯群的保定卫戍司令部移到蠡县。冯贵堂约四大城绅去给陈贯群接风洗尘。刚到，陈贯群在楼上探出身子叫他。冯贵堂上楼后，看见了王楷第和张福奎。张福奎已经不是原来的样子，只有一只胳膊、一只耳朵，很胖。冯贵堂目瞪口呆。张福奎拉他，他跑下楼，但被卫兵抬上楼。王楷第说张大队长已经养好了伤。冯贵堂想到自己当民团团长、肃反队长的梦完了。王楷第说张福奎受伤后，他故意放烟幕弹说张福奎已经被刺去世，并举行了吊丧活动，然后把他藏在一个秘密的地方养伤。现在康复了。张福奎咬牙切齿地说他要把贾湘农、朱老忠他们杀得鸡犬不留。正说着，胡老云、王老讲带着刘老万、严老松、刘老士来了，他们问了张福奎的病情。张福奎口眼歪斜地回着礼。商会会长王老讲致欢迎辞，说陈贯群的到来，可以保障大家的生命安全。陈贯群表示要消灭红军游击队。冯贵堂说他断定共产主义在中国不能实行，因为它是穷民主义，是外来品，所以一定要消灭。张福奎说他还能打枪，一定要把共产党消灭殆尽。王楷第说“剿共”是目前最大的任务，因为日本人离得还远，希望陈贯群能保全县人民的生命财产安全。陈贯群说贾湘农虽然能鼓动千八百人暴动，但他的军事用兵能力只有三岁小孩的水平，自己已经琢磨透了他，三天之内就能把他消灭了。王楷第说共产党里有很多能人。陈贯群说蒋委员长正在举全力消灭毛泽东，贾湘农只是一个跳梁小丑而已。

这时，参谋处送来情报说贾湘农的千人队伍已经到达辛庄，李霜泗、张嘉庆的二百多人队伍已经到达白洋淀。陈贯群听后大吃一惊，下令阻止贾湘农和李霜泗会合，然后匆匆离席而去。陈贯群回到办公室，立即给高阳县长打电话，但电话线却被切断了。他便派人去送命令。

本节对张福奎复活后的形象和他放出狂言要把贾湘农、朱老忠杀得鸡犬不留的情况做了详细描写。“百足之虫，死而不僵”，对他而言，这句话再恰当不过。冯贵堂很惧怕张福奎的丑陋、恐怖外貌，但他最终还是和其同流合污。王楷第隐藏张福奎，让其养伤，以及他所说的卖国言论、坚决“剿共”的言论，一下子破坏了他之前给读者留下的稍显“中立”的形象。他从此也和张福奎、陈贯群等一起沆瀣一气，共同剿杀农民们反抗、要求抗日救国的行动。冯贵堂在自己想当民团团长、肃反队长的梦破灭之后，也是愈加反动；他那共产主义在中国不能实行的断定，说明他在被农民革命者打得落花流水的情况下，还在低估、轻视着农民革命的力量，显得他无知而狂妄。陈贯群更是自不量力，说贾湘农的军事用兵能力低下，自己三天之内就能把他消灭。但他的自大最终还是被贾湘农率领的千人队伍已经到达辛庄，以及李霜泗、张嘉庆率领的二百多人队伍已到达白洋淀的消息所击碎，于是他匆匆离席下达命令去了。

第三十九节至第四十五节：朱庆进城取情报。春兰、严萍送情报遇险。宋洛曙牺牲。贾湘农把队伍拉回锁井镇。贾湘农枪毙冯老兰。李霜泗火线入党。贾湘农、朱老忠、朱大贵、朱二贵、严萍、春兰夜宿古坟。伍老拔斧劈胖商人，在河里用石头打死两个警察。朱老星被捕。严志和装死躲追击，一位老汉送他回家。大暴动失败后，各路红军溃散。贾湘农去白洋淀述职。朱老忠带领游击队回到锁井镇。

城里的宴宾楼宴宾时，朱庆背着粪筐拾粪。他看见一辆大车装着给养和子弹箱，听到楼上传来陈贯群等说着“剿共”的声音。他想听清楚，就凑到楼跟前，但一个凶恶的家伙把他抽了几鞭子。不一会儿，他看到陈贯群急匆匆地走出来。他离开后，来到一个红油小门前。他敲门后，一个女学生把他领了进去，然后一个男子给了他一把镰刀，说把柄里藏着东西。男子随后提着枪护送他出了城。

朱庆是朱老星的儿子，年龄虽小，但给游击队传递了不少情报，后来又猛撞冯贵堂，火烧冯家麦草垛，成为一个英勇的革命小将。

朱庆来到朱老明所在的村公所，向他汇报了城里的情况，并从镰刀里取出情报。严萍念着情报说城里来了一个步兵团，有机枪、重炮，要求速作准备。春兰说得尽快把情报送给红军。辛庄的红军距离锁井镇有一百多里路，春兰和严萍要求去送情报。春兰说以看望姐姐坐月子的名义去送情报。朱老明同意了。春兰送情报是她第一次执行革命任务，她和严萍一起，在送情报的路上经历了许多挫折、危险。

春兰牵出朱老忠家的小黄牛，套上车，就和严萍出发了。老拴看见后说车上坐着两个小媳妇。春兰骂了他几句。太阳平西，她们来到一个村子，见到几个女孩子。春兰问路，一个女孩告诉她前面是潴龙河，河东正在闹红军。她们继续前行，到了另一个村庄，春兰问一个老大娘要了桶饮了牛，一个五十多岁的男人阴阳怪气地和她们说话，说过不了河。春兰让他帮忙送她们过去。男人叫来一个二疤瘌小伙。二疤瘌在送她们的途中，遇到一队骑兵。一个骑兵问离辛庄还有多远。二疤瘌说还有六七里。骑兵走后，他们继续赶路。一会儿，骑兵又返回来，问春兰他们是干什么的。春兰说去看望坐月子的姐姐。骑兵走后，二疤瘌叫春兰、严萍去他家里住一晚，等第二天再过河，说着时色眯眯地盯着严萍，要起歹心。春兰让二疤瘌回去，不要送她们了。这时，来了一个灰色兵，抢了牛要走。严萍猜测他是十四旅的，就说她父亲和陈贯群相识。但那灰色兵并不理睬。春兰阻止，灰色兵就把刀刺过来。春兰躲过后，说杀死自己可以，但不能抢了牛。灰色兵就朝天开了一枪，踢倒春兰，拉上牛跑了。严萍追赶着，灰色兵又朝天开了两枪，然后拉着牛消失在青纱帐里。

春兰在这次送情报的严酷现实里渐显坚强，她和严萍一起斗追兵，战流氓。后来将情报送到了贾湘农手里。严萍也从一个柔弱的城市姑娘锻炼成勇敢的战士。

春兰和严萍丢了牛，撂了车，就让二疤瘌回去。但二疤瘌不回去。他已经从春兰和严萍的话里知道了她们是红军，就嚷着要把她们送给白军。春兰打他，他却把严萍扑倒在地，欲行不轨。春兰把篮子扣到他的头上时，传来了一声枪响。打枪的人问他们是干啥的。二疤瘌一听转身就跑，"扑通"一声跳进河里不见了踪影。春兰去追，自然追不上。她一听说话人的声音很熟悉，就和严萍蹲在地上。

三部曲小说塑造了农民、学生、教师、工人、商人、政客、军阀、地主、土匪等多类人物形象，此处出现的二疤瘌是一个地痞流氓无赖之类的人物，他对严萍欲行不轨，但严萍和春兰并不畏惧他，使他在枪声响起后，跳水逃亡。二疤瘌的出现，丰富了小说的人物阵营。

春兰和严萍看到是伍老拔和二贵。严萍一下子扑在伍老拔怀里。二贵问她们为啥来这里。春兰说了她们遇到的危险及侮辱。二贵向二疤瘌逃走的地方放了一阵枪，但没打着。春兰和严萍跟着伍老拔、二贵走回村里。贾湘农听到枪声，让朱老忠、宋洛曙加强警戒。李学敏、杨万林、蔡书林来到司令部，贾湘农问他们枪声是怎么回事。他然后分析了三个可能：保定土匪哗变了、正在渡河的李霜泗部队来了、白军来了。他让三个人各归营地。三个人走后，贾湘农走出司令部，看到大贵。大贵说司令不该随便出屋。正说着，二贵他们回来了。贾湘农看春兰、严萍来了，知道她们送情报来了。春兰拿出情报，贾湘农看后想，敌人对抗日起义军竟然这样重视。他问朱老明在哪里。又问春兰、严萍在路上见到了什么。春兰说朱老明在荒野里搭建的村公所里，她俩在路上见到了白军已经到了河东，离河堤只有四五里路。春兰说她们把朱老忠的牛丢了，把自己家的大车也丢了。伍老拔随后领着她们去吃饭。贾湘农叫来朱老忠，说敌人已经到河东，一场战斗即将发生。这时，定县县委送来的情报说，敌人已经发觉了红军。贾湘农看着地图，分析着敌情，部署着战斗。朱老忠领了任务就回去了。

伍老拔和二贵的及时赶到，使春兰和严萍化险为夷。贾湘农看到情报，在几面受敌的情况下，指挥若定，分工明确，等待着一场即将发生的战斗。

二贵放哨时看见白军来了，跟伍老拔说了，伍老拔朝天打了三枪。红军和白军立即打了起来。贾湘农准备把红军开拔到安心地区，然后向北和李霜泗的部队会合。他叫蔡书林通知四乡农会，红军要开拔；让宋洛曙做先锋，随时和敌人战斗。又命令杨万林大队向西去，截住潴龙河对岸从蠡县来的敌人；李学敏大队做后御。他自己则和朱老忠、蔡书林的大队作预备力量。杨万林大队猛追猛打着敌人，使其躲进青纱帐后不敢出来。这时，北边又响起枪声。伍老拔认为是红军主力和白军干上了。他给贾湘农做了汇报。贾湘农给张嘉庆和翟树功各写了一封信。朱老忠让大贵骑马去前方看看，到底有多少敌人，企图是什么。大贵回来后，跟贾湘农说敌人是高阳的保安队，武器并不好，但他们不肯退，我们也不肯退。贾湘农骑马上了前线，大贵跟在后面。贾湘农跟宋洛曙说，敌人包围了我们，我们也包围了敌人。宋洛曙然后带领队伍和敌人展开了激烈交战。最终，宋洛曙牺牲在战场上。大贵接替宋洛曙继续和敌人作战。贾湘农跟朱老忠、蔡书林、李学敏说，宋洛曙的牺牲说明我们闯不过敌阵，我们把队伍拉到锁井镇去，在那里打土豪分田地；等把敌人吸引到滹沱河一带后，我们再返回白洋淀。几个人都同意。这时，杨万林派人来报告，敌人火力太猛，企图冲过河来。贾湘农下令必须堵住敌人。李霜泗和翟树功的队伍迟迟不来，贾湘农便命令朱老虎去增援杨万林。敌我双方开打后，各个红军大队杀敌都很英勇。贾湘农也奋勇当先，骑马上了前线，但因为敌人力量太强大，他们不得不把队伍拉回到锁井镇。

作者对本场交战写得绘声绘色，硝烟弥漫，使作战双方或此起彼伏，或直接兵刃相见，表现了战争的严酷。

各队红军立即执行贾湘农的命令。蔡书林大队顶住敌人，让大贵代替指挥的宋洛曙大队撤出战斗。大贵把人带下去后，和朱老忠合编在一起。李学敏然后带队向南走去。后来，贾湘农和朱老忠准备带着队伍回锁井镇。这时，李学敏的队伍和他们碰在一起。

贾湘农和朱老忠带着队伍先来到辛庄学校。大贵发现树林里有敌人的骑兵，他让二贵准备子弹，然后向敌人射击。敌人纷纷逃跑了。贾湘农、朱老忠、伍老拔、朱老星、高跃老头、严志和等一起向敌人射击。贾湘农叫春兰、严萍烧掉所有文件。大贵的枪卡住了，二贵找来柳枝，捅了几下，枪才好。朱老忠端起刺刀猛戳着敌人。贾湘农拉着朱老忠来到关押冯老兰和其他地主的屋子前，他把门踢开后，贾想起红军目前的处境，就向冯老兰打了三枪。朱大贵指挥三个大队，继续和白军冲杀。

此处细写了贾湘农处决冯兰池及其他一些地主老财的情况，冯兰池最终倒在了党的枪口之下，结束了他作恶多端的一生。

这时，张嘉庆、李霜泗、翟树功带着队伍从东北方向冲过来。李霜泗女儿芝儿手持两把盒子枪跟在后面。李霜泗提出在火线入党。贾湘农握住他的手说他从此就是中国共产党员了。李霜泗随后接受贾湘农的命令，和张嘉庆、翟树功、芝儿去活捉陈贯群。同时，贾湘农带着大贵等冲出了敌人的包围。

李霜泗的火线入党，说明他已经从一个土匪头领成了一名光荣的中国共产党员了。后来他被捕之后，面对张福奎的刽子手举起的屠刀，高喊着自己是一名中国共产党员时英勇就义了。

贾湘农、朱老忠、大贵、二贵、春兰、严萍等带着游击队员疾走，贾湘农推算李霜泗、张嘉庆、翟树功已经带队突过了潴龙河，向白军司令部发起攻击了。大贵恨不得掩护红军向前冲。严志和是第一次真正地打仗，非常英勇，他一心要为孩子们复仇。伍老拔想只要跟着贾湘农司令，什么时候都会有路走。朱老星想只要和红军在一起，什么时候胆子都是壮的。朱老忠、严萍、春兰、二贵紧紧跟着队伍。当队伍走到一片红色高粱地的时候，又遇到敌人。朱大贵拉起贾湘农跳进河里，游了一会儿，把敌人丢在河那边。两个人上了河岸，来到一座古坟处。贾湘农想象不出杨万林、李学敏、蔡书林几个大队冲到了哪儿，李霜泗、张嘉庆、翟树功的作战情况怎样，朱老忠、伍老拔、朱老星及战友们落下了什么下场。晚上，他想找点水喝。找时，他突然遇到了朱老忠、二贵、严萍、春兰。大家便走回坟地，然后大贵去找水。结果他在一个瓜棚处找到水井，但却没有舀水的东西。朱老忠等人来了后，朱老忠脱下一只鞋，用鞋吊了些水，他顾不得滋味，先喝了起来。其他人也喝了。然后，朱老忠和春兰、严萍掰了地主的玉米棒子，想烤着吃。但没有火，朱老忠取出一粒子弹把药倒在石头上，用弹头研出了火星。但火星瞬间灭了。他又拿烟锅生火，终于生着了。最后研究，春兰、严萍明天看家，另外四个人分四路去联系红军，然后在古坟处集合。又一个晚上，大家把高粱叶子铺在地上睡觉，不久，天下起大暴雨来。

作者对这场武装革命的艰难性做了形象、生动的描写，人们都处在了绝境之中。为了活着，人们三个一群五个一伙地去寻找生路。贾湘农和朱大贵来到一处古坟，又饥又渴，寻找水源的时候，意外遇到朱老忠等人，他们用鞋子吊水解渴，想尽办法烤熟玉米棒子充饥。绝境中求生存，保存革命火种，成为每个人努力的方向。

伍老拔在敌人追他的时候，钻进一片黑豆地里。他钻出来后向前跑时，遇上了朱老星。两人原本在一起，敌人追赶时，跑散了。现在他们又遇到一起。朱老星让伍老拔把红袖章摘下来，伍老拔说他死也不摘，他要当一辈子红军。朱老星把袖子上的红布条取下来后埋进土里，并做了标记，他说大战过去后，还要拿回去，留给子孙们。伍老拔把袖章也取下来，埋进土里。两人又把身上的钱埋在土里。然后，他们都跳进河里洗了个澡。穿上衣服后，看到从南方来了一条船。两人决定坐船去天津。船主同意后，伍老拔把枪埋在埋钱的地方，挖出钱来，然后和朱老星坐船去天津。船上坐着商人、地主，都在议论着农民暴动，说农民好无知，糊里糊涂地跟着红军跑，结果是一场混乱。两人听着异常生气，但都忍着。一个大胖商人看着朱老星说着共产党员的坏话。船停下后，那商人继续骂着共产党。伍老拔忍无可忍，就操起船上的斧子一下子把他劈死了。一个地主看见，大喊了起来，顿时船上乱作一团。有人喊着捉凶手。伍老拔笑着说："老子就是红军，老子就是共产党员。地主阶级，谁不服气站出来！"说着向那些人扑过去。商人们乱跑着，伍老拔提着斧子追赶着。突然，警笛响起来，几个警察来抓伍老拔。伍老拔纵身跳进了河里，岸上立即枪声四起。伍老拔在水里喊着让警察、民团下水大战一场。他在水里游着时，由于没吃饭，体力有点不支。两个警察下水逮他时，还是被他用石头打死。他上岸后，钻进高粱地里，等待有人过来，向他借件衣服穿。

伍老拔和朱老星埋藏红袖章的情节非常感人，他们先是意见不统一，但最终都埋了。他们把红袖章看得比自己的生命还重要，因为它是他们身份的象征，是激励他们和敌人进行斗争的力量源泉。红袖章和红旗是三部曲小说的精神之魂，是锁井镇的妇女们一针一线缝起来的，是革命农民用无畏的斗争取得的，有它们在，人们的革命就不会停下来。当伍老拔和朱老星到船上后，伍老拔斧劈一个说着共产党员坏话的大胖商人，更是令人热血沸腾，胖商人之死也震慑了船上坐着的其他商人、地主。伍老拔和警察在水中的大战，更让人觉得痛快淋漓，他的勇猛形象震撼人心。他以自己的智慧终于逃离了警察的追捕。

朱老星看着伍老拔在水中的大战，直到结束，他才喜滋滋地离开。他本打算去天津，但想到没有跟贾湘农打招呼、跟组织打招呼，家里还有老婆孩子，就决定回家。他在返回途中却被两个土豪抓住，他们把他绑起来，牵到村边。人们听说抓住了一个红军，都来看热闹。朱老星被两个土豪一路上打了多次，一点力气也没有。他被送到白军的队伍里。陈贯群见到他，让押到和平会里。关他的地方是地主家的刑房，他躺在地上睡着了。醒来后，几个穿灰色衣服的兵把他拉到陈贯群跟前。陈贯群问他是不是共产党员，他说不是。问他为什么参加暴乱。他说不是暴乱，是抗日。陈贯群说委员长下令言抗日者杀无赦。他就骂陈贯群是卖国贼，只剿共，不抗日。卫兵们就把他压在地上打了起来。陈贯群问他，谁介绍他加入的共产党。他说谁也没有介绍，是他见人们打土豪分粮食，才跟上来的。陈贯群又问跟谁来的。他说人太多了。从此以后，他几乎

动不动被打。他就喊着中国共产党万岁！打倒日本帝国主义！陈贯群说他自己已经招认是共产党员了。朱老星被捕后，面对陈贯群的审问，临危不惧，体现了他作为一位真正的共产党员的崇高气节。

严志和腿上受伤后，让大贵快走，然后，他往脸上抹了血，躺在地上装死。白军踢了他几脚，他屏住呼吸。白军走了后，他费力地朝家的方向走去。路上，他喝了些水洼里的水，也喝了些河水。他抓了两条小鱼，就着青草吃了下去。在渡口，他看见一条小船，也看见一个村庄。但他不敢进去，就钻进一片苘麻地里，吃了些苘麻，枕着胳膊睡着了。醒来后，他向小船走去，一个老人喊住他。他想起两个儿子还在监狱里，涛他娘一个人在家里，就鼓起勇气，继续向前走。途中，他仿佛听到朱老忠喊他，说他是共产党员，要克服一切困难，继续革命。他走着，遇到一个老汉。老汉看他是红军，让他快上船。老汉说他已经送了许多红军过河。老汉送他过了河后，背起他，送回家。

严志和受伤后，以自己的智慧逃离白军的追杀，然后在一位好心老汉的帮助下，带伤回家。他的形象已经不是之前很长时间里对自己是否参加革命犹豫不决的样子，也不是对自己和儿子遭受迫害后逆来顺受、忍气吞声的样子了。他那继续革命的决心已经坚定无比。

暴动失败后，贾湘农、朱老忠、大贵、二贵出去四面联络，但各路红军都失去了联系，只收集到溃散的五六十名红军。大家都住在古坟里，没有吃的、喝的。几天下来，贾湘农瘦了，许多人病了。贾湘农知道自己必须振作起来，重新干起。他把红旗挂在树上，叫大贵把人们召集起来开会。他先检讨了自己对敌人的力量估计不足，然后决定把队伍开到太行山上，公开合法地抗日。大贵听了觉得光荣的任务又落到自己身上了。朱老忠表态道，自己要带着游击队到太行山上去。贾湘农却让朱老忠留下，带领地方同志坚守阵地，并让朱老忠要保存好树上挂的那面红旗，保存好他的手枪，说这是朱老忠的党证。说着，他解下自己的手枪，让大贵带领队伍去太行山上。朱老忠接受了司令员的命令。二贵问贾湘农也走吗？贾湘农说他要找上级去，向上级检讨自己的错误，还要给毛主席写信。但他还要回来，继续在平原上燃起抗日的烈火。朱老忠劝贾湘农不要走，但他没有同意。朱大贵把剩下的人集中起来，数了数，还剩三十五人，二十多支枪。他把这支游击队交给朱老忠，然后亲自护送贾湘农到白洋淀。朱老忠看贾湘农走远，挖了一个坑，把红旗和手枪埋起来。

大贵送贾湘农去白洋淀，走了好长时间，到一个村庄去找住处。找到一个老汉家，老汉看大贵拿着枪，把门一关，再也不开门。大贵说他和贾湘农是红军。老汉还是不开门。大贵想用脚踹门，被贾湘农挡住了。老婆婆看了后，确认他们不是坏人，不是白军，才让他们进屋。老汉让老伴去瞭哨，让儿媳妇起来烧水做饭。他问贾湘农：红军败了？贾湘农说败了。老人说白军不抗日，也不叫老百姓抗日，他们逮住红军就砍头，把头挂在树梢上。两人睡了一觉后，和老汉继续说着话。贾湘农说红军虽然败了，但会回来继续干。老人听了很高兴。贾湘农说了自己的名字和职务。老汉说他的一个儿子也参加了红军，是死是活不知道。两人吃了饭，就告辞了。老汉一家恋恋不舍地送别他们，告诉他们向北走就可以到达白洋淀。他们继续走了三四天，在一个晚上，遇到一个推着熟马肉的男人。大贵掏钱买了肉，两个人吃了，继续往北走。来到白洋淀的围堤处，寻了一只船，贾湘农叮嘱大贵要继续进行抗日，然后上船走了。

暴动失败后，贾湘农把红旗挂在树上，因为红旗可以继续凝聚革命的力量，激励人们继续和阻碍抗战的卖国军队战斗。贾湘农说他要离开锁井镇，到白洋淀去汇报工作。至此，他在本部及第三部《烽烟图》里再也没有正面出现过。第三部的第十三节只说他在上海牺牲了。朱老明曾经委婉地对他决绝而去的做法进行过批评，意思是革命进入低潮，领导者却决绝而去了。

朱老忠带领游击队，夜行晓宿，走了几天，回到锁井镇。正在这时，村庄上空突然升起白军军马的嘶鸣。朱老忠命令游击队回到青纱帐中的村公所。村公所里的朱庆、小囤、小顺看见朱老忠他们，立即给朱老明进行了汇报。朱老明问朱老忠游击战打得怎样。朱老忠说失败了。朱庆等为游击战的失败感到难过。朱老忠安慰他们不要难过。朱老明说冯贵堂家的人都回来了，十四旅开到锁井镇，县上的特务大队安在冯家大院，锁井镇的穷苦百姓又抬不起头了。朱老忠说革命虽然失败了，但庄稼人祖祖辈辈不会忘记红军，革命还要继续进行，直到把地主老财们彻底消灭。朱老明让伍顺和朱庆等人给游击队员搭建了窝棚及小锅台。朱老忠派朱庆和小囤放哨，安排大家休息。

朱老忠带领游击队回到锁井镇后，人们都为游击战的失败而感到难过，但朱老忠却很乐观，他知道革命的道路是曲折的，胜利和失败是兵家常事。他不停地跟人们说着安慰话，体现了他作为红军游击队指战员所具有的思想素质。他一点也不气馁，而是准备继续革命。

朱老忠后来回了趟家，但贵他娘不在。他便乘着黎明前的黑暗又走出村庄。在路上，他突然碰到了自己家的小黄牛。白军从春兰手里夺走小黄牛后，把它卖给屠户，屠户没有立即杀它，它挣脱缰绳跑回了家。小黄牛的归来让朱老忠看到了希望，因为这是他仅有的一点家当了。

朱老忠牵着小黄牛来到村公所。贵他娘看见朱老忠，惊讶得叫起来，哭起来，说张福奎带着人天天来抓他和大贵。她问朱老忠大贵、二贵呢。朱老忠说大贵送贾湘农去保定了，二贵回来了。春兰和严萍也回来了。朱老忠又说了自己看见小黄牛的经过。伍顺娘和庆儿娘问伍老拔和朱老星去哪儿了。朱老忠说他们不久会回来的，他们也许到山林里打游击去了。朱老忠给朱老明讲述了辛庄会战的情况，又说了贾湘农叫大家坚持阵地，和阶级敌人斗争到底的指示。正说着，全富奶奶说马快班在村里抢夺开了。朱老忠立即命令游击队集合。大家立即挎上枪支。

本节的调子总体上低沉，但朱老忠鼓励性的话又使人们看见了一些希望。人们虽然听到马快班在村里抢夺，但并不怎么绝望，而是准备战斗。

第四十六节至第四十七节：小囤出去打探情况。冯贵堂带领马快班在村里疯狂抢夺暴动户。张福奎要在锁井镇大抢三天，冯贵堂答应给他送些东西。冯大奶奶要求冯贵堂安葬冯兰池。冯贵堂决心走上实业发家的道路。陈贯群率兵来到锁井镇。老山头叫人们把冯家的东西送回来。

朱老明劝阻朱老忠先弄清马快班的情况再说。贵他娘说她去打探情况。朱老明没同意。贵他娘说那就叫十三四岁的小囤去。小囤精明干练，他便背上粪筐去了。朱老明又叫住他，交代他应该打听三件事：一是村里的军队有没有调动，现有多少；二是今天来了多少马快，在什么地方；三是冯贵堂有什么行动。小囤是伍老拔的儿子。朱老明又叮嘱他千万不能让敌人抓住。朱老明给小囤讲的三点任务，继续体现了他遇事考虑周全的性格特点。

小囤来到街道上，街上没人。参加暴动的家属都跑了，没参加的，男人被捉去支应军队，铡草喂马了。小囤看见一棵树下拴了好多军马。几个马快正在抓人。他们看见小囤，让他去遛马。一个戴墨镜的问小囤谁家是共产党，谁家闹了暴动。小囤糊弄着他，说参加暴动的人成千上万，都带着枪。最后，小囤被他打了一顿。小囤哭着把马交给马快，刚要离开，看见张福奎、冯贵堂、老山头、李德才走在后边。老山头说小囤是伍老拔的儿子。冯贵堂一下子要捉他。

小囤立即跑起来，几下甩掉了冯贵堂等人。

此部分也写得极为紧张，敌人在锁井镇抓人抢物，使得鸡飞狗叫，反映了冯贵堂、张福奎对剿杀红军及其家属的疯狂、野蛮。

冯贵堂骂老山头等无能，老山头说日子长着，迟早能逮住。然后，他们来到朱老忠家，把值钱的东西装上马车。张福奎说小户人家不值得细搜，冯贵堂听了说张福奎好了伤疤忘了疼。张福奎不再说啥。冯贵堂带着马快又抢了几处红军的家，打死一只狗后，来到春兰家。冯贵堂跟老驴头说，叫春兰到张福奎那儿去让他“教育教育”，又让马快装粮食等东西。老驴头跪下不停地求情。张福奎看老驴头家都是破烂东西，就说：“算了，快死的老东西。”说完走了出来，马快也跟着出来。但冯贵堂看见老驴头家的牛圈里有牛粪，认为老驴头一定替朱老忠藏了牛，就问牛哪儿去了。老驴头说春兰套车出去了，他也不知道去哪儿了。春兰娘也出来这么说。老山头便打起春兰娘来。

冯贵堂和张福奎带领属下对朱老忠、老驴头、老套子家抢劫时，两人的态度不同，从小说描写的细节看，冯贵堂要抢光朱老忠家的东西，张福奎却建议他不要这样做，理由是小户人家不值得细搜，但真正的原因恐怕是他对朱老忠及其两个儿子的惧怕。抢劫老驴头时，冯贵堂先是想把春兰送给张福奎，让他“教育教育”，其真正目的不言自明；再是让马快把老驴头的粮食装尽，张福奎又建议他算了，这似乎体现了张福奎多少还有点人性；最后是冯贵堂质问老驴头把牛藏哪儿了，以及老山头对春兰娘殴打，都显示了冯贵堂的凶残。

这时，老套子进来，让老驴头把分到的冯贵堂家的东西退出来。老驴头说他并没有分到什么。老套子说，你亲口跟我说的。冯贵堂一听又问老套子抢了自己家多少东西。老套子本来要救老驴头，没想到说话越出了边儿，弄得自己没话可说。护院的人们于是用绳子拴了老驴头和老套子。他们来到老套子家后，看到老套子把拿的冯贵堂家的东西都放着。他又没话可说，对自己惹火烧身后悔不已。冯贵堂押着老套子路过冯老锡门口时，冯老锡指责冯贵堂绑了他的长二，不给他面子。冯贵堂不理睬冯老锡，拉着大车回到了冯家大院。

老套子本来想给老驴头解围、说情，由于不会说话，结果把自己绕了进去，聪明反被聪明误，带来的后果是他家分的冯家的东西被悉数归还。

严老松一看冯贵堂把东西拉到了冯家大院，就问他其他财主的损失咋办。然后指责他不抢朱老忠的家当，要求他去抢朱老忠。冯贵堂说朱老忠的家当不能抢，如果共产党将来时兴了，怎么办？严老松看冯贵堂给自己留着后手，就说："这共产党也能时兴？你不是说共产主义不合乎中国的国情吗？"冯贵堂说："我还说过共产党共产共妻呢，可你无论怎么说，这老农民们还是跟着他们跑。这共产主义是世界上一门学问，是德国人马克思发明的，苏联的列宁就实行了，把地主和资本家就打倒了，你挡得住？"冯贵堂又说共产党成立红军，地主们就成立和平会，凡是被害户都参加，一定要暴动户赔偿损失。严老松、刘老万、刘老士听了都拍手同意。

从严老松指责冯贵堂不抢朱老忠家当的话看，冯贵堂可能听了张福奎的话，因为他在这里说了"朱老忠的不能抢，如果共产党将来时兴了，怎么办？"这话说明他也害怕朱老忠。接着，他和严老松的对话更是显示了他对未来国制的未可估料的认识，国民党不一定能坐稳天下，因为苏联的列宁已经把地主和资本家就打倒了，在世界上建立了第一个社会主义国家。

正说间，张福奎进来要求大抢三天。冯贵堂等地主们一听都吓得闭口无言。张福奎说他的人为地主们打了一场仗，死伤了不少，总得犒劳犒劳吧？冯贵堂等听了，觉得这是一个难堪的僵局。张福奎说抢劫的时候，给在座的地主们的家门上贴上条子，严禁任何人入内抢劫。但冯贵堂一想，张福奎虽然不抢地主，但必会祸及亲戚，于是答应给张福奎送些需要的东西就行了，不劳张福奎的人亲自去抢。严老松等听了，一直说这个办法好。张福奎说冯贵堂不愧是学法科的，脑子太聪明了。说完笑着走了。一场谈判在所有人的笑声中就结束了。

张福奎要求大抢三天的话，一下子使气氛陡然紧张，锁井镇已经被冯贵堂弄得乱成一锅粥，地主老财们只害怕自己遭殃，亲戚们遭殃，于是极力反对。张福奎说给他们及亲戚的门上贴上条子，叫士兵不抢他们就是。但冯贵堂还是担心，这样弄，锁井镇的非地主及亲戚就没法活了，就违背了他一直主张的对穷人要好点，仁慈点的主张。他于是主动提出给张福奎送些东西。这又说明冯贵堂确实是一个复杂的形象，他既坏，又有些不坏。

冯贵堂陪张福奎在大院里转悠，张福奎说冯贵堂住在这么古旧的屋子里和他的身份不相称。冯贵堂说要不是他老爹挡着，他早都翻修重盖了，连汽车都开上了。冯贵堂又很羞愧，闹了半天，连朱家的一个人都没逮住。他于是去找李德才，李德才说只要逮住老驴头，就能逮住春兰、朱大贵。冯贵堂便找到老驴头，但他什么也问不出来。又问了老套子，也是一样。于是失望地回来。

冯贵堂性格的复杂，体现在他的反复无常上，一会儿阴，一会儿晴。他觉得搞了这么大的动作，连朱家的一个人都没逮住，面子上实在挂不住。他内心里其实又很害怕，即使逮住朱家的人，自己又奈何不了他们，逮住一只“虎”，还有两只“虎”回来报复。要把三只虎都逮住，简直难于上青天。

冯老兰死了后，大院里脏兮兮的，冯贵堂喊来长工打扫院子，他自己也扫起来。他下定决心，一定要重整家园。他决定大战过后，一定要派老山头和刘二卯把冯老兰的尸首找回来。这时，冯大奶奶正一声一声地哭着。女人和女孩子们都穿白戴孝。冯大奶奶抱怨着。冯贵堂说至今连朱家的一个人也逮不住，他忙着要应付各方。冯大奶奶问冯焕堂能不能管管家里的事情。冯焕堂说地里的棉花、粮食他都管不过来，家里的事情他顾不上。冯贵堂说听说剿共部队和卫戍司令要来锁井镇，他却不知道咋样接待他们。冯大奶奶说人死了总得埋葬吧？冯贵堂说他准备停灵七天，然后跟冯焕堂说要砍下红军的头来祭奠父亲。冯大奶奶仍然哭个不停，孙女们及贵堂家的、月堂家的、焕堂家的都劝，就是劝不住。二雁劝了奶奶后，她才不哭了。

冯大奶奶抱怨冯贵堂不安埋了他父亲，但小说一直没有交代冯兰池的尸体是怎样找到的。后面直接就写冯贵堂给冯兰池举办葬礼。

冯贵堂回屋躺在炕上想，杀父之仇一定要报。但他又想，老爹要是早死几年，冯家大院早就发达起来了。最后，他下定决心，要把院子里的封建残余一扫而光，走上实业家的道路；认为只有振兴实业，才能富国强兵。他想红军共了他的家产，却没共了他的大骡子大马。他要用科学方法喂养更多牲口，使庄稼苗壮成长。

冯贵堂来到猪圈旁，听到了军号声。刘二卯来跟他说，剿共军队来锁井镇了。他于是带上刘老万、刘老士、严老松等土豪去迎接白军。陈贯群率领的队伍耀武扬威，冯贵堂一伙土豪点头哈腰，亲自给他们端茶倒水。冯贵堂说他一直想通过改良、怀柔方法来改变现实，没想到刁民们竟然造起反来。陈贯群说改良看在什么时机、什么问题上，他一定要把暴民消灭。冯家大院的情况，小囤一直向朱老忠、朱老明汇报着。老山头在大街上大喊着，叫人们把棉花、粮食送回来，赔偿损失。游击队员、小囤等人按照朱老明的命令，在二里多地外的青纱帐里安下营来。朱老忠问朱老明，棉花、粮食送不送回去。朱老明说先扛一阵再看。

这部分也写得非常详细，冯贵堂带上刘老万、刘老士、严老松等土豪迎接“剿共”军队来锁井镇了，一下子，冯贵堂自己的武装、张福奎的保安大队、陈贯群的军队三支武装力量齐聚锁井镇，锁井镇的贫苦农民又陷在了水深火热之中。

第四十八节：春兰和严萍被白军追赶。严志和终于回家。护送贾湘农的大贵归来。朱老明动员人们和冯贵堂斗争到底。

白军和马快把锁井镇弄得鸡飞狗跳，春兰和严萍出去看情况，两人刚走到村头，被灰色兵发现。他们追上来。两人猛跑一阵，累得跑不动了，于是藏在黑豆地里。黑豆长得很茂盛，敌人找不见她们，于是使诈，但最终还是没找见，便背着枪走了。直到定夜时分，她们才钻出来，来到江涛家。她们跟涛他娘说红军败了。老人听了很震惊，碗掉到地上摔碎了。因为老人想到，红军失败，两个儿子就回不来了。正在这时，严志和回来了。涛他娘很吃惊，泪流不止。春兰和严萍想，为了革命，运涛、江涛陷在监狱里，志和叔又在游击战争里受了伤。她们看老两口痛哭不止，就说光哭有什么用？得赶快离开这里，要不白军就来了。四个人于是来到大堤上。在那里，他们遇到了送贾湘农回来的大贵，金华也在他的跟前。大贵提着枪，一听是严志和回来了，就扑通跪在他面前，抱着他说：“叔！叔！你可回来了！”春兰等人都笑了。大贵从春兰跟前知道父亲把游击队也带回来了，就拉着严志和去高粱地里的村公所看望游击队。游击队员见大贵队长回来，都高兴得不得了。朱老忠、朱老明见到严志和安然无恙地回来，就把他搂在怀里哈哈大笑起来。严志和回来的路上充满了无尽的艰辛。朱老明对他说，冯老兰虽然死了，但冯贵堂比他爹还恶毒、狠毒一百倍，日本鬼子也来了，我们要和他们斗争到底。严志和说：“对，不到黄河心不死！”严志和然后又问了贾湘农的下落和游击队剩下的人数。

春兰和严萍被白军追赶，她们机智逃脱。严志和带着伤痛在一位陌生的好心老汉的护送下终于回家，护送贾湘农去白洋淀的大贵也安全归来。朱老忠、朱老明于是动员人们和冯贵堂要斗争到底。

第四十九节：冯贵堂给冯兰池发丧，陈贯群、张福奎铡死朱老星祭奠冯兰池。

冯家大院要给冯老兰发丧了，严老松、刘老万、刘老士指挥着工匠搭着棚子。一切准备停当后，李德才、严老松、刘老万、刘老士领着冯贵堂、陈贯群、张福奎查看着设施。陈贯群看冯贵堂对阵亡将士很尊重，他很高兴。另外，他没到过乡村，是第一次见乡村财主的这种风习。第二天，是大祭，各方亲朋都来吊孝，卫戍司令陈贯群和特务队长张福奎也来了，四十八村的人来看热闹。陈贯群和张福奎带着卫队来到千里堤上，四十八村的人们也来到这里。张福奎下令带上犯人。朱老星等就被带了上来。张福奎下令搬来铡刀。铡刀就被搬来了。朱老星骂着刽子手，你们是吃人的狗，共产党是不会完的！他喊着中国共产党万岁！打倒日本帝国主义！随后被敌人铡死。朱老明、朱老忠听说冯贵堂用朱老星等红军祭灵，发誓将来要用这种方式对付敌人。

陈贯群、张福奎、冯贵堂三家反动势力联合对朱老星等红军游击队员进行残杀，但牺牲的烈士们那视死如归的精神却激励着朱老忠他们，共产党是不会完的！日本帝国主义一定会被打倒的！

第五十节：朱老虎带来翟树功牺牲的噩耗。朱大贵带着游击队上太行山。

晚上，朱老忠和严志和带着大贵、二贵、春兰、严萍、巧姑、伍顺、朱庆、小囤、贵他娘、顺儿他娘、庆他娘及一群革命妇女埋葬了朱老星和烈士们，然后在河南的高粱地里安下营来。二贵年纪小，得了眼病。朱老忠难受，让老奶奶去锁井镇买来肉夹馍给二贵吃。但二贵不吃，他问伍老拔去了哪里。朱老忠说不知道。二贵说可能被敌人害了，也可能被捕了。二贵说游击战争的失败让大家见不得人。朱老忠说暴动是革命行为，自古就有，不是见不得人的事情。二贵听了，心里才豁亮了。大屠杀后，冯贵堂也没斩草除根，觉得对朱老忠还是要维护，不能多树敌人，因为他家的活还需要很多长工去干。大贵带着红军帮助红军家属收了秋。贵他娘带着金华白天在野地里存身，晚上找人家去歇息。那天晚上，朱老忠、朱老明在小坟屋里待着时，有人敲门，来人说他是朱老虎。经过一番仔细辨别，最终确定就是朱老虎。朱老虎说翟树功同志牺牲了。朱老忠沉默了好长时间，他和翟树功只见过一面，农民出身，能要一手好拳脚。朱老虎问朱老忠贾湘农的下落，朱老忠说暴动失败后，大贵送他到白洋淀给上级汇报工作去了，他叫大家转入地下斗争，说他还会回来。朱老虎听了，充满了信心。然后他就走了。

二贵对反动派屠杀朱老星等红军游击队员的事情产生了恐慌，但经过朱老忠的教育后，他认识到红军游击队员干的是世界上最光荣的事情。冯贵堂基于他的改良主义，基于他家的活还需要很多长工去干的实际情况，也改变了对穷人的态度。

朱老忠扶着朱老明来到荒野里的所谓村公所，大贵正在睡觉。朱老忠跟朱老明说游击队该走了，叫大贵带着上太行山去。朱老明想游击队在跟前，还可以斗争，如果走了，工作怎么坚持。他又想起贾湘农的指示，就同意了。大贵一听让自己带上游击队离开，就不愿意。朱老忠要求他服从命令，他说命令自然要服从，但自己单独拉着队伍，不知道怎么办。朱老忠说，你当过兵，打过仗，是共产党员，不要犹豫。大贵最终同意了。朱老忠把事情跟严志和说了，严志和也同意。于是，游击队开始做着上太行山的准备，贵他娘、顺儿他娘、涛他娘、金华、春兰、严萍都来为红军洗衣服，缝补衣服。各人心里都操心着自己的心上人。大贵和金华来到河边，说着话，亲吻着。他们想起结婚时的情景，金华让大贵给自己肚子里的孩子起个名字，大贵说如果是儿子就叫起义，女儿就叫红火。两人在沙滩上睡了一会儿。大贵在梦中喊着不能让冯贵堂跑了。小囤来叫大贵开会时，他们才回去。

锁井镇的农民武装虽然上了太行山，但有朱老忠、朱老明等已经有了革命经验的人坚守着，锁井镇农民反抗地主阶级压迫、反抗军阀政客卖国求荣的斗争就不会停息！

第三部《烽烟图》

本部共四十节，三十八万字，出场人物九十一个，其中有三十六人是前两部中没有出场过的人物，也就是说，有五十五个人物是重复着的。

第一节至第三节：冯贵堂诬陷朱庆偷瓜，朱老忠据理力争。冯贵堂设计宴请朱老忠，朱老忠上当。江涛做代理县委书记。朱老忠和朱老明看望江涛。

高蠡暴动失败五年后，1937年夏天的一天，朱老忠听朱庆娘说老山头把朱庆抓住吊在大槐树上了。朱老忠听了，心头埋藏了五年的怒火又涌上来，冯贵堂拿受苦的人们太粪草不值了！朱庆娘让朱老忠赶紧去。高蠡暴动失败，朱老星牺牲，朱庆娘带着孩子躲在青纱帐，无法藏身。冯贵堂到处抓暴动户家属。朱庆娘无处躲，就解下裤带要上吊，朱老忠把她放下，安慰她活了下来。后来，冯贵堂把朱庆扣做长工。朱老忠去时，听到锁井镇上的人们已经把“朱庆扒瓜”当成了闲话中心。

“朱庆扒瓜被打事件”是由看瓜的山东老人引起的，他跟老山头说丢了瓜，老山头说自己好像看见扒瓜的有一个拐着脚。冯贵堂于是与老山头设计好圈套，把朱庆抓回来。冯贵堂问朱庆，扒瓜的是不是你？朱庆咬死说，我没有。朱老忠来了后，问冯贵堂要证据，冯贵堂说是山东老人说的。朱老忠又问了山东老人。保长刘二卯来后，让先把人放下来。朱老忠说，放人难，冯家大院私刑吊打是犯法行为。冯贵堂就提起了当年暴动的事。刘二卯跟他说冯贵堂上过学堂，当过军官，冯兰池是有名的刀笔，冯家大院还有当旅长的，你朱老忠胳膊扭不过大腿，你只是仗着严江涛而已！朱老忠听了，低下头半晌无话，他想忍着活下去，以等待革命高潮的到来。

朱老星儿子朱庆因被诬陷偷瓜而让冯贵堂吊打的事情是第三部出现的第一个农民和地主冯贵堂之间的尖锐矛盾。朱老忠的心头虽然充满了怒火，但刘二卯跟他说了一些话后，他低下头半晌无话了。说明这时候的朱老忠已无多少斗志了。但渐渐地，现实的残酷又改变着他的心性。朱庆遭受了这次非人的摧残后，他对冯贵堂恨之入骨。后来，他用头猛撞了冯贵堂，还火烧了冯家的麦草垛，表现了他是一个胆大、勇猛的年轻人。刘二卯属于最底层的政府官员，和冯贵堂及其爪牙李德才、老山头一起，共同阻碍着人们的抗日行动。

当天下午，朱庆被抬到朱老忠家，他说自己一定要和冯贵堂干一辈子。金华坐在桌旁。朱老忠听了说光景变了，大暴动后，冯贵堂抢了暴动户的家，他忍气吞声，秘密工作到如今，但却碰上了这样的灾祸。金华叫朱老忠吃饭，又叫儿子起义给他拿烟。珍儿进来，说冯贵堂发威，让他躲躲。朱老忠说他不躲。伍顺和小囤进来后，伍顺说昨儿他和朱庆在一起睡到大天亮才起来，瓜不可能是朱庆扒的。朱老忠让伍顺记住他父亲伍老拔是怎么上太行山的事情。朱老忠吃完饭，给年幼的人们讲了一会儿大暴动的事情。朱老明在门外搭话说，要不是暴动失败，咱们有了根据地，早就过上好日子了。朱老忠希望孩子们不要忘了仇。朱老明也希望孩子们要有骨性。朱老忠挨个问孩子们为了革命怕不怕死。孩子们都说不怕。朱老忠大笑着说，革命香火不断，共产党不算完。他看着后代们的心气不弱，心里很是高兴。话音未落，伍顺说保长刘二卯及李德才来了。珍儿立即躲到了隔壁，小囤搀起朱老明和大伙都回避了出去。

朱庆回来后，朱老忠从年轻一代的身上，看到了他们内心里具有的对地主阶级、官僚政客、日本帝国主义的刻骨仇恨，这使他又看到了革命的希望。

刘二卯、李德才进来后，李德才让朱老忠明天到鸿兴馆去坐坐。朱老忠明白这是叫他请客赔礼，于是说：“在鸿兴馆？吃饭喝酒我可不能拿钱！”晚上，朱老忠听见朱庆拉鼾声，也上床睡觉，但他怎么也睡不着。第二天一早，他找到朱老明，商量着以退为进，先让过冯贵堂这一步，认个输。冯兰池已经死了，冯贵堂当起了家来。高蠡暴动并未动摇地主阶级的经济基础，相反，土地更加集中了。冯贵堂已有六七百亩土地，日子越发地生发起来。冯兰池死后，冯贵堂把旧庄户都拆了，盖起了一座青砖房舍。

本段写刘二卯、李德才让朱老忠在鸿兴馆为朱庆的事情请客赔礼。朱老忠决定认个输。然后写冯贵堂在高蠡暴动后拥有了六七百亩土地，日子越发地生发起来，旧庄户也变成了新盖的青砖房舍。

这天，冯贵堂来到聚源号，已在里面的冯雅斋以及山西人齐掌柜迎接着他。他问冯雅斋最近有没有冯阅轩的信。冯雅斋说国防吃紧，冀察政委会下了命令，要在锁井一带修筑工事、安粮台、办守望，不知道对付的是哪一边。冯贵堂说华北大半河山成残局，日本的商业进攻也真不善，乡村出现了很多小商小贩，说是日本的特务。齐掌柜说北平天津学生的抗日救亡运动又闹起来了。冯雅斋说那不能顶得了什么事，去年“西安事变”的时候，共产党主张不杀蒋介石，国共又要合作了。齐掌柜说中国没有能人了啊！眼看日军就要大战中原哪！冯贵堂摇头说可别打仗，一打仗就做不成买卖了，就不能来个南北合作？对老百姓来说，无非是谁来了给谁纳粮而已。齐掌柜是山西人，跟着祖父来到这一方。祖父是钱号的掌柜，父亲给东家经营染坊，他却学会了经营杂货铺子。等到年关要上账来，就搭起帮，把挣来的银钱带回家乡去。这就是当时经济、金融界的山西帮。

冯贵堂和冯雅斋、齐掌柜谈论时局的话显示出他这时已放弃了他的改良主义，而是增加了一种新的性格，那就是只要能赚钱，他什么事情都能干得出来。

刘二卯和李德来后，冯雅斋问：“朱庆偷瓜的事怎么办了？”刘二卯说这是小事，李德才也劝冯贵堂用不着生气。冯贵堂一听，说朱庆偷了他的瓜，今天就叫他摆席赔罪，他们匪心不死。李德才说当然要摆。但刘二卯还是想把这事缓和下来，使小事化无。他说，时局不静，说不定严运涛和严江涛一回来，这官司还不算完。李德才说朱庆偷了冯贵堂的瓜，理当叫他认罪赔席！刘二卯问，朱庆赔了席谁出钱？他爹死了，除非把他娘给卖了！李德才说，好歹弄两桌酒席压压这个场面就算了。冯雅斋听了说，还是李德才这个秀才心上路数多！

刘二卯和李德才安排好这头后，就去叫朱老忠。朱老忠说，冯贵堂私刑吊打，应该跟他进城打官司，这摆席请客的不应该是朱庆，而是冯贵堂！这还有王法吗？白打了人就是不行，冯家大院应该认罪摆席！李德才说，光这么说，是完不了事的，朱庆只是出个名儿，花钱多少，由我和刘二卯兜起来。朱老忠最后说："你说的那完不了……"

当夜，朱老忠来到朱老明的小屋说："大哥！我们怎么办，我实在觉得辱没得慌，忍不下去。"朱老明说要不就拿起刀来跟他们干了吧！朱老忠说，屈辱事小，革命事大。宁自离开这地方，也不请他客！咱们等着听到党的消息，见到江涛，从长打算吧！大暴动后，二贵和朱庆被霸在冯家大院里，家属们才敢回家过日子。如今为了朱庆的事，又得屈辱于人了。

从上面所述可以看出，保长刘二卯是想把朱庆的事情做"化无"处理，李德才也是这样的态度。但当冯贵堂表现出强硬的态度后，他的态度又发生了变化：朱庆偷了冯贵堂的瓜，理当叫他认罪赔席！他的性格的复杂性也正体现在这里。当他和刘二卯再去叫朱老忠时，他又说请吃的费用由自己和刘二卯掏。刘二卯和李德才再次来叫朱老忠时，朱老忠给他们说的那些话继续表达着他的愤怒；他给朱老明说的话也是如此。但他只是说说而已，因为他最终还是答应了！

第二天，朱老忠找到李德才，答应了在鸿兴馆请客的事情。冯贵堂和冯雅斋到了后，刘二卯支拨着伙计上菜喝酒。当一班人在荤馆里吃得肚满肠肥时，街上很快传着朱庆扒了冯家大院的瓜，正在鸿兴荤馆摆席，请客赔罪的流言。朱老明知道是刘二卯和李德才掏的酒席钱后，就跟朱老忠说了大集上的谣传。朱老忠听了感到办事不当，直说他错了，他钻了他们的圈套，失败了！朱老明听后大哭起来。朱老忠说江涛已经出狱了，刚回到县里，他一定会帮咱们翻过身来的。朱老明说他只怕冯贵堂卡住朱庆的脖子，治他死罪。他趴在神柜上说："贾老师！老同志们呀，看看朱老明和朱老忠吧！我们又遇上大灾大难了呀！"说着，瘫软在神桌底下。贵他娘和金华跑过来看见朱老明已经把气闭住，就急忙抢救。金华给他捶着背，贵他娘给他捏着脖子。一会儿，朱老明的腿脚活软过来，发出微弱的叹声说，运涛！江涛！你们快回来吧！跟他们干！朱老忠说，我们就是日本鬼子和冯贵堂拿不败的对手。金华和贵他娘然后把朱老明抬到了炕头上。天黑，朱老忠去找涛他娘。涛他娘眼不好，她问江涛这么多日子了咋还不回来。朱老忠说他不会把咱们忘了。

朱老忠不知冯贵堂请他吃饭实质上是一个阴谋，冯贵堂在他们吃饭时安排人去街上传播着他为朱庆的事情赔罪的流言。朱老明、朱老忠知道自己已经钻进了冯贵堂的圈套，但却无法。朱老明被气晕，朱老忠被气得不停地指责着自己。最后，他们把希望寄托在已经出狱的江涛身上。那么，江涛是否会带领他们去复仇？作者在此预设了一个埋伏，这引起了人们的阅读兴趣。

“西安事变”迫使蒋介石接受了抗日和释放政治犯的条件。严萍奔走北平，请马老将军写了信，把被押的江涛从监狱里要了出来。江涛出来后，被组织上派回县城，做代理县委书记，整理大暴动以后遗留下的问题，积蓄力量准备迎击日寇的进攻。这年的春天，江涛托校长吴良栋找到教书的职业，回到母校教书。他住的房子是贾老师住过的房子。一天下午，他拿起笔来，抢时间写完了《游击战术讲义》，然后送到同志们手里，以便从思想上准备建设抗日武装。这时，朱老忠搀着朱老明来找他，朱老忠说了朱庆挨打的事情。江涛听了却说，还不能和冯贵堂斗，因为目前印把子还在国民党手里掌着，官是国民党做着，不能惊动国民党，要蓄积力量，趁日本鬼子还没来，先抓紧时机，把广大农民组织起来，用农村包围城市的方法抗战。力量暴露得过早，对抗日救亡运动是不利的。目前形势还不是闹斗争的时候。朱老明说：“有这么几年听不到党的声音了，可是，我们也没歇着，一直站稳脚跟斗争过来。我早想找你们，可是，找不到。”谈着，两个老人流出了眼泪。朱老明又问了红军长征的事情。江涛说：“毛主席、朱总司令、周副主席领着各路红军长征二万五千里，到了陕北根据地，站住了脚跟了。”“中央红军和陕北红军会师了，去年刘志丹将军曾率领红二十六军，东渡黄河，他要直取山西，东征太行山……”朱老明说：“东征太行？那不就到了咱们脚下？”江涛说：“大名特区还举行了暴动，迎接刘志丹将军东征。可惜，都没有成功，要是成功了，我们这块地方，早就看见天日了。”朱老明说：“长征成功了，是不该咱们失败，刮民党净宣传共产党成了洪杨之乱，看起来……”江涛说，我们不会失败，总有翻身的一天。朱老忠说，革命发展好，他们还不知道哩！江涛说，天下是咱们自己的，你们就要返老还童了！最后，朱老忠又想起朱庆挨打的事，说他还是想和冯贵堂算这笔账。江涛说，先做好了工作再说。朱老忠说他找着领导了，今后就要努力工作，盼望着革命再闹起来！江涛最后用红军长征的精神鼓励他们的革命情绪。他们一直谈了一晚上。天亮后，他们三个人回到了锁井镇。

江涛从“西安事变”后，国共两党合作，共同抗日，减少摩擦的政策角度，给朱老忠、朱老明做了思想工作，使他们放弃了为朱庆报仇的打算。可以看出，江涛的政策水平已经很高，他有理有据的说辞，让小说向人们传达了那个时代的最强音，动员全民抗战是压倒一切的头等大事。“洪杨之乱”中的“洪杨”指太平天国时期的洪秀全、杨秀清。

第四节至第七节：江涛回到锁井镇，祭奠朱老星。朱老忠叫朱庆继续到冯家上工。冯贵堂调戏珍儿，朱庆猛撞冯贵堂。小囤和冯老锡女儿雅红相恋。冯贵堂想压服朱庆，朱庆怒烧冯家麦秸垛。

三个人回到家，贵他娘、金华已经认不出江涛。在朱老忠家吃完饭，江涛才回家看娘。五年了，娘自然也认不出江涛。认出后，跪在地上，大哭起来。江涛抱起娘，坐在炕上。他看房屋扫得很干净，就问是谁打扫的。娘说是春兰。正说着，春兰进来。江涛看她越发长得俏，就夸了她一句。春兰问运涛呢？江涛说：“你还没忘了他？”春兰说：“我怎么能忘他？”“把你要出来了，要不出别人来？”江涛觉得惭愧。朱老忠又回家拿了几个腌鸡蛋来，春兰也回去拿了一小瓢白面，然后烙了秫面饼。但江涛不吃，他说：“嫂子吃！”春兰一听就火了，照着江涛的脊梁打了两拳。江涛说：“吃了饭，我还得去看看老星婶子……”随后，江涛和春兰、朱老忠、涛他娘来到老星婶子家。老人也认不出江涛，知道后，猛地哭起来。她女儿巧姑和儿子朱庆也哭起来。老人说了朱老星叫冯贵堂等铡了的事情！朱老忠劝她不要说了，伤心。但江涛还不知道这事，知道后也大哭起来。江涛提出去朱家老坟看看朱老星。老星家的听说江涛要去祭奠朱老星，就不哭了。然后，江涛来到伍老拔家。伍老拔儿子伍顺已经长大成人，他说了冯贵堂抄了他家的事情：“除了怕红军大队长，别的人家都抄了。”伍顺娘问：“贾老师还能回来呗？”这倒把江涛给问住了。他在监狱里，还未听到准确消息。晚上，东锁井暴动户的人们，都聚在江涛的小屋里说说笑笑，江涛把目前形势说了说。第二天早晨，朱老忠叫二贵和庆儿到冯老锡家借了食盒来，然后，男孩子们都戴上孝帽，女人们都戴上孝条，去朱家老坟祭奠朱老星。江涛跪下不起来，人们也都跪下了。最后，朱老忠让大家起来，他说：“叫阶级敌人看着，我们不哭，我们要在老星哥坟前大笑三声！”人们于是起来大笑了三声。江涛问朱庆：“你知道我们为什么大笑？”朱庆说：“共产党又回来了，叫我记住杀父之仇！”

本节头绪很多，但作者写得清清楚楚，描写了锁井镇贫苦农民对江涛的喜爱，对党的热爱。江涛和春兰之间的对话写得很传神，表达了春兰对运涛刻骨的思念。一群人去祭奠朱老星的场面由哭到笑，江涛对朱庆说的话，含义深刻。

自从江涛来锁井看望乡亲们以后，朱老明嘴上总是笑模悠悠的。芒种到了，朱老忠外出打了几天短工。麦熟一过，朱老忠找了朱老明，把二贵、朱庆、小顺、小囤、春兰这些年幼的人叫到自己家里，把江涛不同意立刻展开斗争的事说了说。然后叫朱庆一心一意到冯家去上工。朱老明也说去，不能放弃阵地。朱庆心里不通，回到家，他娘说："闹来闹去，当得了什么？没得吃，还得饿着肚子！"朱庆说："这是老忠叔说的，江涛回来了，没的我们还不听他的？"朱庆娘说听他的，他能给我饭吃？朱庆说，饿不死你。朱庆娘说，想必是你干了缺理的事，要不然，人家会吊你？打你？朱庆听了娘的话，生气至极。朱老忠端来半斗荞麦，叫朱庆把它磨了吃了。过了几天，朱庆把伤养好了，他的脾气越来越变成牛性子。上工去的头一天，娘在前面走，朱庆在后头跟着。到了冯家后，娘看冯大奶奶和冯贵堂正坐在大槐树底下歇凉，珍儿在旁边一面烧快壶，一面给大奶奶扇蒲扇。冯贵堂说："珍儿长成大闺女了，也该找个女婿了！"冯大奶奶说，过几年，她给珍儿聘个好人家。珍儿听了不知说什么好。朱庆娘过去说，朱庆惹老人家生气了。冯贵堂听了很不耐烦，使朱庆娘不敢再说下去，进不是，退也不是。冯大奶奶说，朱庆光干扒瓜掠枣的事。朱庆娘说："可不是嘛，打狗还看主子！咱娘们老交情，我穷人家，就不谢称你了！"冯大奶奶说，穷人闹了大暴动，不叫赔款，只是扛个小活给碗饭吃，这还不好？但朱庆还是不老实。朱庆听了说："这话可说在头里，俺穷人家，要我做活俺做下去，不要我做活，工钱我可没法退出来。"冯贵堂说："想做下去也行，我要告诉你，你要知道你父亲是怎么死的。"朱庆说是随了高蠡暴动……然后，冯贵堂让朱庆要改邪归正，不能干些嘎杂子事。冯焕堂扛着锄头走进来，说起了天气，朱庆娘才悄悄走开。

朱老忠叫朱庆到冯家去上工，朱庆自然想不通。冯贵堂把他那么吊打了一番，他满腹仇恨。他娘又说了那么一大串话，使他更加生气。他娘的性格特征由此也显现出来，对暴动失败心有怨言，尤其是她到冯家后低声下气、畏畏缩缩的样子，愈加显示出她的软弱来。朱庆给冯大奶奶及冯贵堂的回话都显得他刚正不阿，不向他们低头。冯贵堂的话里含着傲气，也含着对朱庆的畏惧。

老拴听到冯贵堂留下了朱庆，就向珍儿吐着舌头笑，珍儿瞟着他，也笑了笑。冯大奶奶看见后，骂道：“天生的骚货！十七大八的姑娘了，跟小伙子挤眉弄眼，落不了干净身子……”说着，照珍儿劈面就是两下子。老拴见冯大奶奶打珍儿，觉得是自己闯了祸，很自责。后来，老拴听得冯贵堂屋里有姑娘的哭声，就把窗纸舔了个窟窿，往里一看，是冯贵堂在欺负珍儿。老拴拼命地咳嗽了一声。冯贵堂愣怔了一下，珍儿趁势跑了出来。她看见了老拴，又跑进自己的小屋子。冯贵堂出来看见窗纸上有一个大窟窿，就气得忿忿地出了半天神。老拴见到朱庆，跟他说了珍儿被冯贵堂欺负的事情。朱庆听了，就要去揍冯贵堂。老拴拦着朱庆时，冯贵堂因为害怕走漏了风声，就来找老拴。当他听到朱庆要揍自己，就要把朱庆捆了送到县上的警察局！朱庆想自己无端被吊打的仇还没报，现在又要送他去警察局，就很生气。这时，老拴推着他，让他往外跑。冯贵堂却站在门口堵着。朱庆于是猛劲地跑上去，一头碰在冯贵堂的胸膛上。冯贵堂被撞翻在地，疼得他好像五脏六腑都裂了。朱庆一看冯贵堂摔得不轻，心里一慌，就抽身跑了。

朱庆对冯贵堂重重的一撞，尽显了他内心满满的怒火。冯贵堂的色心是小说第一次明确地书写，但却被老拴看见了。冯贵堂来找老拴平息，以防传出去败坏门风，却被朱庆报了仇。此后，他再也不敢提起这事。

珍儿回到房屋，想起要是被人瞧见，就跳在黄河里也洗不清！她看看院子里没有人，就直奔东锁井。路上，她想起一个姑娘和小长工相爱而不得，就跳进塘水里的事情。于是不敢想下去，直跑到东锁井。到了二贵家，她看见小囤正和贵他娘说着什么话。小囤一见她进来，就走了出去。贵他娘问她，这阵子人家叫出门吗？珍儿一声不响，然后大哭起来。小囤听见，进来问怎么了。珍儿说她爹李德才把她推到火坑里了，冯贵堂要欺负她，使她不能像人一样活下去了。

珍儿是贵他娘的干女儿，李德才的亲女儿，当冯大奶奶问李德才要他借的钱时，他用房子和珍儿抵了账。珍儿跟干娘说冯贵堂欺负自己的事情后，贵他娘只是怒骂了几句冯贵堂，至于后来怎样，小说再没有交代。

第二天，小囤去冯老锡家浇菜，冯老锡女儿雅红在读书，她听得小囤在浇地，就跟上去干活。冯老锡曾在一个叫金鸿的媳妇家里打纸牌，爱上了金鸿。冯老洪也爱着金鸿，后来娶过去做了妾。冯老洪儿子冯阅轩知道后，打发护兵们把他爹接到太原，然后硬撵着金鸿离开冯家。金鸿只好回到原来的家里过日子。金鸿跟冯老锡说："人，不要了也罢，金钱地苗也该归还俺。"冯老锡叫大儿子去向冯阅轩要。冯老锡大儿子先到太原做买卖，买了枪支及大烟，然后才去见冯阅轩。冯阅轩看他来要金钱地苗，就到保定法院告了状。法院派人到冯老锡家去剿家，剿出了烟土和枪支，于是把冯老锡抓到保定坐了监狱。冯老锡和冯老洪打官司，打了两年，结果使冯老锡赔了两顷五十亩地，剩下的五十亩地全是下洼地。小囤和雅红说起这事时，雅红说，人随势转，有什么办法呢？我爹也曾找过严知孝，但他不肯管。冯老洪有冯贵堂的帮助，他会打官司，自然就占了上风！小囤说：冯贵堂也太厉害了，他冤打了朱庆，说他扒了他的瓜，他"说这话也不怕风大扇了舌头？那天晚上，庆儿还和我哥一块睡觉。分明是栽赃，报大暴动的仇。"雅红说："你别说了，我心里生气……俺爹还说，他打朱庆，分明是打俺家的脸。他看朱庆在俺家场院住着，要是在冯雅斋家住着，他再也不敢。""自从打官司失败，登龙哥才熬得当了营长，日子又返了韶，他人一死去又完了。咳！中学上不起了，学种庄稼也好。"雅红看小囤脾气好，心眼也正直，就喜欢上了他。小囤跟雅红说，我妈叫我回去吃新麦子面，你也去吃。雅红于是跟着去了。雅红在小囤家吃完饭后，在伍顺盛木料的小屋子的床上昏昏地睡了一觉，太阳落山时才跟着小囤回到家里。她母亲问她跑哪儿去了。她说到小囤家吃面去了。她母亲说，女孩儿家，绕世界跑去。有人家有主了，不怕人家笑话！冯老锡说："笑话什么？"冯老锡因为打输官司，早晚也是一锄一镰地干着活。他认为小囤不错，聪明又伶俐，就允许他和雅红来往。

小囤和冯老锡女儿雅红相好后，小说写道冯老锡家的长工老套子认为他们是麻雀跟着孔雀飞，不会有好结果，原因是小囤是穷人家的孩子，雅红是破落地主家的孩子，门不当户对对。后来，老套子就劝小囤离开雅红。小囤听了老套子的话，就和雅红断绝了关系。

冯贵堂调戏珍儿，朱庆出来抱打不平，使冯贵堂恼羞成怒，他把朱庆赶出了大院。好几天时间里，冯贵堂都不敢上街。冯老锡后来把朱庆叫去帮工。冯贵堂知道后，就暴躁起来。他把刘二卯和李德才找来，想压服朱庆，也给冯老锡一个脸色看看。李德才和刘二卯便在冯老锡一家人下地栽山芋时，前去指责朱庆撞冯贵堂的事儿。朱庆问李德才："你说！我为什么碰他？"刘二卯想这事情不能说，说出来，怪难为情的。这时，小囤让刘二卯说。李德才听了，对刘二卯说："二兄弟，你说！"刘二卯说："还是你说吧，咳！"老套子说："怕你说不出口来吧？”李德才然后扯住朱庆要到大街上当着众位乡亲们的面说。雅红问小囤：“小囤小囤！这到底是为了什么打架？”小囤说：“你是闺女家，我不跟你说。”刘二卯看李德才硬要朱庆说，就把他往回拉。但李德才不走，继续说：“非说说不行，他小子碰死冯爷，不能善罢甘休！”但最终，刘二卯还是把李德才拉走了。朱庆越想越生气，就下定决心复仇！晚上，他把冯贵堂家的麦秸垛点着了。人们都去救火，但火势太大，烤得人们不敢近前，泼上水也不管事。朱老忠见到朱庆说：“不用说，庆儿这是你！”朱庆就跟朱老忠承认了。朱老忠说，不能用这种办法，对他们当然有损失，可是对穷人没有什么好处。然后他让朱庆走他爹的路，跟着共产党走！朱庆说：“对人们固然没有好处，可是能掰他们的芽儿，打击他们的兴头，叫他们丢人现眼！”朱老忠说：“当然，这也算是斗争！”“庆儿！你的阶级觉悟提高了，你有雄心，有骨性，跟着共产党走吧！”然后，朱老忠又想起大贵、严志和与伍老拔他们已经走了五年，也该回来了！

这里，进一步描写了朱庆的天不怕，地不怕的性格，他问李德才的话，李德才自然知道是什么事情，所以他才让刘二卯说。刘二卯顾及李德才的面子，不想说，也不让他说。但李德才还是坚决要说。由此可见李德才是一个多么混账的奴才，他的女儿差点被冯贵堂强奸（根据小说的具体描写看，应该是未遂），但他却在很多人面前让朱庆和刘二卯说。由于珍儿是一个善良、可怜的姑娘，她给农民革命做出过贡献，所以，朱庆在明白这些后，为了维护她的声誉，也没说，他只觉得冯贵堂可恨，李德才可耻，可悲。

第八节至第十二节：冯贵堂派老山头等去压制朱老忠他们。老山头在执行期间摸到了李霜泗的下落。冯贵堂贿赂王楷第，得到办案文书，去抓捕李霜泗。冯贵堂贿赂李霜泗所在地县政府的秘书、公安局的督察长，抓到李霜泗。冯贵堂和当地县公安局的孟班长及四个警察一起把李霜泗押解回县上。李霜泗受审。朱老忠、江涛商量后给李霜泗送饭。李霜泗女儿芝儿探监。李霜泗刑场就义，芝儿再次枪杀张福奎。

江涛祭奠朱老星，冯家场院里又着了一把大火，这两件事在锁井镇上产生了不小的影响，前者说明共产党又要卷土重来了，朱老忠、朱老明又要抬起头、直起腰来了；后者让冯贵堂心绪不宁，但却没人承认放火。冯贵堂看出，这两件事也使四十八村的贫苦农民、暴动户们出了一口长气，却使自己头顶上出现了一个不小的压力，使自己饭吃得少了，觉也睡不好了。一天，他来到聚源号，齐掌柜看出了他脸上的不舒展，老山头、李德才、刘二卯也看出来了，于是劝他喝个酒解解闷。冯贵堂破天荒地说他请他们喝！喝酒期间，他让老山头、李德才、刘二卯帮他一把，去压压朱老忠、朱老明他们。老山头几个人于是今天走这村，明天走那村，串亲访友，给朱老忠他们制造起不好的影响，拉拢地主土豪们一起反对朱老忠。

这期间，老山头摸到了李霜泗的消息：他在河南省的明港镇，在铁路上当工人。老山头跟冯贵堂说了后，冯贵堂想要是把他牵来，削了他的脑袋，共产党可能就烟消云散了。第二天，他便让冯大有套车进城。老山头跟他说进衙门口不能空着手。他于是包上了一包袱票子，提在手里往外跑。老山头知道是票子，说："你怎么拿那个？那有多不好看！"冯贵堂不肯承认错误，说："什么东西比钱值？"然后两脚一跳，跃上车辕进城去了。车到了县政府门口后，他提着包袱径直走进花厅。县长王楷第问他包袱里是什么东西。他说："吃的、穿的、用的，什么都有了。"王楷第问他有什么要紧的事。他就让王楷第把从监狱出来的，在县立高小教书的严江涛赶出去！王楷第说："赶出去，谈何容易？""我不怕他，我怕你们这个本地方的马老将军。他和严知孝有瓜葛，我也和严知孝有一面之交；马老将军还是我们的校长。这次严江涛出狱就是马老将军写信保释的。严江涛在这儿教个书能起了什么高调？如果弄不好，叫他马老人家端了我的饭碗，我还惹得了。到时下不来台，可是怎么办？"

第三节曾出现过马老将军这个人物，后面讲述严萍去北平的事情时，说她就住在马老将军的家里。马老将军是一位爱国将军，年高之后赋闲在家。小说对王楷第收取冯贵堂送的包袱的细节写得很详细，塑造了他也有贪财的性格。

冯贵堂又说李霜泗有了下落了！王楷第说："真的？"又说："日本鬼子进了长城，华北大半河山不保啊，还顾得着这个？"说着摇了摇头。冯贵堂说，高蠡暴动前，有人打了张福奎一枪，这个案子还没有破，现在李霜泗在河南明港镇当着铁路工人。王楷第听了，便给冯贵堂办了文书，让他起身前往抓捕，并交代办李霜泗以土匪名义办，别办他共党，办共党头绪多！冯贵堂回到家里，跟冯焕堂说他要出门了，仇人李霜泗有了下落，他要去把他抓回来。冯焕堂说："既然能报仇，你出去一千里地，也不嫌远；家里的事，一切我都管了……"冯贵堂让冯焕堂处理村里的小事时，和李德才商量；大事跟刘二卯商量。冯大奶奶说："这么着好，这么着也是正理。"

冯贵堂抓李霜泗的真实目的是要给张福奎献礼，以让他的保安大队为自己的安宁保驾护航。王县长作为地方行政长官，对于缉拿李霜泗，觉得也是自己分内的职责，加上，他收了冯贵堂的钱财，于是就很快同意。

第二天，冯大有赶着车，冯贵堂带上老山头到县政府办了文书，又到财政局办理了手续，再带上足够的路费后，便起身上路了。次日，他们到了保定，然后在会仙客栈开了客房。老山头和冯大有住着下房。卖糖葫芦的老头让冯贵堂抽个签，冯贵堂连赢三把。第二天上午，老山头和冯贵堂坐上火车直奔河南。第三天早晨，他们到达河南省的确山县车站。他们下了火车后，雇了一匹小驴子才到了县衙门口。冯贵堂拿出名片递给差役后，见到了县长的张秘书。冯贵堂说："在下冯贵堂，是北京朝阳大学法科毕业，也曾在法律界混过几年，今天因为一件小事来拜会仁兄。"张秘书说："北京有名的法律系毕业，虽然不认识，也是同窗之谊。"冯贵堂一听是一位同学，就把右手心里含着的一沓钞票趁和张秘书握手时送了出去。冯贵堂说，几年前，共产党在我家乡闹了一场暴动，打家劫舍，老人家也因此殉国了。有一个红军的大队长，就落在这一方，他原来是个土匪出身，非同小可……张秘书听了，答应帮办。冯贵堂立即告辞。下午，张秘书来见冯贵堂，说：公安局的孟督察长明天上午跟你一同去明港镇。明港镇确实有这么个人，但更名改姓了，得你去认认，免得有错。冯贵堂又给张秘书塞了一沓钞票。第二天，孟督察带了几个便衣，来到栈房里。冯贵堂给了督察长钞票，然后才来到明港镇的铁路工务处。孟督察长让冯贵堂和老山头看是不是李霜泗。老山头一见，说："霜泗大哥！是你在这里？"李霜泗没想到会见到冯贵堂和老山头。督察长看李霜泗想动手，立刻掏出枪来。李霜泗看无法可施了，就说："好汉做事好汉当……"便衣警察立刻取出刑具，给他上手铐脚镣。

可以看出，冯贵堂为得到李霜泗，不惜钱财，贿赂张秘书和孟督察长，二人也是贪婪收下，反映了国民党行政人员从上到下，大大小小的官员都腐败了的状况。

冯贵堂在河南明港镇逮捕了李霜泗，又在确山县起了解差的文书，然后去找县政府的张秘书。他说他担心弄不回李霜泗，想让张秘书再派几个人。张秘书便去了公安局，公安局长很快派了孟班长带着四个警察来协助冯贵堂。冯贵堂给他们送了钱财，然后到明港警察分局，找到看押李霜泗的老山头。老山头

说昨晚李霜泗还和自己以弟兄相称。冯贵堂给老山头介绍了孟班长，然后让老山头给孟班长介绍一下李霜泗的情况。老山头说："说起来话长，这个人性子特硬，宁顺勿戗，顺着怎么都好说，戗着怎么也不行。昨日晚上，一夜里要吃饭便吃饭，要喝酒便喝酒。他还吃奉承，你不能叫他李霜泗，你得叫他李八爷……"孟班长问："你怎么知道得这么清楚？"老山头说："他是我的盟兄！"一个警察说："你出卖了你的朋友……"老山头说："俺是官差不得自由！"随后，警察赶过大车，叫李霜泗坐上。冯贵堂、老山头、警察在车后头跟着。李霜泗手提脚镣，到了火车站。人们一见他不寻常的打扮，都议论纷纷。上了火车，李霜泗说："老乡们！不要害怕，我不是土匪！我是高蠡暴动的大队长，跑到河南当了工人，只因出了奸细，我才被拿了……"说着又大喊一声："中国共产党万岁！"人们听了说："原来是个共产党，好样的！"冯贵堂给老山头拿出两元一张的钞票，让他卖茶水给李霜泗喝。李霜泗喝着茶时考虑着脱身之计。老山头又问冯贵堂要了十块钱，给李霜泗买了四菜一汤，还有一壶酒。黄昏时分，孟班长让把窗户放下。李霜泗知道他不怀好意，说："你们凉快了，我身上还热着呢！"孟班长说："好！咱听你的！"又让四个警察听李霜泗的。李霜泗假装昏昏欲睡，到了半夜子时，他猛地跳上座椅，要隔窗逃走，不提防有人用力拽着了他的衣襟，使他再跳也跳不动了。几个警察一齐喊着："大哥！你可不够朋友！"李霜泗逃走不成，只好把两只手趴在小桌上，呼呼地睡着。第三天早晨，车到保定后，冯贵堂雇了一辆大车让李霜泗、老山头和几个警察坐着。李霜泗一看实在没有逃走的办法了。第二天下午，李霜泗到了本县城。人们看英雄回到故乡，由不得想到高蠡暴动的威势和失败，万般情绪袭上心头，簌簌落下了眼泪。承审员让把李霜泗拉上大堂，并让他跪下。李霜泗不跪，他说："打土豪分土地无罪！因此不跪。"承审员问他是不是土匪。李霜泗说他不是土匪！承审员又问："你参加了高蠡暴动？"李霜泗说："我是河北红军第一军第二大队的大队长！"承审员又问："你是共产党员？"李霜泗说："不错，我是中国共产党的党员！"承审员说："押下去！"

冯贵堂继续贿赂县政府的张秘书，得到公安局长派的孟班长和四个警察后，一起押着李霜泗回县。老山头是一个地地道道的小人，是他出卖了李霜泗，但他却大言不惭，连警察都说是他出卖了朋友。李霜泗的性格就像老山头说的：性子特硬，宁顺勿戗，顺着怎么都好说，戗着怎么也不行。孟班长几人一路上便按他的性子押解，他在火车上跟旅客说的话显示了他的临危不惧，于是得到了旅客的赞扬。他也伺机逃脱，但以失败告终。回到县城后，百姓的遗憾，表现了人们对他的爱戴、同情。他面对承审员的审问，大义凛然。

李霜泗落狱的消息，传到了四十八村革命人家的院落，也传到了锁井大集上。朱老忠听了，回到家，贵他娘、金华说得帮李霜泗一下。朱老忠便去见朱老明。朱老忠说，日本鬼子进攻到了直隶边界……再说要施行统一战线了……朱老明说，乡村里的老财主们懂得什么是统一战线？朱老忠说他去问问江涛。他到了高小学堂后，江涛说救李霜泗目前没有力量。随后，他们来到宴宾楼饭庄，江涛跟伙计说："我们想给他送饭，可有办法？"伙计说："目前还没有定罪，可以送饭，定下罪来了，可不知怎么样？"江涛让伙计每天给李霜泗送饭，不要说谁立的折子，也不要对李霜泗说是谁送的饭！伙计说送饭的问题，他们包了。江涛说饭送给监牢门房里的老牛……朱老忠要求送头一次饭，江涛便让他去。朱老忠去后找了老牛，老牛带他见到了李霜泗。李霜泗收到饭后自斟自饮。朱老忠回到宴宾楼，跟江涛说李霜泗是真英雄，虽然上了手铐脚镣，还不失英雄气魄。江涛听李霜泗的精神没有气馁下来，没有给共产党人丢人，就觉得他是不会叛变的。江涛也很敬佩朱老忠敢去见李霜泗一面的气魄，心上异常高兴。

朱老忠、江涛只是解决了李霜泗的吃饭问题，却没有通过革命的行动救他出狱，是因为他们在严格地践行着统一战线政策。但国民党的大小官员却照旧破坏着这个政策，举起屠刀屠杀着共产党人，屠杀着坚决抗日的爱国人士。

解决了给李霜泗送饭的问题，朱老忠算是放下心来。他找着朱老明，跟他说了这事。朱老明说，送饭的问题解决了，其实这倒是一件小事，饿不死人。朱老忠问还有什么大事。朱老明说，张嘉庆不在，大贵不在，咱的游击队不知打游击打到哪里去了？我们应该反牢劫狱。朱老忠说，反牢劫狱，搭救李霜泗出险，我开始也是这么想的。但没有人马还是办不了事情！朱老明说，我们还是从长远着想，你看日本鬼子步步逼进，蒋介石虽然不放弃"剿共"，可是他也许有应付不及的时候，咱的游击队回来了，咱还不砸他个落花流水？

朱老明和朱老忠一直想反牢劫狱，但心有余而力不足。江涛代表党在严格执行"统一战线"政策，不和反革命势力、卖国的官僚政客以及地主老财产生一点冲突。朱老明和朱老忠从大局出发，在日本鬼子步步逼进的严峻形势下，等待着时机。

朱老忠回去后，出去给人耪了几天地。一天晚上，他听到西房后头大柳树上跳下个人来，他从门道口扯出铡刀片，一个女孩子的声音传来，女孩子说她是芝儿，在辛庄战场上曾经见过朱老忠。朱老忠拉芝儿进屋里来，看是一个翩翩少年，再仔细一看，才看出是一个苗条女子。芝儿说她从胜芳骑马来，马拴在房后头大柳树上。朱老忠让先把马拉进来再说，又让贵他娘去烧水做饭。芝儿说她爸爸和胜芳的叔叔通信联系，结果走漏了消息，被冯贵堂知道了。朱老忠看芝儿掏出两把盒子枪时说要杀冯贵堂，就说先跟江涛商量妥当再行动。朱老忠来到朱老明屋，说李霜泗闺女来想搭救父亲，咋办？她骑的是一匹火红大马，一旦暴露了消息，不是玩儿的！朱老明说，等江涛回来了，一切听江涛的吧！马就藏在我屋里。朱老忠回到家，把马蹄子印儿踩了踩，给马加了草料。第二天晚上，他把那匹大红马牵到朱老明家里，也让芝儿住在那里。芝儿的到来，可以说让朱老忠、朱老明看到了搭救李霜泗的希望，但他们都决定和江涛商量，按党的指示办。这说明他们的觉悟之高。

朱老忠回到家里，金华已经做好了饭。吃完饭，朱老忠进城去和江涛商量芝儿要去看父亲的事情。江涛说李霜泗的后程凶多吉少，他眼看着同志遭难却无力援救，心里也十分难受。朱老忠说既然这样，就更应该让他们父女见一面。江涛说这里面危险很大。然后，他去县衙门口看了看，回来说安排妥了。朱老忠听后立马到朱老明家里，安排了明天带芝儿去看李霜泗的事情，他让贵他娘把芝儿穿戴成一个三十多岁的老娘们再去县城。他们到了城里后，买了些点心，一篮子驴肉火烧，找到老牛。老牛让看他的眼色行事。芝儿见到父亲，因为有人送饭，他胖了。李霜泗说见个面就行了，快回去吧！不来为好。芝儿也不哭，就把篮子递进去退了出来。然后，和朱老忠离开监狱。二人只走小巷，边走边说话。朱老忠告诉芝儿，她父亲是叫她赶紧离开这个危险的地方，并告诉她自己不进去看的原因。小晌午时，二人回到了朱老明家里。

本节写得异常紧张，情节生动，把芝儿对父亲的浓浓感情表现得令人潸然泪下。朱老忠、江涛、朱老明、贵他娘、老牛等合力帮助芝儿探望父亲，体现了革命同志的深情厚谊。李霜泗和芝儿见面的情景，虽然两人言语不多，但一切都在不言中。李霜泗豪气大度，视死如归。

四大城绅开了会要立绞李霜泗，消息迅速传播，朱老忠听到后立刻进城找江涛。江涛说现在他们的力量只有一点点，没什么办法，最好不要让芝儿知道。朱老忠走到了朱老明的屋里，看到芝儿在哭，就问朱老明是否告诉了他。朱老明说怎么能不告诉。朱老忠于是说了情况。芝儿听后说要一个人去劫狱。朱老忠劝芝儿回去，但芝儿说她要见父亲最后一面，如果有机会再给张福奎一枪。朱老忠又去和江涛商量，江涛同意了芝儿的打算。朱老忠回去时，想请高跃老头帮忙，却得知他已经去世了。朱老忠回到朱家老坟，告诉芝儿和朱老明江涛答应了。芝儿随后打扮成一个农妇去见父亲最后一面。黄昏时分，李霜泗被看守押了出来。李霜泗和张福奎互骂着。有许多群众来送他。芝儿跟着张福奎的马。李霜泗走上断头台时，群众中突然起了动乱。芝儿立刻拿出枪打了张福奎三枪，又向保安队射了一圈。警察和保安队没了头领，都开始乱放枪。芝儿趁乱跑到小村边，伍顺牵着马早在树林里等着她。不及细说，芝儿就搬鞍上马，朝天津方向跑去。

李霜泗被行刑，江涛同意芝儿大闹刑场。芝儿虽然没救下父亲李霜泗，但却枪杀了张福奎。小说对李霜泗和张福奎互骂的描写，继续表现了李霜泗在就义之前对正义、真理、信仰的坚守。许多群众来送他，说明人们对国民党屠杀共产党及一切反压迫、反专制、反侵略的人士的愤怒。

第十三节：冯贵堂和几个人说着亡国之音。张嘉庆带来贾湘农在上海牺牲的噩耗。张嘉庆说严萍和冯登龙在一家旅店里住在一起，江涛信以为真。

“卢沟桥事变”的消息传遍了各地，人们都在议论纷纷。朱老忠在集上转悠，看到冯贵堂和齐掌柜说着话。他们说话间，冯雅斋来说山西形势好，建议冯贵堂，不行了，一家人上太原去。李德才来后，冯贵堂又与他讨论着。朱老忠偷偷听了半天，发现他们说的尽是亡国之音，他于是回去告诉朱老明，日本鬼子炮打卢沟桥了。二人商量后，朱老忠决定进城打探消息。第二天，他来到江涛那里，遇到了张嘉庆。张嘉庆告诉他们，贾湘农老师在上海被捕牺牲了。朱老忠听了，非常难受。朱老忠向张嘉庆询问卢沟桥的情况，张嘉庆说他和江涛商量，要发动群众开展游击战。朱老忠说他一定配合。他说罢就要回去。江涛拦下他一起吃饭。二人于是拥着他来到小饭厅吃饭。吃完饭，朱老忠睡着了。张嘉庆和江涛在旁边赞扬着老革命。他从梦中醒来，精神更加饱满。几个人说起话后，不知不觉将话头转到了江涛和严萍的身上，张嘉庆不管不顾地说，有人在北平遇上了冯登龙和严萍，他们一起住着旅店。江涛听了，信以为真。

冯雅斋建议冯贵堂一家逃难太原，冯贵堂听从了，小说后面用好几节篇幅写了他们的逃难经过。贾老师在高蠡暴动失败后，大贵护送他去了白洋淀，此处交代他在上海被捕牺牲。关于贾老师，小说更多写的是他领导农民开展反割头税运动、高蠡暴动等，他对运涛、江涛循循善诱，使他们走上了革命道路。总体而言，这个人物代表的是党，思想水平高，看问题深刻，领导能力强，平易近人，和蔼可亲。但朱老明曾在江涛跟前委婉地评论过他在高蠡暴动之后的离开之事，使江涛深感惭愧。张嘉庆跟江涛说冯登龙和严萍住在一起的话只是道听途说的话，造成了江涛和严萍后来关系紧张了好长时间，使他们不能谈婚论嫁，说明张嘉庆具有遇事不冷静，不去核实消息是真是假的毛病，这也是造成他后来被土匪佟老五轻易捕获并逼他跳崖身亡的原因。

第十四节至第十九节回忆了严萍在保定二师学潮之后的情况：刘光宗、杨鹤声、曹金月和刘俞林慷慨就义，严萍在刑场被捕。严知孝请求陈贯群后，严萍被释放。严萍跟着冯登龙去北平，拒绝了冯登龙同床共眠的要求。严萍在马老将军的家里住下来。严萍天天去首都图书馆看书。严知孝去北平接回严萍。严萍在监狱长的安排下去狱中探望江涛。

高蠡游击战争失败以后，严萍回到保定。父亲严知孝问暴动情况，她向父亲讲述了经过，父女两个都非常气愤。严萍离家几个月，家庭的环境发生了很大变化。她出去理发，看报时突然听到呐喊，她就赶到胡同口上，发现四个“犯人”被戴着手铐脚链站在车上，他们是刘光宗、杨鹤声、曹金月和刘俞林。他们愤怒地喊着：“打倒反动派！”“全世界被压迫的人们联合起来！”监斩官见四人喊口号，就让宪兵打了刘光宗几个耳光。严萍看着这一幕，心如刀绞。这时一群警察跑来把人们赶散，汽车开出西城。严萍追到了西关外，看到四位勇士一起放开嗓音高喊着口号。但宪兵们不允许他们说话。刽子手叫他们喝些酒以麻醉他们，刘光宗上去打翻了酒碗。严萍不忍看他们受刑，蹲在地上哭泣，最后晕了过去。四位勇士就义后，严萍不忍离开死去的同志们，就决心守着他们的尸体过夜。她絮絮地说着要给他们报仇。这时一个穿蓝大褂的人走了过来，拿出手枪放在她的胸前，要带她去谈谈。她这才明白，自己被捕了。

刘光宗、杨鹤声、曹金月和刘俞林是保定二师学潮中的干将，为真实的历史人物。1932 年 7 月 6 日，二师学潮被镇压后，他们被捕；9 月 12 日，他们被杀害。临刑前，他们喊着口号，表现了他们对反动派的无比仇恨；对宪兵的毒打，他们破口大骂，并不屈服；对刽子手给他们所谓的“人情”，他们拒绝接受，把死亡看作是唤醒人们起来抗日救亡的义举。严萍在他们牺牲后，守着其尸体不忍离去的情节令人无比感动，泪眼婆娑。她最后被捕，让人们对卖国贼义愤填膺。

天色已晚，严萍还没回来，严知孝料到女儿出事了，决定明天去找陈贯群。第二天，他来到陈氏公馆，在门口却被传达阻拦了下来，经过争执与等待后，终于见到了陈贯群。二人在办公室对“二师惨案”和高蠡暴动做了激烈的辩论，一个坚持团结救国，一个坚持攘外必先安内。最后才谈到严萍的事，陈贯群答应保出严萍。掌灯时分，严萍回到家中，第二天早晨，她打扫院子，看到了冯登龙。严萍爸爸妈妈看到冯登龙都非常高兴。冯登龙在和严萍谈话时，两人的观点出现了极大分歧。冯登龙说起话来不三不四，一直贬低共产党，贬低江涛。江涛入狱，冯登龙就幸灾乐祸。严萍不想听他的话，江涛的影子出现在他面前。冯登龙越说越气，说江涛要判处死刑。严萍不想听，就让冯登龙滚出去。冯登龙说了几句话，愤恨的劲头烟消云散了。严萍妈妈让冯登龙帮严萍开开心。冯登龙说，她哪里肯听我的？严萍想去北平，父母却为她的婚事焦心。最后还是让她去北平。冯登龙表示愿意护送。

陈贯群是保定地区军队口的最高长官，凡是军队干的重大的镇压抗日者的事情，都是他亲自所为，或点头让下属为之。他顽固坚持蒋介石的“攘外必先安内”指示，剿杀青年学生和农民的爱国行为。由于他是严知孝的同学，所以放了严萍。冯登龙是严萍母亲的侄子，她母亲一直想促成二人的婚姻，走近亲结婚之路。冯登龙崇尚武力、暴力，仇视共产党，对江涛主张的发动农民积极分子起来抗战嗤之以鼻，对他入狱更是幸灾乐祸。这既有党派原因，也有情敌原因。严萍一直讨厌冯登龙，相处时别别扭扭，无话可谈。

严萍与冯登龙一起去北平时，严知孝让严萍去找马老将军，叮嘱冯登龙要照顾好严萍。汽车开出北关，跑到徐水车站，两人上了火车。严萍认为冯登龙已经改变了性格，就想着在北平怎么对付他、摆脱他。他们出了火车站，到了一家旅馆，冯登龙订了大床房，并对外说他和严萍是夫妻。晚上，冯登龙叫严萍一起睡觉。严萍严厉拒绝。冯登龙睡起来后，严萍才睡下。吃了饭回来，冯登龙叫严萍去中山公园逛。太阳下山时，他们才回来。吃完饭，严萍回房睡觉，锁好房门。后来乘冯登龙外出，严萍去拜访马老将军，终于摆脱了冯登龙。马老将军家里只有他的儿媳赵珏，但她上课去了。严萍便同老将军谈起了抗日救国，蒋介石凶残“剿共”，马占山、丁超、李杜等热血男儿抗战的事情。老将军说着自己的经历时，严萍希望他能带领青年一代继续革命。老将军听了严萍被捕的事情，很气愤陈贯群的行为，并下定决心抗日。老将军问起高蠡暴动的事情，严萍坦言失败。老将军鼓励严萍，并让她住在自己家里。严萍为摆脱冯登龙，欣然答应。

小说没有写马老将军过去的从军声誉，从前面王楷第向冯贵堂说的话看，他应该当过军校校长，现在许多政界、军界的头头脑脑都是他的学生，具有一定的威望。老将军待人和善，爱国爱民，对日本人的侵略无比忧愤，对卖国贼们镇压抗日志士无比恼怒。他让严萍住在家里，显示了他是一位忠厚长者，这也符合严萍要摆脱冯登龙的决定。马占山（1885—1950 年），出身于绿林，发迹于奉系，抗日爱国将领、民族英雄。“九一八事变”后，在黑龙江省会齐齐哈尔就任黑龙江省政府代理主席兼军事总指挥，率领爱国官兵奋起抵抗日本侵略军，指挥的江桥抗战打响了中国人民抵抗日本侵略的第一枪。1932 年 2 月诈降日军，4 月通电反正，任黑龙江救国军总司令，重创日军。后在日军进攻下退入苏联境内，1933 年 6 月返回上海。1936 年参与张学良、杨虎城发动的“西安事变”。“七七事变”后，重上抗日前线，坚持武装抗日。解放战争期间，又为和平而奔走，对和平解决北平问题立下了功劳。丁超（1884—1951 年），辽宁省新宾县人。日军侵入东三省后，组织义勇军抗日，失败后沦为汉奸，苏军进攻东北将其关押，后遣返中国，50 年代初病死于抚顺战犯管理所。李杜（1880—1956 年），辽宁省义县人。1932 年 1 月，日寇进逼哈尔滨，东省特别区行政长官张景惠伺机投降，李杜率领主力抵达哈尔滨，抗击日本侵略者，2 月 5 日，日寇占领哈尔滨，李杜率军退守依兰。1933 年 1 月，自卫军失败后，李杜率部退入苏联，同年 5 月假道欧洲回国，参加由宋庆龄组织的抗日救亡运动。抗日战争胜利后，投身民主运动。新中国成立后，任中国人民政治协商会议全国委员会委员、四川省政协委员、重庆市政协委员。

严萍见到了马老将军的儿子马敬和儿媳赵珏。赵珏听到严萍说起了高蠡暴动，告诫严萍要小心。然后向严萍介绍了北京图书馆的情况，又谈了北平的政治情况。她说军阀统治的时代，他们用马绍武和青红帮办案；国民党当政以来，他们用 CC 社和复兴社来对付革命青年。严萍想帮老将军扫地，但被拒绝。她于是去逛北平。当走到图书馆后，她看了杂志上国民党新闻机关虚构的战况，不免嗤之一笑。在二楼看《夏伯阳》时，她想起了江涛。回到老将军家后，她和老人谈起了家常。

小说对马老将军的儿子马敬和儿媳赵珏的情况没有展开介绍，从赵珏让严萍要小心的话看，她应该是个善良、正直的人。马绍武是20世纪初至30年代驰名新疆喀什军界、政界及宗教界的知名人士。在喀什十余年，东征西战，几上几下。1934年的一天，突遭武装人员伏击，手腿受伤。1935年去苏联治病。1936年回国后，任省府委员兼民政厅长。1937年10月，被盛世才逮捕入狱，后下落不明，当是亡于盛世才的监狱中。“青红帮”指红帮、青帮。红帮建立在先，本名“洪门”，建于清初，是一些明朝遗老和不甘心受清朝统治压迫的民族志士结成的反清复明活动的秘密团体，他们基于对明太祖朱元璋洪武年代的怀念，故以“洪门”命名。该组织早期多以高山老林为根据地，活跃于江河流域。哥老会、白莲教、红枪会、大刀会、小刀会、天地会等秘密组织，都是从洪门衍变而来的。辛亥革命之后，洪门被反动势力操纵和利用，日趋没落。青帮又名“安清帮”，也是由一些明朝遗老和不甘心受清朝统治压迫的民族志士建立反清复明的秘密组织，后来投靠清王朝，给朝廷在运河上护送粮船。民国后，在海运发达，粮食改由海道北运的情况下，安清帮转向其他行业，开设赌局、妓院、烟馆、戏院、戏班、澡堂、茶楼、饭庄、旅店等，以至走私贩毒，贩卖人口，或为军阀、政客、资本家充当保镖、打手、刺客等，渐渐地和官府结交办案，成为坐地分赃的恶霸流氓集团。“CC社”是以陈果夫、陈立夫兄弟为核心的国民党内的一股政治力量。陈氏兄弟长期操纵、控制着国民党中央组织部这一重要部门。复兴社是以黄埔系精英军人为核心所组成的一个带有情报性质的军事性质团体，强调“一个主义、一个政党、一个领袖”，推行对领袖蒋介石的个人崇拜，加强对蒋介石嫡系军队军官的思想控制。由于其干部模仿意大利黑衫军和纳粹德国褐衫军，均穿蓝衣黄裤，故又称“蓝衣社”。《夏伯阳》是苏联著名作家富尔曼诺夫的代表作，根据国内战争时期的英雄人物、红军指挥员夏伯阳的事迹写成。小说描写的是1919年1月至8月在苏联东线上的战事。主人公夏伯阳领导着一支由农民组成的红军部队在东线战场上作战。夏伯阳足智多谋、英勇善战、视死如归，屡建奇功，是一位深受人们敬重的传奇人物。可他对党不够理解，自由散漫。在政委克雷奇科夫的引导下，他走上了正确道路，成为一名优秀的军事将领。

严萍又去图书馆读书，她读了《家族、私有制和国家的起源》，懂得了人类社会自从有了剩余的生活资料，才有了阶级，有了国家，有了统治者和被统治者。午饭过后，她睡了一会儿。醒来后，她和老将军一起劳动。老将军回忆起了家乡。严萍听了老将军的谈话，很受感动。老将军在外头做事多年，山珍海味，什么东西都吃过，晚年想念着农民生活。严知孝来到老将军家，和老将军、赵珏一起讨论起国内的政治形势。一个叫卢锡五的人来到老将军家，两位老人都为国事担忧。卢锡五听完严知孝对二师学潮和高蠡暴动的讲述后才离开。老将军想把严知孝留下做义勇军后援会的工作，但没留住，只好让他接了严萍回家。

《家族、私有制和国家的起源》是恩格斯对于家庭的起源和发展，国家的产生原因及其阶级本质，以及私有制与阶级的产生等问题进行系统科学探讨研究的历史唯物主义专著。卢锡五在此只出现一次，再无出现。他是马老将军的好友。

严知孝和严萍回家后，他告诉严萍：在二师学潮中被捕的江涛被判了十二年徒刑。严萍听了大哭起来。她想起春兰，运涛入狱了很多年，她还结记着他。严知孝对江涛的入狱，也感到难过。他问严萍的婚事可怎么办。严萍也没法回答。严知孝突然想起监狱的典狱长是他的老朋友，可以让严萍去探望江涛。严萍便买了一些点心吃食，到了监狱。她拿着严知孝写的信进了监狱，见到了姚狱长。姚狱长收了严萍带的钞票，说蒋派儿马上会过来，他在这里也待不久了。姚狱长带着严萍进到一个小屋后，她看到了江涛。姚狱长走后，他们谈了很多往事。江涛听到战友牺牲的消息，痛苦不堪。严萍告诉江涛白色恐怖很严重，其他人都转到了地下。江涛谈起了二师同学在行营里为了争取读书和看报纸的自由，进行了绝食斗争。严萍让江涛赶快吃点东西，又让老看守帮忙倒了茶水。两人都想起了往事，谈起了儿女情长。天亮后，严萍才跟着姚狱长走出监狱。

二师学潮爆发于1932年6月，21日起，学校被军警包围，断绝校内粮食供给，使师生和军警隔墙对峙了半月之久。7月6日清晨，军警扒开院墙，向校内发动进攻。学生们以棍棒作武器，展开搏斗。但终因寡不敌众，激战两小时后，军警占领了学校。其间，八名学生党团员当场牺牲，四人受重伤，杨鹤声、曹金月等三十三人被捕。9月12日，曹金月、杨鹤声等四人被杀害，十七人被判处徒刑。小说中的人物严江涛应该是十七人中的一个，被判了十二年徒刑。严萍去狱中看望江涛，更坚定了她和阻止抗日的反动势力进行斗争的决心。以上是严萍对二师学潮在 1932 年 7 月 6 日被镇压后到 9、10 月期间一些事情的回忆。包括第二十节的一部分写江涛出狱，也是回忆。

第二十节至第二十三节：严萍请马老将军写信后，江涛被释放。严萍和严知孝进城找当了县委书记的江涛。江涛与表哥陈金波谈论起抗战形势，决心争取陈金波反正。上太行山打游击的朱大贵、严志和、伍老拔回家。江涛领着游击队回到锁井镇。朱老忠、朱老明确认党籍。朱老忠让刘二卯给人们通知县救国会的宣传队来了。张嘉庆讲统一战线的问题，朱老忠认为统一战线还得研究研究。张嘉庆提出组织村级救国会。

严萍到北平跑了几趟，请马老将军写了两封信，由严知孝出面交涉，江涛才被释放。江涛出狱回到家乡做了县委书记的工作，他托吴良栋给自己找了在县立高小教书的工作。“卢沟桥事变”之后，严萍辞去了小学教员，回到家乡参加抗日救亡运动。严知孝一家人都回到了家乡。严萍和严知孝进城找江涛，看到江涛、朱老忠、张嘉庆正在屋里坐着。几个人谈了一会子大暴动的话。校长吴良栋进来看到学生们伤心落泪，听朱老忠说才知道，学生们是谈到了贾老师。江涛提出几件决议，吴良栋提出发动群众，组织武装。当江涛和吴良栋谈话结束的时候，朱老忠和张嘉庆也在谈着话。然后，几个人开起了会，江涛说明是开县委会，允许朱老忠和严萍参加。江涛根据特委的意见，以及工作的需要，把大家的工作作了分工。第二天，江涛在救国会的委员会上做了抗战形势的报告。散会后，江涛和在县公安局工作的表哥陈金波谈论起抗战的形势，江涛问陈金波，政府对他们是什么态度，还问到了县长和张荫梧的关系。江涛认为外来县长，地方士绅，尤其是广大群众和张荫梧的矛盾逐步尖锐。他想到了很多问题，决心争取和陈金波合作，利用一切力量抗战。救国会让县长当主任，江涛担任副主任。江涛组织起老战友，开始宣传。江涛去宴宾楼找严知孝，和他谈了很久才回去。

本节先接着第十九节回忆了 1932 年 9、10 月间，严萍到北平跑了几趟，请马老将军写了两封信，然后由严知孝出面交涉，把江涛从监狱里救出来，以及江涛出狱后，在家乡做了县委书记，托吴良栋在县立高小找了教书工作，“卢沟桥事变”后，严萍辞去小学教员，回到家乡参加抗日救亡运动等事情。然后，才写了现在的事情，即接续着第十三节的时间进行顺时序的叙事：主要写了严知孝和严萍进城找江涛，见到江涛和朱老忠、张嘉庆、吴良栋等人。吴良栋也是偶尔出现的人物，似乎此后再未出场。江涛的表哥陈金波在县公安局工作，参加革命后，积极性不高，讨价还价，后来陪同张嘉庆去见土匪佟老五，在佟老五的威逼下，叛变投入匪帮，张嘉庆被佟老五捆绑带向悬崖。张嘉庆不愿被佟老五杀害，跳崖溺水牺牲。张荫梧是历史上的真实人物，生于 1891 年，河北博野人，国民党陆军上将。抗战初期，任河北民军总指挥，曾多次与八路军发生摩擦，被毛泽东称为“磨擦专家”。抗战后期，任冀察战区总参议兼战地党政委员会副主任。国共内战期间，任京汉路北段护路司令、华北剿总上将参议。1948 年底，北平被围困，张荫梧成立华北民众自救会，召集人马，企图与共产党继续周旋。1949 年 1 月，北平解放后被逮捕，5 月 27 日病死。

朱老忠在县里和嘉庆、严萍谈了半天。日本鬼子在卢沟桥挑起事端让朱老忠又惊又喜，惊的是中日要开战，喜的是严运涛也要回来了。半夜时，朱大贵、严志和、伍老拔回到了朱老忠的家。金华看到大贵回来了，搂住大贵的脖子，当她看到旁边坐着严志和与伍老拔，就笑了说：“我好没出息”。贵他娘说叔叔大伯都不嫌。朱老忠、严志和、伍老拔都仰头大笑起来。天亮后，金华把做好的白面汤端进屋里，朱老忠说这是给江涛和张嘉庆准备的。严志和跟伍老拔听说严萍从监狱出来了，都哈哈大笑。但严志和想起江涛在监狱受的苦，马上又转喜为悲。朱老忠宽慰着严志和，说天下就是我们的了，有什么哭的？贵他娘也说要乐观点，运涛回来了先给他和春兰成亲。朱老明听说朱大贵他们回来，也过来了。他把朱大贵、严志和、伍老拔都摸了一遍，又听说枪没损失，就喜出望外。春兰进来后，贵他娘告诉她，江涛、张嘉庆、严萍都回来了，现在就等着运涛回来娶她过门。朱庆娘来了后哭起了朱老星。春兰见状，忙安慰她。顺儿他娘进来后，问伍老拔怎么还不回家去。金华提议大家一块过年。大贵看着自己走了后才生下的儿子起义，就使劲地亲着。朱老忠喝着酒说，以后我们要有自己的政权和军队了。大贵说现在还不了解锁井镇的情况，就让大家暂时先各回各家，等候命令。大贵又说，大暴动之后，他到阜平山上找到了老同志，老同志说 1933 年，冯玉祥和共产党合作成立了同盟军，但蒋介石怕冯玉祥夺了他的头功，就逼迫他上泰山读书去了；现在日军进攻华北，以后，民族矛盾是主要矛盾。酒足饭饱后，严志和与伍老拔才回到各自的家里。

本节写朱大贵、严志和、伍老拔回到了朱老忠的家。从时间上算，1932 年的高蠡暴动失败之后，他们领着红军游击队去太行山上打游击，共去了五年时间，其间谁也没回来过。所以，金华看到大贵回来了，就一下子搂住了他的脖子。表现了这对年轻夫妻深深的思念之情。金华提议大家一块过年，人们于是在酒足饭饱后，才回到各自的家里。这么多人在一起过年，浓郁的乡情，团结一心的氛围笼罩在字里行间中，令人无比感动。冯玉祥（1882—1948 年），安徽省巢湖市人，生于河北省沧州市。1911 年辛亥革命爆发后参加滦州起义。1921 年 7 月后任陕西督军。1924 年发动北京政变，推翻直系军阀控制的北京政府，并将所部改称为国民军，任总司令兼第 1 军军长，电请孙中山北上主持大计。1926 年在直奉联军进攻下通电辞职。1926 年 3 月赴苏联考察，同年 5 月加入中国国民党。9 月 17 日在绥远五原誓师，率领西北军出潼关参加北伐战争。1930 年 3 月与阎锡山组成讨蒋联军，中原大战失败后隐居山西汾阳峪，后隐居泰山。1933 年 5 月，在察哈尔组织民众抗日同盟军，任总司令。1935 年任国民政府军事委员会副委员长。1948 年 1 月 1 日被选为民革常务委员和政治委员会主席。1948 年 7 月回国参加新政协会议筹备工作，9 月 1 日因轮船失火遇难。是蒋介石的结拜兄弟，系国民政府青天白日勋章、美国总统二战银质自由勋章、国民政府首批抗战胜利勋章三大抗战勋章获得者。

大贵他们回来第二天，朱老忠接到了江涛的信，说他要来锁井镇工作了。朱老忠把这个消息告诉给了春兰、严志和、朱老明、伍老拔和二贵。第二天，朱老忠来到河边，看到江涛后把船撑了过去。江涛回来，金华问江涛湘农司令员去了哪里。江涛说现在不能告诉你，也让金华别想贾老师了。朱老明来后对江涛说，革命不能只谈有利，危难到来时又把大家放在一边，不能叫阶级敌人看笑话。他的话刺痛了江涛。江涛向朱老明做了检讨。朱老忠又和江涛说起了冯贵堂吊打朱庆的事情，朱老忠让朱庆说一下他是怎么放火烧冯贵堂家的麦草的。江涛听了后说，党就要领导咱们打倒汉奸卖国贼了，忠大伯和明大伯可以成为正式党员了。朱老忠说他们的党籍早就没有了！说着时，想起贾湘农当年临走时留下的手枪和红旗，就拿铁锹拆开了神龛，取出了它们。他向江涛说了枪和红旗的来历后，江涛立在红旗跟前说：朱老忠和朱老明是坚强的共产党员！春兰、金华、二贵、朱庆、小顺、小囤早已够了党员的条件。你们可以组成一个支部，还由朱老忠领导。

当天下午，江涛回家看了父亲，又和大贵、伍老拔一块谈着小游击队在这五年的事迹。第二天，江涛回到城里，决定在陈金波身上下功夫，建立统一战线。张嘉庆走进来，看到了江涛的手枪。江涛告诉他手枪是从朱老忠那里拿的，又把枪怎么到朱老忠那里的情况讲了一遍。正谈着，宣传队员来叫江涛，他顺势拿走了枪。张嘉庆来到南岗大集做宣传，在堤坡上见到了朱老忠。朱老忠带张嘉庆及宣传队员回家后，跟刘二卯说县救国会的宣传队来了，让他敲锣告知人们。刘二卯去冯贵堂那里，听了冯贵堂的吩咐后，才敲起锣来。忠大娘背着起义，跟张嘉庆说你可来了。张嘉庆说自己的父亲担心共产党连累他，就与他断绝了父子关系。严志和、伍老拔来了后，锁井大集上的庄稼人、买卖人都停下看打日本的人们做宣传。张嘉庆和朱老忠到了四合号，李德才埋怨这事情没有提早给他通知。宣传队演了《放下你的鞭子》，引出了由于国民党的不抵抗政策，致使东北同胞沦亡在日寇的铁蹄下的事情。之后，张嘉庆讲了统一战线问题。他说完，台下热议起来。张嘉庆跟朱大贵说要成立抗日游击队了。宣传队回到城里后，朱老明说今日讲的，我都拥护，就是统一战线过去还没听说过。大贵、伍老拔、严志和也想到了与国民党之前的斗争，就提出质疑。张嘉庆提到大革命时期国共建立的统一战线。朱老明又提到了大清党，以及运涛和江涛的入狱的事情。张嘉庆一听一时说不上话来。朱老忠说对统一战线还得研究研究。之后，张嘉庆讲了半天，但没能打通人们的思想。最后，他提出要组织村级救国会，在发动群众的基础上建立抗日武装。

张嘉庆做宣传时，讲了统一战线问题。但朱老明、大贵、伍老拔、严志和等以大清党，运涛和江涛的入狱等质疑统一战线，张嘉庆由于理解政策的水平有限，所以一时说不上话来。朱老忠也是有质疑，所以他说对统一战线还得研究研究。

第二十四节至第二十五节：锁井镇要成立救国会，冯贵堂让李德才和老山头都去参加，把它搅浑。救国会成立后，锁井镇成立了守望队，刘二卯为大队长，冯树义为副队长。

二贵回到冯家大院，正想找老拴谈问题时，老拴来了。老拴说冯大奶奶嫌冯贵堂不给闺女们寻婆家，又吵起来了。然后问二贵战争怎么样。二贵说仗是打定了。老拴说你参加过红军，闹过暴动，你得领头。二贵说当然！现在是宣传组织，人多势力大。二贵和老拴看院子里明灯火仗，就让老拴去看看。老拴趴在房檐上看到冯家一家子正在院里挖坑，把金银珠宝、洋钱都埋了进去。冯贵堂的二姑娘听出了房上好像有人，就惊得老拴出了一身汗。老拴下来后，跟二贵说了，并让他保密。正说着，和尚来了。他说他也要参加抗日。二贵说这事情要坚决。老拴与和尚都说他们很坚决。二贵在暴动失败后，变成了沉默寡言的人。但锁井镇建立支部后，他就一心想把救国会组织起来。他跟父亲说得快点组织救国会。朱老忠说时机不成熟。正说着，朱庆进来问救国会的事情。朱老忠说先开个会。朱庆走后，二贵跟父亲说了冯家埋藏细软的事情。朱老忠让他不能声张。第二天，二贵带老拴与和尚进了朱家老坟。朱老忠号召大家去打鬼子。李德才听闻要成立救国会，就和冯贵堂商量计策。冯贵堂认为朱老忠闹抗日闹不出名堂，日本鬼子来了大家就得当亡国奴，他让李德才和老山头都去参加救国会，把它搅浑。

二贵是三部曲小说里始终出现的人物，大大小小的战斗他几乎都参加过，具有饱满的革命激情。冯贵堂埋藏金银珠宝、洋钱，是准备去太原避难，但老拴看见了。冯贵堂的二姑娘二雁也发现她家埋东西时被人看见了。二雁长得很漂亮，跟着冯贵堂逃难时，被国民党军队的一个团长抢走，不知所终。救国会是锁井镇除建立的队伍、成立的党支部之外的第三个组织。但它也吸纳冯贵堂那边的人，不像前两个是由贫苦农民组织起来的。冯贵堂让自已的人加入，目的是搅浑它。足见冯贵堂的险恶用心。

第二天晌午，李德才和刘二卯碰了面，然后来到朱老忠家，说他们也是穷苦人，想参加救国会。二贵认为他们是假穷人，是吃穷、嫖穷的。朱老忠认为抗日不分贫富，让他们参加了。金华认为他们那样的人不能参加抗日。朱老忠说不要他们，也是破坏。当天晚上，学堂里选举了救国会的负责人，朱老忠任主任，朱庆任副主任。朱老忠把筹集粮食、柴草、枪支的工作交给了刘二卯和李德才。冯贵堂被救国会的事情弄得浑身不自在，就和李德才在河神庙前散步。突然，他们见到了陈督察和县政府的法警。陈督察告诉冯贵堂，锁井镇要成立守望队，得收集三千斤白面。冯贵堂让刘二卯召集人们到学堂开会。会上，人们听不懂陈督察所说的话，于是乱了起来。冯贵堂请陈督察在鸿兴馆吃饭，陈督察说仗是打定了，日本鬼子要三个月灭亡华北，虽然中央派了冯玉祥，但是他手里没有兵权，红军改编成了八路军，开辟敌后战场，山西在阎锡山手上，四围高山阵地，也许能行。李德才因为守望队的事，在戏房里找到冯贵堂，冯贵堂认为守望队无非是为了看家护院，打土匪、打逃兵。他看戏房里的孩子们都听他说，一时高兴，让老拴拌出杂面疙瘩来消夜。第二天，为了守望队的事情，刘二卯又把人们聚集在学堂选队长，但大家吵得不可开交。朱老忠说这是从军打仗，得严肃点。高富贵和冯大狗也在板凳上坐着。朱庆问刘二卯枪怎么办。刘二卯说用五十亩地才能买一支枪。朱老忠认为在这年月里穷人连饭都吃不上，出不起枪款。他同意朱庆说的有人出人，有枪出枪的办法。冯贵堂听罢，就和朱老忠吵了起来。最后，刘二卯被选为守望队大队长，冯树义为副队长。朱老忠回家后，冯树义来说，他担心自己干不了这差使，因为冯雅斋心狠手辣。朱老忠安慰他有什么事儿，大家伙一块解决。冯树义才回去。

守望队是锁井镇成立的第四个组织，任务是看家护院，打土匪、打逃兵，刘二卯是大队长，冯树义是副队长。可以看出，这个组织虽然包括贫苦农民和地主，但完全被地主冯贵堂掌控着。冯大狗在此又出现，体现了三部曲小说在写法上的一个重要特点，就是里面的人物采用“闪回”的方法，即曾经出现的人物好长时间不再出现，时隔很多节，或很多年后又出现。纵观三部小说，几乎所有人物都“闪回”过，比如重要人物朱老忠有时就好长时间不出现，严运涛自从在第一部里被关进济南监狱，朱老忠和江涛看过之后再没出现，但在本部小说后面出现。一些论者对这种方法提出过否定看法。从阅读效果看，“闪回”法并没影响整个三部曲小说的艺术质量，可以说是瑕不掩瑜。

第二十六节至第二十八节：朱老忠去县里开会，江涛通报形势已经很严峻，北平、天津相继沦陷。江涛给朱老忠解释他听不懂的三个问题。江涛和张嘉庆去找省政府，路遇许多逃兵和难民。江涛和张嘉庆在保定的万顺老店住宿，遇到日机轰炸。江涛和张嘉庆在保定火车西站上车去定县找省政府，车开后，江涛突然看见站台上站着运涛。江涛和张嘉庆在定县找到了特委的张合群同志，得到工作任务。江涛带领游击队攻陷县公安局，督查陈金波投诚。

朱老忠去县里开会，布置抗日民族统一战线工作。朱老忠对统一战线不理解，江涛耐心给他讲道理。江涛和张嘉庆一起去找特委汇报工作。朱老忠去赶集，遇上日本飞机轰炸，炸死一个小孩和一头牛。自此，他不轻易赶集，每天吃晚饭，他出去躲飞机，并找人做抗日宣传。太阳平西，他才回来，他把割的草喂给小黄牛吃，跟牛说着话。金华、贵他娘都笑了。金华说县上来了信，江涛叫他到县上参加会议。朱老忠第二天背着粪筐进城，看见江涛，说要注意冯贵堂，他有一班子打手，净爱放火打黑枪。江涛说抗日的人越来越多，会助朱老忠一臂之力。来到办公室，朱老忠看严萍唱着歌儿，张嘉庆在印东西。吃饭时，大家和他去餐厅吃了小米绿豆饭。开会时，来了许多人，身份多种多样，人们唱着抗日救亡歌曲。江涛进来时，歌声突然停下来。江涛先讲话，他说祖国已经到了最危险的时候，7月28日北平失陷，29日天津失守。目前日军进展迅速，国军节节败退。8月15日，中共中央发出国共合作宣言，红军改编为国民革命军，开向抗日前线。“西安事变”后，国内形成团结形势，但亲日派卖国贼依然帮助敌人灭亡中国。江涛讲完话，人们鼓起掌来，举起拳头，喊着口号。朱老忠听了，对有些话不明白，比如放弃没收地主土地，取消红军，取消苏维埃政权等，这能叫革命吗？农民没土地，饿着肚子能革命吗？江涛看出他的情绪变化，问他身体是否不好。他说好着的。江涛又听了各宣传队的汇报，发现去农村进行抗日宣传，结果使不少人加入了救国会，但这很容易被敌人摧垮，需要会组织管理的骨干成员去组织管理。接下来，听平津学生讲述平津沦亡的经过。一个女学生说天津北平有英勇抗战的军队，但没有人去援助。日军在平津滥杀百姓，焚烧房屋。她讲完后，痛哭不止。现场的人也哭泣着，哀痛祖国的不幸。

可以看出，“卢沟桥事变”后，冯贵堂等地主老财所说的日本人离保定还远的情况已不存在，连锁井镇上空都不时出现日机了，它们向下扫射，投炸弹。1937年7月28日，日军开始对北平郊区国民党二十九军发起总攻，当晚，二十九军军长宋哲元偕同北平市市长秦德纯撤离北平；7月29日，从凌晨开始，二十九军大部撤离北平地区；7月30日，日军占领平郊地区。朱自清先生于1939年6月9日在昆明写的《北平沦陷那一天》讲到：“二十八日那一天，在床上便听见隆隆的声音。我们想，大概是轰炸西苑兵营了。赶紧起来，到胡同口买报去。胡同口正冲着西长安街。这儿有西城到东城的电车道，可是这当儿两头都不见电车的影子。只剩两条电车轨在闪闪的发光。街上洋车也少，行人也少。那么长一条街，显得空空的，静静的……六点钟的样子，忽然有一架飞机嗡嗡的出现在高空中。大家都到院子里仰起头看，想看看是不是咱们中央的。飞机绕着弯儿，随着弯儿，均匀的撒着一搭一搭的纸片儿，像个长尾巴似的。纸片儿马上散开了，纷纷扬扬的像蝴蝶儿乱飞。我们明白了，这是敌人打得不好，派飞机来撒传单冤人了。仆人们开门出去，在胡同里捡了两张进来，果然是的。满纸荒谬的劝降的话。……二十九日天刚亮，电话铃响了。一个朋友用确定的口气说，宋哲元、秦德纯昨儿夜里都走了！北平的局面变了！就算归了敌人了！……”

会议结束后，江涛给朱老忠讲着他不理解的问题：一是朱老忠怕统一战线中的朋友三心二意。江涛打比方给他这样解释：比如当敌我双方都遇到一只老虎时，双方应该先联合起来打败老虎，然后再解决内部矛盾。二是朱老忠疑惑的为什么要放弃没收地主的土地，江涛说放弃没收地主的土地是为了转向减租减息，如果能做好这，就不愁没饭吃，没房住，没衣穿。三是朱老忠担心蒋介石口是心非，消灭红军。江涛说中央也考虑到这点，于是才决定把红军改编为八路军，让其以自己的英勇无畏去教育改变落后的军队，叫他们有利于抗日，扩大自己的队伍。朱老忠听罢觉得很有道理，心头的不解消失了。从江涛给朱老忠解释党的三项政策看，他理解政策的水平很高，讲得通俗易懂，使朱老忠心中的疑惑完全消除。

朱老忠回去后，江涛在城墙那里听到人们说从北边下来了不少败军、逃兵，他们骚扰着村庄。他回去便写了个简单指示，让严萍立即印出来，连夜送到各村的救国会，要求快速设置岗哨，保护人们的财产生命。江涛对从阶级斗争转向民族斗争，以及怎样布置战斗的问题，他想召开一个会议，讨论讨论。当他去招呼的时候，人们也在谈论着这个问题。大贵、严萍、张嘉庆都发表了自己的看法。江涛说，不管何种情况，我们都得预先要有准备。严萍同意江涛的观点。江涛说应该马上到特委去，争取领导，定好联系，并说自己明天就动身去找领导，并让张嘉庆陪他去。

北平、天津的失守，使老百姓难以为生，纷纷逃离家园，到北平以南谋生。国民党败军也不少，他们一路南下，基本已没军纪，随意抢劫难民和周边村庄。江涛让严萍发布他的命令，表现了他在政治、军事上已经十分成熟。

第二天，两人来到张登镇，看见街上有许多大车，车上坐着妇女和孩子。经过询问，知道是从保定、北平来的。日军快到保定了，国军只有招架之力无还手之力。江涛从难民身上看到形势越来越严峻。张嘉庆在公路上和一队兵发生着争执，因为他的枪被搜出来了。江涛说：“我们是县政府的，来省政府办公事。”一个军官听了放了张嘉庆，并说现在是出汉奸的时候，得查严点。两人随后继续骑车往前走，又遇到许多当兵的检查，当听了他们是来办公事的，就说都啥时候了还办公事？但最后还是放行了。

江涛和张嘉庆外出寻找领导时的所见所闻，让他们震惊，也印证了他发布的命令的正确：难民成群结队，逃兵难以数计。国亡的气息已经越来越浓，使他们心急如焚，也坚定了他们尽快组织武装队伍抗击日寇的决心。

江涛、张嘉庆硬着头皮进了城，来到省政府去找民训处的温秘书长，但他去了定县。他们于是走进万顺老店。1932 年，江涛在二师被围时，朱老忠和严志和就住在这里。老掌柜看严志和的儿子江涛来了，就问他父亲可好？并说日本人的飞机每天都来轰炸、扫射，汉奸遍地。张嘉庆去街上打听，却一无所获。街上正在过队伍。张嘉庆又到省政府，传达员说官员们都跑了，并劝他快回去，还办什么公事？张嘉庆回来，和江涛商量去定县。晚上，日本人的飞机来轰炸，老掌柜让江涛灭了灯。黑暗中，敌机不停地扫射、轰炸着。这是江涛第一次见到空袭，第一次听到民族敌人的枪声，他的心里非常难受。他和张嘉庆说话，老掌柜让他们不要说话，说飞机上有无线电。飞机飞走后，城里一片死寂。第二天，他们骑的车子没气了，江涛想买胶水补胎，老掌柜说他不要房钱了，催着他们赶快出城。张嘉庆撂了点钱，刚出门，警报就响了。老掌柜把他们拉回来，三个人藏到了后院的菜窖里。敌机不停地进行轰炸、射击。一个汉奸拿着小白旗向敌机示意着，张嘉庆抬手一枪，就把他打死了。接着，第二个汉奸捡起白旗向敌机示意，张嘉庆又一枪将他打死。老掌柜吓得脸色发白，连声称赞张嘉庆好样的。轰炸结束后，老掌柜让他们快出城，说安全到家后，给他来信告知，并代问朱老忠、严志和好。

本部分写得异常精彩，事件多，情节生动。先是江涛、张嘉庆在万顺老店住宿后，遇到日机轰炸。店掌柜对江涛和张嘉庆关怀备至。这位店掌柜在三部曲小说中已经出现多次，他虽是商人，但不把营利看得很重，而是非常爱国、爱民，给朱老忠、严志和、严萍等提供过不少帮助，是一位仁厚善良之人。轰炸结束后，江涛、张嘉庆要离开，他硬是不要他们的住宿费，并让他们到家后报平安，其言其行，令人不由得流泪。张嘉庆在这里也有不平凡的表现，他以高超的枪技击毙了两个给日机示意轰炸地点的汉奸。

劫后的大街，死尸遍地，江涛看着下定决心，一定要发动群众，把日本鬼子赶出去。他和张嘉庆到了西车站，人太多，有兵有民。张嘉庆掏出护照，去找站长。一个当差的说去定县已经没有几趟车了，能有车都不错了。站长也找不到了。两人从一个票贩子跟前花了二十元钱买了票，但因为人多，还是上不了车。他们跟一个军官模样的人说是去定县找省政府，那人便领他们到装军马的车厢里。车开了后，江涛看见站台上站着运涛，就使劲喊，但运涛没听见。到了定县，只有张荫梧的民训处在那里，省政府又搬到了石家庄了。江涛最后通过平教会，找到了特委的张合群。江涛向他汇报了工作。张合群指示江涛接下来要干三件事：一是发动党员、同情分子、赤色群众，建设抗日根据地；二是建立抗日政府；三是建立抗日武装。联络点在白洋淀边的马车店。江涛他们骑车到安国县，遇到几个高小的教员要走，江涛劝他们留下抗日，但他们还是走了。

本部分也写得异常精彩。江涛和张嘉庆坐上火车后，江涛突然看见站台上站着哥哥运涛。这是作者再一次使用的“闪回”手法，运涛的出现也给读者留下了无尽的悬念，他这十多年一直在济南监狱吗？如果不是，他又去了哪里？他还是共产党人吗？等等。江涛和张嘉庆接受特委张合群布置的具体工作任务，让人们灰暗的心情终于亮了起来，党终于找到了，迫在眉睫的抗日终于有党的具体指示了。

江涛和张嘉庆回来后，严萍抱住江涛，说她一直担心江涛的安全。江涛决定把保安队解决了。正在这时，伍老拔带领游击队也来了。江涛带人到了公安局，让大贵守在门口，他和张嘉庆、严萍等冲了进去。里面的警察发现了他们。他们扫了一梭子后，说愿意抗日的留下，不愿意的走。督查陈金波说他们早就想抗日了。保安队的于是把枪放在地上。陈金波又领江涛到枪械库弄了好多武器。这次突袭，共俘获一百三十多人，但枪多人少，背不过来。江涛让严萍到各村去，让人们早作准备，应对紧急事变，回来时带上农民积极分子。

江涛领导游击队攻陷县公安局，使陈金波和保安大队投诚反正，给建立抗日武装带来了武器支援。这些都增强了江涛他们把日本鬼子赶出去的巨大信心。

第二十九节至第三十节：运涛回到了锁井镇，与春兰终于成亲。游击大队成立了，张嘉庆等教队员们打枪。

运涛是从太原上火车来到保定的。他走出车站，没有回家的车，便叫来一个车夫。车夫是个老汉，运涛好说歹说，车夫才愿意送他回家。回家后，看到娘坐在一个土疙瘩上，娘半天才认出他，不由得大哭起来。运涛一进门，看见春兰，春兰看了半天才认出是他。分别十几年了，她爱情的火焰一下子燃烧起来，她搂住运涛，大哭起来。车夫在旁边看着，也哭起来。运涛让车夫进屋，娘做了饭，他吃了从来没吃过的饭。运涛给了他五元钱，他就回去了。运涛听娘说父亲去游击队了。娘然后锁了门，让他和春兰单独说话。娘去告诉朱老明、伍老拔大娘、贵他娘、老星大娘、春兰娘运涛回来的事情。庆儿娘来看运涛，运涛知道了朱老星被铡死的事情。贵他娘、顺他娘、春兰娘、朱老明来后，建议给运涛和春兰明天成亲。朱老明问了运涛在监狱里的情况。运涛说他被关在济南监狱后，以法庭做讲坛，痛斥蒋介石的卖国行径，宣传共产主义。他于是被判无期徒刑。他和狱友绝食，取得胜利，获得读书权利。“西安事变”后，他被释放，去了延安，在红军大学学习，受彭德怀委派，回家乡组织军队，能站得住脚，就在平原上打游击，站不住，就上太行山。春兰回家跟老驴头说了运涛回来的话，老驴头让把白面拿到运涛家。做饭时，庆儿、小囤也来了，围着运涛说说笑笑。春兰娘跟老驴头说了朱老明让运涛和春兰明天成亲的事情。老驴头同意。但他又找朱老明说时间太紧，春兰也没新衣服，更重要的是他想让运涛“倒插门”。朱老明跟涛他娘说了，她说没意见。她又跟运涛说了，运涛也同意。第二天，春兰娘就把屋里打扫了，做了新被子、新褥子、新枕头、新席片。随后，朱老明陪运涛来到春兰家里，贵他娘等来庆贺。喝完酒，吃完面，贵他娘要求年轻人不要闹新房。小囤等几个小伙听了就走了出去。春兰扑在运涛怀里说，真是不容易呀！

运涛在小说第一部朱老忠和江涛看望他后再未出现。由于在外十几年，他突然回家，朱家、严家，以及冯家的贫苦农民都激动不已。当他讲述了自己在狱中、在延安的情况后，人们更是看到了希望。作者对春兰见到运涛、运涛见到春兰，以及他们结婚前后的情况做了生动的描写，尤其是把冀中平原的人们在那个年代里的婚俗民情做了传神、详细的描写，给小说增添了厚重的文化底色。里面的车夫也是善良厚道之人，运涛也是以一颗感恩之心待他。

运涛和春兰结婚时，严志和、朱老忠都在县上，没在家。后来，朱老忠抽空回来。运涛把日本飞机轰炸保定的事情说了，朱老忠把江涛领人缴了县公安局的枪说了，他说，你爹、江涛、嘉庆、严萍、伍老拔都在县上忙着。朱老忠把朱庆和小顺叫来，让他们去站岗。晚上，他听到汽车声，出去看是逃兵队伍，正在抓人领路，他们抓了一个买卖人去了石家庄。朱老忠往回走时，听到背着枪的老山头和李德才说话，他们说运涛回来了，他对冯贵堂不会饶恕的。朱老忠回到家，贵他娘听说逃兵都南下了，就说看来战事不好了。朱老忠和朱庆朝公路上走去，路上逃兵很多，很乱，大车上坐着女人和孩子，哭哭啼啼的。有士兵的枪走了火，军官过来打骂不止，并当场枪毙了。一辆大车碾着他的身子过去了，他的手脚抽动着。朱老忠说，军官不爱护士兵，这国岂能有不亡之理？天明后，伍顺、小囤、老套子都来看逃兵。朱老明也来了，说运涛回来，就有希望了。几个士兵向朱老忠要水喝，朱老忠打发朱庆去烧水。朱老忠和他们说话，问形势，他们说天津一带完了，再也回不去了。他们要退到黄河岸上，保定昨天已经丢了。朱庆担来水，很多士兵来喝，几下就喝完了。士兵们多是穷人家的孩子。朱老忠可怜他们，但又没办法给他们吃喝。

本部分写朱老忠抽空回家，见到运涛后，救助逃兵，给他们水喝。逃兵们也是可怜，由于当官的不愿意和日本人作战，所以领着他们向南撤退。他们又饥又渴，又累又困，但长官一点也不体谅他们。

然后，朱老忠和朱庆去了城里，城门口的保安问他们干什么。朱老忠说进城看在高等学堂里教书的严江涛，并说大家都是庄稼人，战事到底怎样了？保安说现在正是出汉奸的时候，要搜他们的身。搜过之后，朱老忠和朱庆进了城。他们遇到了严萍。严萍立即把他们领到江涛的办公室。朱老忠告诉运涛回来并和春兰结婚了。江涛说他那天在保定火车站看见了运涛。朱老忠看有许多人在擦枪，打靶，问是谁的队伍。江涛说是咱们自己的队伍，人是救国会的成员，枪是公安局的。朱老忠说运涛回来，共产党的革命能继续了。正说着，伍顺进来要求参加抗日。江涛同意了，叫他去找张嘉庆。随后，大贵来说吃饭问题还没解决，江涛说县长、公安局长都跑了，去粮台取粮食吧。说着写了公函交给大贵，并让转告张嘉庆，想入伍的要严格审查，现在是汉奸浑水摸鱼的时候。朱老忠叫江涛给他派活，江涛让他站在院里看看风势，有什么情况告诉他就行了。大贵去县政府领粮食。李秘书开仓拿粮。每人扛了两袋洋面就回来了。江涛告诉大贵、张嘉庆，运涛回来了，并和春兰结了婚。吃完饭，大贵给大家教着怎样打枪。张嘉庆是神枪手，露了几手。江涛便让大贵当队长，张嘉庆当政治委员。大家都说好。陈金波看张嘉庆枪法准，也连说好。严萍拿着一支老套筒，大贵看她拉不开枪栓，就给她教。朱老忠看严萍很快学会了，就夸她聪明。伍顺拿着枪发抖，朱老忠就教他。保安队的人觉得救国会的武器没有他们的好，就跑街上玩去了。张嘉庆让他们把枪放下，愿来就来，愿走就走。随后，张嘉庆把大家编成一个个班，分三个中队，他自己兼一个队的队长，陈金波是一个队的队长，并给他派了政治委员。这样，游击队就正式成立了，一共是一百五十二人。

朱老忠和朱庆进城见到江涛，看到江涛把工作干得井井有条，他一想到运涛也回来，弟兄两个一定能领导人们把日寇赶出去。小说对于张嘉庆、朱大贵等教游击队员打枪写得异常生动，其间也不乏幽默、风趣的色彩。陈金波及其带来的保安队已经显出兵痞作风，为后面他及他的队员叛逃等做了铺垫。

第三十一节：冯贵堂带着家眷逃难，遇上王国柱，王国柱求婚不成，硬抢了二雁。

溃兵过了三天三夜。冯贵堂领着老山头在公路旁看过军队，难民夹杂在里面，一股劲地往南走。这使冯贵堂心里烦躁，加上运涛回来，他心里更不安。大小刘庄的村长刘老万主张逃难。冯雅斋主张去太原。冯贵堂回到聚源号，刘二卯和李德才正盘算支应军队的事，齐掌柜在藏货物。地主们都成了热锅上的蚂蚁。老山头主张钻到高粱地里躲难。冯大奶奶发着牢骚。冯老兰死了后，冯贵堂管东管不了西，几个女儿都没寻下婆家，秀兰二十岁，大雁十八岁，二雁十七岁，秀红十五岁。人们都说日本兵见女人就糟蹋。冯贵堂却没办法保护女儿。母亲嫌他不给女儿们找婆家。冯焕堂说到时候会有办法。冯大奶奶问有什么办法。冯贵堂说不行就走，下郑州，让冯焕堂留下管村里的事情。当天晚上，冯贵堂就领着女儿们和其他人出发了。冯大有赶着车。第二天，大车上了仓石公路，路上全是逃难的人。太阳落山的时候，走到石家庄附近一个村子，那里驻着国民党的九十一师。冯大有去找住处，找到后听说那里住着国民党部队的官。冯贵堂一家来到住处后，北屋里住着的军官正站在门口，看到车上下来几个姑娘，说："唔？好年轻的姑娘！多漂亮的女娃子！"第二天，冯贵堂和那长官聊了起来，冯贵堂说山西冯阅轩旅长是他的本家，军官说他叫王国柱，官职团长，冯阅轩是他的老上司，他以前给当过马弁。王国柱设宴招待了冯贵堂一家，眼光一直盯着二雁，吓得二雁浑身哆嗦。天连着下雨，不见晴。冯贵堂和冯大有到街上溜达，打听消息，走进一个饭馆，遇到逃难的刘老万。刘老万说他不逃了，必须回去。冯贵堂也想回去，但又想到运涛他们等着他，就不想了。冯贵堂回来后，王国柱说自己二十七岁，想娶二雁为妻。冯贵堂听了说："你这人，真不看势头！这是什么时候？还不自量！"说完头也不回，走了。王国柱狠狠骂了他几句。冯贵堂想明天不管天气怎样，必须离开这里。夜深后，进来三个蒙面人，把二雁抱起来往外跑。然后，他们逼着冯大有套上车，拉着二雁跑了。冯贵堂见这些人不要钞票，专抢人，就在大街上喊起来。这时，王国柱不知从什么地方钻出来，问道："怎么说？有绑票的了？不是查店的吗？"然后吩咐值日连长去追土匪。

冯贵堂是地主，他领着女儿们和家里几个人南下逃难而过起的颠沛流离的生活虽然不值得同情，但通过这，让读者正面了解了国民党溃兵南逃时的状况及其军官王国柱的恶行。王国柱跟冯贵堂提出想娶二雁为妻的事情后，被冯贵堂拒绝，他那句"你这人，真不看势头！这是什么时候？还不自量！"的话，让人看到了他的断然。当王国柱派人抢走了二雁，继而又假惺惺地猫哭耗子，派兵去追赶时，冯贵堂应该知道这是王国柱在演戏，但他却没办法，只得舍弃女儿，以保其他人的安全。国难之中的任何人其实都不会幸福生活，这进一步说明中国共产党所提出的全民参与到抗日战争中去的主张的正确性，如果不这样，国亡了，家焉能存在？但地主冯贵堂在经历了流离失所、女儿被抢的事情后，依然不懂得这个简单的道理。王国柱在小说中只出现一次，官职团长。从他身上，可以以点带面地看到国军败退的狼狈情况、扰民情况。地主老财刘老万多次出现，他逃难后，又决定回去，在家千日好，出门一日难，可能是他最切身的感受，所以他坚决回去了。

第三十二节：江涛等人回家见运涛。张嘉庆率领游击队来到东锁井。

国民党溃兵过了七天七夜。江涛叫游击队员们扛着枪去做宣传，扩大队伍。一天，江涛听说运涛回来了，准备回家去看看。他悄悄拾掇时，张嘉庆说县政府打来报告说将有大批军队顺白洋淀撤下来，要在城里住。江涛不清楚这支队伍的情况，就和张嘉庆、严萍先回去看望运涛。等他们到了家，娘说春兰把运涛娶了过去，运涛当了上门女婿。几个人到了春兰家，先见到运涛，他讲了自己十几年来的经历，然后才见到春兰。江涛说了大兵过境的事情，运涛建议先不和他们见面。春兰让严萍和江涛也结婚，但严萍说江涛自打她从北平回来，对她冷冰冰的。

江涛、张嘉庆、严萍去看望运涛、春兰，春兰让严萍和江涛也结婚，这正面交代了江涛和严萍的紧张关系。这是张嘉庆一句道听途说的话造成的，但张嘉庆却不自知。

江涛几个人回到城里，叫来朱老忠，商量游击队的去向。最后商议回到东锁井镇。江涛让朱老忠先回去，部队随后就到。朱老忠回到村里，贵他娘和金华都不相信村里要来队伍，朱老忠说是抗日游击队要回来。然后，他去朱庆家、朱老明家说了这事，又去冯老锡家，说游击队要住他家里。冯老锡女儿雅红一听就高高兴兴地去收拾屋子了。朱老忠又去村公所，跟刘二卯说村里要来几百人的抗日游击队，让他负责食宿。刘二卯听了很不高兴，说这事得和冯贵堂商议。朱老忠说商量可以，但不能误了公事。刘二卯说走着瞧吧。太阳平西了，游击队还不来。朱老忠去千里堤上等候，好久才看见张嘉庆等几个人骑着自行车来了，游击队跟在他们后面。张嘉庆指挥队伍过河后来到村里，顺儿扛着枪走在队伍里，他娘及朱老明都激动不已，摸着枪自豪极了。严志和、伍老拔来向朱老明打招呼。朱老忠领着队伍来到冯老锡家，冯老锡假惺惺地欢迎着。雅红看这支带枪的队伍是一群庄稼汉，就积极给他们送东西。伍顺给游击队员送来梨，朱老明等也送来东西。朱老忠说还没有自己的村公所，张嘉庆说游击队明早帮助百姓收秋，帮谁家就在谁家吃饭，等将来征了粮再还。住在财主家的，就征他们的粮。朱老忠和朱老明觉得这样的话吃饭问题就解决了。雅红叫小囤一起碾米磨面，小囤觉得游击队住在村里，财主们就不敢张牙舞爪了。他发誓，有朝一日，他也要扛上枪去打日本鬼子。雅红也有这个心意。最后约定，关于抗日的事情，两个人一个鼻孔里出气，谁也不能走前，谁也不能靠后。

张嘉庆率领抗日游击队回到东锁井，其场面令人心潮澎湃，激动不已。破落地主冯老锡的女儿雅红积极给游击队员收拾自家屋子，积极给他们送东西，以及当小囤说他有朝一日也要去打日本鬼子的话后，他们便约定一起去抗日，说明雅红是一名进步的女青年。老套子看出他两人相好，便决定拆散他们。对之，我们认为，他实在不应该那样去做，如果他能从同样出身于地主家庭的张嘉庆身上看到他对革命的忠诚，对抗战的坚定，那么他也应该能看到雅红是一位进步的地主女儿，这样，他就不会认为出身贫苦的小囤和财主的女儿雅红相好，是野雀跟着孔雀飞，高攀不上的，然后去拆散他们。张嘉庆率领队伍来后，对队员吃饭等许多问题的快速安排，足见他高超的组织领导才能。

第三十三节至第三十四节：珍儿和二贵有了爱的苗头。冯贵堂回到锁井镇后被张嘉庆关押起来。雅红、小囤等许多人给朱老忠碾谷子。张嘉庆、小囤举碌碡比力气，小囤让大车辗轧自己的胳膊，获得抗日自由权。雅红相会小囤，老套子说教小囤，使其和雅红断交。

公路上过完了兵，秋收也结束了。珍儿听说镇上住了游击队，想回干娘家去看看。她正准备去时，在冯贵堂家当长工的二贵叫她，问她冯贵堂把家里的好东西都藏在哪儿了。珍儿说他们不让她见，她也不知道。二贵对珍儿的好感越来越多了，他不敢设想自己能从虎口里把她夺出来，有时他把这件事情和革命工作联系起来，想“等革命闹好了，也许……”。他闻到珍儿身上的脂粉味，又觉得难为情起来，他让珍儿不要再涂脂抹粉了，穷人家的人没必要。老拴看出二贵对珍儿有意思，就说：“先烧上三炷香再说……”珍儿听出老拴的意思，就撵着打他，结果撞上了父亲李德才。

二贵对珍儿的好感越来越多，但他不敢设想自己能从冯贵堂那里把她夺出来，他只想“等革命闹好了，也许……”说明他在爱情上的怯懦。他以穷人家的人没必要涂脂抹粉为由，要求珍儿不要再涂脂抹粉了，说明他思想观念的落后。

李德才把珍儿教训了一阵，并嫌珍儿不管他。珍儿说父亲把自己推到火坑里，当然痛快不了几天。李德才看女儿胖了，又说了一些好话。但珍儿说李德才是黄鼠狼给鸡拜年，然后一阵风似的走开了。珍儿来到干娘家，贵他娘抱着起义逛去了，金华在家。珍儿说冯贵堂一家都逃难去了，她爹把她卖给冯家，当牛做马。金华劝她等革命势力再起的时候，再逃出苦海。珍儿看到张嘉庆、江涛正在帮干爹朱老忠干活，心里很高兴。朱老忠让她留下来吃饭，她答应后来到雅红家，去看庆儿的妹子巧姑。雅红对珍儿说：“我们一起参加抗日吧！”但珍儿说她的身子是冯家的。她回到干爹朱老忠家后，对朱老忠说她也想参加抗日。朱老忠自然很高兴，说参加抗日就得斗争。珍儿不明白啥是斗争，朱老忠就给她举了反割头税、高蠡暴动等例子来解说，但她还是似懂非懂，想只有“冯大奶奶和冯贵堂一去不回头，叫狼吃了，叫虎咽了……将来的日子那才好过呢”。

珍儿对父亲李德才的回怼，体现了她的勇敢以及对自己悲苦命运成因的清醒，一切都是趋炎附势的父亲造成的。雅红对她说：“我们一起参加抗日吧！”她却说自己的身子是冯家的，她又显出了不觉醒，逆来顺受的样子。她虽然跟干爹朱老忠说了想参加抗日的话，但她对什么是抗日一点也不明白。当朱老忠跟她解释之后，她还是似懂非懂，想只有“冯大奶奶和冯贵堂一去不回头，叫狼吃了，叫虎咽了……将来的日子那才好过呢”，她的蒙昧状况尽显。

张嘉庆在黎明时分去查哨，遇到冯贵堂一家逃难回来。他命令他们到冯老锡的院里接受检查。到了后，冯贵堂剩下的三个女儿从马车上下来，脸上因为抹了灰，脏兮兮的。围观的人都大笑起来。检查了所有东西后，张嘉庆看到一个包袱里的票子散落了一地。冯老锡、雅红、老套子、小囤在一旁议论着。张嘉庆找到江涛、严萍，然后三个人又去找运涛、春兰，大家共同商量：冯贵堂在大暴动后抄了暴动户的家，又治死了李霜泗，所以轻易不能放过，必须关押起来，他的其他家人可以准许回家。冯贵堂被关在冯老锡黑暗的农具屋里后，张嘉庆打发人叫来刘二卯和李德才，让他们给冯贵堂的家人打抗日的保单。两人没办法弄，于是找到朱老忠，让他以救国会主任的身份给张嘉庆说说。几个人见到张嘉庆后，张嘉庆问了刘二卯，知道救国会还有一个主任，两个副主任，刘二卯是其中的一个副主任，就说刘二卯一个人不能担保，还得其他几个主任担保，冯贵堂家将来出了汉奸谁负责？刘二卯和李德才于是强行把看热闹的另一个副主任朱庆弄到张嘉庆跟前，张嘉庆才放了冯贵堂的家人。冯大奶奶回家后，说这个仇迟早要报。冯贵堂媳妇见二女儿二雁没回来，就问缘由，有人说二雁被国民党的一个军官抢走了。贵堂媳妇一下子昏死过去。

冯贵堂一家逃难回来后，张嘉庆关押了冯贵堂，这是他在干了一系列累累罪恶之后应得的下场。当刘二卯要给冯贵堂家人打抗日保单，让他们回家时，张嘉庆说他一个人不能担保，还得其他几个主任担保，说明张嘉庆对党的防汉奸政策掌握精准，头脑清醒。

雅红想起冯贵堂女儿大雁等的脏脸，就在肚子里发笑。她在场边簸豆子时，小囤也来了，两个人看见场里有一堆朱老忠的谷子没碾，就去找朱老忠。朱老忠说牛病了，加上自己忙，大贵、二贵也没时间，就没顾上碾。雅红说她跟父亲冯老锡说，明天让老套子和小囤来碾。第二天，老套子、小囤给朱老忠碾谷子，贵他娘、金华、雅红、巧姑也来掐谷子，游击队员也来帮忙。完毕后，游击队员试探着把村里最大的碌碡弄起来。张嘉庆竟然把它举起来了。朱老忠说张嘉庆用了全身力气，应该用巧劲儿。小囤随后用技巧也举起了碌碡。雅红高兴得心里喜滋滋的。小囤的每个动作都和她心上有联系。他爸伍老拔是木匠出身，他自小也练了功夫。在大家夸赞小囤时，冯老锡提议让大车碾一下小囤的胳膊。小囤就说自己的胳膊如果完好如初，冯老锡就必须放了他去参加抗日。冯老锡答应了，并说下半年花的钱他也不要了。游击队员看大车碾过小囤的胳膊后果然完好如初，冯老锡就兑现了诺言。雅红恨起父亲来，因为她怕父亲出的馊主意砸坏了小囤的胳膊，好在安然无恙。众人散了后，老套子和小囤扬场，最后得了七袋谷子。他们又帮忙将谷子搬到朱老忠家里。贵他娘让雅红、小囤吃饭。吃饭时，朱老忠讲起父亲当年的英雄故事。晚上，雅红睡不着，老想起小囤来。

雅红和许多人给朱老忠碾谷子，进一步塑造了雅红的热心、善良形象；当小囤举碌碡，以及冯老锡提议让大车碾一下他的胳膊时，雅红对小囤的每个动作都操心，说明她真的爱着小囤，由于爱，所以她非常恨父亲出的那个馊主意，只怕大车碾坏了小囤的胳膊。张嘉庆也举了碌碡，和小囤一样，显现了他们各自的力大无穷。不管是举碌碡，还是小囤被大车碾胳膊，这些情节都让人看得心惊胆战，好在小囤的胳膊完好如初，使冯老锡放了他去参加抗日，并免了下半年花的钱。

第二天，雅红来到小囤睡觉的地方，小囤还睡着，雅红在他的脸上吻了一下。这时，她听到老套子回来的脚步声，她藏到草垛后面。老套子还是看出了地上的脚印是女人的。雅红悄悄回到自己的屋里，钻进被窝里。老套子把小囤叫到一个地方，先讲了自己和伍老拔的关系，伍老拔参加革命，入了党，曾托付自己在他哪一天牺牲之后照顾好两个儿子，然后讲了自己的一个兄弟给地主家做活时，和地主的女儿相好，那女子求他带上自己去关东过自由生活，但他不敢去。后来，地主发现了这事，就带着大儿子来警告他，他一言不发。地主父子就走了。他在和地主的女儿断了几个月来往后，又来往起来，使那女孩怀孕了。地主父子于是把他的眼珠子掏了出来，他女儿也因为伤风败俗而被卖到遥远的地方。小囤听了，跟老套子说自己目下也遇到这样的事情。老套子又说自己无儿无女，年近六十才觉悟起来，他让小囤跟上江涛他们闹革命去，等革命成功后，好女孩多得是，雅红其实早已被他爸许配给了一个国民党军官，小囤千万不能沾染。小囤听了非常愉快地答应了。

雅红主动到小囤睡觉的地方，并亲吻他，作品把一个少女情窦初开的样子写了出来。但老套子固守的应该还是爱情婚姻要“门当户对”的观念。

第三十五节：警卫员老占让街上人摸他的手枪。江涛对严萍说永远做朋友。

日本兵像毒蛇一样，沿着平汉、津浦铁路往前爬，爬过的地方，汉奸土匪如毛，群情为之不安。张嘉庆和朱大贵带领的游击队已经发展到四百多人，任命陈金波等担任三个中队的队长。顺儿在游击队里管伙食，但他成天背着枪。一天，他擦枪的时候，警卫员老占也想擦自己的枪，他问雅红要了油和红绸子擦枪。老占跟雅红说自己的父亲和哥哥在革命中牺牲了。严萍过来让老占好好抗日。江涛来后让老占去给陈金波送信并买一包烟。老占把信送给陈金波后，陈金波抱怨天天来信，他早就想离开游击队了。老占买烟时，让街上人摸了他的手枪。老山头也拿着枪看了一会儿，觉得这枪很面熟。顺儿看老占让人看枪，摸枪，就批评他枪不能外露，也不能让人摸、让人看。老占不以为然。他回来后给了江涛烟，又讲了陈金波说的话。江涛和张嘉庆准备用什么方法教育教育当过公安局督察长的陈金波。

警卫员老占让街上人摸枪，尤其让老山头看枪，给他后面的悲惨结局埋下了伏笔。他后来被老山头残忍地杀害了。陈金波本来自国民党阵营，好吃懒做、眼高手低的毛病很突出，他跟老占说的话，已经显示了他抗战信念的动摇，革命信念不坚定。江涛和张嘉庆虽然准备教育他，但他其实已经在做叛逃革命的准备了。

第二天，江涛和张嘉庆、朱大贵去看游击队员在野外练枪法。回来，江涛接到张合群的来信，叫运涛到东老淀去接洽关系，听从分配，孟庆山奉中央命令来冀中开展游击战争了，吕正操将军也带着东北军一个团来到冀中了。江涛到春兰家跟运涛说了，然后在朱老忠家召开了县委会，讲了目前的抗战形势。

张合群应该是保定地区党的最高领导，小说对之没有详细交代。运涛去东老淀接洽关系是他回家后接到的第一个任务，给他安排工作的是党中央派来的孟庆山。孟庆山是历史上的真实人物，生于1906年，河北省蠡县人。抗战时期，任河北游击军司令员，冀中军区副司令员兼第四军分区司令员。解放战争时期，任冀中军区第九军分区司令员，中共冀中区党委武装动员部部长，冀中军区武装部部长，河北军区石家庄军分区司令员。中华人民共和国成立后，任河北省军区第一副司令员。1955年被授予少将军衔，1969年去世。

然后，江涛来到北街口，看见严萍在树林里，他们本可以亲密相行，但自从严萍和冯登龙去北平之事发生后，他一直对严萍很冷淡。江涛带严萍回到自己家里。涛他娘热情招待了她。江涛问严萍她父亲严知孝对抗日救国的态度是怎样的。严萍说父亲想和江涛谈谈，并问今天可以吗？江涛没有正面回答。这时候，涛他娘让严萍吃饭，并问起两人的婚事。两人都无话可说，然后一同出来，到大严村去。路上，严萍跟江涛说自己早就想和他谈谈。江涛冷淡地答应了。但严萍却说自己还没想好要说的话，就没说啥。江涛说自从冯登龙死了后，他一直不愿再去保定。他跟严萍说："让我们永远做最亲密的朋友吧！"然后说了一些让严萍在群众运动里去锻炼的话。严萍表示愿意跟江涛一起前进。江涛说："可惜早下决心就好了。"严萍听了没有说别的话，她知道解释无用，只能如此了。江涛想起严萍母亲对严萍婚事的糊涂与专断，就恨起严萍的软弱、自己的无能来。

江涛和严萍冷淡的关系，使江涛最终对严萍说："让我们永远做最亲密的朋友吧！"他们关系的解冰，只是到小说末尾才出现。

第三十六节：运涛、江涛截住逃跑的县长王楷第，释放冯贵堂。

江涛在和严知孝分别五年后去看严知孝，严知孝老了，但他的一腔爱国之情没变。他看着江涛和严萍并肩离开，畅想着他们的爱情婚姻。第二天，江涛、张嘉庆、严萍在朱老忠家说话，大贵说来了一支队伍。朱庆说队伍要去静海，是张荫梧的命令。江涛让朱庆把运涛叫来，商量和那支队伍干一仗，以试试枪支的情况。那队伍是县长王楷第的保安队，拉着王楷第及家眷和金银财宝向北回静海老家。双方打了一阵后，都没有伤亡。陈金波的枪打不响，缺少撞针。张嘉庆一枪打掉了对方的旗帜。正在这时，严知孝跑来叫停双方，然后两方头头都去鸿兴宾馆谈判。王楷第在带够所需品后，把多余枪支弹药及保安人员都留下来给救国会的游击队了。严知孝看第一炮打响了，就悲壮地发表了一席讲话，感动了众人。随后，游击队把王楷第留下的人和枪做了安排，并释放了冯贵堂。

江涛在和严知孝分别五年后去看严知孝，严知孝对江涛和严萍的爱情婚姻仍然做着美好的畅想。运涛、江涛、张嘉庆、朱老忠、大贵对县长王楷第保安队的截击，震慑了欲拉着家眷和金银财宝回老家的王楷第。运涛、江涛所说的话，展现了我党对统一战线的坚决贯彻，对国民党官员在国难当头之时不能守土护国、弃官逃走的愤慨、谴责。严知孝一番悲壮的讲话，更表明他的一腔爱国之情没变。释放冯贵堂是在统一战线形势下的决定，目的是让他看清形势，有所觉悟。

第三十七节：冯贵堂成立武装。冯贵堂和陈金波嫖娼。老山头杀害老占后参加抗日军。

冯贵堂回到家里，为失去二女儿痛心，几个姑娘的妆容也确实难看，棉花又大掉价了。他于是成天盘算着报仇的阴谋。他给唐河岸上的佟老五写了信，派人送去。他也拜访了大刘庄的刘老万，他的棉花因为战争而起火；逃难路上又遭到溃兵抢劫，赔了大钱。冯贵堂的侄子冯雅斋来冯贵堂家喝酒解闷，冯大奶奶让冯贵堂和冯雅斋说话。冯雅斋拿出黑旋风的信，说黑旋风向冯贵堂问好。冯贵堂然后派冯雅斋去和黑旋风搞好关系，最终成立了自己的武装。冯贵堂叫来老山头，让他喝了杯美酒，拉拢他为自己将来的报仇出力。老山头喝得醉醺醺的，腰里插着匕首，来到街上，看见几个游击队员在黑暗中走过去。他来到高富贵家门口，听到大梅花的笑声，也听到冯贵堂的说话声。他咳嗽了一声，屋里吹灭了灯。他小声说："当家的，是我！"冯贵堂听出是老山头，就让他进去。老山头看见冯贵堂和陈金波吸着海洛因时在玩女人。陈金波光着屁股要走，冯贵堂挡住说，老山头是自己人，下人。陈金波随后抱怨起游击队，说他表弟运涛是个人才，要政治有政治，要军事有军事，江涛也很厉害，张嘉庆是神枪手。老山头提出也想加入游击队。陈金波说审核很严，不是那么容易。陈金波厌恶游击队的生活，一直在打听哪里有成立队伍的，想离开游击队。他找江涛说自己想去新成立的特务中队，不想和全是农民的游击队待在一起。江涛没同意。冯贵堂、陈金波、老山头说着话，大梅花包了饺子给他们吃。随后，老山头离开，然后在大苇塘里等了三天三夜，最后他看到张嘉庆的警卫员老占出现了，他杀害了老占，摘下老占的枪，往回走时，遇到冯大有，说了几句话，然后来到冯贵堂的住处。冯贵堂让老山头脱下血衣。老山头脱的时候，把老占的枪撂到地上。冯贵堂让老山头穿上自己的衣服后，又领着老山头把血衣藏在谷仓里。完后，让老山头把洗了血脸的水倒进了厕所。随后，冯贵堂捡起地上的手枪，看是德国造，非常眼熟，就想起是父亲冯老兰五年前用过的枪。冯贵堂跪在地上给老山头磕了三个头，感谢他替他报了杀父之仇，然后警告老山头将来有问题了，不能连累了他。老山头不明其意，连忙说不连累。冯贵堂又拿出好酒让老山头喝到天亮。第二天，冯雅斋穿上旧军装，大皮靴，老山头穿上新袍子，挎上冯贵堂祖传的手枪，骑上马到深县去参加抗日军了。

游击队为了让冯贵堂看清形势，有所觉悟，释放了他，但他预谋报复。他先给土匪佟老五写信，又和土匪黑旋风搞好关系，成立了自己的武装。然后，他把陈金波这个抗日意志不坚定的原国民党公安局的督查拉入自己的势力之中，又让老山头杀掉了张嘉庆的警卫员老占。这些都一步步地破坏着抗日统一战线，伤害着游击队。可见冯贵堂多么阴险、狡猾。老山头和冯雅斋最后都参加抗日军了，这是对地主阶级假心假意抗日的一笔描写，预示抗日战争因为有这些人的参与不会一帆风顺。

第三十八节：张嘉庆叫游击队以班为单位去找老占，但没找见。张嘉庆带领朱大贵、陈金波到达土匪佟老五据守的唐河一带。严萍担任县长，和朱老忠等打扫县府卫生。

通讯员老占深夜送信不见回来，张嘉庆叫中队以班为单位去找，但没找见。他跟江涛、严萍说了这事。江涛跟严萍说他要到人民自卫军司令部去，让张嘉庆带领队伍去清苑，在唐河岸上打游击，扩大队伍。运涛和春兰去白洋淀，找保属特委接洽关系，再到游击司令部去。江涛让严萍到县城建立政权，当县长。严萍说自己当个教育科长就行了，当不了县长。江涛分析了一阵，严萍才答应了。江涛又找到朱老忠、庆儿、伍顺，让他们继续寻找老占。江涛随后去了人民自卫军司令部。张嘉庆叫来大贵、陈金波，了解唐河岸边村庄的情况。陈金波说他小时候在岸边村庄住过，姥姥家就在那里，还认识一位朋友，他在公安局里做事，“卢沟桥事变”后，和大财主佟老五拉起了队伍，但佟老五把持着队伍。张嘉庆记得，1932 年二师学潮之后，自己在李豹家里住过，了解那里的一些情况。他又问了陈金波佟老五和他朋友闹矛盾的事情。陈金波说他那朋友是主张抗日的。陈金波对张嘉庆问来问去感到很烦。张嘉庆让陈金波带领队伍过唐河，然后去争取他朋友。陈金波不愿意，但最后还是带着情绪同意了。张嘉庆又向唐河两岸派了侦查员，然后才带领队伍打游击去了。临行前，他向朱老忠话别，朱老忠叮嘱他多加小心。第二天黄昏，张嘉庆的队伍到了唐河南岸。隔河不远是佟家庄。队伍找了个村庄住下后，挖了工事，准备战斗。部队开拔的早晨，朱老忠送走严萍。严萍带着一帮人去县城建立政权，伍顺背着枪给她当警卫。严萍自动到各个部门里去，差役们忙给她倒茶。严萍让救国会的各区主任来开会，布置今后的工作。各部门人一看是个女县长，不停地咋舌。但一打听她是严知孝女儿，就没有话说了。留下来的李秘书看严萍长得面嫩，就想给她做几件衣裳，点缀门面。严萍听了没吭声。在衙门里住了几天，人们都说严萍没有官僚架子，就愿意和她一块工作下去。一天，朱老忠和朱老明来县政府看严萍，朱老忠建议把“公正廉明”的牌匾换成“抗日人民政府”。随后，他们让严萍带着去看监狱。看完监狱又回到县府，发现县府的房子破破烂烂的，古语说“官不修衙”，官把搜刮来的钱财都存到外国银行里，让子孙享受去了。朱老忠、朱老明决定把院子了好好打扫一番，严萍听了就和他们一起打扫起来。

老占之死是冯贵堂报复游击队的一系列预谋中的一个。张嘉庆带领队伍去清苑唐河岸上打游击，扩大队伍，他在陈金波跟前详细了解那一带的情况，说明他还是很谨慎、小心。陈金波又给张嘉庆引荐了自己的一位朋友，他和大财主佟老五拉起了一支队伍。由于佟老五早就得到冯贵堂的来信，所以张嘉庆正在一步一地钻进他们的圈套。陈金波对张嘉庆问他问题表现出的厌烦，张嘉庆应该警觉，但他却没有警觉。一环套一环的情节安排，显示了作者高超的结构艺术。使人们对张嘉庆和佟老五接下来如何相见、相处产生了浓厚兴趣。

第三十九节：张嘉庆被佟老五害死。

张嘉庆带领游击队在唐河岸边住了三天三夜，第四天，佟老五派人来接张嘉庆过河。张嘉庆认为未经县委同意，所以不想去，但他又打算叫陈金波及其朋友同去。陈金波要求朱大贵和他一块去，张嘉庆不同意，他叫朱大贵在唐河南岸留守。然后，张嘉庆跟着陈金波及其朋友一起去了。张嘉庆等来到一所古宅，感到陈金波的朋友不像那么回事，陈金波也看出张嘉庆的不耐烦，就说和佟老五会个面就回去。张嘉庆说这里不能久留。佟老五来了后，说张嘉庆是来拉他的队伍的，就让手下下了张嘉庆的枪。陈金波的朋友也被假枪毙了。张嘉庆临危不惧，和佟老五进行着唇枪舌剑的斗争，结果被佟老五的爪牙打得遍体鳞伤。陈金波跪在地上承认了江涛派他们来收编队伍，扩大武装。张嘉庆看陈金波叛变了，就骂了他几句。佟老五把张嘉庆捆绑着押到唐河边上的悬崖处，张嘉庆挣脱了敌人，纵身跳下悬崖。张嘉庆见佟老五这天，朱大贵打发人去找李豹，但李豹的父亲来了，他说他儿子参加高蠡暴动后一直没回来。朱大贵问佟老五的情况，老人说佟老五弟兄五个，四个习武，唯他弃武就文，跟着曹锟当了军法处长，曹锟倒了后，他回了家。总之，曹家五兄弟不是一般的封建势力。朱大贵了解了之后，身上不禁打了寒战。他想张嘉庆跟着陈金波这个没有政治根底的人，孤军深入，太冒失了。他等着张嘉庆回来，但却听到一声枪响从北方传来。

陈金波要求朱大贵一块儿去见佟老五，应该是想借佟老五之手把大贵和张嘉庆一起杀害，但张嘉庆不同意大贵去。其实，冯贵堂领着陈金波去嫖娼、吸食海洛因时，他们早已串通好，设计好了一切。所以，张嘉庆一到，就感到不像那么回事了。张嘉庆被打、被捆绑、被押到唐河边上的悬崖处，这些都是佟老五要置张嘉庆于死地连环计。张嘉庆视死如归，为了不再遭受敌人的凌辱，挣脱敌人，纵身跳下悬崖。一位年轻的英雄、神枪手、反叛了地主阶级的地主之子、坚定无比的共产党员就这样英勇地牺牲了。朱大贵对佟老五情况的了解，使他不禁打了寒战，但他没想到张嘉庆在陈金波这个没有政治根底的人的诱骗下，牺牲了自己的生命。

第四十节：土匪徐老黑在县城作恶，严萍下令关押其下属。徐老黑反关严萍。朱大贵发现老占尸体。朱大贵兵临城下救严萍，严知孝宴宾楼传见徐老黑，徐老黑答应释放严萍。朱大贵消灭徐老黑的土匪队伍。

县城里忽然来了一股不知名的武装，穿的不是军装，公开在大街上找烟馆，打听暗门子。严萍让游击队要注意警戒，然后她在伍顺的带领下会见了其队长徐老黑。徐老黑说他是奉司令黑旋风的命令来此游击。严萍说她爷爷和黑旋风有交情。第二天，严萍在饭厅听到李秘书说徐老黑的队伍不停地为非作歹，她便让李秘书打发他们走了算了。李秘书说徐老黑的人马每天要一千斤面、一千斤肉，不给就闹事，得想办法治治。严萍说都是中国人，试着教育教育他们吧。李秘书觉得严萍魄力太小。第二天，徐老黑的副官王五到县府来要东西，还请代买烟土。李秘书和王五吵骂起来。王五又和严萍吵了起来。严萍手下的人下了王五一帮人的枪，并把他们关到黑屋子里。徐老黑于是拉上队伍来，严萍被关进黑屋子里。朱大贵带着队伍往锁井镇走，吃晚饭时才到，他跟朱老忠说队伍被打散了，大部分开了小差，二三十支枪也丢了，张嘉庆和陈金波也不见回来。一天，朱大贵看见冯家大院的狗从苇丛里跳出来，嘴里叼着一挂肠子。他于是就走进苇塘，发现了老占的尸体。朱老忠听了后，来到事发地，抱着老占的尸体大哭不止。然后和众人把老占埋葬了。朱大贵听到严萍被土匪关押的事情后，命令各中队立即到县城隐蔽待命，然后他去大严村找严知孝。严知孝来到城里的宴宾楼，让掌柜去传徐老黑。徐老黑不熟悉严知孝，但有过一面之交，在严老尚八十大寿的时候，曾和黑旋风一起来祝过寿。当徐老黑来到宴宾楼，见到严知孝和朱大贵后，想起自己曾和朱大贵见过面。徐老黑曾在李霜泗那里待过，高蠡游击战之后，开了小差，跑到山东，后来又和黑旋风联合在津浦线上闹起来。日本人进兵华北，国民党跑了后，他又拉着队伍回来。朱大贵未念及旧交，而是严厉地质问徐老黑为何为非作歹。严知孝也动了火，要求把严萍释放了。徐老黑乖乖答应了。随后，朱大贵安排队伍追击徐老黑的土匪队伍，消灭了其大半。

土匪徐老黑奉黑旋风之命在县城为非作歹，黑旋风又是在冯贵堂的安排下才如此而为，目的是来搞乱县城，让江涛和严萍落下张嘉庆一样的结果。足见这伙地主土匪的险恶用心。后来大贵消灭了徐老黑的大半队伍，这真是大快人心。

第四十一节至第四十三节：江涛与李副司令率领的抗日队伍会合。运涛到孟庆山的队伍担任游击军大队长兼参谋长。春兰担任县妇救会主任，朱老忠担任县民运部长。

江涛根据组织上指定的关系，见到了人民自卫军司令部的李副司令。李副司令说吕正操司令去另一个村了。江涛说目前要紧的是建设抗日根据地，然后回到锁井镇。朱老忠跟江涛说了张嘉庆遇害、老占遭毒手、陈金波叛变、徐老黑骚乱等事情。第二天，严萍、大贵在县政府准备迎接人民自卫军。李副司令率领人民自卫军入城。严萍在入城仪式上讲了话。李副司令给冀中人民作了第一次讲话。江涛也讲了话，解释了减租减息、救济灾荒等。然后，朱老忠上台讲话，连喉咙都嘶哑了。严萍便上台补充了几句。会后，李副司令招待朱老忠、贵他娘、二贵、庆儿等，和他们谈心。

江涛和张嘉庆出发的早晨，运涛和春兰也从家里出发去游击军。在东老淀村，他们见到了张合群同志。第二天，张合群让他们去住在高阳的游击军司令部找孟庆山司令安排工作。第三天，他们到了高阳，孟庆山司令谈了自己参加长征、东征及被组织派到保东工作的情况。运涛也汇报了自己1926年入伍后，怎么奉上级调动南下，到黄埔军校受训，然后当见习连长，参加北伐、汀泗桥之战，攻克南京城，经过“四一二”反革命政变，怎样入狱及出狱，以及到陕北后，受中央委派到保属特委工作的情况。孟庆山让运涛担任游击军的参谋长，并兼任新成立的一个大队的队长。然后，他让被服厂给两人做了一身新军装，并派他们回锁井镇四十八村扩军。

运涛和春兰在游击司令部住了一个礼拜，然后率领三十一大队到达锁井镇并住在冯家大院。第二天，两人到县城见了县委书记江涛。运涛把张合群的信

交给江涛。江涛说准备让朱老忠当县委民运部长兼农会主任。运涛拿出孟司令员扩军的公函，江涛说把游击队编进去，运涛说不够，严萍说动员救国会员参军。中午休息时，运涛和春兰来到江涛办公室。江涛知道他们想问他啥，就主动说张嘉庆生前告诉他，严萍已经和冯登龙结婚了。运涛把江涛批评了一顿。春兰找严萍问江涛说的是不是事实。严萍说了她跟随冯登龙离开保定到北平后，自己住在马老将军的家里的事情。春兰让严萍和江涛谈谈，因为她年岁也不小了。严萍说：“等我们慢慢谈吧，抗日战争是长期的！”

第四章

《红旗谱》三部曲的人物形象塑造

《红旗谱》三部曲篇幅长，共一百二十万字，所写故事多，事件多，情节曲折复杂，人物多达一百六十多个。第一部共五十九节，出场人物七十四人；第二部共五十节，新出场人物五十五人；第三部共四十三节，新出场人物三十六人。

在一百六十多个人物中，其相互之间的关系很复杂。一些重要人物采用了“闪回”的写法，比如严运涛，他在第一部的第二十一节至第二十四节里最后出现，也就是他给家里来信说自己被国民党关在济南监狱了，然后朱老忠和江涛去济南看望他，小说从正面写了他在狱中的坚强。自此以后，运涛在第一部及第二部中，再没有出现过。直到第三部，运涛才在第二十八节出现，但只提了一句，说坐在火车上的江涛看到了运涛站在保定火车站的站台上。第二十九节里，写的是运涛回家的情况，这是重新正面写他的开始。严江涛在第一部里是一个贯穿始终的人物，但在第二部里，一直没有他的正面身影，因为他在保定二师学潮中被捕了。在第三部里，严萍回忆二师学潮之后的情况时，说她通过马老将军的关系，才将江涛从监狱里弄出来。具体是什么时候，不得而知。在第三部里，江涛正面出现的地方是第三节，此后，一直出现。贾湘农在第二部的第四十四节离开后，去白洋淀汇报工作，再没出现，直到第三部第十三节，张嘉庆跟人们说他在上海牺牲了。小说只交代了这么一句。至于他什么时候牺牲的、怎样牺牲的，都没交代。尽管如此，这三个人物还是三部曲小说的重要人物。

下面从两个方面，先梳理小说中主要人物的关系，再分析重要人物的形象特征。

一、《红旗谱》三部曲的主要人物谱系

朱氏一族：

第一代是朱老巩，他为护钟而举起铡刀和地主冯兰池斗争，结果钟被砸、被卖，他被气死。1958 年 5 月 16 日，茅盾第一次读《红旗谱》时，边读边记，随手记下了自己的读书感受，他是有好说好，有不足说不足，非常直截了当。他说“朱老巩（老忠的父亲）形象给人印象相当的深刻。”[1] 第二代是朱老忠，他在东北三十年，娶了贵他娘，生了第三代大贵和二贵。贵他娘豪爽乐观、忠厚善良，积极支持朱老忠、大贵、二贵的革命活动，曾经打点行李，要跟着朱老忠去闹革命，朱老忠让她留在家里，留在后方，做革命活动的保障者，她爽快答应。她的身世很苦，一生下来，娘就死了；十七岁那年嫁了人，但那人病死了；她年轻守寡，孤零一人，小孩子没奶吃，不久就饿死了；家族长看她身子骨结实又漂亮，黑夜里跳过墙来，要和她做伴，她死也不开门；那家伙恼羞成怒，逼着她往前走，她抱起被子，就走到了朱老忠家里；后来，她给朱老忠生了两个儿子。第二部写她在朱老忠的安排下带着一群妇女绣红旗，做袖标，是三部曲小说主题思想集中体现的地方。茅盾认为：朱老忠的妻子着墨不多，“但给读者印象比严妻深刻”，因为“朱妻有个性”。[2] 大贵娶了春兰的表妹金华，生了第四代起义。二贵是小说里一直出现的人物，是第一部“脯红鸟事件”的引发者，具体就是他家里有一只玉鸟，他父亲朱老忠想送给运涛，但他不给。运涛于是和他及大贵、江涛、春兰一起逮了一只脯红鸟，但这只鸟又引发了大贵被冯兰池指使的招兵者抓去当兵的事情，使朱冯两家的矛盾达到了尖锐化。第一部写过他和大贵痛打保长刘二卯的事情，展现了他不惧恶势力的英勇品格。第二部写他给朱老忠带来张嘉庆、李霜泗已经暴动的消息，使朱老忠决定攻打

[1] 转引自钟桂松《茅盾评价〈红旗谱〉》，中国作家网，2021 年 3 月 6 日。

[2] 转引自钟桂松《茅盾评价〈红旗谱〉》，中国作家网，2021 年 3 月 6 日。

冯家大院。在战斗中，他给大贵装子弹，兄弟两人的密切配合使游击队攻取冯家大院得以顺利进行。他建议全家都去当红军，闹个满门红，获得了红军游击队员的高度赞誉。第三部写到他和冯兰池的爪牙——李德才的女儿珍儿出现爱的苗头。朱老忠、朱大贵是小说的重要人物。

朱氏一族还有其他几个人物。朱老明这个人物是作者依据生活中的实有人物塑造出来的。大革命时期，梁斌参加了游击队，他在搞调查工作时，到河北饶阳县的张岗村去调查。张岗村由地主掌权着，许多农民交不起税款，被逼得上吊自杀。有个农民于是串联二十八户人家和地主打了三场官司，但都打输了，气得他瞎了眼。梁斌说他就是自己写朱老明时依据的人物。另外，抗战期间，梁斌听到一个老汉在日军打进村子时坚决不跑，而是站在大街上破口大骂起鬼子。鬼子来打他，他就往井里爬，并说："我可不能和日本鬼子活在一块天底下！"伪军们阻拦了他。这个人也是梁斌塑造朱老明时的原型人物。[1] 小说中的朱老明妻子早死，有两个女儿，一个儿子，但他们一直没有正面出现。朱老明是锁井镇农民革命的智囊性人物，朱老忠很多时候遇到事情都去和他商量，他疾恶如仇，眼睛看不见，但听了别人所述的事情，总能提出周全、合理、可行的处理方案。朱老星和庆他娘生的儿子是朱庆。朱庆在三部曲小说的第三部里出场频率较高，冯贵堂冤枉他偷了西瓜，把他吊起来打得死去活来；他被释放后，听到冯贵堂要强奸珍儿，就一头撞到冯贵堂的胸口上，撞得他差点闭过气去；冯贵堂辞退他后，又派李德才、刘二卯打压他，他就放火烧了冯贵堂家的麦草垛。他是一个天不怕、地不怕的勇敢的反抗者。朱老星在高蠡暴动失败后打算和伍老拔去天津，但在伍老拔斧劈了一个说共产党坏话的胖商人，打死了两个警察的事情后，他不想去天津了，打算回家；路上，他被两个土豪逮住，送给了陈贯群；冯贵堂埋葬他爹冯兰池时，陈贯群、张福奎用他祭奠冯兰池，铡死了他。他是一位坚强的革命者，刑场上大义凛然，视死如归，英勇就义。朱氏一族还有朱全富，他在小说里偶尔出现。

严氏一族：

第一代是严老祥，在朱老巩护钟时帮助了他。朱老巩死后，他因为惧怕冯兰池，就坚决要下关东，很多人劝说他不要去，但他还是去了。最终情况不明。他是一个既勇敢又软弱的人。他和老祥大娘的儿子是严志和。严志和与涛他娘

[1] 王德彰《〈红旗谱〉历史故实与人物原型》，《文史精华》，2005 年第 1 期。

的儿子是运涛和江涛。涛他娘和贵他娘相比，思想觉悟不太高，在运涛、江涛都入狱后，她念子心切，只追求过安稳的日子，不希望严志和参加红军游击队。但现实的残酷使她后来也出现了一些变化，她支持丈夫儿子去进行革命，鼓动人们进行抗战的积极性有所提高。运涛的妻子是春兰。严志和、严运涛、严江涛、春兰都是小说的重要人物。茅盾曾说："严志和及其两子——运涛、江涛，在书中所占篇幅较多。但，运涛在后半部书中（指第一部《红旗谱》的后半部）就没有了，代之而起的，是江涛。这三个人的形象给人相当深刻的印象。""严志和的形象很清晰，有个性，在书的前半，他比二子写得好。严妻形象不深刻。"[1]

严氏一族还有严老尚，他参加过义和团，小说多次提到他过八十岁大寿时，当地很多有头有脸的人去给他祝寿，可见他的威望很高。他帮助冯兰池砸钟，造成朱老巩护钟未获得成功，可见他是站在地主阶级一边的。他的儿子是严知孝，为小说里的重要人物。他母亲是一个落后人物，思想保守，对农民们反割头税的事情说了一些反对的话。严知孝的女儿是严萍，江涛的对象，但因为两人之间出现误会，到三部曲小说结束，也没有结婚。她积极参加反割头税运动，积极帮助保定二师护校的学生，在高蠡暴动及后来的抗战宣传、鼓动中都是重要人物。严萍的妈妈是冯老锡的姐妹、冯登龙的姑妈，思想落后，甚至反动，经常拖严知孝和严萍参加革命活动的后腿。

冯氏一族：

一类是地主冯兰池，是三部曲小说前两部的重要人物，高蠡暴动中被贾湘农击毙。他的老婆即冯大奶奶自私心毒，残忍贪婪。冯兰池的儿子是冯月堂、冯贵堂、冯焕堂。冯月堂在小说中没有正面出现。冯贵堂是三部曲小说的重要人物，女儿是大雁、二雁、桂兰、春红，但她们在小说里的身份都是配角。二雁在冯贵堂领着家里一些人逃难时被国民党的一个军官抢走。按小说情节看，二雁的母亲没有去逃难，当冯贵堂逃难回来，知道二雁被抢，她就昏死了过去。其他情况，小说未做交代。冯焕堂是一个务农者，按小说不太明确的交代，他已经成家，子女不知。

一类是冯兰池的长工冯大有，他给冯家赶车，虽有多次言语，但总体是一个配角，没有反抗意识，死心塌地地为冯家效力。另外还有两个长工，一个是

[1] 转引自钟桂松《茅盾评价〈红旗谱〉》，中国作家网，2021 年 3 月 6 日。

老拴，同情朱庆被冤打的遭遇，他的一声咳嗽终止了珍儿差点被冯贵堂强奸的事情；山东老人是给冯家看瓜的老人，他说西瓜被一个瘸着腿的人偷了，造成冯贵堂认为是朱庆偷了瓜，于是把朱庆吊起来打得遍体鳞伤。

一类是冯兰池的账房先生李德才，他是一个极其可憎的人物，冯大奶奶逼他卖了房，卖了女儿珍儿顶债，使他一无所有，但他仍然心甘情愿地为冯家效力，扮演爪牙、打手，干了许多坏事，连他女儿珍儿都不理睬他；作者写他被大贵二贵撂进水潭里写得极为精彩；他打压朱庆时，让朱庆说他为什么要撞冯贵堂的那一节，展现了他是非不分，不知羞耻的奴才相。他的老婆卧病三年，无钱看病，临死前把珍儿托付给贵他娘，让珍儿认贵他娘为干娘；他老婆死了后，他都不愿意给她买一身寿衣，买一副棺材，贵他娘训了他一顿，他才不情愿地埋了老婆。老山头是冯兰池、冯贵堂父子跟前的一个忠实走狗、爪牙，和李德才一起干了许多鱼肉百姓的事情。英雄好汉李霜泗最后的被捕就义就是老山头一手造成的。张嘉庆的警卫员老占惨死，也是他干的。

一类是老驴头、冯大狗。老驴头是春兰的父亲，在小说里没有被正面提及姓氏。冯兰池两次派李德才来跟老驴头提出想纳春兰为妾，老驴头都严厉地拒绝了冯兰池，并扇了李德才几个耳光。老驴头之所以拒绝冯兰池，一个重要原因是冯兰池说过和他同宗同族。由此可以看出，他也姓冯。老驴头一想到同宗同族的冯兰池想纳春兰为妾，觉得这是辱没先祖、羞人至极的事情，就坚决拒绝了。总体上看，老驴头在很多时候都是一个懦弱、窝囊、自私自利、重男轻女、活得很悲愤很无能、逆来顺受、麻木不仁、没有反抗意识的人。他在反割头税运动中为杀猪而干出的一系列事情，都展现了他的这些性格特点。他在拒绝冯兰池提亲及第二部开头所写的“牛吃草事件”中，光着膀子跑到冯兰池家和李德才打架，又表现了他为了爱女，为了心爱的牛（春兰被李德才打骂，牛鼻子被拉伤）而敢于同乡村恶霸地主进行决斗的英勇品质。他想参加暴动，又怕杀头之罪，这又是他惜命、窝囊、自私，觉悟不高的地方。春兰娘是村里的长舌妇，冯兰池看见运涛和春兰在窝棚里说话，跟她一说，她就大喊大叫起来，说女儿招了汉子了，惹得老驴头把运涛赶跑，把春兰打得差点闭气。另外，小说写春兰两次自杀，关键时刻，她就出现了，春兰便自杀未遂。

冯大狗曾在外当过国民党大兵，心肠不坏，善良而同情革命，在保定二师学潮中，向青年学生给予了不少帮助。当军警镇压学生时，他打死了好几个军警；当几个人追江涛时，他又撂倒了几个。学潮失败后，他离开国民党部队，加入了农民自卫军。在攻打冯家大院前，他媳妇转述说他卖了枪，过着吃喝玩乐的日子。攻打冯家大院时，他作战很勇敢。之后，因为枪杀了一个路人而受到朱老忠的审判。在朱老星、伍老拔的建议下，他差点被朱老忠枪毙。贾湘农提出改造他的建议后，他继续在游击队里作战。最后，他正面出现在冯贵堂让刘二卯召集人们到学堂开会成立守望队的事情中，他和高富贵都参加了会议。冯大狗媳妇在小说中也出现过几次，过得很凄苦，冯大狗当国军士兵时，享受过安家费之类的待遇；冯大狗参加了农民游击队后，没有了这些，她就来向朱老忠要。朱老忠说等革命成功了，啥都会有的。朱老忠领导人们攻下冯家大院后，她分到了钱财粮食，对朱老忠无限崇敬，称他为神。

一类是冯老洪、冯老锡、冯雅红、冯登龙等。江涛给贾湘农汇报锁井镇上封建势力的情况时说：锁井镇有三大家，论势派，数冯老洪；论财势，数冯兰池；第三家是冯老锡。“三大家趁着荒涝的年月，收买了很多土地，撵得种田人家无地可种了，他们赚了钱，放高利贷。锁井一带村庄，不是他们的债户，就是他们的佃户……打下粮食，摘下棉花，吃不了用不完，把多余的钱供给姑娘小子们念书，结交下少爷小姐们做朋友。做起亲事，讲门当户对，互相标榜着走动衙门。在这块肥美的土地上，撒下了多财多势的网。在这网下，是常年受苦的庄稼人……”可见，冯老洪与冯老锡都是地主老财。冯老洪与冯老锡曾经为一个叫金鸿的女人而打了场官司，冯老洪的儿子在太原从军，是军官；冯老锡败了这场官司后，家道中落。冯老洪后来去太原和儿子居住在一起，再未回过锁井镇，小说里也没有正面写过他。冯老锡官司败诉后成了一个破落地主，家里也雇工，比如老套子就是他雇的长工。冯老锡由于憎恨冯贵堂帮着冯老洪打官司，使自己失败，所以一直和冯兰池、冯贵堂是死对头。他同情受苦的农民，支持农民们拉起队伍打日本鬼子。他女儿雅红是一个活泼可爱，向往革命，对爱情怀有美好憧憬的姑娘。她和伍老拔的儿子小囤相好，老套子认为他们两个是“麻雀跟着孔雀飞”，就劝说小囤终止了和雅红的来往。冯登龙是冯老锡的儿子，严萍母亲是他的姑妈，她一直在撮合严萍嫁给冯登龙，但严萍不愿意，她喜欢的是江涛。冯登龙是一个军国民主义者，崇尚武力，崇尚当官，一心要去军队抗日救国，极其瞧不起江涛倡导的发动农民起来抗日的主张。后来，他去东北，加入一个叔叔的抗日义勇军队伍，应该是作战而亡。小说只说他死了，因何而死，没有明确交代；小说说东北抗日义勇军的情况很复杂，有些是由真正的抗日志士建立起来的队伍，有些是军阀、政客、土匪等建立起来的队伍，他们假借抗日之名，实际上干着破坏抗战的事情。

另外，还有一些人和冯兰池、冯贵堂有密切关系。

一类是冯兰池的长工冯大有，他给冯家赶车，虽有几句话语，但总体上是一个配角，没有反抗意识，死心塌地地为冯家效力。另外还有两个长工，一个是老拴，他同情朱庆被冤打的遭遇，一声咳嗽制止了珍儿差点被冯贵堂强奸的事情；一个是山东老人，他是给冯家看瓜的人，他说西瓜被一个瘸着腿的人偷了，导致冯贵堂认为是朱庆偷了瓜，于是把朱庆吊起来打得遍体鳞伤。

一类是冯兰池的账房先生李德才，他是一个极其可憎的人物，冯大奶奶逼他卖了房、卖了女儿珍儿顶债，使他一无所有，但他仍然心甘情愿地为冯家效力，扮演爪牙、打手的角色，干了许多坏事，连他女儿珍儿都不理睬他。他打压朱庆时，让朱庆说他为什么要撞冯贵堂的情节，展现了他是非不分、不知羞耻的奴才相。他的老婆卧病三年，无钱看病，临死前把珍儿托付给贵他娘，让珍儿认贵他娘为干娘，而他老婆死了后，他都不愿意给她买一身寿衣，买一副棺材。贵他娘训了他一顿，他才不情愿地埋了老婆。老山头是冯兰池、冯贵堂父子跟前的一个忠实走狗、爪牙，和李德才一起干了许多鱼肉百姓的事情。英雄好汉李霜泗最后被捕就义就是他一手造成的。张嘉庆的警卫员老占惨死，也是他导致的。《烽烟图》写道，冯贵堂被张嘉庆捉住后关押起来，不久又被运涛、江涛释放了，冯贵堂被释放后，老山头和李德才一起，继续为他跑前跑后，出力作恶。

一类是刘老万、严老松、刘老士、胡老云、王老讲、齐掌柜等，这些人有的是当地的村长，有的是商会会长，有的是奸商，他们经常和冯兰池、冯贵堂一起欺压百姓，阻止农民的革命行动。小说对齐掌柜的情况有明确交代，他是晋商；对其他人的具体情况未作交代，只写了他们在一些场合发表的反共、卖国言论。

革命者阵营及同情支持革命的人物：

上面所述的朱老忠、大贵、二贵，朱老明、朱老星、朱庆，严志和、运涛、江涛、春兰，严知孝、严萍，冯大狗等都是革命者阵营里的重要人物。除过他们，下面这些人物有些是职业革命者，有些是同情支持革命的人物。

贾湘农是三部曲小说里前两部中的重要人物，高蠡暴动失败后，第二部第四十四节写他要去白洋淀，二贵问他原因，他说要去找上级，向上级检讨自己的错误，还要给毛主席写信。但他还要回来，继续在平原上燃起抗日的烈火。朱老忠劝他不要走，但他还是要走。大贵于是把他送到了白洋淀。第三部写他后来在上海牺牲，只提了一句。

张嘉庆是三部曲小说里的重要人物，他是地主的儿子，母亲在家里低微的地位使他早早走上了反叛家庭，从事革命活动的道路。他是一位坚定的革命者、神枪手，后来被土匪佟老五逼下悬崖牺牲。

伍老拔是张嘉庆家里的长工，参加红军游击队后，成为一员革命猛将，革命的积极性很高。他武力超群。高蠡暴动失败后，他准备和朱老星坐船去天津，由于听不惯船上一个胖大商人对共产党的谩骂，他就愤而斧劈了商人；当警察来抓捕他时，他跳到河中，并让警察下河和他大战。两个警察下去后，他用石头打死他们。后来，他跟随大贵率领的游击队去太行山打游击，一去五年。回来后，继续跟着朱老忠、大贵等作战。他的儿子小囤、小顺也是两位不屈服于地主冯贵堂的青年英雄，第三部多次写到他们送情报、斗地主的英雄事迹。

李霜泗是绿林好汉，在小说中也是一个主要人物，后来加入了共产党。作者塑造他也是有原型人物的，这个原型本名叫刘双四，蠡县北辛庄人，参加过高蠡暴动。他确实是土匪出身，后加入了共产党。在高蠡暴动中，他作战英勇。曾带队攻下戎家营村，双手使两把盒子炮，踩着云梯攻下寨墙。他被捕之后，被反动派处以绞刑。行刑前他坐在大车上高呼：“打倒蒋介石！”“共产党万岁！”行刑那天，蠡县县城周围二十多里地的农民都跑来看，听了他呼喊的口号，都慨叹“好样的！”一个土匪，当年按阶级成分划分，应属于流氓无产者，这样的人有可能成为共产党员吗？梁斌说，在实际生活中，李霜泗成为共产党员是不成问题的，因在中共第三次全国代表大会的文献中有明确的决定：由于中国农民深受三大敌人的残酷压迫与剥削，灾难深重，因而被迫铤而走险，或当土匪，或加入民团是完全可能的。所以，我们党决定在民团、土匪中建立党支部。当年白洋淀雁翎队中的董氏三兄弟，据说就是土匪出身。小说写李霜泗是被陈贯群、张福奎铡死的。实际上，刘双四没有去过白洋淀，也没有一个睿智、贤惠的老婆和叫芝儿的女儿。[1] 在小说中，李霜泗疾恶如仇，一心要抗战救

[1] 王德彰《〈红旗谱〉历史故实与人物原型》，《文史精华》，2005 年第 1 期。

国，和女儿芝儿一起枪杀了县特务大队队长张福奎（实际未打死），后来到河南确山县火车站当工人，老山头得知他的地址后，和冯贵堂一起前去抓住他；押解回县途中，他在火车上跟乘客说自己不是土匪！是高蠡暴动的大队长，跑到河南当了工人，只因出了奸细，才被拿了……说着大喊着"中国共产党万岁"，博得了人们的赞扬。半夜子时，他想跳窗逃走，但几个警察都受到了冯贵堂的贿赂，所以把他看得极严，逃跑未成功。到县上后，人们看到英雄回到故乡，都伤心落泪。当承审员审判他时，他不下跪，并说:"打土豪分土地无罪！因此不跪。"承审员问他是不是土匪。他说不是土匪！又问他是否参加了高蠡暴动。他说:"我是河北红军第一军第二大队的大队长！"又问:"你是共产党员？"他说:"不错，我是中国共产党的党员！"他的性格就像老山头说的：性子特硬，宁顺勿戗。他是高蠡暴动的英雄，所以，当百姓看到他被逮，无不流泪，说明了人们对他的爱戴、同情、崇敬。他落狱后，由于救他没有力量，所以江涛和朱老忠想方设法给他送饭，使他没有挨饿，使他的身体很健壮，使他没有失去英雄气魄。他英勇就义那天，他女儿芝儿在刑场再次枪击了张福奎，使其毙命。

夏应图是保定二师学潮的领导人之一，是作者根据真实人物塑造出来的，由于坚持学生护校，反对学生到农村去发动农民起来抗战，导致陈贯群派兵围校及后来的武装镇压，他在和反动军警交战时牺牲。

刘光宗、杨鹤声、曹金月、刘俞林是保定二师学潮的战将，学潮被镇压后，他们于当年九月慷慨就义。第三部第十四节至第十九节写严萍回忆保定二师学潮之后的情况时，写了他们牺牲时候的英勇不屈。他们牺牲的当晚，严萍陪伴在他们的遗体旁，结果被捕。严知孝请求陈贯群后，严萍才被释放。

小邵、小焦是保定二师学潮中的护校学生，陈贯群镇压学生时，小邵被打中胸膛牺牲，小焦中枪后，肠子都流了出来，他提着肠子喊着"共产主义万岁""打倒日本帝国主义"牺牲。

小魏是二师护校学生，在小说里有详细介绍，和妻子积极参加革命，主张学生到农村去发动农民参加抗战，劝说张嘉庆去农村，但张嘉庆不听，他于是翻墙逃出校外，去农村继续进行抗日宣传。

另外，革命者阵营还有张合群，他是省委领导，在日军占领北平、天津，派飞机轰炸保定时，江涛和张嘉庆去保定寻找省委领导，但没找到。他们最后在定县找到张合群，张合群给他们安排了后面的工作。杨万林、齐墨林、宋洛曙、李学敏、翟树功、蔡书林等是锁井镇之外的农民游击队的领导人，是历史上的真实人物。他们在小说里多次出现，唯有宋洛曙的性格比较明确一些，他具有非常坚定的抗战救国信念，后来在作战中牺牲。吴良栋是一位校长，贾湘农在他的学校工作；江涛后来也在吴良栋的学校工作，住的是贾湘农住过的房子。老占是张嘉庆的警卫员，身上挎着游击队缴获的冯兰池的手枪，一次在街上让人摸枪，老山头也摸了，认出是老主子的枪，冯贵堂于是派他杀了老占，冯贵堂重新得到了他父亲的枪。刘书记长是潜伏在国民党党部的地下工作者，拖延了陈贯群、张福奎、王楷第、冯贵堂等成立七县联合剿共总队的时间，在小说里只出现过一次。许局长是国民党印花税局局长，按小说所写的情况看，是一个同情革命的官员，给红军游击队提供过两千元资助，在小说里出现过两次。王慎志只出现一次，是贾湘农等革命者聚集的一个秘密据点的主人。边隆基、陈锡周在第一部第五十九节出现过一次，他们是二师护校学生，受伤后和张嘉庆一起住在美国人办的思罗医院里治伤。朱老虎是李霜泗的舅舅，他劝导、引导李霜泗走上了革命和抗战救国的道路。孟庆山、李副司令员、王主任是八路军的领导，运涛和春兰结婚后，去他们跟前接受了任务。万顺老店的掌柜是一位热情、善良、厚道，给朱老忠、严志和、严萍、严江涛、张嘉庆等提供过不少帮助、支持的生意人，在小说里多次出现。比如第一部《红旗谱》写朱老忠从关东回来后，和家人及严志和就住在万顺老店里，老掌柜热情接待了他们；保定二师学潮爆发后，朱老忠、严志和去保定看望严江涛和张嘉庆，也是住在他的店里，他给他们提供了不少学生运动的信息；第二部《播火记》开头写学潮失败后，他连夜租车将严萍送回乡下老家，分文不要；第三部《烽烟图》写严江涛和张嘉庆去保定找省政府时，遇到日本飞机轰炸，他叫江涛、张嘉庆躲在菜窖里避难，两人走时，他不要他们的一分钱，还叫他们回去后给他来信报个平安。他的善良、厚道，动人心魄。

国民党党政军官员：

钱大钧是委员长的亲信——保定行营主任。朱老忠率领游击队攻打冯家大院取得胜利后，又带领红军去蠡县打大仗，冯贵堂给王楷第县长汇报了朱老忠暴动及他爹冯兰池依然抵抗的事情，王楷第快速和保定卫戍司令陈贯群通了话，陈贯群又去见钱大钧。钱大钧听了陈贯群的报告认为不准确，然后告诉了他详细情报，并对他的行动做出了指示。

陈贯群是十四旅旅长、保定卫戍司令。保定二师学潮发生后，他带着卫队来到学校围校。严知孝请他撤除围校部队，他反而命令增加。冯贵堂跟他建议镇压学生，他立即给骑兵下令，让他们对学生大开杀戒。朱老忠命令红军游击队进攻冯家大院前，冯贵堂请求他要派兵预防，他说，二师闹学潮的时候押了三十多人，可以从他们身上开刀。他说自己在学潮之后，悟出了一个道理，就是学生们要请愿，就叫他们请，他们有请愿的自由；他也有放机关枪的自由。这些话，说明他是一个非常残忍的人。冯贵堂说等他们闹起暴动就迟了，地主的财产都被分了。暴动结束后，冯贵堂、张福奎带领着马快班在锁井镇抢夺暴动户，陈贯群也率兵来到锁井镇，和张福奎一起铡死了朱老星，祭奠冯老兰。

张福奎是县特务大队队长，被李霜泗女儿芝儿枪击后受重伤，王楷第将其隐藏在秘密医院治伤，伤好后只剩下一条胳膊，一只耳朵，身体很胖，样貌奇丑无比。李霜泗被冯贵堂抓捕后，他执行杀害李霜泗的任务，在刑场上被芝儿再次击毙。张福奎似乎是个形象较复杂的人物，冯贵堂在锁井镇反攻倒算时，抢劫朱老忠和老驴头的家，他让冯贵堂不要抢了。冯贵堂说他好了伤疤忘了疼，他带着下属离开。后来，他提出在锁井镇大抢三天，吓得冯贵堂等地主老财大惊失色，因为他们怕张福奎抢了自己及亲戚。张福奎提出给他们及亲戚的门上贴上条子，他的下属看到条子就不抢他们了。冯贵堂听了还是害怕，主动提出给张福奎送些东西。张福奎说冯贵堂太聪明了，就打消了抢劫的念头。从这些看，张福奎不让冯贵堂抢朱老忠、老驴头，可能是想给自己留些抢劫的东西，也可能真的像他说的“小户人家不值得细搜”（在朱老忠家时所说），“算了，快死的老东西，跟他一样干什么！”（在老驴头家时所说），体现了他有仁慈的、手下留情的一面。再从他提出在锁井镇大抢三天的事情看，他又是一个太有心计的人，他为了得到冯贵堂及其他地主们的东西，便用“大抢三天”的话，使冯贵堂等地主老财主动交出东西，然后献给他。

刘麻子是国民党保定市党部主任，二师学潮中，他持枪威逼江涛、夏应图投降，好在江涛义正词严，学生们团结一心，才使他的阴谋未得逞。江涛被捕，就是他带人亲力亲为的，是极力配合军阀陈贯群镇压学生爱国运动、农民抗日革命运动的反动人物。

王楷第是县长，从保定军官学校毕业，当过旧政府的议员，是北洋官僚张省长的老同学，给别人办过军需。张省长任命他当县长，是因为他宦囊空虚，

想给他个饭碗。王楷第也是个形象较复杂的人，当朱老忠要举行反割头税运动时，冯贵堂请求他去打压，他说朱老忠不过是为了过年吃口肉，没有什么了不起。冯贵堂说朱老忠背后有严江涛，他说："一个学生娃子，不过散散传单，喊喊口号，也不会有什么大的作为。"冯贵堂说严江涛是个共产党，他说："他是共产党，你有把柄？拿来！"冯贵堂拿不出证据，就说县长得保护他收齐割头税，否则他无法交足包价。他听了，愤怒地让冯贵堂不要跑到衙门里来啰嗦了。冯贵堂只好退下去。这显示了他对农民和学生多少有些同情。冯贵堂想成立民团，来找他，先问他把刺杀张福奎的人抓到没有。他说抓了不少农民，都不像刺客，释放了。冯贵堂说共产党大多就是农民，委员长说宁可错杀一千，也不漏掉一个，说不定刺客就在县政府的部门里；又说贾湘农也到了锁井镇，准备和朱老忠、朱老明打土豪，分田地，抗击日本人呢！他听了就说请军队来吧。冯贵堂说不但要请军队，还要成立民团。他就同意了，但又说得请示保定行营主任钱大钧。第二天，他和陈贯群、冯贵堂到保定去见钱大钧。钱大钧问他县上有名的共产党员都是谁，他有点说不清楚。冯贵堂说了贾湘农、朱老忠、朱老明、严志和等，才使他下了台。他又说日寇占了东北，保定闹起暴动，就得牵扯兵力了。钱大钧便说保定有事了，可以动用陈贯群的十四旅、安国定县的十七旅、山海关的关麟征部。从他对县上共产党的情况不熟看，他似乎并未把"剿共"的事情放在心上。江涛、朱老忠领导的反割头税运动开始后，冯贵堂找他，他害怕自己县里起了农民暴动，被上级指责，就给省政府打电话报告，又和陈贯群通话。小说非常细腻地写了他当时的慌乱和对上司的惧怕。当江涛指挥人们跑到县政府后，他吓得不敢出来，半天才传出话来说可以暂时不交割头税。江涛要求他明令取消，他说不敢，要请示省政府。可见，他既害怕农民暴动，又害怕上司。张福奎被芝儿枪击后，他把张福奎藏在一个秘密地方养伤，并故意放烟幕弹说张福奎已经被刺去世，还给他举行了吊丧活动。一次，他跟陈贯群、张福奎、冯贵堂、胡老云、王老讲、刘老万、严老松、刘老士等说日本人离得还远，所以"剿共"是目前最大的任务。陈贯群说他在三天之内一定会把贾湘农消灭的。他提醒陈贯群共产党里的能人很多。陈贯群说贾湘农只是一个跳梁小丑而已。可以看出，他所说的卖国言论，以及坚决"剿共"的言论，一下子破坏了他之前给读者留下的稍显"中立"的形象。他从此也和张福奎、陈贯群等沆瀣一气，共同剿杀着农民们反抗压迫，要求抗日救国的行动。冯贵堂要去捉拿李霜泗，给他送了一个包袱，他问里面是什么东西。冯贵堂说："吃的、穿的、用的，什么都有了。"他听了照收不误。然后在冯贵堂说了李霜泗有了下落的事情后，他说日本鬼子进了长城，华北大半河山已经不保，已经顾不上抓李霜泗了。但冯贵堂说，高蠡暴动前张福奎被人打了一枪，案子至今还没破，李霜泗现在下落已经明确，自己愿意去抓捕。他立即同意，给冯贵堂办了文书，并叮嘱冯贵堂以"土匪"名义办李霜泗，别办他"共党"。原因是他害怕自己被戴上破坏抗日统一战线的罪名。这些显示，他是一个很清楚自己是谁的人，作为地方行政官员，他知道缉拿李霜泗是自己分内的职责，加上他收了冯贵堂的钱财，于是就很快同意。当冯贵堂让他把在县立高小教书的严江涛赶出去时，他说他怕马老将军，因为马老将军和严知孝有瓜葛，自己也和严知孝有一面之交；马老将军还是他的校长，严江涛出狱就是他写信保释的。他又跟冯贵堂说，严江涛在县高小教个书能起了什么高调？如果赶走严江涛，马老将军会端了他的饭碗的，他根本不敢惹严江涛。他为保饭碗，而不去给江涛寻事，说明了他又有忠厚的优点。日本人全面进攻北平、华北后，他带着保安队，拉着家眷和金银财宝逆向回老家，江涛、运涛带领队伍和他交战，严知孝跑来叫停了双方，谈判后，他把多余的枪支弹药及保安人员留给了救国会的游击队。就像运涛、江涛所说的，他在国难当头之时不能守土护国、弃官逃走，又是一个十足的临阵逃脱的昏官。

陈金波是江涛的表哥，在县公安局当督察。第二十三节写江涛为了建立统一战线，决定在他的身上下功夫。一天，冯贵堂和李德才在河神庙前散步，遇到陈金波和县政府的法警来让锁井镇成立守望队，再收集三千斤白面。江涛、张嘉庆从保定回来后，带领大贵、严萍等人去端公安局，陈金波说他早就想抗日了，于是让保安队的一百三十多人把枪放在地上投降。然后，他领着江涛到枪械库弄了好多武器，但枪多人少，背不过来。从这看，陈金波是一个愿意抗日的，具有爱国心的人。但他对自己带来的人疏于管理，纪律涣散，目无组织，他们觉得救国会的武器没有自己的好，就跑街上去玩。张嘉庆一看，就让他们把枪放下，说愿来就来，愿走就走。随后，张嘉庆把游击队员编成一个个班，分为三个中队，任命陈金波当一个队的队长，并给他派了一个政治委员。江涛让张嘉庆的警卫员老占去给陈金波送信时，陈金波跟老占抱怨天天来信，说他早就想离开游击队了。老占跟江涛讲了陈金波说的话。江涛想表哥在衙门的单

位里待惯了，慢慢就会好起来。但他还是和张嘉庆商量，得教育一下陈金波。当江涛、运涛去堵截拉着家眷和金银财宝、向北回静海老家的县长王楷第的保安队时，陈金波也参加了，但他的枪打不响，因为枪里缺少撞针。这可能是他故意弄的，因为他原来是公安局的督察，不会不懂枪无撞针打不响的常识。他应该是存心怠职，才出现了这种低级错误。这次战斗最后被严知孝叫停。然后，运涛、江涛释放了被关押的冯贵堂。冯贵堂自由后，给唐河岸上的佟老五写了信，派人送去。然后，冯贵堂拉拢陈金波吸起海洛因，吸时，陈金波把身上脱得精光，和冯贵堂一起玩弄着一个叫大梅花的女人。陈金波说他很厌恶游击队的生活，一直想离开，但江涛不同意。由这可以看出，陈金波已经和地主冯贵堂同流合污了。张嘉庆在去唐河岸边策反土匪佟老五时，叫上大贵和陈金波一块去。张嘉庆向陈金波询问唐河岸边村庄的情况，陈金波感到很烦。他已经对革命工作显出了消极的、极不耐烦的态度。当张嘉庆、陈金波以及陈金波的朋友见到佟老五后，佟老五这时已经和冯贵堂勾结在一起，于是把张嘉庆的枪下了，然后又假装枪毙了陈金波的朋友。随后，陈金波跪在地上交代了他们来此的目的。陈金波终于叛变了。接着，佟老五让手下疯狂殴打张嘉庆，并把他捆绑起来，押到唐河边上的悬崖处。张嘉庆为了不再遭受敌人的凌辱，挣脱他们，纵身跳下悬崖，跌入深深的回流里。可见，张嘉庆牺牲，陈金波在里面起了很大作用。

刘二卯是国民党政府的政治体系里的最底层的官员，他当着保长，也是个形象较复杂的人，当他被冯兰池指使着去大骂反割头税的人们时，他极其张狂，嘴里的污言秽语接连而出，在大贵、二贵、朱庆把他痛打了一顿后，他继续大骂不止，结果被一群妇女压住暴打。为了脱身，他脱了裤子，露出下身，羞得妇女跑了后，他才没再被打。但二贵又给他的光屁股上抹了一铁锨牛粪，其狼狈之状令人忍俊不禁。在冯贵堂冤枉朱庆偷瓜的事情中，刘二卯怕出了人命，就让人把吊着的朱庆放下来。冯贵堂让朱老忠摆宴席赔罪，刘二卯极力想把事情化小、化无。在冯贵堂坚持要摆宴席时，他和李德才负担了费用。总之，刘二卯既凶残、无耻，又具有一点点人性，包括同情心、怜悯心，是一个形象较复杂的人。

张秘书、孟督察长、孟班长，是冯贵堂去河南抓捕李霜泗时，当地县政府的秘书、公安局督察、警察所班长。他们都贪财，在收了冯贵堂的钞票后，都卖力地抓捕、押送李霜泗。小说写道，冯贵堂和张秘书拉上北平朝阳大学的同窗关系后，他给张秘书一沓钞票，然后说了抓捕李霜泗的事情。张秘书听了，就答应帮办。下午，张秘书跟冯贵堂说，公安局的孟督察长和他一块去抓人。孟督察带着便衣队来后，冯贵堂又给他塞了钞票，然后去抓了正在修路的李霜泗。可以看出，冯贵堂为得到李霜泗，不惜钱财，贿赂张秘书和孟督察长，反映了国民党行政人员从上到下大大小小的官员都腐败的情况。冯贵堂逮捕了李霜泗后，又给张秘书塞了钱，让他再派几个人协助自己把李霜泗押回去。张秘书于是让公安局长派了孟班长和四个警察。冯贵堂给他们都送了钱财，然后把李霜泗押回县上。

土匪流氓帮：

黑旋风在冯兰池抢劫逃兵的物资事件中侧面出现，在冯贵堂准备打压江涛、朱老忠领导的抗日活动中，也侧面出现。土匪徐老黑在严萍执政的县城为非作歹，就是他指使的。而他指使徐老黑抢劫，又是受了冯贵堂的指使。所以，他是一个帮助地主冯贵堂欺压百姓的恶贯满盈的土匪头子。

佟老五也受了冯贵堂的指使，害死了张嘉庆，是一个十恶不赦的土匪头子。

徐老黑、王五一个是土匪头子，一个是其手下。徐老黑给县长严萍说他是奉司令黑旋风的命令来县上游击的。严萍说她爷爷和黑旋风有交情，但他并未理睬这个关系。第二天，李秘书跟严萍说，徐老黑的队伍不停地为非作歹。严萍便让李秘书伺候他们一下，打发他们走了算了。李秘书说徐老黑的人马每天要一千斤面、一千斤肉，不给就闹事，得想办法治治。严萍说，都是中国人，试着教育教育一下他们吧。李秘书觉得严萍魄力太小。第二天，徐老黑的副官王五到县府来要东西，还请代买烟土。李秘书和王五吵骂了起来。王五又和严萍吵了起来。严萍下令下了王五一帮人的枪，并把他们关到黑屋子里。徐老黑于是拉上队伍占了县队部，把严萍关进黑屋子里。朱大贵听到消息后就带着队伍到县城隐蔽待命，然后去找严知孝。严知孝来到城里的宴宾楼，让掌柜去传徐老黑。徐老黑来后，严知孝要求他把严萍释放了。徐老黑乖乖地答应了。随后，朱大贵安排队伍追击徐老黑的土匪队伍，消灭了其大半。徐老黑奉黑旋风之命在县城为非作歹，黑旋风又是在冯贵堂的安排下才如此而为的，目的是搞乱县城，让江涛和严萍落下张嘉庆一样的结果。足见这伙地主土匪的险恶用心。严萍抱着教育教育徐老黑的想法，对其队伍不停为非作歹说算了，结果，徐老黑更加有恃无恐，其副官王五受他的指派到县府要东西，还请代买烟土。严萍终于下令还击，但她应该没想到徐老黑是要彻底为冯贵堂效力的，她自己最终也被土匪关进了黑屋子里。其斗争的激烈性令人感到地主土匪勾结后的嚣张气焰。

二疤痢是乡村里的一个地痞无赖流氓。在严萍、春兰跟红军游击队送情报时，他帮着她们过河。其间，他对严萍不怀好意，伺机下手。等把严萍扑倒在地，欲行欺辱时，被伍老拔、二贵的枪声吓得跳进河里逃走。

另几个人物：

李秘书是严萍的秘书，他看严萍长得面嫩，就想给她做几件衣裳，点缀门面。严萍听了没吭声。当徐老黑的土匪队伍在县城里为非作歹时，他给严萍说了这些情况，严萍却抱着教育教育他们的态度答复他。他听了觉得严萍魄力太小。第二天，徐老黑的副官王五来县府继续为非作歹，他忍无可忍，就和王五吵骂起来。可见他是一个具有正义感的人。

马老将军、马敬、赵珏：小说没有写马老将军过去的从军声誉，从前面王楷第向冯贵堂说的话看，他应该当过军校校长，现在政界、军界里的许多头头脑脑都是他的学生，具有一定的威望。老将军待人和善，爱国爱民，对日本人的侵略无比忧愤，对卖国贼们镇压抗日志士的事情无比恼怒。他让严萍住在家里，显示了他是一位忠厚长者，这也实现了严萍要摆脱冯登龙的愿望。他的儿子马敬出场后没有多少话，儿媳赵珏听到严萍说起了高蠡暴动，告诫严萍要小心。然后，她向严萍介绍了首都图书馆的情况，又谈了北平的政治情况。从这些看，赵珏应该是个善良、正直的人。

二、重点人物形象分析

1. 朱老忠

朱老忠在三部曲小说里都出现。关于这个人物的原型，前面曾说过是梁斌根据一位失去了三个儿子的60岁左右的老人塑造的，他非常刚强，没有一点悲观的样子。他的形象使梁斌久久不忘，于是把他作为《红旗谱》里朱老忠的原型。当然，梁斌在塑造这个人物时，并未完全按照这位老人塑造，而是还有其他“原型”，如在高蠡暴动中担任地方苏维埃政府副主席、时为中共博蠡中心县委书记的宋洛曙，朱老忠的身上就有他的许多影子，梁斌还为宋洛曙写过一首叫《宋洛曙之歌》的长诗，讴歌了他在对敌斗争中的英勇果敢和献身精神。宋洛曙在斗争中曾说过："只要为穷人翻身，阎王爷面前也不悔账！"这与朱老忠的性格相当吻合。至于小说中写朱老忠下过关东、淘过金，参加过反割头税和高蠡暴动，带江涛到济南探监，二师学潮时给学生送粮……都是虚构的，目的是为了让他见多识广，让他在复杂的阶级斗争中锻炼成长起来。1942 年，梁斌根据那位 60 岁左右的老人的遭遇，先写了短篇小说《三个布尔什维克的爸爸》，通过老人的叙述，描写了宋鹤梅和宋汝梅英勇斗争的事迹。宋鹤梅改名大贵，宋汝梅改名二贵。写大贵参加高蠡暴动，当红军大队长，失败后被捕；写二贵在抗日战争期间担任自卫队大队长。[1]

梁斌在三部曲小说的各部里，主要写了朱老忠经历的这些事情：

第一部：与父亲朱老巩大闹柳树林。在保定火车站偶遇严志和，并劝其一起回家。回家后得知姐姐自杀，鼓励江涛好好念书。看望了朱老明、伍老拔。修建土坯房。对运涛转述的贾湘农说的革命话语持肯定态度。运涛南下参加革命军，组织大家寻找运涛不得。运涛来信告知家人去向后，提议给其娶春兰为妻。运涛在"四一二"政变中入狱，准备和江涛去济南看望运涛，临行前叮嘱家人注意安全。和江涛去济南探监。江涛准备领导农民开展反割头税运动，同意并积极参加。反割头税运动开始后，和张嘉庆等率领群众武装保护运动。回答老驴头寻问春兰和大贵能否结婚的问题时，不同意春兰嫁给大贵。在江涛的主持下入党。保定二师学潮爆发后，与严志和去看望江涛和张嘉庆。与严志和给护校学生买来面粉油盐。与严志和决心回去发动群众打鬼子。在冯大狗的护送下，用车拉着张嘉庆逃离美国人办的思罗医院。

第二部：李德才把女儿珍儿卖给冯兰池家，珍儿不愿意去，他让珍儿去冯家当丫鬟，当卧底。带人向冯老锡要枪，给红军游击队弄到第一支枪。带人智取警察所，给红军游击队弄到十二支枪。把三乡五里的农民红军编成四个中队。在冯兰池拒绝送枪送米的情况下，命令红军游击队进攻冯家大院。活捉冯兰池，开仓济贫，再分土地。不愿吃冯家的东西，回家吃饭。审问冯兰池，冯兰池说他要封建到底。决定让朱老明、伍顺、春兰、严萍等留在村里主持村政，剩下的人一起去打游击战。带领红军滴血起誓。纵马和朱大贵领着红军游击队开拔它地。与宋洛曙、朱老虎等人见面。率红军游击队攻打小营镇。严责冯大狗无

[1] 王德彰《〈红旗谱〉历史故事与人物原型》，《文史精华》，2005 年第 1 期。

故杀人。带领游击队回到锁井镇。

第三部：为朱庆被冯贵堂冤打的事情同冯贵堂斗争。赴冯贵堂宴席，上当赔罪。与朱老明看望县委书记江涛，江涛劝其暂缓给朱庆报仇。叫朱庆继续到冯家去上工。李霜泗被捕后，和江涛商量给李霜泗送饭。安排李霜泗女儿芝儿探监。配合芝儿在李霜泗就义时，再次枪杀张福奎。张嘉庆讲统一战线问题时，认为统一战线还得再研究研究，等等。

从朱老忠经历的以上事情看，朱老忠是一位横跨新旧两个时代的农民英雄的典型形象，身上集中体现了中国农民的优秀品质，标志着中国新文学在农民形象的塑造上达到了一个新的高度。具体而言，他的身上体现了以下鲜明特点：

第一，具有强烈的反抗性格。朱老忠十五岁时，对冯兰池砸钟无比气愤，时刻跟随着父亲朱老巩护钟，是一个充满凛然正气的少年英雄。父亲临死前叮嘱他“只要有口气，就要为我报仇”。三十年后，从东北回来的朱老忠准备替父报仇，替被冯兰池派人强奸并被逼死的姐姐报仇，替因为与冯兰池打官司失败而倾家荡产、瞎了眼睛的朱老明报仇、替赔了一头牛的严志和报仇。但此时，他并未像他父亲那样，意气用事，立即揭竿而起，而是等待时机。当“脯红鸟事件”发生后，大贵被抓当兵，他对之依然隐忍着。运涛给他带来贾湘农的革命话语后，才触动了他通过共产党的领导去和冯兰池进行斗争的意识。江涛在贾湘农的引导下回乡组织反割头税运动时，他积极参加，一马当先。保定二师学潮爆发后，他去保定看望江涛，积极地为护校学生买米买面买油盐，并扮作车夫，帮助受伤的张嘉庆逃离医院。在高蠡暴动中，他率领红军游击队攻打冯家大院，其间虽然也有“不知道怎么办”的作战困惑，但最终还是以自己强烈的反抗精神带动游击队员们占领了冯家大院，活捉了恶贯满盈的冯兰池，打跑了冯贵堂。冯兰池被贾湘农枪毙后，暴动被十四旅旅长、保定卫戍司令陈贯群联合张福奎的特务大队、冯贵堂的地主武装联合剿杀时，他让儿子朱大贵领着剩下的游击队员去太行山打游击，而自己一直留守在村里坚守阵地，和冯贵堂斗争，和一切卖国的地主老财、军阀政客、土匪奸商进行斗争。“七七事变”之后，他在江涛的领导下，发动、组织农民起来抗战救国，最后被江涛任命为县委民运部长兼农会主任。可以看出，他与地主冯兰池父子之间的阶级矛盾一直累积着，当遇到共产党员贾湘农，以及当严江涛真正走上反剥削的道路上之后，他在他们的教育、影响下，也一步步地走向了领导农民去反抗地主、军阀、卖国政客的道路上。他疾恶如仇的反抗精神在这个过程中一日日被彰显，成为三部曲小说中最具革命性、爱国心的一位英雄人物，其身上闪耀着的光辉色彩至今还在砥砺着人们，鞭策着人们。

第二，具有豪爽仗义、兼善好施的性格。朱老忠在保定市的万顺旅店听到严志和讲的地主冯兰池把赔偿逃兵的五千块大洋摊到贫苦农民身上，使为此事打官司的朱老明倾家荡产，使严志和赔了一条牛，他便说："天塌下来，我接着。"这体现了他正直无私、慷慨仗义的精神品质。回家后，他去看望朱老明，在听了朱老明的诉说后，他说："大哥！你甭发愁，好好养病吧，好了再说。有朱老忠吃的，就有你吃的，有朱老忠穿的就有你穿的。"并说自己就是为穷哥们回来的，早晚有一天，要把冯兰池拉下马。然后，他掏出十块血汗钱，往炕上一扔，说道："看看，够治眼病吗？"这显示了他本性里就具有侠肝义胆、乐于助人、愿意"为朋友两肋插刀"的仗义品德。当江涛考上保定二师后，因无钱上学差点上不起，他不仅苦口婆心地劝说严志和让江涛去上学，还卖掉自己的一头牛资助江涛上学。运涛被捕入狱后，他奶奶受不了打击，辞别了人世，朱老忠非常积极地帮助严志和料理丧事，然后又代替严志和与江涛步行到济南去看望运涛。这一切，都表现出他的古道热肠、慷慨无私。他的一言一行都具有中国传统文化中江湖好汉那种仗义疏财的风采。他身上的侠义、大方品质也影响了大贵，大贵很多时候都表现出和他父亲一样的性格特征，简直就是他父亲的翻版。

另外，朱老忠也具有愿为别人抛头颅、洒热血的侠义牺牲精神，这不仅表现在他对待反帝反封建反官僚的事情上，还表现在他对待身边人的事情上。他和江涛去济南探监前，春兰跟他说她也想去。他和春兰说，她不能去。原因是春兰还没嫁给运涛。春兰听了说："你告诉他，沉下心去住满了狱回来，我还在家里等着他……"朱老忠说："春兰！你有这份心胸就行，我要去替他打这份人命官司。只要你肯等着，我朱老忠割了脖子丧了命，没有反悔，说什么也得成全你们！"这些话，说明了朱老忠是一个愿为别人的事情献出生命的仗义之人。江涛从济南回来后，严志和还病着，他跟朱老忠说想退学，朱老忠听了坚决不允许，他让江涛把上济南剩下的钱先拿去上学，给他爹治病的钱他再想法子借。他这种兼善好施的性格，逐渐在平时的革命斗争中升华成了一种对阶级的情感与责任，他关心游击队员们的吃穿住行，头疼脑热。比如他对那个吊儿郎当的冯大狗，就是如此。在打下冯家大院后，他让冯大狗把冯家的饭吃饱，以利继续作战；又让冯大狗媳妇得到了冯家的许多东西，感动得她热泪盈眶。

第三，有勇有谋、既坚且韧的斗争精神。朱老忠避祸闯关东，颠沛流离三十载，在长白山挖过参，在黑河里打过渔，在海兰泡淘过金……漂泊流离的生活不仅磨炼了他不屈不挠的斗争意志，同时也增长了他的才干和见识。所以，他虽然时刻想为父报仇，但却未像他父亲那样赤膊上阵。他常说的“出水才见两腿泥”的口头禅是他深谋远虑的体现。回到锁井镇后，地主冯兰池不断的寻衅滋事，但他始终按兵不动。当冯兰池唆使招兵的把大贵绑去当壮丁后，他开始也很着急，同意运涛找人说情，但当说情无用后，他泰然处之，因为他认识到父亲朱老巩式的赤膊上阵、朱老明式的打官司告状都不可能扳倒冯兰池。他认为大贵当兵可以实现自己订下的“一文一武”的长远复仇计划。此前此后，他也一直在鼓励、资助着江涛去读书，这也是他对自己这个计划的实施。他认为只要他们都学得本事，一个会打枪，一个有文化，那么就能报了和冯兰池家结下的世仇及新产生的仇恨。他让江涛一定要上学，让大贵当兵练好枪技，说明他已经意识到了要想打倒地主，就必须得有“印把子”“枪杆子”，如果还像他父亲朱老巩那样，只凭一时之勇去和地主斗争，是一定胜利不了的。朱老忠的这个觉悟，显示了中国农民革命思想的重大进步。当中国共产党员贾湘农及严江涛领导他参加革命斗争后，他很多时候都能“自觉地把个人的复仇计划与整个被剥削阶级的反抗斗争结合在一起，从传统的草莽式英雄成长为优秀的无产阶级先锋战士。”“朱老忠的成长道路，是每一个试图改变自己命运的现代中国农民的必由之路。朱老忠的形象，高度概括了我国农民革命斗争的历程，在他身上，既有中国农民传统的美德，又闪现着新时代农民的英雄特征。他的生活道路、斗争经历概括了 20 世纪初期中国农民的历史踪迹。”[1]

第四，能快速接受新思想，虽然在理论上说不出来，但也能表达出一些令人信服的观点。运涛给他转述贾湘农说的革命话语，使他快速想起苏联的列宁领导无产阶级专政，打倒资本家和地主，使工人和农民翻起身来的事情，他便跟运涛说如今共产党也到了咱的脚下，能扑摸到这个靠山，受苦人一辈子算是有前程了，就鼓励运涛多和贾老师接触。他当时说的话虽然不像、也不可能像贾湘农那样，理论性很强，但他的表达却通俗明了，让人们一下感觉他抓住了事情的真谛。正因为这样，他的思想里便一下子有了反抗地主阶级剥削可以去

[1] 郑春风编著《中国当代文学史》，东北师范大学出版社，2005 年版，第 22—26 页。

依靠共产党领导的意识。高蠡暴动前，朱老星、严志和、大贵跟他说暴动得有枪。朱老星说冯老锡有支老套筒，可以说通过交情借来。他说朱老星及其他人还没弄清楚农民暴动是什么。这是两个阶级的斗争，不是作揖求情，不是请他吃火锅。应该磨利大刀，去问他要枪。这才叫暴动。朱老星说这不成了土匪抢劫了吗？他说这和土匪不一样，土匪把抢劫的财物装到自已的腰包里，我们却用来建立抗日政权，用来打日本。他的话显示了他对农民暴动实质的精准把握。他作为红军游击队的大队长，具有的思想认识水平已经较高了。另外，小说在写他让妇女们绣红旗时，他向人们这样讲述了红旗的意义："看！这面红旗，就是我们共产党的党旗，我们就凭着这面红旗指挥千军万马，向日本鬼子进攻，杀尽那些汉奸卖国贼们，打退日本鬼子""这面红旗要出在你们妇女之手，看看你们光荣不光荣？你们要好好把你们的革命的心思，和抗日的要求缝在这红旗上，要一针针一线线缝得结结实实，每个针脚都缝上你们的心血和希望。"他的这些话朴实通俗，激情充沛，鲜明地表现了他杀敌报国的决心。他还说过这样的话："我们要听从党的领导。党在我们心里就是一面红旗，这红旗向东指，我们就向东冲。这红旗向西指，我们就向西冲，我们听从上级的指挥。"可以看出，他对于红旗的信念永远是坚定不移的。当然，他作为一位文化程度较低的人，也有对文字性的高深理论接受不了的情况。第三部《烽烟图》在写江涛组织县委会成员学习《党的建设》《游击战术》《抗日民族统一战线问题》等理论著作时，他和严萍也列席参加，其中描写他的学习情况时，这么写道："朱老忠拿起一本小书，他眯细了眼睛，在灯下反复看着。离远一点，再离近一点，模糊一片，说什么也看不清楚。他抓着脑瓜皮，急得浑身发痒。他想：'这样重要的文件，咱要有个眼，多好！'他转过身递给严萍说：'你有眼，你看。'"这虽然表面写的是他的人老眼花，但同时表明了他学习理论的困难。江涛对他的评价是："江涛只觉得这位革命的老爸爸是可爱的，只是文化水平和理论水平把这个久经锻炼的老战士限制住了。"尽管如此，他对党的信念还是无比坚定。

总之，朱老忠作为一位继往开来的农民形象，他继承了父亲身上坚定不移的反抗精神，但他不像他父亲那样遇事硬顶蛮干。他让江涛和大贵"一文一武"，说明他已模糊地认识到了"印把子"和"枪杆子"的重要。在认识了共产党后，他很快接受了共产党的主张，积极参加党所领导的群众斗争，把个人复仇与阶级反抗结合起来，从而走上了一条彻底改变自己命运的解放之路。

2. 朱大贵

朱大贵在三部曲小说里经历的主要事情是：

第一部，不向冯兰池卖鸟，被抓当兵，给家里来信，开小差逃回家，给春兰家找到猪，和二贵痛打刘二卯，参加反割头税运动等。

第二部，嫌冯焕堂给的八十块工钱太低，领导短工们停工罢市，冯贵堂答应给一百五十块，短工们决定跟着他参加抗日，跟着父亲朱老忠向冯老锡要枪，跟着父亲占领警察局夺枪，参加高蠡暴动，护送贾湘农去白洋淀，带着游击队上太行山，等等。

第三部，和严志和、伍老拔从太行山打游击回来，发现老占尸体，率领游击队进城救严萍，消灭土匪徐老黑。

他的性格特征有以下几点：

一是不畏惧豪强地主、疾恶如仇。在"脯红鸟事件"中，当冯贵堂派李德才问他要鸟时，他说："我就是不送给他，他不是俺朱家老坟上的祖宗，俺孝敬不着他！"他的话激怒了一贯嚣张跋扈的李德才，他们于是吵了一架，这显示了他对地主阶级的极端憎恶，也是他后来积极参加革命的潜在资质。他当兵逃回来后，以自己掌握的枪技，成为农民暴动时的一员猛将，也教会了很多革命农民如何打枪。当刘二卯来大骂反割头税的人们时，他让刘二卯拿杀猪刀捅了自己，刘二卯不敢，他便要捅刘二卯。他说，就是冯兰池来了，他也要敲掉他的两颗门牙。冯贵堂来了，他也不跟他善罢甘休！他和二贵、朱庆去撕刘二卯的嘴。他的勇猛、顽强令人敬佩。他和二贵把李德才撂进水潭，表达了他对恶势力的极度仇恨。

二是重情重义，坚守承诺。在对待朱老明等人让他娶春兰为妻的事情时，他一想到自己当兵前，运涛抱着他所说的那些话，就心里时时感到不安，觉得如果娶了春兰，就太对不起运涛，自己决不能做出伤害好兄弟运涛的事情，运涛一定会回来，他一定会和春兰结婚的，自己决不能夺他所爱；加上春兰对运涛忠心不贰，他最后表明态度，自己不能和春兰结婚。他最终未娶春兰。这是他对运涛重情重义的鲜明表现。春兰家的猪跑了后，他想春兰是运涛的心上人，一定得帮她找到猪。他于是一个人在黑夜里去找猪。找到后，他把猪扛在肩上送回了春兰家。小说对春兰让他把猪扛进屋里的事情写得极其生动，表现了他的腼腆、憨厚，不愿做出对不起运涛事情的思虑，以及他扛猪进屋时的力大无穷。

三是勇猛无比，骁勇善战，对党忠诚不贰。在反割头税运动及高蠡暴动中，他总是冲锋在前，毫不怕死，毫不退缩。他护送贾湘农去白洋淀时尽心尽力，一路保护着贾湘农的安全，时刻也不愿意放松警惕。当他率领农民游击队去太行山上打游击后，一去五年，从未懈怠革命事业。回来后，他又加入火热的抗战动员中，打土豪，斗军阀、土匪，保护革命同志和抗日志士的安全。总之，他是一个英勇坚强，豪爽大气，责任心极强的青年农民英雄。

3. 严志和

严志和在三部曲小说中也贯穿始终，他经历的事情有：

第一部，他的儿子运涛、江涛等他回家。对贾湘农的话持否定态度。向冯兰池借钱不得，只得给其卖掉“宝地”。吃“宝地”的泥土。同意参加反割头税，但涛他娘坚决不同意，他的态度又发生变化。与朱老忠到保定看望江涛和张嘉庆。与朱老忠给学生们买来面粉油盐。与朱老忠决心回家发动群众起来打鬼子!

第二部，跟随红军去蠡县打大仗，回家和涛他娘告别。攻打小营镇时受伤。装死躲过追击，在一老汉护送下回家。

第三部，去太行山打了五年游击；回家后想起江涛在监狱受苦，马上又转喜为悲；积极参加抗日宣传活动；等等。

严志和是另一种农民典型。他勤劳朴实，善良本分，但胆小怕事，思想保守，与朱老忠相比，他是一个更具有普遍性的形象。如果说朱老忠代表的是农民中的少数优秀分子，那么严志和代表的则是农民中的绝大多数普通群众。像他这样的农民最终走上了革命道路，正标志着农民的普遍觉醒。而且，他和朱老忠互相补充，互相映衬，使各自的典型意义更突出。

首先，严志和是一个“恋土情结”非常重的人。小说几次写到他惜地如金的情况。他和朱老忠从保定回家时看到“宝地”，就单腿跪下，捏起一颗谷种，眯细了眼睛看了看，这表现了他对土地和庄稼的无比热爱。运涛入狱后，他被迫无奈地把“宝地”卖给冯兰池，然后吃着“宝地”的泥土，更是表现了他对庄稼、对土地的挚爱。他这种对土地的深厚感情，是普遍存在于农民身上的情结。土地是生存之根，所以他才千方百计地去保住祖辈留给他的“宝地”。作者在此要尽力地将他塑造成一个“地道的农民”形象。作者说：“我是把他作为一个地道的农民来写的。”小说的确把他的农民性格表现了出来，通过写他与“宝地”告别的事情，淋漓尽致地展现了他与土地的血肉相连，难以割舍的深情。

其次，严志和早期软弱怕事，但在残酷现实的教育下，他一步步地走上了反抗之路。打官司败诉后，他希望像父亲一样出走关东，一去不回。在火车站遇到朱老忠，他被劝了回来。运涛跟他说了贾老师说的“革命”话语后，他让运涛“什么也别扑摸，低着脑袋过日子吧！”他的逆来顺受、安分守己、软弱怕事的性格在此被刻画了出来。但随着运涛和贾老师的平凡接触，他渐渐地对贾老师产生了好感，因为贾老师并没有给运涛灌输错误的思想，他说的都是对现实里的剥削、压迫现象进行解决的话。

当严志和在行动上表现出对贾老师的热情时，运涛却失踪了，这使他感到自已像失去了一只手，整天痛苦流泪。当运涛来信告知他自已参加了革命军后，他的心里才得到一点安慰。但不久，运涛来信告知他自己被捕入狱，这使他一下子觉得天好像塌了下来。小说在写他知道运涛入狱的事情后的反应是：“严志和，本来是条结实汉子，高个子，挺腰膀。多年的劳苦和辛酸，在他的长脑门上添上了几道皱纹。平时最硬气不过。做了一辈子庄稼汉，成天价搬犁倒耙。当了多少年的泥瓦匠，老是登梯上高。一辈子灾病不着身，药物不进口。一听得亲生的儿子为‘共案’砸进监狱，就失去了定心骨。他迎着朱老忠紧走了几步，身不由主，头重脚轻，一个筋斗倒在梨树下。一阵眼黑，跳出火花来。”紧接着，严志和的老母亲在承受不了运涛入狱的打击下瞬间亡故，加上去济南看望运涛的路费盘缠难以筹措，以及在没办法的情况下忍痛割爱卖掉“宝地”，这些事情把他打击得身患疾病，好久都卧床不起。严志和对生活似乎失去了信心。

严志和其实并非完全消沉下去，他在江涛的影响下还是出现了振作的、反抗的意识。当江涛跟他说了准备抗捐抗税的事情后，他说：“早该抗了。”江涛看他有了阶级觉悟，很高兴。但涛他娘坚决不同意，他最后态度又一变，也主张“吞了这口气，过个庄稼人的日子，啥都别扑摸了。即便有点希望，不知又在哪个驴年马月呢？”运涛入狱已经使他痛苦异常，江涛现在又要领导反割头税运动，他于是跟朱老忠说了。朱老忠鼓励他应该熬成共产党里的人。他听后，就参加了反割头税运动。他和朱老忠、朱大贵、张嘉庆、伍老拔等，卫护着江涛和贾老师。反割头税胜利后，他对春兰和大贵的婚事也表了态，和涛他娘一样，不同意把春兰嫁给大贵，说春兰要嫁给大贵，得看春兰愿不愿意。正月十四那天，他在江涛的主持下，和朱老忠、朱老明、朱老星、伍老拔、朱大贵入了党。

保定二师学潮爆发后，严志和与朱老忠去看江涛，让严萍多关心江涛。江涛在冯大狗的帮助下，来到校外联系学联，随后来到严萍家，并睡在严萍的床上。严志和在严萍家见到江涛后，激动得大叫起来："天呀！你们可得救了！"江涛让他和朱老忠给学生们买米买面。他积极去买。陈贯群知道后，带着骑兵来到学校，对学生大开杀戒，回到学校的江涛也被捕了。

由于严志和还不知道江涛被捕，他就和朱老忠在尸首堆里找江涛，但没找见。他于是一股劲向前走，最后来到监狱外，肩扛着狱墙，希望把墙扛倒。出城后，朱老忠见到他，硬把他拉回到万顺老店。朱老忠说："回去我们就要宣传发动群众起来打鬼子！"他说："好！我们就是这么办！"店掌柜进来，他说："你也别开这个店了，咱们一块去打日本鬼子吧！"这是他在运涛、江涛被捕的现实教育下，第一次明确地表示要走上抗日道路。店掌柜端进两碗面，他拿起烟锅往嘴里拔面条，国难家仇集于一身，使他已经不清醒了。

严志和从保定回到家后，哭着跟朱老明说："蒋介石不抵抗，他挡不住我们！"第二天上午，他因为江涛被捕的事情急病了，但他还是拄着棍子和朱老忠、朱老明、伍老拔、朱老星开会商量了到冯老锡家抢枪的事情。随后他们立即行动，抢到了一支土枪。这是他们得到的第一支枪。接着，他又跟着朱老忠抢了大竹镇警察局的十二支枪，把农民游击队武装了起来。

高蠡暴动中，他在和伍老拔、朱老星抬了一根大木头，撞裂了冯兰池家的门板，使农民游击队攻进了冯家大院，活捉了冯兰池。在审问冯兰池时，他愤怒地把冯兰池从地上拽起来，然后把他提到堂桌前面。冯兰池骂他们是土匪，他就上去飞了他一脚。审问完冯兰池，他拿着重新回到手上的"宝地"红契文书，回到家。涛他娘见了文书，一时激动，跪在佛龛下磕头。他说："这是农民的力量，碍着神仙什么了？"这句话说明他已经不相信鬼神、命运，而是完全相信了革命的力量。

当红军游击队要出征去蠡县打大仗时，他和涛他娘来到宝地，把地头上的一棵棵草拔去，把倒在路旁的谷棵扶起，用泥土稳好，然后和涛他娘道别。他见涛他娘又跪在佛龛下磕头，就说："这是农民的力量，碍着神仙什么了？"这句话，进一步显示了他对农民革命伟大力量的深刻认知，也因为这，他就义无反顾地跟着党领导的红军游击队出征了。他已经完全不像之前那样，犹豫踌躇了。涛他娘的思想觉悟也提高了，她一想起红军能把江涛从监狱里抢出来，心里就豁亮了。

后来，朱老忠领导游击队攻打小营寨，严志和想抓住土墙上的树丛爬上墙，结果肩膀被枪打中。他翻身滚下墙来，脑瓜朝下，躺在水里。朱老星来救他。朱老忠来后，搂起他，鲜血流满了他们的身上。红军攻下小营寨后，朱老忠开仓济贫。严志和见红军攻下小营寨，伤也不疼了，吃起了东西。

当贾湘农和朱老忠带领队伍来到辛庄学校时，人们发现树林里全是敌人。在大家向敌人射击时。严志和也不甘人后。小说写道，这是他第一次打仗，他打得非常英勇，一心要为孩子们复仇。后来，他的腿受伤了，他让大贵快走。当白军来搜捕的时候，他往脸上抹了血，躺在地上装死。白军踢了他几脚，他屏住呼吸，躲了过去。白军走了后，他费力地朝家的方向走去。在路上，他想起两个儿子还在监狱里，涛他娘一个人在家里，就鼓起勇气，继续向前走。他仿佛听到朱老忠喊他，严志和，你是共产党员，要克服一切困难，继续革命！

严志和走着走着，遇到一个老汉。老汉说严志和是红军，就让他快上船。最后，老汉说把他送回了家。

从严志和觉醒，到参加反割头税运动、高蠡暴动，可以看出，他已经不是一个遇事犹豫不决，对自己和儿子遭受的迫害逆来顺受、忍气吞声的人了，他参加革命的决心已经无比坚定了。

高蠡暴动失败后，大贵率领红军游击队上了太行山。严志和也跟随大贵去太行山打游击，一去五年。

第三部《烽烟图》第二十节至第二十三节写道："七七事变"后，朱大贵、严志和、伍老拔在一天晚上回来了。严志和想起江涛在监狱里受的苦，就转喜为悲。朱老忠宽慰着他说，天下就是我们的了，有什么哭的？贵他娘也说要乐观点，运涛回来了先给他和春兰成亲。第二天，朱老忠接到江涛的信，说他要来锁井镇工作了。严志和知道后，严志和无比激动。

严志和早期的性格特征是内向、软弱、善良、憨厚、勤劳、朴实，体现了小生产者的保守性与狭隘性。但他具有很坚韧的生命毅力。他在参加了反割头税运动后，性格发生了变化，及至高蠡暴动，他一直都走在斗争的前列。

一些论者认为，严志和是一个懦弱的人，可能就是根据小说中所写的他在连续遭受到这样那样的打击后所表现出来的痛苦万状的样子。当梳理清楚他的革命经历后，可以看到，他遭受惨痛打击时所表现出的反应只是一种本能的情绪反应，不是他生性懦弱的表现。实际上，作家对严志和遭受打击时所表现出来的痛苦情状的描写，就是想将人物的真实人性挖掘与表现出来。严志和形象在《红旗谱》中的出现，说明作家具备了表现乡村世界中真实人性的艺术能力。严志和在连续遭到一系列人生打击后，他并未消沉，而是以自己坚定的人生意志去战胜灾难，尤其在加入共产党后，更是与这个不公平的社会进行着殊死的抗争。所以，严志和是小说中塑造得最为成功的形象之一。[1]

严志和的思想变化过程，集中表现了中国大多数农民在旧社会遭受苦难及逐渐觉醒的过程。[2]

严志和在党的教育下，摆脱了精神负担，走上了革命的道路，使他的性格中具有了革命性、反抗性。他的形象反映了大多数农民在动荡年代里的思想状态和行动轨迹。可以说，正是因为有了严志和，有了串联穷人与冯老兰对簿公堂的朱老明，有了一心盘算着发家致富的朱老星，有了庄稼活和木匠活做得很好的伍老拔，有了封建礼教观念很浓厚的老驴头，有了观念意识正统狭隘的老套子等，他们才与朱老忠这个理想化的英雄形象构成了互补，从而使《红旗谱》对中国农民的历史命运和革命历程反映得更为真实与浑厚。[3]

4. 严运涛

严运涛也是一个有生活原型的人物：1927 年“四一二”反革命政变后，反动派在南方屠杀共产党员和工农大众，在北方开始实行白色恐怖。时年仅 13 岁的梁斌，亲眼看见一位母亲，儿子出走投奔了“革命军”，她日夜思念。“革命军”北伐了，她盼望革命胜利之后，能够见到儿子。但是“四一二”反革命政变打破了她的梦想，儿子在“广州暴动”中被反动派杀害了。这位母亲由于爱儿心切，几乎疯了，不想吃，不想睡，头发也都脱光了。当时梁斌见状，充满了同情与愤懑之情。由于这个事件的启发，梁斌要写出“四一二”反革命政变给广大人民造成的灾难。从那时起，以参加“革命军”而被杀害的这位战士为“原型”的严运涛这个人物，开始在梁斌的脑子里形成了。[4]

严运涛只在三部曲小说的第一部和第三部出现，他经历的事情有：

[1] 王春林《一个具有乡土根性的农民形象——〈红旗谱〉中严志和》，《山西日报》，2009 年 8 月 3 日。

[2] 郑春风编著《中国当代文学史》，东北师范大学出版社，2005 年版。

[3] 参阅自王庆生主编《中国当代文学史》，高等教育出版社，2003 年版。

[4] 王德彰《〈红旗谱〉历史故事与人物原型》，《文史精华》，2005 年第 1 期。

第一部：捉到一只贵鸟，不卖给冯兰池。找李德才、冯大狗给被抓当兵的大贵说情，但未起作用。对大贵被抓当兵很自责。被老驴头追打。结识共产党人贾湘农，得到革命启蒙。受贾老师调遣南下参加革命军。给家里来信告知情况。被捕入狱，使奶奶悲伤离世。朱老忠、江涛探监时，他表现出一位真正共产党人的临危不惧，视死如归。

第三部：回到锁井镇，与春兰成亲。和江涛截获逃跑的县长王楷第，释放冯贵堂。到孟庆山的队伍担任游击军大队长兼参谋长。

严运涛是第三代革命农民的代表。他所生活的时代是两大阶级激烈搏斗的时代，他面对的是更加严峻，更加严酷的斗争考验。当他和大贵、江涛等走上斗争道路后，他们所走的道路和前辈们的斗争道路相比，已经呈现出完全不同的特点。当他们在中国共产党的领导下进行斗争时，目标、目的都很明确，因此，他们最终得到了前辈们得不到的辉煌胜利。

严运涛首次出现在等待父亲严志和归来的一个窑疙瘩上。朱老忠一家暂住家里后，他去老驴头家借宿。娘不让他去，怕他和老驴头的女儿春兰待热了！其实，他和春兰早就待热了。春兰喜欢找他问字，喜欢听他讲看过的闲书，喜欢听他讲什么地方出了共产党打土豪劣绅、反封建的事情。这些说明运涛是一个有文化的人，是一个关心共产党动态的人。

在“脯红鸟事件”中，运涛一心想卖掉鸟儿，因为它能买头牛，换一辆车，还能为春兰买布做个大花棉袄。但大贵不卖，坚决要自己养。在大贵和李德才的强硬对话中，运涛、江涛、二贵也受到影响，都不主张给冯兰池鸟儿。这是他们不畏强权的天性表现，也是他们后来都积极参加革命的先在资质。

大贵被冯兰池指使的招兵的抓去后，运涛跑前跑后找人说情。在不起作用的情况下，运涛继续努力，求招兵的让大贵在家里住一晚。招兵的同意了他的请求。第二天，大贵要走时，运涛和大贵相约，以后一定要再见！当这场风波、冲突过去后，运涛更加努力地改变自己，白天做活，晚上看《水浒传》。春兰和他趴在一边，拿着笔写写画画。他也给春兰等年幼的人儿讲故事，教打算盘。

运涛出外打短工时，不期遇到了共产党员贾湘农老师，贾老师给他介绍的革命道理，使他觉得自己找到了光明！从此，他把打倒统治阶级、推翻旧制度、打跑帝国主义作为自己的人生目标，矢志不移。

冯兰池间接唆使老驴头破坏了运涛和春兰的名声后，运涛得到了一个南下参加革命军的机会。他和春兰偷偷告别，然后去了南方。他在“四一二”反革命政变中被捕入狱后，他坚强的革命意志连狱警们都怕他表现出来。他嘱咐探监的朱老忠和江涛为他报仇，让他们回去告诉父老乡亲们，他进监狱不是因为砸明火，不是因为断道。他是一位中国共产党的党员，是为了给劳苦大众打倒贪官污吏，铲除土豪劣绅才进监狱的！当狱警打了他几个嘴巴，并骂着他时，他大喊道：“打倒国民党！”“中国共产党万岁！”监牢里的人都夸他像个共产党员！监狱外社会上的人都夸他是一个有着硬骨头的共产党员，一个很硬气的人物！

第三部《烽烟图》写多年后，江涛在保定火车站的站台上看见了运涛。他重新出现在了小说中。第二十九节写了他回到家中的情况，他讲了自己被关在济南监狱后，以法庭做讲坛，痛斥蒋介石的卖国行径，宣传共产主义的事情。他于是被判为无期徒刑。尽管这样，他动员狱友绝食，最终取得胜利，获得了读书权利。“西安事变”后，他被释放，去了延安，在红军大学学习，受彭德怀委派，回家乡组织军队，如果成功，就在平原上打游击，如果失败，就上太行山打游击。然后，他和春兰在第二天成了亲。他的归来，让人们看到了希望。他和江涛、张嘉庆一起，将逃难归来的冯贵堂关押起来，不让他回家。然后，他和江涛、张嘉庆等率领队伍堵截了不能守土护国、弃官逃跑的县长王楷第。后来，他和春兰去游击军司令部，接受了孟庆山司令让他回锁井镇四十八村扩军的任务。

从运涛的革命历程看，他不期遇到共产党员贾湘农老师，是他人生发生重大转折的一次相遇。贾老师和他相处一段时间后，认为他是一个阶级意识很清楚的人。的确，他在漫长的坐牢岁月里，一直坚信着中国共产党，坚信着党所讲的“打倒帝国主义”“打倒军阀统治”“铲除贪官污吏和土豪劣绅”的话一定能实现。正是抱着这个信念，他在历经许多磨难时，从不退缩，不变节，而是通过坚持不懈的斗争，终获自由。然后，成为一个去发动广大农民走向抗日战场的人。

5. 严江涛

严江涛在三部曲小说的第一部和第三部中出现，是一个主线人物，他经历的事情有：

第一部：和运涛等待父亲严志和归来。和运涛到“宝地”上耪地。第一次见到贾湘农，贾湘农鼓励他念好书。第一次参加反帝活动，走上革命道路。对运涛和春兰结婚的事情，一直沉默着。考上保定二师，上学后结识了爱国知识分子严知孝和其女儿严萍。请求严知孝写信托门子，好上济南去看望入狱的哥哥。回家筹措路费。和朱老忠去济南探监。从济南回来，回到保定，去看望严萍，讲述春兰和运涛的爱情。回到锁井镇，组织反割头税运动。给贾老师汇报锁井镇封建势力的情况。回家动员老套子参加反割头税，老套子不同意。带领人们举行反割头税运动。主持父亲和朱老忠等人的入党仪式。和冯登龙辩论救国救民之道。和严萍散发传单。领导保定二师学生举行抗日宣传大会，遭到骑警镇压。反动政府下令解散保定二师后，和夏应图辩论，夏应图要求学生回校护校。十四旅旅长、保定卫戍司令陈贯群派兵围校后，写信和保定学联取得联系。和围校士兵冯大狗取得联系。和夏应图就离校问题展开辩论。学联来信决定学生转入乡村，开展抗日活动。朱老忠、严志和给学生送去米面后，陈贯群带着骑兵向学生大开杀戒，严江涛被捕。

第三部：出狱做代理县委书记。回到锁井镇祭奠朱老星。给朱老忠等通报形势已经很严峻，北平、天津相继沦陷。给朱老忠解释他听不懂的三个问题。和张嘉庆去找省政府，路遇许多逃兵和难民。和张嘉庆在保定万顺老店住宿，遇到日军飞机轰炸。和张嘉庆在保定火车西站看见运涛站在站台上。和张嘉庆在定县找到了特委的张合群，得到工作任务。领着游击队回到锁井镇。给朱老忠、朱老明等确认党籍。与公安局督察长陈金波谈论抗战形势，决心争取陈金波。带领游击队攻陷县公安局，陈金波投诚。回家见运涛。跟严萍说永远做朋友。与李副司令率领的抗日队伍会合。

江涛首次出现在村口的一个土疙瘩上，这时他十三岁。他和哥哥运涛等着不辞而别的父亲严志和归家时，和朱老忠的一段对话展现了他的聪明、机灵、懂事。

一群人回家后，朱老忠鼓励他一定要多念书。他听从照办。和运涛到“宝地”上耪地时，运涛给他讲的爷爷下关东前叮嘱他们耪的地只许种粮换吃穿，不许卖的话，使他第一次认识到了土地对于家、对于农民的重要性。

运涛捉到鸟，他也不主张卖给冯兰池、送给冯兰池，展现了他不畏强权。

锁井镇药王庙大会后，他见到了共产党员贾老师，贾老师鼓励他要念好书。当他要到县城里去考学时，春兰给他做了一双新鞋，缝了衣裳，要求他好好念书。可见，朱老忠、贾老师、春兰都看出他是念书的料，所以都对他给予了很大期望。他的确也是一个适合念书的人。

他的性格特点是：

第一，他是一位上进心极强的人。和贾老师相识后，在他的教导、引导下，他从一个对“剥削”“压迫”听不懂，也不知道是什么意思的人，渐渐变成一个强烈要求参加革命、加入共产党的上进青年。他这时还是一个在高小学堂上学的人。但他却在贾老师的领导下，第一次参加了群众抵制英国货、日本货的运动，以及罢工罢课的活动。他走在队伍前头，领导人们喊口号。他迫切想参加共产党。他跟贾老师说他想带领千万人马，向罪恶的黑暗势力进攻！贾老师让他参加了青年团，还引导他接触了创造社和文学研究会的作家的名字，使他初步明白了“社会”，懂得了“阶级”和“阶级”的关系。当他知道哥哥运涛的去向和志向后，他得到鼓励，默默地下定决心，也要加快向党、向革命靠近的步伐。

第二，他年纪小，但接受新思想的能力很强，具有较高的思想理论水平。朱老忠在大贵来了信、江涛也好好念书的时候，就高兴地说自己希望的“一文一武”终于实现了。他还说运涛“革”上了“命”，坐上官了，就可以发财了，就可以打倒帝国主义，打倒军阀政客，铲除土豪劣绅！打倒冯老兰这样的人了！朱老忠继而兴奋地让江涛给运涛写信，叫云涛回家娶春兰当媳妇。江涛听了朱老忠对“革命”的理解以及运涛当了连长的理解，就解释了革命、当兵不是为了升官发财，是为了打倒帝国主义，打倒军阀政客，铲除土豪劣绅！打倒冯老兰这样的人了！这说明了他的观念已经不同于父辈了。朱老忠让运涛回家娶春兰当媳妇。但江涛对运涛和春兰结婚的事情，保持着沉默。因为他清楚军队有军队的规定。但他不想扫朱老忠的兴，就沉默不语。

第三，他具有卓越的组织领导才能，但性格里面的软弱性使他不能坚持己见，给学生运动带来损失。他上了保定二师后，先在党组织的派遣下回到锁井镇上，领导人们起来反割头税、反百货税。反割头税之前，他先组织农民，搞通其思想，然后率领农民开展运动。他的这种工作方法得到了贾老师的表扬。反割头税运动开始后，他指挥若定，使游行队伍闯进税局，跑向县政府，吓得县长王楷第也不敢出来，最后传出话来，割头税可以暂时不交。严江涛要求他明令取消，县长不敢，说要请示省政府。最终，反割头税运动取得了暂时胜利后，他也得到了严萍的爱情，他们相拥在一起，他吻着她那青青的眉峰……

在保定二师学潮中，他先和严萍散发传单，有惊无险。在宣传大会召开后，他和严萍都发表了演讲，号召工人罢工，学生罢课，商人罢市，一致反对国民党政府的不抵抗主义！骑警来后，横冲直撞，乱抽乱打。他向骑警脸上扔去一把硬币，才和严萍得以逃脱。反动政府宣布解散二师后，他和学潮领导人之一的夏应图就学生是否回校护校的问题展开辩论，他主张把学生分散到乡村去，号召广大农民起来抗日。但夏应图主张学生回校护校。他的主张本来是正确的主张，但他却不能坚决坚持，最后的结果是夏应图的主张占了上风。正是这个主张，才导致了学校很快被军队包围，使学生好多天没有吃的食物，只能吃树叶，只能冒险外出购粮。这些惹怒了反动军阀陈贯群，他下令军队武力镇压学生。结果，夏应图牺牲，他也被捕了。

第四，他的工作作风是思路清晰，安排起工作来是井井有条。小说第三部《烽烟图》写“西安事变”后，严萍请马老将军写了信，使被押的政治犯江涛得到释放。他出狱后，被组织上派回来，在县城做代理县委书记。他这时候已经是一个很成熟的党的领导人。当朱老忠和朱老明来找他给被冯贵堂冤打了朱庆报仇时，他认为还不能和冯贵堂斗，先做好工作再说。他说服他们的理由是，动员全民抗战是目前压倒一切的头等大事，建立抗战统一战线是赶走日本侵略者的不二道路。随后，他回家祭奠朱老星，给落狱的李霜泗解决送饭问题，安排李霜泗女儿芝儿探监，同意芝儿去枪毙张福奎，策反表哥陈金波，给朱老忠等恢复党籍，在保定亲历日军飞机空袭，从特委的张合群跟前得到工作任务，带人奇袭公安局，安排大贵去粮台取粮食，安排朱老忠在院里看风势，回家见到运涛，带领抗日游击队回到锁井镇，关押逃难归来的冯贵堂，跟严萍说：“让我们永远做最亲密的朋友吧！”和张嘉庆、严萍、运涛堵截逃跑的县长王楷第，派严萍当县长，同人民自卫军司令部的李副司令见面，跟运涛和春兰说他和严萍关系紧张的原因是张嘉庆生前告诉他，严萍已经和冯登龙结婚了。所有这些，都显示了他工作起来思路明晰的特点，尤其是在遇到很多突发事件时，他能立即在建立统一战线的这个政策之下，提出解决的办法，说明了他在政治上的成熟。

6. 春兰

春兰这个人物，在小说中着墨很多。梁斌说：这个人物是有生活根据的。在大革命时期，有一天中午，梁斌正在老家（蠡县梁家庄）的门口吃饭（蠡县人有端碗到大门口吃饭的习惯），有两个青年农民从离村五里地的另一个村看戏回来，笑着大声说：“吃了饭，看‘革命’去！”原来，戏台下有个姑娘，胸襟上绣着“革命”二字，人们一下子哄起来，纷纷看她。后来，梁斌又遇上一件事：有个姑娘去帮人家做零工，与一个织布的小伙子相恋。有一天，二人正在大树下谈情说爱，邻居大婶看见了，便大声喊："快来哟！你家的姑娘招汉子了！"姑娘的父亲一听，拿起铁锨赶出来，拼命追，全村人都跑来看。这两件事构成了春兰的形象基础，小说中便有了春兰把"革命"二字绣在胸襟上，众人见状喊"快来看'革命'呀"；便有了春兰与运涛在瓜棚谈情、春兰的父亲老驴头持锨追打的情节（电视剧改为在玉米地里）。[1]

春兰在三部曲小说里都出现，她经历的事情有：

第一部：找运涛问字，给鸟笼做罩子。受运涛影响，将"革命"二字绣在衣襟上逛庙会，引起围观。和南下参加革命军的运涛告别。朱老明提议她嫁给大贵，老驴头同意，她准备跳井自杀。跟老驴头说割头税，老驴头不想交割头税。目睹老驴头和老套子杀猪，猪却跑了。仍然情系运涛，打算去看运涛，江涛劝她嫁给大贵，她不答应。

第二部：跟严萍说，她娘想给表妹金华寻个主儿。大贵娶金华为妻。和严萍去千里堤放牛，李德才不让放，并拉伤牛鼻子。春兰、严萍送情报遇险。春兰和严萍被白军追赶。

第三部：和运涛终于成亲。和运涛参加孟庆山的队伍，担任县妇救会主任。

春兰是乡村里最早觉醒起来的年轻女性。她的性格特点如下：

第一，她活泼漂亮，善良勤劳。她在朱老忠刚回家乡时，来找运涛问字，说说笑笑的样子，展现出她的活泼可爱。她主动给运涛家锄菜，给梨树掐小梨，帮着涛他娘做衣裳，她给运涛做，严萍给江涛做。这都显出了她的勤劳、贤惠。她和严萍去千里堤放牛，李德才不让放，并拉伤牛鼻子。她于是和李德才斗争起来，这显示了她的反抗性。

第二，她对革命很向往，并积极参加。她跟着运涛认了不少字，也懂得了不少革命道理。小说写道，她每每"听了运涛的宣传，像春天的苇笋注上大地的浆液，长出绿色小叶，精神旺盛，永不疲倦。又像春天的紫柳，才生出绿色的嫩叶，一经风吹雨洒，就会摇摇摆摆，向人们显示：只有她是值得骄傲的！"她和运涛青梅竹马，一起劳动、学习，共同进步，她是三部曲小说里最早觉醒、积极参加革命的农村女青年。她在受到运涛的革命启蒙后，大胆地将"革命"二字绣在衣襟上，走向公众场合。这时，她对革命的理解较幼稚，还没有意识

[1] 王德彰《〈红旗谱〉历史故事与人物原型》，《文史精华》，2005年第1期。

到革命和流血牺牲相连。贾老师指出了她这样做的危险性后，运涛向她进行了转述，她的安全意识才提高了很多。在她和老驴头为杀猪的事情而出现一波三折时，她是认同反割头税运动的。她和一群女人痛打刘二卯，说明她的疾恶如仇。她后来在严萍的影响下，渐渐具有了坚强的革命斗志。她和严萍领着一群小学生在大街上贴标语；和朱老明、伍顺、小囤、庆儿、严萍留下来主持村政，做后方工作；和严萍去送情报，这是她第一次执行革命任务，在经历了许多挫折、危险后，终于把情报送到贾湘农手里。她和严萍一样都从一个柔弱的姑娘锻炼成了勇敢的战士。攻打冯家大院之后，国民党军前来镇压游击队，她和严萍跟着贾湘农、朱老忠、大贵、二贵等疾走。他们在一处坟地栖身，吃尽了苦头。当白军和马快把锁井镇弄得鸡飞狗跳时，她和严萍差点被捕。但她们机智地藏在黑豆地里，才躲过一劫。她和严萍想，为了革命，运涛、江涛陷在监狱里，严志和叔又在游击战争里受了伤。她们的革命意志更加坚强。运涛回家后，朱老明让她和运涛第二天成了亲。不久，她和运涛前往游击司令部，接受扩军任务后，然后率领三十一大队回到锁井镇并住在冯家大院。

第三，她对爱情坚贞不贰。她在地上写着“运涛，运涛……”，给鸟笼子缝罩子时绣上一只像运涛的脸和眼睛的鸟儿，都说明她真心喜欢运涛。她听了运涛要去参加革命军，就扑通一声倒在地上，两手捂住脸痛哭起来，不想活了，更是她挚爱运涛的表现。运涛说，不管你等不等我，我一定要等着你！她听了又觉得自己还要活下去！于是破涕为笑。运涛走了后，她对他去南方参加革命的事情守口如瓶，因为她曾经经历过自己把“革命”二字绣在衣襟上逛庙会，被贾老师批评的事情。从那以后，她的安全意识增强了，她知道周围还是很黑暗的，敌人还很多。她想如果让敌人知道了运涛参加革命军的事情，那就非常危险。所以，她在朱老忠派人挖井找运涛，在其他地方找运涛时，她一直没告诉他们运涛的去向。在朱老忠叫“革”上“命”、坐上官的运涛回家娶她当媳妇时，她听了，心里就像初春的潮水一样翻腾起来。她太喜欢运涛了，她经常做着和运涛结婚的深情期盼。但老驴头却说等等再说吧！她的心情一下子又低落起来。朱老忠可能没听明白老驴头的这个决定，继续让严志和准备着婚礼。朱老忠要去济南看望入狱的运涛时，她跟朱老忠说自己永远等着运涛，说明她对心上人的命运极其担心、着急及明事理。她给运涛送的东西，更是体现了她对他的深情。朱老明让她嫁给大贵，她不干，准备跳井自杀，说明她对运涛的忠贞不贰。江涛劝她嫁给大贵。她不答应，说自己要等着运涛，等定了！还说要去看运涛。可见，她对运涛的感情始终未变。老驴头对她是否和大贵结婚的事情，是这样跟她说的：你要是愿意就点个头儿，要是不愿意，就摇摇头儿。她听了，走到十字路口。这体现了她在面临一个人生重大抉择时的矛盾心理。当然，最后，她还是选择坚守和运涛的爱情。另外，第三部还写了这样一个事情，出狱的江涛回到家后，看到房屋扫得很干净，就问是谁打扫的。娘说是春兰。正说着，春兰进来。江涛看她越发长得俏，就夸了她一句。春兰问："运涛呢？"江涛说："你还没忘了他？"春兰说："我怎么能忘了他？""把你要出来了，要不出别人来？"江涛听了觉得很惭愧，无言以答。从这可以看出春兰对运涛感人至深的爱。运涛回家后，他们终于结婚。但这是她等了运涛十几年后的事情，他们因为爱而互相等候，最终成为眷属。

第四，她也有软弱、顺从的一面。她和运涛在窝铺里说笑被老驴头追打，她对挨打并没有表示反抗，而是只觉得丢人，便对老驴头说："爹，家去打我吧，叫人们看着像玩猴儿似的，多不好！"这说明她对于封建礼教仍然是遵循的，并且不是被迫的，而是自愿的，因为在当时，封建礼教很多旧俗已经废除，至少是受到挑战，但她并没有认识到封建礼教对人的荼毒，而是深受其害而不自知。这说明她的性格软弱、顺从。运涛入狱后，她扯起切菜刀，准备自杀，说明了她对自己和运涛爱情、婚姻的绝望，也说明她意志的脆弱。朱老忠去济南看望运涛，问她有什么话要捎给运涛。她说她也想去。朱老忠说不让她去。她听了理由，同意了，说明她一方面对运涛痴情，另一方面，说明她也知道社会观念的保守情况，她于是选择了退缩、让步。当朱老明让她嫁给大贵时，她打算跳井结束自己的生命，这既是她对运涛爱情的坚贞，又说明了她的生命意志的脆弱。但她和运涛最终结婚后，她也成为一名真正的红军战士。

总体而言，就像茅盾先生所说的："春兰写得好，有个性。"[1] 春兰是传统意识和女性意识的矛盾结合体，是处在女性意识逐渐战胜传统意识的转型期的妇女形象。春兰出身于女性意识受压抑厉害的中国传统农村家庭，当时，中国刚从两千多年的封建等级社会中解放出来，人们所受的封建礼教思想仍然根深蒂固，尤其在农村更是如此。我们可以看到，春兰自小受到的是封建教育，她所受到的压迫不只是来自地主阶级，而且也来自农民阶级的其他成员。她和运涛之间

---

[1] 转引自钟桂松《茅盾评价〈红旗谱〉》，中国作家网，2021 年 3 月 6 日。

的恋爱完全是纯洁的恋爱，但他们周边的绝大多数人还在受着封建思想的影响，自觉地扮演着封建礼教的维护者、帮凶，然后去压迫小部分思想比较进步的人。

另外，春兰跟着运涛识字，和运涛是青梅竹马、两情相悦，按照我们现在的观念是自由恋爱，没什么好羞耻的。渐渐地，她也不顾及什么羞耻感了，而是以自己觉醒的女性意识、革命意识，等待着谁也不知道何时会出狱的运涛，等待着后来谁都不知道下落如何的运涛。她这一等就是十几年，就是现在都很少有人能做到这点。可见她反抗传统观念的坚定性。在大多数的社会结构中，女性在政治、经济、文化、思想、认知、观念、伦理等各个领域都处于与男性不平等的地位，但在革命年代，妇女在政治、思想等方面争取平等地位的意识可以说比很多时期要强烈得多。她好长时间对革命只是抱着热情，当和严萍相处一起后，受其影响，她历经艰险给贾湘农送情报，然后跟随贾湘农他们转战各地，躲避着各种反动派对参加高蠡暴动的人们的剿杀。运涛终于回来后，她跟着他去扩军，并担任县妇救会主任，领导妇女们为全面抗战做着积极的准备。

7. 严知孝

严知孝是一位知识分子，是江涛走上革命道路的另一个引路人。他在三部曲小说的第一部和第三部中出现，经历的事情有以下这些：

第一部：结识江涛。给江涛写信，让其上济南去看望运涛。参加江涛和冯登龙对救国救民之道辩论。找到陈贯群，请他撤除围校部队，陈贯群反而增加围校部队。建议江涛离开学校，转移阵地，江涛说转移不了。严萍让他营救江涛学生，他表示没办法了！

第三部：请求陈贯群释放严萍。去北平马老将军家接严萍回家。请求姚监狱长安排严萍探望狱中的江涛。请求马老将军写了两封信，出面交涉后释放江涛。“卢沟桥事变”后，和家人回到家乡，参加抗日救亡运动。和严萍进城看望江涛，看到朱老忠、张嘉庆正在说话。和江涛在宴宾楼谈了很久。叫停运涛、江涛、张嘉庆和逃跑的县长王楷第带领的保安队的交火。发表一席悲壮的讲话，感动了众人。和运涛、江涛、张嘉庆等释放了逃难归来的冯贵堂。女儿严萍当县长，各部门人知道是他的女儿，都无话可说。在宴宾楼严责土匪徐老黑，要求释放被其关押的严萍，徐老黑乖乖答应。

严知孝的特点是：

首先，他为人耿直、热情、热心。他是土豪严老尚的大儿子，在第二师范当国文教员。严志和托付他照看江涛后，他一口答应。他和他父亲不一样，他对地主老财、军阀政客疾恶如仇，对黑暗现实一直看不惯，很多时候都奔走在革命青年和官僚及地主老财之间，为前者消灾除难。运涛入狱后，他把山东省政府的张秘书长介绍给江涛，让他去找张秘书长安排探望运涛的事情。当他知道张秘书长给江涛探望哥哥没有带来多大帮助后，他就大骂，国民党干了件过河拆桥的事情，要防备刀柄攥在别人手里，如今的世界，横征暴敛，苛捐杂税，你征我伐，到什么时候是个完？过来过去总是糟践老百姓！

其次，他是一位爱国、爱民的知识分子，品格之高，令人敬慕。日本军国主义在满洲燃起战火后，国民党坚持不抵抗政策，要放弃满洲，把东北军调往江南去“剿共”。他获知消息，痛不欲生，一个劲地问自己：“这就算是亡国了？……这就算是亡国了？……”在保定二师学潮中，他多次请求郝校长、黄校长释放学生，但两个校长都是汉奸、卖国贼，反而把学生们大骂了一顿，认为他们把抗日救亡的理论偷偷输入到了学校，恨不得把他们一手掐死！尽管如此，他发誓要为解救二师被围的学生出力流汗，甚至流血。他和恶霸地主冯贵堂的卖国言论进行针锋相对地斗争。冯贵堂说：“第二师范又闹起学潮，学生们要抗日，国家不亡实无天理，人家日本人怎么了？也抗人家？”他听了，一如既往地痛恨日寇的强盗行径，对学生们的遭遇非常着急。他说：“如今日本人打进中国的国土，抗日无罪！拿着素有训练的军队，去包围手无寸铁的学生，算什么……”他见了派兵围校的陈贯群后，直言道：“日寇占据了我国的满洲，进攻上海，企图进关……而你的部队却包围学校，把青年人饿起来，不许他们抗日。”陈贯群把解决这个问题的权力推到委员长行营那里。他据理力争，说学生们是为国家、为民族、为抗日才搞宣传的，请陈旅长撤除包围二师的部队，给他们以抗日的自由！陈贯群仍然不愿撤除部队，说他没有这个权力。继而提出学生如果在三天以内能自行出首，他就释放他们。他要求陈贯群释放江涛。陈贯群到了卫戍司令部，市党部的刘麻子和陈贯群谈了二师的警戒问题。陈贯群要求增加第三道警戒线。最后，陈贯群问刘麻子有关严江涛的情况。刘麻子说江涛是共产党里的骨干，是要犯！陈贯群说：“可以维持一下吗？”刘麻子说：“不行，问题在行营调查课。”严知孝从陈贯群那里出来，又到第二师范去，要求江涛看清时局，离开学校，转移阵地。江涛说离开不了，当局宣布他们是政治犯，不让他们离开，没办法了。他听了，觉得话说到这里，也就算完了，于是走出大门。

最后，他对庸官、黑恶势力，深恶痛绝，绝不留情。当运涛、江涛、张嘉庆正和带着金银财宝要逃回老家的县长王楷第交火时，他跑来叫停了双方，然后让两方的头头都去鸿兴宾馆谈判。运涛、江涛要求王楷第在带够所需品后，必须把多余的枪支弹药及保安人员留下来给救国会的游击队。他严家兄弟二人态度强硬，他就把王楷第教训了一番，作为政府官员，在国难当头之时却不能守土护国、弃官逃走。然后，他发表了一番悲壮的讲话，表明了他的一腔爱国之情没变。当土匪徐老黑及其手下在县城为非作歹，并关押严萍后，他临危不惧，单枪匹马约见徐老黑。徐老黑不熟悉严知孝，只是有过一面之交，那就是在严老尚八十大寿的时候，曾和黑旋风一起来祝过寿。徐老黑见了严知孝，被严知孝狠狠地指责了一阵，最后释放了县长严萍。朱大贵又安排队伍追击徐老黑的土匪队伍，消灭了其大半。

严知孝不属于任何一个党派，他曾说自己是无党无派的人，他为了学生能被释放，就是杀头，也可以。他说，叫他们杀我吧！叫他们把我关在监狱里，这样，我才有饭吃呢。他之所以这样说，一方面是为学生重获自由，另一方面是因为他工作的第二师范解散了，他失业了，所以他对他们把他关进监狱一点也不畏惧。当然，他只是爱国、爱民，憎恨现实里的贪赃枉法、剥削压迫，憎恨日本鬼子的侵略。如果让他提出怎样去抗战的办法，他是提不出来的。比如，当他听了冯登龙说想救国救民，只有唤醒国魂，全国皆兵，实行军国民主义才行！他同意冯登龙的这个说法。江涛说，中华民族要想得到独立、自由、富强，只有发动群众，进行抗战，改造经济基础，树立民主制度，伟大的群众力量就是英雄。他听了说："都对，你们说得都对。"冯登龙是一个国家主义派，军国民主义者；江涛是共产主义者，共产党员。他们的政治见解不同，裂痕也越来越深。而严知孝就站在两人中间，无所适从。所以，他是那个年代一大批具有爱国爱民心，但却无力去解决现实问题，使国家走上自主、富强之路的城市小资产阶级分子的代表。

8. 严萍

严萍是三部曲小说里都出现的人物，她第一次出现在小说里，是严志和把江涛送到保定念二师的时候。严萍在三部曲小说里经历的事情有：

第一部：认识考上了保定二师的江涛。参加反割头税运动。向江涛提出入党要求，江涛未同意，鼓励她积极革命。和江涛散发传单。被冯登龙狂追，但她很讨厌他。给保定二师学生投来大饼。给贾老师告诉二师学生的伤亡情况，贾老师让她负责给被捕学生送吃穿，让生病的人，通过关系，保外治病。让父亲严知孝营救江涛学生，但严知孝表示没办法了！

第二部：回到乡下老家，和春兰给江涛家锄菜，给梨树掐小梨。经历“牛吃草事件”。参加朱老忠领导的攻打冯家大院的战斗。跟随贾湘农、朱老忠等躲避敌人的追击。

第三部：回忆保定二师学潮之后的情况。看见刘光宗、杨鹤声、曹金月和刘俞林慷慨就义，就陪伴在他们的遗体旁，结果在刑场被捕。严知孝请求陈贯群后，被释放。跟着冯登龙去了北平，拒绝了冯登龙同床共眠的要求。在马老将军的家里住下来。天天去首都图书馆看书。被父亲严知孝从北平接回家。在监狱长的安排下去狱中探望江涛。请马老将军写信，释放江涛。和父亲进城找当了县委书记的江涛。江涛让她担任县长。和朱老忠等打扫县府卫生。严萍关押土匪徐老黑的下属，被徐老黑反关押。朱大贵带兵进城救她，严知孝约见徐老黑，被释放。和春兰谈江涛冷淡自己的事情。

严萍是严知孝的女儿，自小在城市长大。她受父亲的影响，同情受压迫、受剥削的人，憎恨日本帝国主义的侵略。她是知识女性，跟着父亲、江涛走上了反抗封建地主剥削，反对国民党政府统治，呼吁人们和日本帝国主义的侵略行径进行斗争的道路，并和江涛成为情侣。她在小说各部都出现了，走上革命道路可以分为几个阶段：

第一，参加了反割头税运动、保定二师学潮、高蠡暴动、抗战宣传动员工作，斗争经验与日俱增，最后当了县长。

参加反割头税运动，使她初步得到锻炼，她提出参加共产党的要求，但江涛以她参加革命的时间短、她的家庭成分特殊等原因，没有同意。

参加保定二师学潮，使她目睹了各种反动势力对学生的爱国热情的联合剿杀情况。她在学潮中也很勇敢。她发表了演讲，要求人们起来抗战救国。当骑警来驱散学生时，她和江涛把身上的铜元撂向他们才得以脱身。二师被围后，她代表保定市救济会来慰问学生。她还和几个女伴站在土岗上给被围困的学生投来大饼，但有些大饼投到了墙外。反动政府对学生进行镇压时，江涛被捕了。护校学生也伤亡了不少。她跟贾老师汇报了二师的伤亡情况。贾老师让她给学生们送吃穿。她让父亲救江涛他们。父亲摇摇头，表示没办法了！

高蠡暴动前，她回到乡下老家，和春兰给江涛家锄菜，给梨树掐小梨。她和春兰给春兰的表妹金华当伴娘，把金华嫁给大贵。她和春兰去放牛，李德才不让放牛，并拉伤牛鼻子。她们和李德才打骂起来。她第一次看到了乡村地主狗腿子的蛮横不讲理，粗言秽语满嘴喷的情况。红军游击队准备攻打冯家大院时，她和春兰等接受朱老忠的命令，绣红旗和袖标。随后，她给朱老忠当文书，管理着游击队。游击队攻下冯家大院后，朱老忠审问被抓获的冯兰池，她在一旁负责录供。红军游击队要到蠡县打仗，她和春兰、朱老明、伍顺、小囤、庆儿等留下主持村政，做后方工作。后来，她和春兰给贾湘农去送情报，经历了许多挫折、危险后，终于把情报送到贾湘农手上。随后，她和春兰一起跟着贾湘农、朱老忠等躲避着敌人对他们说的围剿。当朱老忠带领游击队回到锁井镇后，她和春兰出去看情况，差点被白军俘获。她们遇到了回家的严志和，就和送贾湘农去白洋淀回来的大贵，以及金华，去了高粱地里的村公所。大贵随后带着游击队上了太行山。

她回到保定后的一天，她出去理发，遇到二师学生刘光宗、杨鹤声、曹金月和刘俞林被拉去刑场枪决。她在四位勇士就义后，不忍离开他们，就守在他们的尸体旁过夜。她絮絮地说着要给他们报仇。这时一个穿蓝大褂的人走了过来，拿出手枪放在她的胸前，要带她去谈谈。她这才明白，自己被捕了。她父亲找了陈贯群后，她才被释放。

然后，她在冯登龙的陪伴下，去了北平。她不喜欢冯登龙，就乘他不注意来到马老将军家住下。后来，她父亲到马老将军家将她接回家，父亲告诉她：在二师学潮中被捕的江涛被判了十二年徒刑。父亲让她去找监狱的姚典狱长，探望江涛。她看望了江涛后，又到北平跑了几趟，请马老将军写了两封信，由父亲出面交涉，江涛才被释放。江涛出狱后回到家乡做了县委书记，又在县立高小教书。

“七七事变”之后，她辞去了小学教员，和全家人回到了家乡。江涛当了县委书记后，她和父亲进城找江涛。江涛要开会，说明是开县委会，允许朱老忠和她参加。江涛决心争取和公安局的督察长陈金波合作，利用一切力量抗战。然后，江涛在宴宾楼和严知孝谈了很久。朱老忠在县里也和她及张嘉庆谈了半天。江涛领人去缴获县公安局的枪支时，她也参加了。她被江涛任命为县长。她和蔼可亲的工作作风，赢得了差役们、各部门工作人员的尊敬、喜爱。土匪徐老黑在县城作恶，她下令关押其下属。徐老黑反关了她。朱大贵兵临城下救她，她父亲在宴宾楼传见徐老黑，徐老黑答应释放她。朱大贵消灭徐老黑的土匪队伍。

第二，她的爱情波波折折，但她矢志不渝。她和来到家里的江涛独处时，他们之间的对话就显示她已经喜欢上江涛了。她对运涛的相好春兰也很感兴趣，江涛便讲了哥哥和春兰的爱情。反割头税斗争之后，他们就热吻了。她们的爱情以极快的速度发展着。江涛给她讲了《红鬃烈马》中薛平贵别窑征西，十七年后回来，但老丈人王允还要害他，王宝钏却在等着他的故事。似乎说明他和她的爱情要经历很长时间。当然，她没有理解这个。二师学潮发生后，江涛是指挥者之一，她的眼前老是晃着江涛的影子。父亲知道她有心事，就安慰她！一天，江涛从墙上翻出来去联系学联，完毕后，来到她家。她把他的手搂在怀里，又拿到脸上，亲热地吻着。江涛在她的床上睡了一晚上。她在夹道里放上凳子，站了一夜岗。第二天，江涛又回到学校。但他回去后被刘麻子逮捕了。

江涛被释放后，回到家乡做了县委书记，又在县立高小教书。运涛也回来了，并和春兰结了婚。她随后跟着江涛回去看望运涛和春兰。春兰让她和江涛也结婚。她说江涛自打她从北平回来，和她连几句话都不说，好像听了什么话，冷冰冰的。后来，她和江涛在树林里本可以亲密相行，但江涛对她一直很冷淡。最后，江涛跟她说："让我们永远做最亲密的朋友吧！"她知道解释无用，只能如此了。严知孝看女儿和江涛并肩而行，畅想着他们的爱情婚姻。运涛和春兰到县城见了江涛。江涛知道他们想问他啥，就主动说张嘉庆生前告诉他，她已经和冯登龙结婚了。春兰找她问江涛说的是不是事实。她说她跟随冯登龙到北平后，自己住在马老将军的家里。春兰让她和江涛谈谈，因为她年岁也不小了。她说："等我们慢慢谈吧，抗日战争是长期的！"

茅盾先生认为，把春兰和严萍两个人物进行比较，可以看出严萍的个性体现不如春兰，他说："严萍——为什么会走向革命？她不像'五四'后一些小资青年有婚姻不自由、家庭压迫等问题，似乎只因为她是青年，因为父亲是开明的，因为她爱国。她是个善良的少女，可是，在三角恋爱中她何以决然选择了江涛，没有深刻的心理分析……作者写她，基本上还是用写春兰的笔法。春兰活泼，带点辣；严萍亦然。换言之，作者并没写出两个不同的个性的少女。"[1]

[1] 转引自钟桂松《茅盾评价〈红旗谱〉》，中国作家网，2021 年 3 月 6 日。

9. 贾湘农

贾湘农的“原型”是：1932年7月6日二师学潮惨案后两个月，发生了高蠡暴动，并组织了“河北红军”，迎接红军北上抗日。“河北红军”的政委叫贾振丰，支队长是湘农。这两位农民领袖的事迹，直到今天，还在高阳、蠡县一带民间传颂。《红旗谱》把“贾振丰”和“湘农”合成一个人物“贾湘农”。当然，从文学创作的角度说，《红旗谱》中的贾湘农，也绝不仅是贾振丰和湘农事迹的机械照搬，而是根据塑造典型人物的需要，创作了许多内容。[1]

贾湘农在小说第一部、第二部中出现，他身上发生的事情有：

第一部：结识运涛。来到运涛家，结识江涛。从严萍跟前知道了二师的伤亡情况，让严萍负责给被捕的学生送吃穿，让生病的人，通过关系，保外治病。

第二部：和刘书记长、曹局长、张校长、朱老忠谈组织农民暴动的事情。派张嘉庆去白洋淀开展工作。指示锁井镇成立红军队伍，叫朱老忠当大队长。给汇报工作的各县代表谈政治形势及党取得的胜利，激起了人们的斗志。给人们讲述作战计划，提出搭救监狱里的政治犯的事情。反思自己领导的农民武装暴动，宣布各路游击队大队长的名单。决定把队伍拉回锁井镇。枪毙冯老兰。和朱老忠、朱大贵、朱二贵、严萍、春兰夜宿古坟。去白洋淀述职。

贾湘农的性格特征如下：

第一，循循善诱，善于做思想工作，引导运涛、江涛走上了革命道路。运涛结识他的时候，他问运涛乡村里农民生活越来越困难的原因是什么。运涛说是地租重，高利贷重，捐税太多。他听了谈起要把国家治理好，农民才能过得下去。但要把国家治理好，他说：“那就必须把帝国主义打跑，把封建势力打倒。”然后，他让运涛在乡村了解一下捐税有多少种？农民得付出多少血汗？地租高的有多么高？低的有多么低？利息最高的几分，最低的几分？运涛答应了，并说：“我今天可找到光明了！”他又问运涛什么叫革命。运涛不太清楚。他说：“就是封建势力、军阀政客们，不能推动社会前进，只能是社会的蟊贼。受苦的人们，工人和农民，就要起来打倒他们，自己起来解放自己。”药王庙大会过了后，他来找运涛，问运涛在庙会上宣传得怎么样了。群众对共产党的主张有什么意见。运涛说了人们对反帝国主义不够关心的情况。他就让运涛给人们讲明白帝国主义在通过各种洋货剥削着中国的农民，提醒周围是很黑暗的，敌人还

[1] 王德彰《〈红旗谱〉历史故事与人物原型》，《文史精华》，2005年第1期。

很多！要求他和农民谈话时，不能只说些空泛的大事和枯燥的理论，而是要具体揭示农民受压迫受剥削的痛苦是从哪里来的！他见到江涛后，鼓励他要念好书，并问他“剥削”“压迫”的事情。兄弟二人在他的启蒙、教育下对革命有了认识。尤其，当运涛跟朱老忠说了贾老师的话后，得到了朱老忠的鼓励，让他和贾老师多接触。正因为运涛觉得贾老师所说正确，就义无反顾地受他的指派南下参加革命军了。江涛也第一次参加了群众抵制英国货、日本货的运动，以及罢工罢课的活动，这使他明白了受压迫的人们，不仅多，而且反对的人也不是孤单的。江涛又在贾老师的主持下入了团。

第二，指挥有方，沉着机智，但当革命出现挫折后，执意离开，其结局给人留下谜，也给人留下软弱、不负责任的印象。江涛领导反割头税运动前，他分析了江涛动员老套子参加反割头税运动，但老套子却不愿参加的原因，那就是江涛找的对象不对。他说：“像劈木头，先看好骨缝插对楔，再下榔头。看不对骨缝，插不对楔，把榔头砸碎了，也劈不开干柴。”由于比喻形象、通俗，所以江涛就一下子明白了。然后，他回去，动员了很多人参加反割头税运动。江涛问反割头税运动的目的是什么。他说最终是起义，夺取政权。反割头税运动开始后，他穿着白槎子老羊皮袄站在人群里，谁也认不出他是谁。但他在暗中给江涛鼓着劲，使运动取得胜利。

在保定二师学潮中，他虽然没有直接领导，却一直关心着学生们的情况。他安排严萍想办法让护校学生不挨饿。他问工人对二师学潮有什么反应。工人说抗日是再好没有的事，当局不该把学生们饿起来。他本人支持学生的抗日救亡运动。运涛、江涛都是他教育出来的，所以冯贵堂在陈贯群跟前谩骂、诋毁他道：贾湘农“……在高小学堂里教了几年书，像老母猪一样，孪生了一窝子小猪儿，就成天价摇旗呐喊：‘共产党万岁！’他哪里受过什么高深的教育，懂得什么社会科学？光是看些小册子，设法笼络青年学生和乡村里一些无知愚民，像集伙打劫一样。这江涛就是他教育出来的。他哥是个共产党员，‘四一二’时候被逮捕了，他爹跟我们打过三场官司。他爹有个老朋友叫朱老忠的，这人刚性子。几个人帮在一块，越发闹得欢了。”陈贯群听了，就下决心武装镇压学生，制造了震惊全国的“七六惨案”。

高蠡暴动前，他安排刘书记长、曹局长等潜伏在国民党党政机关里的地下工作者配合暴动。他又和农民运动的老英雄朱老忠详谈组织暴动的事情，又派张嘉庆去白洋淀动员李霜泗跟着共产党走，李霜泗同意。等这些准备工作做好，他指示锁井镇成立红军队伍，叫朱老忠当大队长。当朱老忠攻打冯家大院时，他没有直接领导，结果运动失败。他反思了原因，认为是自己没经验。当各种反动力量联合剿杀农民暴动时，他亲手枪毙了地主冯兰池。然后，他让朱大贵带领队伍去太行山打游击。而他自己则去找上级，向上级检讨错误，还要给毛主席写信。他还说他要回来，继续在平原上燃起抗日的烈火。但他后来并没有回来。第三部《烽烟图》第十三节写道：张嘉庆有一天给大家带来贾湘农在上海牺牲的噩耗。至于何时牺牲，怎样牺牲，都不得而知。

10. 张嘉庆

张嘉庆也有“原型”，梁斌谈道，1942 年反“扫荡”，他到了白洋淀，遇到十分区地委书记，地委书记告诉了他一个英雄故事。这人叫张丰来，在涿县家乡领导农民搞“秋收暴动”，抢地主的粮食、棉花，表现得非常英勇。再加上蠡县老共产党员张化鲁（蠡县最早的三名共产党员之一，1925 年，十一岁的梁斌在蠡县县立高小读书时，张是国文老师）的革命事迹和几个共产党人的性格，加以综合概括，以张嘉庆为主要人物写成一个五六千字的短篇。当时这个短篇曾给张化鲁的儿子看过，他看后说：“这不是写的俺爹的事儿吗？”这时梁斌暗暗点头，觉得这个人物算是写成了。梁斌说，后来长篇小说《红旗谱》里的张嘉庆，就是在这个短篇的基础上丰富、加工而写成的。有趣的是，张嘉庆这个人物也有梁斌的影子。梁斌于 1930 年夏考入保定二师。第一场笔试很顺利。第二场口试前，他高小时的同学、已在二师读书的刘金田告诉他：“负责口试的训育主任是个改组派，口试时你千万要机灵些，他要问你中国人民的领袖你赞成哪一个，你就说赞成汪精卫。”口试时，梁斌就照此回答，果然被录取。《红旗谱》中，张嘉庆报考二师的经过就是按梁斌这段亲身经历改写的。[1]

张嘉庆在三部曲小说中都出现了，在他身上发生的事情有：

第一部：在严知孝家见到同学江涛。和朱老忠等率领群众武装保护反割头税运动。考上保定二师。二师学潮期间，冒险采摘榆树叶子充饥。受一个梦的启发，打死校园内的狗让护校学生充饥。冒着牺牲的危险捡进严萍投到墙外的大饼。带领学生到小面铺买面。陈贯群带着卫队来到学校后，小魏劝他到乡村去工作，他拒绝，小魏翻墙离开学校。学生们拥护江涛要求离校去农村的建议。陈贯群带

[1] 王德彰《〈红旗谱〉历史故事与人物原型》，《文史精华》，2005 年第 1 期。

着骑兵向学生大开杀戒，江涛被捕，他跑到校外，但被岗兵认出，跑时中弹。他在美国思罗医院里治伤，通过冯大狗的帮助，乘坐朱老忠拉的车逃离医院。

第二部：去白洋淀动员李霜泗跟着共产党走，李霜泗同意。

第三部：告诉人们贾湘农在上海牺牲的噩耗。说严萍和冯登龙在一家旅店里住在一起，江涛信以为真。率领游击队来到东锁井镇。和小囤举碌碡比力气。叫游击队班为单位去找老占，但没找见。带领朱大贵、陈金波到达土匪佟老五据守的唐河一带，被佟老五逼死。

张嘉庆的性格特征如下：

第一，母亲在家里低微的地位，使他走上了反叛地主家庭的道路。张嘉庆首次出现在组织上派江涛回锁井镇组织反割头税、反百货税运动时，他去贾老师那里接受指导，见到了人称“张飞同志”的同班同学张嘉庆。他出身于地主家庭，母亲地位低微，使他自小就同情穷人。在贾老师的教育下，他加入了共产主义青年团。秋天，他回乡开展群众运动，在家里长工伍老拔的激将法作用下，组织农会、穷人会抢了他爹的二十亩棉花，以及邻家财主的财物。他是一位忠诚大胆的革命者，以自己卓越的枪技屡立奇功。

第二，他身手敏捷、枪技高超，勇猛大胆。在反割头税运动中，他担任纠察队队长，枪技高超，伸枪打下了天上飞过来的冯贵堂家的一群鸽子。他领着纠察队的人们紧紧卫护着江涛和贾老师。在二师学潮中，他大喊着“打倒日本帝国主义！”“反对不抵抗政策！”“组织抗日武装，开赴前线！”的口号。当政府里的刘麻子持枪来威逼江涛、夏应图投降时，他闪电般地用脚踢掉了他们手里的枪，展现了他的敏捷、大胆、英勇。他曾经将一簸箕煤灰架在门楣上，使禁止抗日活动的训育主任闹了个灰眉土眼，气得辞职不干了。二师学生没有食物之后，他冒着牺牲的危险爬上榆树摘树叶供学生充饥，又受一个梦启发，使大家吃上了大碗炖狗肉。他冒险捡起围墙外的一卷卷大饼；带领学生去校外购面；和冯大狗一起配合江涛翻出墙外，去联系学联。在陈贯群大开杀戒后，他跑到校外，但他被岗兵认出，跑时中弹。在美国思罗医院治伤时，在冯大狗的帮助下，他坐着朱老忠的人力车逃出医院。高蠡暴动前，他到唐河岸上去说服李霜泗跟着共产党走，李霜泗同意。他教李霜泗女儿芝儿打枪，和芝儿骑马练枪法。后来，他和李霜泗及女儿打响高蠡暴动第一枪，解决了一个警察局，缴了十几条枪，把土豪劣绅们吓得，要多少枪、钱、粮食，就给多少。朱老忠下令攻打冯家大院后，他和李霜泗率领二百多人到达白洋淀。当高蠡暴动陷入困境时，他和李霜泗、翟树功，带着队伍从东北方向冲过来，向白军司令部攻击。他和江涛去保定，经历了日本飞机的空袭。他打死了两个举着白旗给敌机示意的汉奸。回来后，他和江涛等解决了保安队，使督察陈金波参加了游击队。他查哨时遇到冯贵堂一家逃难回来，就和江涛、严萍、运涛、春兰商量，关押了冯贵堂，他的其他家人可以回家。游击队员试探着把村里最大的碌碡弄起来时，他竟然把它举了起来。他和运涛、江涛、严萍等堵截县长王楷第的保安队，缴获了他的枪支弹药及保安人员。他和陈金波去唐河南岸会见土匪佟老五，结果被佟老五害死。

第三，他很聪明，但缺点也很突出：学而不精，遇事不冷静，欠考虑，不计后果。反割头税运动之后，他回到保定，贾老师让他离开保定，但他不愿离开，说他没家。贾老师便让他考第二师范，以解决他的生活问题、读书问题。最后，他考上了保定二师。当他给人们讲统一战线问题时，由于他理解政策的水平有限，对人们的质疑没法回答。他跟江涛说严萍和冯登龙住在一起，使江涛对严萍冷冰冰的。

11. 冯兰池

冯兰池在第一部、第二部中出现，是锁井镇的恶霸地主。他身上发生的事情有：

第一部：和二儿子冯贵堂的观念交锋。买鸟不成，指使招兵的抓了大贵去当兵。煽动老驴头痛打和运涛单独在一起的春兰。和冯贵堂、李德才表达对运涛入狱及“四一二”反革命政变的看法。问朱老星要旧账。派刘二卯骂街。

第二部：和一帮土豪商议建立武装，对付农民暴动。埋藏贵重东西、文书匣子，把后院的墙拆开，把一家大男小女和牲畜藏进高粱地里。被抓后关到黑屋子里。被押着去外地。被贾湘农击毙。冯贵堂给他发丧。

冯兰池的性格特点有以下几个方面：

第一，阴险残忍。他出场时三十多岁，狡猾奸诈，残忍无情，贪婪阴险，是一个典型的恶霸地主形象。他派两个铜匠砸钟顶赋税，气死护钟的朱老巩，派人强奸了朱老忠的姐姐，气走严老尚。把给逃兵的赔偿款摊到贫苦农民身上，使朱老明等二十八家告状的穷人输了官司。“脯红鸟事件”使他的蛮横尽显，朱严两家产生新的矛盾。大贵被抓当兵，使矛盾进一步升级，但朱老忠最终隐忍，他说："走着瞧，出水才看两腿泥！"他煽动老驴头夫妇痛打和运涛单独在一起的春兰，目的是要霸占春兰，让她给自己做小老婆。但被老驴头严厉拒绝，使他尽失颜面。后来，他跟李德才说，春兰硬僵筋！给她爹一顷地、一挂车，她还不嫁给咱。不嫁也好，咱还舍不得地和车哩！这些都是咱辛苦经营下来的！李德才说："甭着急，咱慢慢儿磨她。"但此后，他再也不敢轻易提起此事，也不敢打春兰的主意了。严志和向他借钱，他乘机压价买走严志和的"宝地"，大骂运涛是"肉里的刺，酱里的蛆"。他的恶德劣行可见一斑。江涛组织反割头税运动前，他问朱老星要已经还了的账，原因是嫌他"变心了，跟着朱老明、伍老拔反咱的割头税，所以才要。"然后他打发伙计们到县政府、各区公所去送年礼。他自己又去这区那区告诉伙计们要收好割头税。吩咐伙计们立刻安锅收税。召集士绅们商量对策，派刘二卯去骂街，让冯贵堂去见王县长。江涛带领人们开展反割头税运动后，吓得他跳过墙头逃跑了。反割头税运动后，他指使老婆给自己的走狗李德才下手，以旧账未还为由，夺走了李德才的破房，又嫌不够顶债，逼迫李德才把女儿卖给他家顶债。李德才受到如此的欺压，仍然不觉醒，而是继续为冯家效力。当李德才被大贵、二贵扔到水潭里时，他大吃一惊，想办法救活李德才，因为他离不开这个窝囊的奴才。

第二，固执己见，惜财如金，保守吝啬，后来有一点想跟上时代的改变，但未落实。他和二儿子冯贵堂的一番辩论就体现了他保守、落后的耕作观念、持家观念，这使他的守财奴形象尽显。冯贵堂买回水车后，他训斥其浪费了钱财，漏掉了井里的水，等等。当他知道冯贵堂给锄地的短工一百五十块钱，平息了大贵率领人们罢工停市的事件后，就狠狠地批评冯贵堂对穷人太大方，太仁义。他的吝啬、守财奴形象由这些事情得到了很好的塑造。后来，他说等革命（高蠡暴动）这股风儿过去了，自己也要听冯贵堂的话，在大集上开花庄，开洋货铺子，赚了钱才是正理。这说明他终于要摒弃自己守旧的生产生活观念了，但他未及实施的时候，就被革命农民枪毙了。

第三，是一个典型的汉奸。运涛入狱后，他说穷棍子们整天喊着打倒封建势力！打倒日本帝国主义！人家帝国主义怎么他们了？日本军远在关东，也打倒人家？嫌人家来做买卖，买卖不成仁义在，打倒人家干吗？真是！扭着鼻子不说理！他们还大嚷着革命军过来了，要打倒冯兰池了。革命军到了北京、天津后，对于有财有势的人反倒更好了。没见他们动谁一根汗毛！他的这些话，体现了他卖国的嘴脸，他把日本帝国主义对东北大地的侵占根本不当一回事。张福奎“死”了后，他说张福奎一死，就没有人去压制共产党了，共产党打日本就更欢了，日本人不过是占个地盘，他们怎么中国人了？这是他第二次表达卖国的观点。他听说农民要暴动，就召集上排户，商量对付的办法。他说共产主义不能在中国实行，不要害怕。日本人远在东北、上海，人家帮助蒋介石“剿共”，朱老忠却要打倒人家，是无事生非。这些话继续展现了他的卖国嘴脸，他的目光短浅、自私自利。他看不到日本人侵略中国的真正企图。

第四，对国民党政府及其豢养的军队的腐朽、野蛮有着清醒的认识。刘老万建议他请兵来锁井镇以防农民暴动。他说国民党的军队有什么好纪律？他们来了会把镇上弄得更加乌烟瘴气，吃喝得供着，他们还要奸淫妇女、抢劫行凶，谁能受得了？这些话显示了他对国民党政府及其豢养的军队的腐朽、野蛮有着清醒的认识。在这种认识下，他说，现在咱们把地主们武装起来，农民一暴动，就武力消灭。他又说，蒋介石“剿共”剿了几年，还是剿不完，光是要枪要人，要骡要马，他把弄来的钱财都装到自己腰包，弄到美国去了。他的话揭露了蒋介石及其政府的腐败、贪婪、自私。他自己虽然有这样的认识，但还是要彻底消灭即将发生的农民暴动。

第五，顽固反动，最终自取灭亡。听说农民要暴动，他就让冯大奶奶藏了贵重东西。然后，他把十几支枪拿出来。冯贵堂劝他出去躲躲。他拒绝了。红军游击队要求他送枪送米，他拒绝送这些。朱老忠于是命令游击队攻进了冯家大院。冯贵堂看红军来势凶猛，就劝他爹快撤，但他怎么也不撤。冯贵堂让老山头和李德才架着他走，他仍然不走。没办法，冯贵堂只好带领家丁逃走。他最后被朱老忠活捉。朱老忠审问他时，他说自己要封建到底。当游击队的处境越来越危险时，贾湘农向他连开三枪，结束了他作威作福的一生。

12. 冯贵堂

冯贵堂贯穿于三部之中，他所干的事情如下：

第一部：和冯兰池争论，预言朱老忠闹不起事情，表达对运涛入狱及“四一二”反革命政变的看法。进城告状，王县长故意拖延。状告反割头税的人们。跟陈贯群建议镇压保定二师的学生。

第二部：买回水车，遭到冯兰池的训斥。跟冯焕堂讲自己给短工们长工钱的理由，冯焕堂躺在地上哭闹不止，冯兰池把他训斥了一顿。生着气去城里和县特务大队队长张福奎、县长王楷第商量成立民团的事情。对张福奎之死，很高兴。去见王县长、陈贯群及钱大钧，钱大钧答应保定若有事，可以调动三支部队。农民游击队攻打冯家大院，带领家丁逃走。想回去救他老爹，被李德才和老山头劝住。给王县长汇报朱老忠暴动及他爹坚守之事。和张福奎带领马快班在村里疯狂抢夺暴动户；张福奎要在锁井镇大抢三天，他答应给张福奎送些东西。冯大奶奶要求他安葬冯兰池。他决心走上实业家的道路。迎接陈贯群率兵来到锁井镇。派老山头叫人们把分得的冯家的东西送回来。给冯老兰发丧，朱老星被陈贯群、张福奎铡死。

第三部：诬陷朱庆偷瓜，设计宴请朱老忠。调戏珍儿，被朱庆猛撞胸脯。想压服朱庆，朱庆怒烧他家麦秸垛。派老山头等去压制朱老忠他们。老山头在执行期间摸到了李霜泗的下落，贿赂王楷第，得到办案文书，去抓捕李霜泗。贿赂李霜泗所在地的县政府秘书、公安局督察长，抓到李霜泗。和当地县公安局的孟班长及四个警察一起把李霜泗押解回县上。让李德才和老山头参加锁井镇成立的救国会，把它搅浑。救国会成立后，锁井镇成立了守望队，操作刘二卯当上大队长，冯树义为副队长。带着家眷逃难，遇上王国柱，王国柱求婚不成，硬抢了他女儿二燕。回到锁井镇后被张嘉庆关押起来。释放后成立武装。和陈金波嫖娼。派老山头杀害老占。和土匪黑旋风、佟老五、徐老黑等建立关系。指使佟老五杀害张嘉庆。指使黑旋风让徐老黑祸乱县城。

冯贵堂的性格特征如下：

第一，是一个有文化的乡村新型地主。他上过大学，念过法科，在军队上当过军法官，上司倒了台，才跑回来，帮助他爹冯兰池管理村政。他和他爹属于不同类型的地主，他把给农民们行"民主"、施"人道"看作是让自己过上舒适生活的法宝，但冯兰池却不赞同；他时时想改良家政、村政，革故鼎新，但冯兰池的阻挡及农民们纷纷起来的反压迫，使他难遂心愿。

第二，贪婪，霸道。在"脯红鸟事件"中，他比他爹还贪婪，还霸道。他爹买鸟儿还愿意掏半斗小米，二十吊大钱，他却信誓旦旦地说："那个好说，咱一个钱不花，白擒过他的来。"他想用自己一贯主张的"仁义"方式来说动运涛、大贵，从而无偿得到鸟儿。但大贵不但不给，还说了："我就是不送给他，他不是俺朱家老坟上的祖宗，俺孝敬不着他！"

第三，狂妄，无知，轻视人民反压迫、反侵略和强大力量。陈贯群问他

“江涛是个什么人物头儿”时，他说江涛只是一个青年学生罢了，然后把贾湘农老师贬得一无是处。江涛、朱老忠、朱老明要开展反割头税运动，他认为，“瞎字不识，他们掉不了蛋。”但正是他瞧不起的这些人发动起的反割头税运动及农民暴动，使他有家难回，狼狈逃窜。比如高蠡暴动前，他劝他爹出去躲躲，他爹拒绝了。说他怕死，叫他走开。他说他要和老爹死在一起。朱老忠兵发西锁井后，他先在村边抵抗，他见红军来势凶猛，就退回到冯家大院，登上高房。他又劝他爹撤退，他爹坚决不走。最终，他就带着众人逃走，只留下他爹一人。当他撤出战斗后，觉得丢了老爹、家宅和铺号，很焦心，就想提起枪要打回去。李德才和老山头劝阻了他。他想不出好办法，正在踌躇不决之际，红军来搜洼了。他就赶快逃跑了。他其实就是一头纸老虎。

第四，凶残，阴险、狡猾，狠毒。他跟陈贯群建议镇压二师学生的那些话，足见他凶残的本性。陈贯群听了就派兵血腥镇压了学生。当朱老忠带领游击队攻打冯家大院不久，陈贯群的十四旅及张福奎的特务大队都来到了锁井镇。他于是带着老山头、李德才在镇上抓人抢物，弄得鸡飞狗叫。他说，共产党成立了红军，那么地主就成立和平会，凡是被害户都可以参加，一定要让暴动户赔偿损失。严老松、刘老万、刘老士听了都拍手同意。小说写道：高蠡暴动实质上未动摇地主阶级的经济基础，相反，使土地更加集中了。冯贵堂在暴动后反而有了六七百亩土地，日子越发地生发起来。他种了大片西瓜，但仍然小气无比，竟然诬陷长工朱庆偷了西瓜，让老山头、李德才这两个走狗把朱庆抓住吊在大槐树上暴打，差点打死朱庆。朱老忠据理力争放了朱庆后，他还不罢休，强行让朱老忠替朱庆摆宴席赔罪。朱老忠上当答应！这件事说明了他的阴险、狡猾。他为了打压朱老忠、朱老明他们，就派老山头等去给朱老忠制造不好的影响，拉拢反对朱老忠的地主土豪。然后，又去河南抓捕了李霜泗，并使其牺牲。他认为朱老忠闹抗日闹不出名堂，日本鬼子来了大家就得当亡国奴，于是让李德才和老山头都去参加救国会，把它搅浑。他逃难回家，被张嘉庆逮住关了起来。后来，运涛、江涛释放了他，他回家后，成天盘算着报仇的阴谋，先给唐河岸上的土匪佟老五写了信，然后和土匪黑旋风交好，最终又成立了自己的武装。他派老山头杀了张嘉庆的警卫员老占，以警告张嘉庆。然后拉拢陈金波吸毒嫖娼，使陈金波领着张嘉庆去见佟老五时，佟老五下了张嘉庆的枪，然后把他捆住押往河边的悬崖处。张嘉庆最后跳崖牺牲。就这还不够，他又让黑旋风派徐老黑去严萍执政的县城捣乱，并关押了严萍。其嚣张的势头令朱大贵等难以忍受，朱大贵就领着游击队消灭了徐老黑的大半队伍，粉碎了冯贵堂的部分报复阴谋。

第五，完全站在国民党反动派的一边，对其屠杀共产党人拍手叫好；完全站在日本帝国主义一边，为其侵略唱赞歌。运涛入狱后，他说："幸亏蒋先生明白过来得早，闹了个大清党，把他们给拾掇了。要不然，到了咱的脚下，可是受不了！"他已经完全站在了国民党反动派的一边，对其发动的屠杀共产党人的"四一二"反革命政变拍手叫好。对日本帝国主义对中国的侵占，对中国人的屠杀，他一点也不关心，这反映了他的阶级本性。保定二师学潮中，学校被十四旅旅长、保定卫戍司令陈贯群派的部队包围，他说学生们要抗日，国家不亡实无天理，人家日本人怎么了？也抗人家？从这可看出他是一个地地道道的卖国贼，其言论已经是一个十足的汉奸言论了。农民暴动后，他爹负隅顽抗，王县长逐级上报。他决定和陈贯群、张福奎联手消灭红军游击队。他说自己断定共产主义在中国不能实行，因为它是穷民主义，是外来品，所以一定要消灭。当他被这些农民革命者打得落花流水时，他还在口出狂言，足显出他的狂妄嚣张。

第六，有时对农民无情，有时又慷慨大方，形象较复杂。他爹派刘二卯在街上跳脚大骂反割头税的人们时，他看刘二卯被人们打得狼狈不堪，就说不要割头税了，白送给乡亲们过年。人们知道他和他爹一样是笑里藏刀，跟他们斗不是容易。冯焕堂去市场上雇短工锄地，大贵嫌给的八十块钱太低，就领导短工们停工罢市。他去后，答应给一百五十块，短工们才去锄地。冯焕堂嫌他给短工们长工钱，就躺在地上哭闹不止，冯兰池也把他训斥了一顿，嫌给穷鬼们大钱。他说这是放长线钓大鱼什么的，但冯兰池和冯焕堂根本听不进去。这些事情，又显得他很"大方"，从而也使其形象复杂起来。

第七，官欲强盛，色欲强盛。他与县特务队长张福奎、县长王楷第商量成立民团的事情时，本想当团长，但没当上，张福奎当了团长。张福奎被李霜泗的女儿芝儿枪击之后，他很高兴，认为民团团长就落在自己头上了。他想强奸李德才的女儿珍儿，被长工老拴看见了。老拴把这事告诉给朱庆。朱庆想起自己被冤打的事情，就猛地一头撞向他的胸脯，把他差点撞死。他为了报复朱庆，就派刘二卯、李德才去压服朱庆，结果却惹得朱庆烧了他家的麦秸垛。从此，他就再也不敢惹朱庆了。

第八，给自己留后路。他在抢劫时，因为基本上没抢朱老忠的家当，就引起了地主老财严老松的指责。他听了说，朱老忠的不能抢，如果共产党将来时兴了，怎么办？严老松一看他给自己留着后手，就说："这共产党也能时兴？你不是说共产主义不合乎中国的国情吗？"他说："我还说过共产党共产共妻呢，可你无论怎么说，这老农民们还是跟着他们跑。这共产主义是世界上一门学问，是德国人马克思发明的，苏联的列宁就实行了，把地主和资本家就打倒了，你挡得住？"

《红旗谱》三部曲里塑造了三类知识分子的形象：一类是贾湘农、江涛、张嘉庆等这些革命知识分子，一类是严知孝这样的偏左知识分子，一类是冯贵堂这样的反革命知识分子。作家写冯贵堂这样的反革命知识分子是为了揭示他虽然接受了高等教育，但他的本质依然是假民主、真反动的。冯贵堂在小说开篇并非是一个彻底的反动形象，他的反动形象是在情节发展中逐渐形成的。这就使得他的形象呈现出一定程度的暧昧性和复杂性。冯贵堂先以致力于乡村改良的知识分子的形象出现，企图改良村政、改良乡村教育、发展农业商品经济。但他的改良与当时火热的革命相矛盾。在反割头税运动的打击下，冯贵堂便从一个具有现代性意识的知识分子变为了反革命的形象。他的转变显得很简单，作家似乎只让他从地主家庭的阶级根源上一下子站在了乡村的对立面上，忽略了他转变的复杂心路历程。冯贵堂在乡村中推行的改良举措是普及教育、政治民主、发展商品经济，这些设想也与当时出现的民族危亡相悖，自然得不到支持，自然在实践中受挫。当共产党最终推翻旧政权，建立新中国后，冯贵堂的乡村改良计划于是被历史抛弃。冯贵堂的形象是文学被纳入政治体制中之后出现的，这个形象所蕴含的暧昧性和复杂性与知识分子应为革命去工作的要求相冲突。作者对冯贵堂由乡村改良者转向反革命者时的处境进行了简化处理，最终使他在"反革命"的结局中得以规范化，使他连同他所尝试的道路一同被历史边缘化。《红旗谱》虽然在冯贵堂这个人物身上保留了些许的复杂性，但作家仍然抹去了他作为推动乡村改良的知识分子的积极意义，给他设置了反革命的归宿，使他的形象合乎了主流思想逻辑对创作的规范。[1]

---

[1] 参阅张悦《解读冯贵堂》,《名作欣赏·评论版》，2019 年 6 期。

第五章

——

《红旗谱》三部曲的艺术特色

《红旗谱》三部曲规模庞大，作家在叙述故事，塑造人物，表达主题等时，注意了不少艺术性的问题，使其在展现主流思想逻辑时，也具有鲜明、多样的艺术特色。

一、注意事件之间的因果联系

叙事学认为小说的故事是可以用一个陈述句来概括的，如《西游记》的故事是：它讲述了唐僧领着三个徒弟去西天取经的故事。照此，《红旗谱》三部曲的故事是：它讲述了共产党领导农民、学生开展反抗压迫、反抗侵略的故事。事件是小说里叙述的具有一定独立性的事情，《红旗谱》三部曲讲述的事件数量巨大，这在本书第三章对各部所写的事情进行分析时可以看到。情节是事件之间在具有了因果关系后形成的，也就是说情节是在两个或两个以上的事件之间如果存在因果关系才形成的，否则，事件之间不具有情节，比如“国王死了，王后死了”，这只是两个独立的事件而已，之间没有关系，但如果是“国王死了，王后因悲伤过度也死了”，这时候，两件事情之间具有了因果关系，于是形成了情节。

就《红旗谱》三部曲而言，它们里面的很多事件是具有因果联系的，因此就形成了复杂曲折的情节。在此仅举几例，比如第一部《红旗谱》第十节至第十三节里写朱老忠让二贵把家里的玉鸟给运涛，二贵不给，朱老忠便让运涛去逮鸟；运涛等人逮到一只贵鸟，冯兰池见了要买鸟，冯贵堂见了也是爱不释手；但运涛、大贵不卖也不给冯兰池、冯贵堂鸟儿，冯兰池便指使招兵的抓了大贵去当兵。其间的关系是因果关系。第二十一节到第二十五节写因为运涛入狱，所以使奶奶离世，使“宝地”被卖掉。第二十六节至第三十六节写因为老驴头不想交割头税，所以便和老套子杀猪，但猪跑了，于是大贵去找猪，猪最终找到。若干事情形成的是连环性的情节。第三部《烽烟图》第三十五节写警卫员老占因为让老山头摸枪，老山头认出枪是冯兰池用过的枪，第三十七节写老山头便杀害了老占。

二、使用多种描写方法

一般地，人们表达思想情感的方式有叙述、描写、说明、议论、抒情等。就描写而言，又有人物描写和环境描写两种。人物描写的方法主要有五种，即肖像描写（外貌描写）、语言描写、行动描写（动作描写）、心理描写、神态描写。对人物局部细节的描写称为细节描写。景物描写则包括静态与动态、客观与主观、反衬与对比三种。

第一部《红旗谱》开头写道：“平地一声雷，震动了锁井镇一带四十八村：‘狠心的恶霸冯兰池，他要砸掉这古钟了！’”细细品味这句话，它运用了多种表达方式，但描写是突出的方法，一下子营造了一种紧张的气氛，一下子在读者心中响起了一声惊雷，而且随即设置了较大的悬念，激起读者强烈的阅读兴趣和追根究底的欲望，从而一步步将读者带入一个雄浑的艺术境界。这样的开头在整部《红旗谱》的艺术建构中粗看上去也许显得微不足道，但这其中却实在有着非常奥妙的心理学方面的道理，是值得从接受美学角度加以细细分析的。

“眼前这条河，是滹沱河。滹沱河从太行山上流下来，像一匹烈性的马。它在峡谷里，要腾空飞蹿，到了平原上，就满地奔驰。夏秋季节涌起吓人的浪头，到了冬天，在茸厚的积雪下，汩汩细流。流着流着，由南往北，又由北往东，形成一带大河湾。老年间在河湾上筑起一座堤，就是这座千里堤。……立在千里堤上一望，一片片树林，一簇簇村庄，郁郁苍苍。”这段描写了滹沱河的源头、流势等情况，形象逼真，属于环境描写。

“老奶奶受不住小院里的沉闷，拄起拐杖站起来，弯着腰出了一口长气。在门道口破斗子里抓了把土粮食，嘴里打着‘咯咯’，把鸡叫过来，看着鸡群吃食儿，看鸡点着头再也看不见啄食，才一步一步走出去。走到门前小井台上，拿起拐棍磕磕那两棵杨树，嘴里像是嘟念什么。这是‘老头子’在家的时候，在井台边上栽下的两棵小树。‘老头子’不管早晨晚上端着水瓢浇灌，伸手摸摸，两眼盯着盼它们长大。小杨树长了一房高，嫩枝上挑起几片明亮亮的大叶子的时候，给志和把涛他娘娶了来，住在这小屋里。自从那时，她做活做饭才算有帮手了。在小杨树冒出房檐，叶子遮住荫凉，风一吹叶子哗啦啦响的时候，媳妇生下第一个孩子运涛……”，这段属于人物描写，写了老祥大娘的肖像、语言、行动、心理、神态等。这样的例子在三部曲里多得不胜枚举。此处不再赘述了。

三、使用闪回、对比等手法

“闪回”在这里指一些人物在第一部里出现后，在第二部里不再出现，但在第三部又出现的情况，或者其他更加多样的情况。前面分析十二个重要人物的形象时，对他们在三部曲里的行踪有展示，可以看出谁是贯穿三部的人物，谁是“闪回”性人物。此处也不再啰嗦。对比在第一部《红旗谱》开头的“楔子”里就有所体现，“楔子”讲述的朱老巩和严老祥大闹柳林镇护钟的事情和古代社会农民起义的模式基本相同，都是出于义愤、仗义而为。但小说接下来所写的事情，都和朱老巩和严老祥的反抗模式不同了。后面所写的农民反抗或学生运动都是在“接触了党，党教导他们要团结群众，走群众路线的道路”之后开展起来的，无论是反割头税斗争、保定二师学潮、高蠡暴动，还是宣传鼓动人们参加抗战并使抗战烽烟初起等，都是在党的领导下进行的，和以前古代社会的农民革命相比，没有了盲目性、散乱性，而是目标明确，一切行动听指挥等。虽然其中的保定二师学潮、高蠡暴动没有取得胜利，但却使人们看到了胜利的希望。也就是说，“楔子”和后面所写的所有大事都形成了对比，其目的是说明:“中国农民只有在共产党的领导下，才能更好地团结起来，战胜阶级敌人，解放自己。”这也是三部曲小说的主题。对比手法在刻画人物方面也十分鲜明。如朱老忠和严志和两个农民典型的对比，运涛和大贵两个农民的对比，春兰和严萍两个女青年的对比，冯老兰与冯贵堂两代地主的对比等。

四、鲜明的民族风格

（一）人物刻画上，用古典小说写人的传统技法即通过人物的行动和对话来刻画人物性格，同时适当地采用心理描写来塑造人物性格，使人物形象富于立体感。如对朱老忠的塑造，多通过他的动作和说话来进行，传神、逼真地表现了他慷慨、豪迈、讲义气、有远谋、急人所难等性格特点。朱老忠继承了历代农民英雄的反抗精神，同时也发展了他们的反抗精神，但他又不是对他们的简单模仿，而是融入了新的时代特质，那就是他对“义”的理解更加理智和明确。其他人物的塑造也是通过动作和说话来进行，使其思想感情和气质都得到了表现。

（二）篇章结构上，小说以中国古典小说艺术手段精心组织全篇，但又没有完全模仿古典小说的章回体写法，让情节提炼和安排都靠拢着民族的欣赏习惯，每节六七千字，而是保持人物的集中，故事相对独立，可各自独立、自成格局，又环环相扣，全方位地刻画了各个层面的人物；小说也采用了“可分可合，疏密相间，似断实连”的结构方式，第一部《红旗谱》以反割头税和二师学潮两个大故事辐射全书，朱老忠、严江涛两个主要人物贯穿首尾；第二部《播火记》以高蠡暴动这个大故事辐射全书，朱老忠、贾湘农两个主要人物贯穿首尾；第三部《烽烟图》以宣传鼓动全（农）民抗战为中心，江涛、朱老忠、张嘉庆、朱大贵、严萍等人物贯穿首尾，形成了完整的艺术统一体，体现了宏观的整体美。

（三）故事性很强。三部曲小说围绕反割头税运动、保定二师学潮、高蠡暴动、抗战初期烽烟渐起等大事件，精心编织了若干个小事件，这些事件既具有一定的独立性，又具有一定的因果关联性，环环相扣，读来无不令人佩服作家高超的安排一个个事件的能力。比如《烽烟图》在第三十七节到第四十节里，先写了冯贵堂被严运涛、严江涛、张嘉庆释放后，他回到家里，成天盘算着报仇的阴谋。他给唐河岸上的佟老五写了信，派人送去；又派侄子冯雅斋去和黑旋风搞好关系；还成立了自己的武装。这些事情做完后，他便实施起复仇阴谋，先拉拢腐蚀游击队的一个中队长陈金波吸食海洛因，玩弄女人；再派老山头杀害张嘉庆的警卫员老占；再和陈金波及其朋友演假戏，借土匪佟老五之手害死张嘉庆。就这还不够，冯贵堂又指示黑旋风派土匪徐老黑在严萍执政的县城不停作恶，严萍被其关押。这四节里写了很多事情，一环套一环，使小说情节曲折，波澜起伏，读来引人入胜。

（四）语言鲜活、生动，富有个性。小说利用人物语言来表现人物性格的情况随处可见，如“朱老巩大闹柳树林”中，当冯兰池的手下要和小虎子（朱老忠）的父亲朱老巩发生冲突时，小虎子迅速挡在父亲身前，说：“谁要动我爹，我和他拼了。”简单的一句话体现了他的勇于担当。朱老忠在火车站遇见严志和时，第一次对无助、想要逃避的严志和说出了“出水才看两腿泥呢”这句话。这句话是朱老忠的口头禅，他多次说过，刻画了他不逞一时之勇、深谋远虑的性格。在回家的路上，朱老忠提及为父报仇的事情，他十分坚定地说：“一辈子的仇，十辈子忘不了。”“我不行，还有我儿子、孙子”。从这些可知，朱老忠已经将对冯兰池的仇恨融进了血液之中。大贵被抓当兵后，朱老忠冲出屋门，拿起院里的铡刀，挺立在院子中，眼里充满愤怒，但他镇定了一下，又扔下了铡刀，吸了几口烟，想了想，告诉贵他娘：“把大贵的衣裳，该带的东西都收拾收拾，叫大贵当兵去。”随后他去看大贵，告诉大贵：“去当兵吧，学点本事，好为咱穷人出力，咱们当兵，可不能胡作非为，可不能欺负庄家人，孩子，出水才看两腿泥哪，要报仇，日子长着呢。”这里把朱老忠不逞一时之勇、深谋远虑的性格变化又继续进行了刻画。当他遇到贾湘农之后，他问贾湘农：“我与冯兰池几代的仇，该怎么报？”贾湘农反问朱老忠的打算，朱老忠说：“我是十冬腊月喝凉水，一点一滴都记在心啊，大丈夫报仇，十年不晚，我这辈子报不了，还有我儿子、孙子。”“我的孩子当上文官武将，不怕他不倒。”贾湘农跟朱老忠讲这个打算不实在，他说：“要想扳倒冯兰池，报仇，就得从根儿上扳，而且不是一两个人能办得到的，要人多势众，闹革命。”朱老忠听了贾湘农的一番话，受益匪浅，认为遇到共产党了。他去看望运涛时，才知道了什么叫共产党。现在他更明白了，只要有共产党这些人，革命一定会胜利。他对贾湘农说：“就是刀架在我的脖子上，我也要跟大伙干到底。”早期的朱老忠只知道报私仇，现在他已经把报私仇与反抗阶级压迫连在一起了。他看到了受苦阶级的前程，于是说：“为了咱们受苦的人民，拔了受苦的根基，我就是割了脖子丧了命，也甘心情愿。”在反割头税时，朱老忠希望人们不要再受冯兰池的欺负了，他看冯兰池不许百姓私底下入锅，就说：“锅就安在我朱老总家门口了。”“大家回去把话传开，一个传俩，俩传仨，人多势大，十个人遮不住太阳，人多就遮黑了天。”贾湘农接着说："咱们这儿，只要抱成了一个团儿，就好比种高粱谷子，密密实实，不怕风，不怕雨，反割头税，打倒冯兰池，咱们的事儿准能成。"总之，他们在给贫苦农民讲述革命道理时，语言通俗、形象，极好理解。这些语言都具有浓郁的冀中地方色彩，使小说古朴、纯正、自然的民族风格跃然纸上，使小说浸蕴着中国北方乡村的天然品味，实现了作家追求的使自己的作品具有独创风格的初衷。

（五）描写了具有地方色彩的风俗文化。如杀年猪、过除夕、喝胜利酒等，无不具有冀中平原的地方色彩。作家说过："只要概括了民族的和人民的生活风习、精神面貌，即使不用章回体，也仍然会成为民族形式的东西。"[1] 也就是说，所谓"民族化"，重要的不是形式，而在内容。只有对自己所要描写的农村生活和农民文化心理有了真正透彻的理解和美学上的把握，就能写成优秀的文学作品。

平时人们谈论《红旗谱》三部曲在艺术上的粗糙之处时，多认为只表现在后两部中，所以长期以来，形成了不能全面地去看待三部曲，却把精力和时间花在了第一部《红旗谱》上的现象。其实，通过细读，会看到，后两部在讲述高蠡暴动和抗战烽烟初起的故事、人物称呼和姓名运用，以及人物形象塑造等多方面上都有超过第一部的情况。而第一部在写反割头税和二师学潮时，没有注意两者之间的关系，突兀过度，使人猝不及防；人物形象刻画上也有薄弱之处，如朱老忠与严志和入党后，其形象就缺少更进一步的发展变化；贾湘农的形象缺少丰满描写，显得单薄。而第二部实际上写了朱老忠领导农民游击队在战场上和敌人的刀枪相对，把他初入硝烟战火中的"不知道怎么办"等真实地表现了出来，这也许非常符合历史的真实。第三部写抗战初期建立统一战线的事情，有积极响应的，有公开反对的，也有漠然视之的，江涛等爱国青年为了建立党要求的全民统一抗战阵势，废寝忘食，前赴后继，这种情况也应该符合当时的历史事实吧？"我们把《红旗谱》《播火记》《烽烟图》这三部曲贯通起来看，其所反映的历史脉络就更清晰了。随着北方建立革命根据地，《红旗谱》中点起的星星之火终成人民翻身解放的燎原之势。这三部曲对中国革命进程作出了宏阔概括，让读者深切领略到那种沉重而又鲜活的历史纵深感。"[2] 当然，三部曲小说在总体上也有一个明显的不足，就是有学者早

[1] 转引自陈思和《中国当代文学史》第四章，复旦大学出版社，2004 年版。
[2] 徐怀中《〈红旗谱〉的持久魅力》，《人民日报》，2021 年 2 月 4 日第 20 版。

就指出的：受当时流行观念的影响，经常强行向政治概念靠拢，唯恐其中革命和抗战的主题不够鲜明。时时由作者直接去讲述或者强加给人物一些政治术语，读起来显得很生硬。尤其是再版时的修改之处，更是带有更多的当时流行的政治观念的痕迹。[1]

[1] 郝雨《古老民族精神在血与火中的现代升华——梁斌〈红旗谱〉（三部曲）新论》,《文艺理论与批评》, 1997 年第 3 期。

第六章

《红旗谱》三部曲的传播、影响

一、《红旗谱》三部曲的传播

《红旗谱》是三部曲长篇小说，第一部《红旗谱》出版于 1957 年，第二部《播火记》出版于 1963 年、第三部《烽烟图》出版于 1983 年。很多时候，人们只关心第一部《红旗谱》。三部作品实质上是内在统一的，是有着深层而严谨的有机联系的。

第一部《红旗谱》自 1957 年出版图书，迄今已经印刷了三十多次，累计发行五百多万册，且被改编为同名话剧（1959 年，河北省话剧院）、京剧（1960 年，承德市京剧团）、评剧（中国评剧院）、河北梆子、电影（1960 年，北京电影制片厂、天津电影制片厂）和电视连续剧（2004 年，中央电视台、央视传媒公司、天津电影制片厂联合改编拍摄）等，除此，还有以小说联播、连环画、动漫、卡通片等形式也在传播着。这里面，有些也涉及了第二部《播火记》，但第三部《烽烟图》较少被人关注。就是翻译为俄文、越文、英文、日文、朝鲜文的，也基本上是第一部《红旗谱》。这是一种偏见。[1]

[1]《话剧〈红旗谱〉》，《戏剧文学》，2018 年 3 期。

（一）书籍传播：图书文字

1957 年 11 月，三部曲小说第一部《红旗谱》由中国青年出版社出版后，在社会上产生巨大反响。1958 年 1 月，中青社又出版了初版本的翻印本。1959 年 9 月，人民文学出版社推出《红旗谱》第二版。出版说明写道："本书原由中国青年出版社于 1958 年 1 月出版，现经作者修订，并增加其自撰的《漫谈〈红旗谱〉的创作》及冯健男写的《论〈红旗谱〉》各一篇，由本社重排印行。"此版正文前有目次，正文分三卷。1959 年 10 月，中青社出版了《红旗谱》的第一次修改版。此版正文前增加了梁斌作于 1959 年初的《漫谈〈红旗谱〉的创作（代序）》；文末附录是南开大学中文系王浦源、李治华及天津师范大学中文系李顺兴、韩金坡、郝希孟等所作的《〈红旗谱〉方言土语注解》。由此可见两社出版风格的差别。仔细比较，可看出人文社 1959 年 9 月的版本在初版基础上作了文字方面的修改，但改动不大。而中青社 1959 年 10 月的版本只是增加了《漫谈〈红旗谱〉的创作（代序）》《〈红旗谱〉方言土语注解》两文，正文与初版一模一样。

1966 年，《红旗谱》的第三个版本由中国青年出版社出版，正文前有《漫谈〈红旗谱〉的创作》（以下简称《漫谈》），但此文不同于第二版所附的《漫谈》，除个别段落比第二版《漫谈》更详细外，结构、内容基本没有差别。此版无目次，但正文开始分卷。黄修己先生在其所著的《20 世纪中国文学史》中说："《红旗谱》于 1957 年由中国青年出版社出版后，长期享誉文坛，成为革命历史题材长篇小说的典范，到 1966 年出第三版时印数已超过百万册……"

1978 年 4 月，《红旗谱》第四版由中青社出版，郭沫若题字，正文分三卷，前无《漫谈》一文，文后附有梁斌作于 1977 年 10 月写的《〈红旗谱〉四版后记》。在后记中，梁斌说自己曾在初版的基础上，对《红旗谱》作过三次修改，因此存在着三个修订本。他说 1978 年 4 月出版的是第三个修订本。本版的改动很大。

2000 年，中青社再版了 1957 年的初版《红旗谱》；2005 年，人民文学出版社也再版了 1957 年的初版《红旗谱》。

《红旗谱》译本目前发现有八种，分别是：日、俄、越引进翻译的译本三种，中国外文出版社组织出版的英、法、西班牙语译本三种，还有朝鲜语、哈萨克语两种少数民族语译本。

（二）声音传播：小说联播

著名播音艺术家、原天津人民广播电台播音员关山（1934—2020 年）曾播讲过第一部《红旗谱》。关山的演播特点是音域宽、音质美、清脆悦耳、铿锵顿挫，声情并茂，朴实自然。轻柔时如春雨润物、激扬时似万钧雷霆。他不赞成搞维肖拟声，而是用纯语言艺术把小说中不同性格、年龄、身份的人物刻画得生动鲜明，追求神似，跃然入耳。他一生演播过的中长篇小说有一百余部，影响较大的有:《欧阳海之歌》《保卫延安》《红旗谱》《林海雪原》《暴风骤雨》《海啸》《闪闪的红星》《桐柏英雄》《战斗的青春》《渔岛怒潮》《高山下的花环》《津门大侠霍元甲》《四世同堂》(与赵琮婕合播)《桥隆飚》《生活变奏曲》《乔厂长上任记》等。

著名评书艺术大师袁阔成也播讲过第一部《红旗谱》。袁阔成(1929—2015年)，辽宁营口人，出生于天津，有“古有柳敬亭，今有袁阔成”之说。袁阔成说书博采众长，吸收话剧、电影、戏曲，以及相声等艺术形式之长，形成自己的风格。内容新、风格新、语言新。生动幽默，人物形象鲜明，具有“漂、俏、快、脆”的特色。代表作品有《三国演义》《西楚霸王》《水泊梁山》《烈火金刚》。

天津电视台播音员丁涵播讲的第一部《红旗谱》，前面有女声介绍，随后才开始播讲。

原中央人民广播电台著名播音员曹灿播讲的是第二部《播火记》。播讲之前，先有女声介绍，随后是梁斌对《播火记》创作背景的介绍。曹灿还播讲了长篇小说《艳阳天》《李自成》《地球的红飘带》《少年天子》《暮鼓晨钟》《鸦片战争演义》，中篇小说《向阳院的故事》《大帆船的故事》《野蜂出没的山谷》等，深受广大听众欢迎。他为电视台录制的《西游记》《新三字经》影响广泛，并出版了《水浒传》《三国演义》《红楼梦》《谁最聪明》等录音带和《三毛流浪记》《三毛从军记》《西游记》等光盘，成为广大读者收藏的珍品。

哈尔滨广播电台广播剧队的刘玉森(1927年生，河北霸县人)在原中央人民广播电台演播了小说第二部《播火记》，另外还演播了长篇小说《烈火金刚》《森林支队》。在省级电台演播了《烈火金刚》《红岩》《林海雪原》《野火春风斗古城》《暴风骤雨》《欧阳海》《王若飞在狱中》等四十余部作品。

由上面可看出，没有完整的用纯声音去传播《红旗谱》三部曲的情况，人们基本上只传播第一部，有时传播第二部，但第三部似乎没有声音传播的实例。

(三)动漫传播：动漫绘画结合

2009年6月，天津人民出版社出版了《红旗谱(动漫插图版)》。该版由天津市梁斌文学研究会制作，将第一部《红旗谱》与动漫绘画结合起来，填补了国内动漫创作题材上的空白，也为传播红色经典开创了一片新天地。

（四）连环画传播：具有多种类型

连环画有多种类型，《红旗谱》三部曲以连环画形式传播的情况也有多种类型。

第一种是漫画式连环画。这种类型的著名作品如张乐平的连环漫画《三毛》系列可谓家喻户晓，老少皆宜。1963 年，刘汉创作的第一部《红旗谱》连环画由上海人民美术出版社出版。它就属于此类型。刘汉用国画大写意的笔墨、粗犷的线条创作了该连环画，一经面世就广受好评。为了创作该连环画，刘汉曾深入河北省高阳县和蠡县，去画速写，并到梁斌老家，向梁斌哥哥了解当时的情况。一次，他来到潴龙河岸边的一个村庄，碰到了一个老头，简直就是活的“老驴头”。刘汉于是一路跟着他，在感觉有了画下他的把握后，就离开他去寻找其他形象。但半个月后，他才想起来自己竟然还没画“老驴头”。当提起笔来时，他发现自己已画不出当时的感觉了。《红旗谱》第一版连环画的编辑曾建议刘汉对作品进行调整，以使其更具有艺术性。刘汉修改后，使作品显得更加符合创作规律。刘汉本来要创作四部第一部《红旗谱》，但他只完成了前两部。第一部刚出版，因时代变化，该选题就被叫停，后面的创作也就断了，第二部的手稿也不幸遗失。[1]

第二种是木刻连环画。这种类型的著名作品如彦涵的《狼牙山五壮士》、罗工柳、张映雪的《小二黑》等。《红旗谱》连环画有：1959—1960 年，上海人民美术出版社出版的《红旗谱》（上、下），由刘端、张辛国、阮恩泽等绘画；1962 年，上海人民美术出版社出版的《红旗谱》小套书（上、下），改编者是赵继良，绘画者是胡振宇；1979—1982 年，河北美术出版社出版的《红旗谱》，分为《大闹柳树林》《远走高飞》《身陷虎穴》《反割头税》《七月风暴》《飞出牢笼》六集，改编者敦谦、赵成章，绘画者是刘端、张辛国、阮恩泽。1981 年 6 月，河北美术出版社出版的由王怀琪绘画的《红旗谱》，共 201 页，只画到反割头税运动，和小说的内容有所不同，用黑白素描画成，颇具雕塑感，绘画水平很高，体现了作者的专业画家出身。该连环画曾获得了全国第三届（1981—1985 年）连环画创作评奖活动绘画三等奖（荣誉奖）。另外，赵成

[1]《〈红旗谱〉连环画作者刘汉：88 岁再绘〈拓荒牛〉开拓精神》，澎湃新闻，2020 年 9 月 6 日。

章、敦谦改编的《红旗谱》第四册《反割头税》获得了全国第一届连环画评奖活动的脚本三等奖，尚羡智改编的《红旗谱》获得了全国第三届连环画评奖活动脚本二等奖。

人们在把《红旗谱》等“红色经典”小说改编成连环画时，有两个类型：第一类是把小说全文缩略成连环画，上面提到的王怀琪绘画的《红旗谱》就是这种类型，另有天津美术出版社出版的《林海雪原》(1959)，黑龙江人民出版社出版的《林海剿匪记》(1980)。第二类是选取小说文本中比较精彩的一部分进行改编，形成单册连环画，如上面提到的河北美术出版社出版的《大闹柳树林》《远走高飞》《身陷虎穴》等。这种类型很多时候是围绕着小说中一个具有代表性的人物来进行改编的。像由小说《青春之歌》改编的《林道静》(长江文艺出版社，1982)，《红岩》改编的《小萝卜头》(上海美术出版社，1985)、《许云峰》(安徽人民出版社，1964)、《江姐》(安徽人民出版社，1966)等，深化了人物形象，传达了人物身上的革命精神。

第三种是年画连环画，它以年画的形式印刷，一般张贴在墙上，有连续的故事情节，深受老百姓们的喜爱。如贺友直的《李双双》《小二黑结婚》等。1982年12月，胡振宇绘画的《红旗谱》(上、下)，由上海人民美术出版社出版。它属于此类。

第四种剧照。这是把由小说改编拍摄、排演成的电影、话剧、戏曲等再改编成连环画。如四川大学出版社出版的刘凤禄摄制的红色经典电影连环画系列丛书《红旗谱》，是在由小说改编成拍摄的电影的基础上再进行改编的。还有一些连环画直接采用话剧、歌剧等的剧照，实际上，它们已经不仅仅是对小说的连环画改编了，而是体现了多种艺术形式综合的情况。

第五种是卡通连环画。它有连环漫画的成分，写实的表现手法，又有动画片的特点，与卡通片之间联系很密切，通常篇幅很长，强调故事性，往往以一个或几个中心人物贯通情节。有的卡通制作者就将画面组合叫作“分镜头”。与传统形态的连环画相比，卡通连环画在审美趣味、表达方式上似乎更为新一类人物们所接受，并成为某种社会时尚。它正深刻地影响着卡通艺术的发展，也给卡通造型带来了视觉上的刺激，也激发着人们的想象。在传统连环画市场日渐萎缩的情况下，卡通连环画却蓬勃地发展起来了。刘端等绘画的中华红色教育连环画《红旗谱》，由河北出版传媒集团和河北美术出版社出版。

（五）影视剧传播

1. 电影《红旗谱》

1958 年，北京电影制片厂和天津电影制片厂准备联合将第一部《红旗谱》改编、拍摄成同名电影。导演是凌子风，主演是崔嵬。其剧本第一稿是想将小说中的“朱老巩大闹柳树林”反割头税运动保定二师学潮都拍摄出来，但北影厂领导提出，还是集中改编成一集为好，“朱老巩大闹柳树林”保定二师学潮都失败了，只有反割头税运动取得了暂时的胜利，电影的结尾就应该表现革命还处在高潮上，让人激动。按照北影厂对剧本的讨论意见，导演凌子风和编剧胡苏对第一稿进行了修改。后来海默和吴坚也参与了剧本的修改。由于剧本一改再改，北影厂只好决定推迟出片。

1959 年 9 月 5 日，电影《红旗谱》正式开拍。1960 年 3 月 2 日停机。1960 年 3 月 21 日，有关领导看了样片，提出意见：朱老忠要七节鞭不严肃，要剪掉；朱老忠应该在革命低潮时入党，以说明朱老忠是有远见的；第二代写弱了，运涛和江涛的戏少了；朱老忠性格显得比较单一，人物太单薄了。凌子风根据各方面的意见，进行了一次补拍。北影厂领导找凌子风以及剪辑师逐个镜头进行研究，中间又经过几次审查。凌子风生气了，说这部片子不是他的作品。1961 年 1 月，文化部电影局在上海召开部分故事片厂厂长座谈会。文化部电影局副局长陈荒煤提出艺术创作生产领导人员不要违背艺术规律。要区别政治与艺术的关系，反对简单粗暴。陈荒煤说：“艺术创作没有个性，没有流派，‘双百’局面就不能形成。一个艺术家应该是一朵花，不能是一根草，而且是含羞草。”这次会议结束后，凌子风按照自己的设想，对影片做了修改。梁斌看了样片后，对朱老忠这个人物的塑造有些不满，认为银幕上的这个人物太单薄，性格单一，不如小说丰满。北影厂在总结电影《红旗谱》的创作得失时也提到影片从后半部无论就思想的深刻性、艺术处理的力量来说，都较为逊色：“特别是影片的后半部对农民群众的广泛觉悟和武装反抗的表现带有明显的理想主义色彩，对斗争面临的严酷局面表现得也略显不够有力。”[1]

1961 年 6 月，影片《红旗谱》上映。1962 年，影片《红旗谱》获得首届“百花奖”最佳男演员奖（崔嵬）、最佳摄影奖（吴印咸）。

电影的情节是这样的：清朝末年，冯兰池砸钟，朱老巩护钟不成，气病身

[1] 参阅杨庆华《〈红旗谱〉上映前后》，《北京晚报》，2020 年 4 月 15 日。

亡，幼子逃离家乡。二十五年后，朱老忠回到家乡，要报血海深仇。冯兰池抓朱老忠的儿子大贵去当兵。朱老忠本欲与冯兰池拼命，但想起当年父亲的遭遇，深知盲目寻仇解决不了任何问题。不久，他结识了地下党领导人贾湘农，在地下党的帮助下认清只有走革命道路才能真正复仇。朱老忠带动受苦的农民兄弟在锁井镇展开了革命工作，其中老朋友严志和的儿子运涛被派往黄埔军校学习，参加了北伐。后来，运涛因蒋介石背叛革命而被捕。朱老忠前去探望，并了解到了更深刻的革命道理，萌生了加入共产党的强烈愿望。冯兰池返乡后与反动政府的县长勾结在一起，在年关时节利用权势勒索农民。在党的领导下，已成长为一名无产阶级战士的朱老忠率领全镇农民群众奋起反抗。冯兰池利用反动政权镇压群众的企图在群众的强大力量面前彻底失败。

可见，影片只再现了反割头税斗争的始末，基本上是对小说故事情节的再现，但也在故事情节和人物形象塑造上做了某些必要的充实。在情节的提炼和结构的布局上，突出了矛盾冲突的主线和人物之间最主要的纠葛，因而也就加强了作为作品思想内核的阶级斗争的主题，使戏剧矛盾得到不断发展，使人物在斗争中展现了鲜活的性格，所以是一次成功的艺术再创造。但影片还存在一些薄弱环节，如运涛接触到共产党的偶然性，不能更有力地突出党领导农民运动的作用；影片的后半部显得较为松散，有些场景粗犷有余，细腻不足。[1]

从艺术创造上看，影片塑造了一批性格鲜明、个性突出的农民形象。崔嵬扮演的朱老忠紧紧抓住了他性格中战斗性的一面，使它在和冯兰池的斗争中发挥了主题的积极意义。严志和这个角色在分量上的比重比朱老忠小得多，在艺术上的成就却比朱老忠要大，从头到尾有起伏、有变化、有发展，但又始终保持着他的个性特征。朱老明是一个盲人，演员村里对他把握很到位，使其动作富于残疾人的特征，但又没有过分夸张。在音乐方面，作曲家大胆采用河北梆子的旋律并加以创造，不但加强了影片的地方色彩，也为电影音乐进一步民族化提供了经验。该片的不足之处，一是后半部分的结构松散，许多事件与主要线索、主要人物游离了。二是人物描写方面还存在不足，如后半部分中朱老忠的变化没有根据其性格基调并通过其个性特征表现，无法使人具体看到这个人

[1] 参阅何云、阙文《银幕上的〈红旗谱〉——谈影片〈红旗谱〉的情节和艺术构思》,《北京文艺》,1961 年第 7 期。

物的性格发展；贾湘农更是写得没有生气，其情感、爱好、个性都没有给予具体描绘；冯兰池的形象也比较平面，其地主恶霸的狠毒本质揭露得不够深刻。[1]

2. 电视剧《红旗谱》

2003 年 9 月 16 日，由原中央电视台、中视传媒和天津电影制片厂联合摄制的红色电视剧《红旗谱》在天津宁河县的七里海拍摄基地开拍，剧组人员搭建了锁井镇和白洋淀水寨等场景。但开拍不久，一场五十年未遇的大雪经常使拍摄中断。经过一百零八天的努力，电视剧《红旗谱》前期拍摄完成。

电视剧《红旗谱》的剧本由桂雨清根据三部曲小说《红旗谱》《播火记》《烽烟图》改编而成，较完整地展现了三部曲小说的精神，但电视剧里增加了太多小说里没有的事件、情节。剧本在七易其稿后，经过专家的多次论证，才确定开拍。全剧共二十八集，2004 年 9 月 12 日上映。因为后来再没见到新拍摄的《红旗谱》，所以在此把电视剧《红旗谱》的故事情节介绍如下，并和小说做一对比，可以看出电视剧对小说事件、情节的体现情况。

地主冯兰池毁钟占地——农民朱老巩阻止——冯兰池设计调虎离山之计，砸毁大钟，朱老巩怒愤而死——冯兰池霸占了公地，又勾结县衙抓了朱老巩的儿子朱老忠（小说无此情节），设计奸杀了他的姐姐—朱老忠侥幸躲开了冯家的毒手，满怀悲愤逃离了家乡。

二十一年后（小说是三十年后），闯关东的朱老忠带着妻子、儿子大贵和二贵回到家乡锁井镇，与冯家的护院头领老山头比武论输赢，替农民严世和夺回了严家的宝地（小说无此事，严世和在小说里叫严志和）——冯家的二少爷冯贵堂凭借留洋回乡的身份（小说写他毕业于北平的大学，并未留洋），与县知事勾结，借故抓捕了朱老忠（小说无此事）——法庭上，朱老忠怒不可遏，气昏在地（小说无此事）——乡村教师贾湘农以律师身份挺身而出，据理辩护，保护了朱老忠（小说无此事）——朱老忠在贾湘农的教导下，建立了习武练功的“演武堂”。

大贵和二贵逮住了一只脯红鸟，冯兰池一心想得到，冯贵堂借县府的势力（小说无借县府势力的事情），强行索要——朱老忠佯借祝寿献鸟，大闹了冯家，戏弄了冯兰池（小说无此事）——冯家设下圈套，以抓丁的名义抓了严世和的大儿子运涛（小说里抓走的是大贵）——朱老忠舍出儿子大贵去替换运涛，结

[1] 参阅王白石、王文和《当代中国电影评论选》，中国广播电视出版社，1987 年版，第 177—185 页。

果被军阀张福奎看中，运涛和大贵都从了北伐军（小说无此事）。

“四一二”反革命政变中，运涛因是共产党员被抓捕入狱——严世和家如雷劈顶，久病的严妻病亡（小说里是奶奶亡故）——贾湘农要朱老忠去济南探监（小说里，是运涛让父亲和弟弟来探监）——痴情的春兰执意与朱老忠叔同去（小说里，朱老忠未让春兰去探监）——刑场上，春兰与朱老忠见到了正在准备被行刑的运涛（小说里是朱老忠和江涛在狱中见到了运涛）——春兰当众要与运涛成亲（小说无此事）——运涛被传令改判无期徒刑（小说无此事）——在朱老忠的努力下，运涛与春兰在狱中相见，情与心紧紧相连（小说无此事）。

冯贵堂勾连军警要抓贾湘农（小说无此事）——朱老忠回到锁井镇，带领“演武堂”的人闯入冯家大院（小说里是带领农民游击队），与警察和冯家的护院要拼个死活（小说里没有警察）——闻讯赶来的贾湘农平息了这场流血械斗，但他也被捕（小说无此事）——深感愧疚的朱老忠买通狱警，到监狱去看望贾湘农，盟誓跟着贾湘农、跟着共产党闹革命（小说无此事）——文武双全的张嘉庆劫持了冯兰池（小说无此事），逼迫冯贵堂释放了贾湘农（小说无此事）。

贾湘农决定发动武装起义，派张嘉庆进入白洋淀，劝说绿林舵主李双泗（小说里叫李霜泗）投奔共产党——冯贵堂同时派老山头到白洋淀招安——白洋淀的二舵主古文应（小说里无此人）勾结老山头，要除掉李双泗，投靠冯贵堂——贾湘农又派朱老忠进淀（小说无此事），与李双泗论义比武（小说无此事），抓住了前来偷袭的冯焕堂（小说里的冯焕堂只是个埋头种地的人），解救了李双泗一家（小说无此事）——讲江湖义气的李双泗放走了古文应和老山头（小说无此事），留下了大患。

起义需要枪支和弹药，春兰闻知冯家藏有枪弹（小说无此事），就找朱老忠，跟他说愿意进入冯家当丫鬟，趁机当“卧底”（小说中是朱老忠让李德才的女儿珍儿当“卧底”）——李双泗为给共产党进献“见面礼”，只身进城搞弹药（小说无此事）——李双泗投靠了冯贵堂的古文应（小说无此事），设计诱捕李双泗（小说写冯贵堂和老山头到河南省确山县抓住了李霜泗）——李双泗的女儿芝儿与张嘉庆进入县城，击毙了张福奎（小说里是芝儿和李霜泗进城击毙张福奎，但没打死）。

朱老忠为准备起义，袭击了双井镇的警察所（小说里是大竹镇的警察所）——朱老忠根据春兰得到的消息（小说无此事），带人闯到地主冯老锡家缴了枪支——冯贵堂设计除掉了政敌徐克强（小说无此事），掌握了兵权（小说无此事），伺机出兵锁井镇，并叫三弟冯焕堂强行将冯兰池带离冯家大院（小说里是叫老山头、李德才把冯兰池弄出去，但冯兰池坚决不走）——朱老忠闻讯（小说无此事），带大贵去追（小说无此事），结果中了古文应的奸计（小说无此情节），被诱捕入狱（小说无此事）——冯兰池亲自审问朱老忠（小说无此事）。潜伏在敌人内部的地下党李稚天（小说无此事），不顾暴露的危险（小说无此事），威逼古文应写下假信（小说无此事），说服了敌团长牛宝利（小说无此事），让其解救朱老忠出狱（小说无此事）——李稚天夫妻被冯贵堂杀害了（小说无此事）。

在贾湘农的领导下，朱老忠带领（小说里是严江涛带领人们起义）锁井镇的农民参加了“起义”——冀中平原上，成千上万的农民掀起了红色的狂飙——冯贵堂带军队镇压了起义——老奶奶在敌人围剿的炮火中，岿然不动，仙逝而去（小说无此事）——朱老星高唱着大红歌牺牲在敌人的铡刀下——伍老拔引爆了炸药，与冯家祠堂同归于尽（小说无此事）——冯焕堂要抓捕朱老忠妻子时，她拉响了竹筐里的炸弹（小说无此事）——春兰也被抓来，吊在了树上（小说无此事）——与老山头同归于尽但没有牺牲的朱老忠（小说无此事），和赶来的李双泗救下了春兰（小说无此事），然后随队伍撤到了太行山上（小说里是朱大贵领着人们去太行山，朱老忠并未去）——贵堂带兵围剿，惨遭失败，被古文应借机弹劾，取而代之（小说无此事）。

贾湘农为起义的失败自疚，主动打报告承担责任，但被出狱回来工作的运涛拦下（小说无此事）——大贵的妻子金华突然失踪了（小说无此事）——抗日的高潮就要到来，朱老忠带领红军队伍（小说里是朱大贵），走下太行山，回到锁井镇。

冯贵堂为稳住局面，要与共产党谈判（小说无此事）——贾湘农不听众人劝阻，怀着负疚的心情，只身奔赴保定，与冯贵堂谈判，结果被冯贵堂软禁（小说无此事）——朱老忠、张嘉庆、李双泗在不动用队伍的情况下，营救出了贾湘农（小说无此事）——在回锁井镇的路上，重病在身的贾湘农与世长辞了（小说第三部只提了一句，说贾湘农在上海牺牲了）——朱老忠和锁井镇成千上万的农民给贾湘农出大殡（小说无此事），送别这位给冀中平原播下革命火种的播火者。

日本军官太次郎带领小股先遣部队（小说无此事），潜入保定府，与冯贵堂勾结成奸（小说无此事）——李双泗、张嘉庆为贾湘农复仇，大闹保定府，袭击了日伪军（小说无此事）——太次郎率领孤军袭击锁井镇（小说无此事）——朱老忠、运涛伏击了敌伪，消灭了太次郎，然后乘胜追击，在太行山的一座孤庙里，围堵了败将冯贵堂（小说无此事）——冯贵堂意外发现大贵的妻子金华和他的儿子（小说里叫起义），当他妄图加害于她们时，被已经遁入空门的冯家老大冯月堂救下（小说无此事）——冯贵堂开枪，杀死了自己的亲哥（小说无此事）——朱老忠率众来到后，冯贵堂拿起朱老忠的大铡刀，自杀而亡（小说无此事，小说里的冯贵堂并未自杀，他被运涛、江涛释放后干了很多报复农民游击队的事情，比如杀害老占，逼迫张嘉庆跳崖牺牲，派土匪在县城抢劫等等）——千里堤上，朱老忠为奔赴抗日前线的红孩子送行，他们的头顶上，红旗在飘扬。

吴京安为了演好朱老忠这个角色，他把小说《红旗谱》《播火记》《烽烟图》及剧本读了四个多月时间。自然，他很好地展现了朱老忠的性格特征、精神风貌。整部电视剧也忠实地展现了原著的基本精神，就是上个世纪前期，以朱老忠为代表的冀中平原农民为反抗地主阶级、国民党反动派和侵华日军的奴役和压迫，从个人反抗到跟共产党翻身求解放的史诗般经历。在当前对青少年进行革命传统教育、爱国主义教育和人生观、道德观教育方面，该片有一定的现实意义和认识价值。[1] 电视剧着重表现一代共产党人真正为农民舍生忘死的高尚品格，和一批农民不甘奴役、为翻身解放、跟着共产党走的艰辛历程。电视剧深刻细腻地表现了人物的个性，尤其是吴京安饰演的朱老忠，层次丰富、个性突出。但其太多的拓展是否合情合理，是否符合作者的愿望，需要进一步结合小说研究。

电视剧里的朱老忠成长速度太快，难觅他认知共产党、成为共产党员的过程。由严志和改名为严世和的这个人物是小说里非常重要的一个形象，因为从他身上，人们可以看到那个年代 90% 的中国农民对革命、对侵略的认识过程，朱老忠只是 10%，所以，将严世和忽视了，就会影响作品的整体认知效果。

电视剧里舍弃了朱老明、严江涛等一些重要人物。朱老明实际上是小说里最清醒、最有思想的一个人，他有几次对将要举行的一些事情的利弊已经看得很清楚，但由于他无“官”无“职”，他就欲言又止。严江涛是领导农民走上有组织地反抗地主阶级压迫、军阀政客卖国求荣的年轻的共产党人。虽然电视剧

[1] 文艺报编辑部编《革命英雄的谱系——〈红旗谱〉评论集》，作家出版社，1958 年版。

里有共产党员贾湘农，但他是不能代替严江涛的。冯贵堂是新型地主，他与国民党党政官员的来往是为了维护自己的利益，是为了打压觉醒的农民朱老忠及年轻的一代。电视剧里让冯贵堂从一个一心要在家里进行改良的新型地主变成了带领政府军队去和农民们进行作战的人，这似乎不符小说本意。

当然，电视剧的角色反差对比虽然很大，但演员们都表演得真实可信，注重人物内心世界的挖掘，没有过分的戏剧夸张；几个女主角，如春兰、秀梅等，表演上力求历史环境的真实，而没有去追求时尚的现代感。另外，该剧的制作也比较讲究，服装、化妆、置景、画面构图和镜头、光影、色调等，吻合历史的真实，渲染了时代的氛围，主旨在增强故事人物的历史厚重感，细节处理非常有特色，这些都增强了故事的感染力。（央视审片组评）

（六）戏剧传播：话剧

1.《红旗谱》的首部话剧

1958 年 8 月，《红旗谱》小说被河北省话剧团的鲁速副团长写成剧本。同年 9 月，剧团排出后，在保定河北礼堂与观众见面，引起轰动。1959 年春天，所有创作、演出人员深入生活，到故事发生地高阳县农村，一面和群众同吃同住同劳动，一面深入干部、群众之中搜集素材修改剧本。修改后的《红旗谱》话剧剧本共九场，变动很大，从剧情安排、人物设置、语言特点乃至剧中的一些生活细节都很贴近生活。剧本只对原著中的反割头税斗争进行了展现。从朱老巩大闹柳树林舍命护钟起，经历了朱老忠、严志和等人的苦闷、痛苦期。然后，党的地下领导者贾湘农来到他们身边，领导他们去有组织、有计划地开展反割头税斗争。最终，朱老忠带领群众直逼县衙，使斗争初获胜利。

后来，话剧《红旗谱》被作为国庆十周年献礼剧目，连续演出了几百场。北京人民艺术剧院总导演焦菊隐在首都剧场看完演出后，写文章称赞："我看了河北省话剧团演出的《红旗谱》，我是又兴奋，又激动。1958 年以来，我国话剧水平，在全国范围内，已经达到如此之高，这是使人不由得不兴奋的。"[1] 由于话剧《红旗谱》的巨大成功，中宣部批准河北省话剧团改名为河北省话剧院。

话剧《红旗谱》此后又经过三年的演出实践，除在河北农村多次演出外，还三次到天津、四次在保定、两次进北京，以及在武汉、上海、苏州、南京、济南、开封、郑州、福州等地演出，所到之处均受到观众盛赞。在演出中，编

[1] 转引自杨庆华《〈红旗谱〉上映前后》，《北京晚报》，2020 年 4 月 15 日。

导演员等边改边演，经过十五次修改后，终于将此剧排成一部深受群众喜爱的话剧。

话剧《红旗谱》之所以取得成功，主要是在编演过程中实行“三结合”的结果。首先是与群众、观众的结合。当初，所有创作、演出人员深入生活，使他们吸取了许多群众的语言用到表演中，就给该话剧增添了鲜明的地方色彩。第二是剧团内部编、导、演之间的结合。《红旗谱》话剧剧本的十五次修改是剧组召开多次座谈会，集思广益，讨论之后才拟订修改方案，然后再由执笔编剧修改的。第三是同文艺界、戏剧专家、学者结合。《红旗谱》话剧在演出中，不断听取专家的意见，不断润色。比如时任中宣部副部长的周扬，全国剧协主席、戏剧家田汉，以及老舍、梁斌等都对该剧提出了许多独到的意见。话剧《红旗谱》是河北省话剧院成立后，在所有演出剧目中获得最大影响、最大震撼、最高评价的一出话剧，也是演出场次和地区最多的一出话剧。

2.2014 年天津人民艺术剧院编排的大型红色经典话剧《红旗谱》

2014 年，天津人民艺术剧院编排大型红色经典话剧《红旗谱》，该剧电视剧版《红旗谱》朱老忠的扮演者吴京安演出。

话剧《红旗谱》情节是：朱老巩带领大家护钟，朱老忠从关外归来，严志和卖地，老驴头偷着杀猪，朱老忠家杀猪一场。也就是展现了五件事情。

第一件展现了朱老巩刚烈如火的性格，气壮河山的话语；第二件充满着气壮河山的阳刚气，朱老忠是农民们的依靠、主心骨、带头人，他那“我要把梦想种在地里”的话语，表达了他对美好生活的向往，也是他带领农民们坚决反抗冯兰池以及整个社会不公的动因；第三件充分展现了农民们无奈苦难的生活，给观众留下了深刻印象；第四件刻画了老驴头的老实善良、本分怕事、有点自私、有点倔强、笨手笨脚，但也向往过上美好生活的这么一个可爱、可气、可怜的人物。第五件是全剧最热闹，也最有戏份，最有看点的一场好戏，农民们对美好生活的向往，对土豪恶霸的仇恨，在这一场戏中，淋漓尽致地表现出来，高扬了农民们的正气，衬托出地主恶霸的猥琐和卑鄙。一曲《杀猪抗税歌》，吼出了贫苦农民心中的愤懑，对地主恶霸的仇恨。恶霸地主冯兰池，不仅霸占农民们的土地，强征割头税，还想霸占民女春兰，连天空、空气都想着强占。冯兰池用自己的行动从反面证明，农民们的反抗是一种历史的必然。冯兰池的凶狠，贪婪，映衬着农民们的善良、朴实。全部的故事似乎都在说明着一个道理：农民们的愤怒反抗缘由就在于这样的地主恶霸。这场戏热烈、充分、欢快，却充满了农民的幽默。[1]

二、《红旗谱》三部曲的影响

《红旗谱》三部曲的第一部自1957年出版以来，很快便获得了社会各界的一致好评。冯牧认为："梁斌的《红旗谱》充满了那样震撼人心的艺术力量，那样高大丰满的人物形象，那样多姿多彩的生活图景，比较全面地概括了整个民主革命时期这个农民的生活和斗争，在艺术成就上也达到了相当的高度和深度，是十年来我国文学创作中突出的收获。""他在创作中在追求一种比西洋小说写法略粗一些，但比中国的一般小说要细一些的写法。既成功地吸取了民族传统作品的艺术特色，同时也适应地采取西洋小说的某些艺术技巧的统一的、富有民族气魄的艺术风格。"[2] 当时的《文艺报》刊发了大量的关于《红旗谱》的评论文章，并于1958年编辑出版了《革命英雄的谱系——〈红旗谱〉评论集》。其中对《红旗谱》的赞誉主要集中在小说的史诗性、农民英雄形象的塑造、民族风格等方面上。李希凡认为："在当代文学作品所创造的革命农民的英雄形象里，具有如此历史深度的性格，朱老忠还是第一个。"[3] 邵荃麟说："他的性格是在典型环境中发展的，因而达到了高度的典型性。这部小说可以说是比较全面地概括了整个民主革命时期的这个农民生活与斗争，在艺术上达到相当深度与高度的作品。"[4] 茅盾认为："从《红旗谱》看来，梁斌有浑厚之气而笔势健举，有浓厚的地方色彩而不求助于方言。一般说来，《红旗谱》的笔墨是简练的，但为了创造气氛，在个别场合也放手渲染；渗透在残酷而复杂的阶级斗争场面中的，始终是革命乐观主义的高亢嘹亮的调子，这就使得全书有浑厚而豪放的风格。""《红旗谱》的艺术风格是浑厚而豪放的，始终是革命乐观主义的高亢嘹亮的调子。"[5]

梁斌曾说，自己开始创作《红旗谱》的时候，熟读了毛主席的《在延安文

[1]《话剧〈红旗谱〉重温红色经典展现"中国梦"》，搜狐文化，2015年2月13日。

[2] 冯牧、黄昭彦《新时代生活的画卷——略谈十年来长篇小说的丰收》，《文艺报》，1959年19—20期。

[3] 李希凡《谈红旗谱中朱老忠的形象创造》，《人民日报》，1959年8月18日。

[4] 邵荃麟《〈红旗谱〉是概括这个民主革命时期农民斗争生活的有高度艺术水平的作品》，《文艺报》，1959年18期。

[5] 茅盾《反映社会主义跃进的时代，推动社会主义时代的跃进！》，《人民文学》，1960年第8期。

艺座谈会上的讲话》，并仔细研究了几部中国古典文学，重新读了苏联的著名小说，“我时时刻刻心中在想念着，怎样才能遵照毛主席的指示，把那些伟大的品质写出来。为此，才想到要写故乡人民的面貌，写故乡的民族，故乡的地方风光；我要把故乡的人物、性格、风貌、民族及地方风光，活跃于纸上，我不得不从这一方人民生活中，选择、提炼典型性的语言……我时常在想着，怎样才能使它成为喜闻乐见的文学创作，我选择了古典小说中的传统手法。在章法结构上，不脱离古典文学的民族形式；语法结构上，不脱离农民自己的语言，尽可能写得通俗一些，使有文化的农民看得懂，没有文化的农民听得懂。”[1]

1958 年 8 月，第一部《红旗谱》中的反割头税运动被河北省话剧团改编为剧本，9 月排出，并在保定河北礼堂与观众见面。

1960 年，第一部《红旗谱》在许多书店售罄，中国青年出版社很快再版；话剧《红旗谱》正进入演出高潮，从津京到宁沪，声震江南；上海文艺出版社连夜拍摄大量剧照印刷成连环画发行全国；而影响最大的电影《红旗谱》也在这年冬天同观众见面了。

“文革”期间，《红旗谱》和《播火记》惨遭批判。两部小说被以“歌颂王明路线”，“歪曲历史事实”“为错误路线树碑立传”等罪名禁止再版，停止出售，不准借阅。给两部小说戴上这些罪名的文章是冀红文的《评为王明路线招魂的反动作品〈红旗谱〉〈播火记〉》[2]，该文被认为是对这两部小说进行批判时打响的第一炮。它称《红旗谱》是“黑旗谱”，《播火记》是“播毒记”，梁斌也被带上“黑作家”的帽子。当日的《河北日报》还配发了评论员文章，批判梁斌精心炮制的《红旗谱》《播火记》，“歪曲历史事实，不表现正确路线，专写错误路线”。之后，《河北日报》连续组织刊发了大量批判《红旗谱》的文章。梁斌也被轮番揪斗，关进了牛棚。

“文革”结束后，1978 年，《文艺报》第 3 期率先登出了召珂的评论文章《重评〈红旗谱〉——驳所谓“专写错误路线”的谬论》，为《红旗谱》恢复名誉。梁斌也重获了解放。此后至今，他的小说不断得到再版，根据第一部《红旗谱》拍摄的电影也重新在影院放映。

[1] 梁斌《我为什么要写〈红旗谱〉》，见文艺报编辑部编《革命英雄的谱系——〈红旗谱〉评论集》，作家出版社，1958 年版。

[2] 冀红文《评为王明路线招魂的反动作品〈红旗谱〉〈播火记〉》，《河北日报》，1970 年 1 月 21 日。

2019 年 9 月，学习出版社、人民文学出版社等八家出版机构联合推出“新中国 70 年 70 部长篇小说典藏”丛书，其中包括第一部《红旗谱》。

2020 年 4 月，第一部《红旗谱》被列入《教育部基础教育课程教材发展中心中小学生阅读指导目录（2020 年版）》。[1]

尽管人们仍然只看重第一部《红旗谱》，忽视《播火记》《烽烟图》，而且无法扭转这种偏颇。但在平时的研究中，偶尔还是能看到一些研究者对三部曲的整体关注，其兴趣在三部曲塑造的典型农民形象上，以及民族风格上。有些研究者也对里面出现的几个知识分子的形象进行了研究，但由于这些知识分子和乡土中国的关系很复杂，所以存在着对严江涛这一代知识分子和冯贵堂、严知孝这一代知识分子的关系进行有意识地淡化，甚至无视的情况。

《红旗谱》三部曲是复仇叙事、革命叙事、反侵略叙事、爱情叙事等几种叙述套路相结合的作品。朱老巩大闹柳树林奠定了复仇叙事的基础，割头税引发的是革命叙事，日本人的侵略引发的是反侵略叙事，运涛和春兰的爱情、江涛和严萍的爱情，甚至小囤与雅红、二贵与珍儿萌发的好感都是爱情叙事。仔细思考这些叙事，发现有些与作品的“阶级斗争主题”似乎存在着罅隙，尤其是四对年轻人的爱情，更显出较为复杂的状况来。

《红旗谱》三部曲不仅为我们提供和形象地描绘了农民革命斗争的壮阔的历史画面；而且，更深层的意义还在于它全面完整地、多侧面地展现了我们民族的那种自古以来所铸炼成的自强不息、英勇无畏的强硬精神。这种精神支撑了我们这个古老的民族几千年的历史的跋涉，也同样支撑了现代中国的革命斗争和解放运动。

总之，时至今日，三部曲小说《红旗谱》再版印刷三十余次，中国国内外销售量也高达五百多万册，同时它还被改编成了电影、电视剧、连环画、动漫卡通、话剧、评剧、京剧等。

[1]《教育部基础教育课程教材发展中心首次向全国中小学生发布阅读指导目录》，教育部官网，2020 年 4 月 23 日。